江西省地图册

江西省测绘局
江西省基础地理信息中心 编制

中国地图出版社
中华地图学社 出版

主　　编：丁金祥　刘保华
副 主 编：钟永辉　何忠焕　焦三仔
总体设计：冯　严　周平华　杨树平
责任编辑：李　颖　陈隆霖　周平华
　　　　　孙永兴　孙坤静
文字编审：赵建城　黎非凡
地图编绘：祝红英　冯　严
数字制图：祝红英　徐义琴　赵珍珍　徐容乐
　　　　　王　康　唐桂文　易明华　肖　田
　　　　　熊铁群　廖　明　钱新林　陶志伟
　　　　　朱　惇
地图审校：桂　新　杨树平
文字排版：徐义琴　王　康
出版审订：路利华

图书在版编目（CIP）数据

江西省地图册/丁金祥、刘保华编，—2版. —上海：中华地图学社，2005，1
ISBN 7-80031-262-3

Ⅰ.江… Ⅱ.①丁…②刘… Ⅲ.行政区地图—江西省-地图集 Ⅳ.K992.256

中国版本图书馆CIP数据核字(2004)第108819号

ISBN 7-80031-262-3
9 787800 312625 >

江西省测绘局
江西省基础地理信息中心　编制
中国地图出版社
中华地图学社　出版、发行
（上海市武宁路419号　邮编：200063）

上海市北书刊印刷有限公司印刷
889×1194　1/32　5印张
2005年1月第2版　2005年1月上海第5次印刷
印数：20201-30200
ISBN 7-80031-262-3/K.146
审图号：赣S（2004）018号
定价：18.50元

前言

正逢春节来临之际，我们完成了《江西省地图册》的编制工作，且将公开出版，国内发行。本图册现势性强，内容丰富、制作精美，比较全面地介绍了素有“物华天宝”、“人杰地灵”称誉的江西。通过本图册，大家可以更加了解江西，认识江西，向往江西，从而乐于来江西考察、访问、观光、旅游，并积极参与建设江西的宏伟事业。

若本图册能为江西的改革开放事业添砖加瓦，为江西在中部地区的崛起有所贡献，为提高人民的生活质量带来便利的话，即是我们最大的欣慰。

本图册资料一般截止2004年10月，有关土地面积、人口数等资料，基本是根据2001年《江西统计年鉴》资料编写的。图中海拔高程为1956年黄海高程系。图内境界仅供参考，不作划界依据。因编辑时间短促，加上水平有限，难以跟上日新月异的时代步伐，不妥之处诚望大家批评指正。

编　者

二〇〇五年一月

图例

省政府驻地
设区市驻地
县、市驻地
乡、镇驻地
一般居民地
学校
医院
单位
汽车站
港口
码头
火车站
寺庙
亭台、楼阁
宝塔
宾馆、饭店
影剧院
银行
商场
邮电
山峰
山隘
体育场
革命纪念地

国家级风景区
省级风景区
一般景点
省界
设区市界
市（县、区）界
自然保护区界
湖泊
大、中型水库
中小、小型水库
河流
温泉、瀑布
桥梁
堤岸
铁路及车站
窄轨铁路
建筑中铁路
高速公路
建筑中高速公路
国道及其编号 316
省道
县乡道
航道线、渡口
小路
索道
城墙

江西概况

江西省简称赣，位于我国东南部，长江中下游南岸；地处东经113°34′～118°29′，北纬24°29′～30°05′之间。全省面积16.69万余平方千米，人口4149万。有11个设区市，19个市辖区，10个市，70个县，省人民政府驻南昌市。

省境东、南、西三面环山，内侧丘陵广亘，盆地相间，北部平原坦荡，整个地势由外及里，自南而北，逐渐向鄱阳湖倾斜，宛如开口朝北的盆地。山地约占全省总面积的36%，丘陵约占42%，岗地、平原约占12%，水域约占10%。东部边境有武夷山，主峰黄岗山海拔2158米，是本省最高峰。境东北有怀玉山。南部边境的大庾岭和九连山，属南岭山脉的分支。西部边境有罗霄山脉，井冈山位于其中段。赣西北有幕阜山和九岭山，庐山是幕阜山东延的余脉。长江流经境北缘157千米。主要河流有赣江、抚河、信江、饶河、修水，它们汇入鄱阳湖后注入长江。内河通航里程达5537千米。鄱阳湖是全国最大的淡水湖，是沟通省内外各地航运的枢纽。

江西属中亚热带暖湿季风气候。四季变化分明，春暖多雨，夏湿炎热，秋燥少雨，冬季阴冷。全年平均气温为18℃左右，降水量为1641毫米，日照为1259～1905小时，无霜期为240～307天。

自然土壤以红壤为主，耕作土壤以水稻土居多，分别占全省总面积的63%和18%。全省耕地面积为225万公顷，有效灌溉面积为190万公顷。江西的森林覆盖率为59.7%，孕育着木本植物2000多种，活木蓄积量为2.9亿立方米。江西的中草药资源有2061种。全省淡水养殖面积为34万公顷，淡水鱼类有170多种。全省列为国家保护的珍稀动物有69种。江西的水资源丰富，地表水资源为1416亿立方米，地下水资源为213亿立方米。

江西地下资源丰富，种类齐全，已发现的矿产有140多种，已探明储量的有87种，其中储量居全国前三位的有铜、钨、银、钽、钪、铀、铷、铯、金、伴生硫铁矿、滑石、熔剂白云岩、粉石英、硅石灰等。

江西历史悠久，山川锦绣，人文荟萃，蕴藏着丰富的风景名胜资源和灿烂的历史文物。现有国家级历史文化名城南昌市、景德镇市、赣州市，国家级风景名胜区6处，国家森林公园18处，国家级自然保护区4处，全国重点文物保护单位24处、95个点。庐山被联合国教科文组织批准为“世界文化景观”，列入《世界遗产名录》。

江西建成了比较齐全的工业体系，拥有航空、汽车、陶瓷、医药、卷烟、机械、电力、化工、电子、冶金、建材、纺织、服装、食品、采矿、建筑等一批大、中型骨干企业。江西是个传统农业大省，盛产水稻、甘蔗、棉花、油菜籽、油茶籽、茶叶、柑桔、白莲、肉猪、禽蛋、淡水鱼等。

江西的交通初步形成了铁路、公路、水路、航空等方式齐发展的格局。铁路通车里程为2241千米，已有京九、浙赣、鹰厦、皖赣、武(昌)九(江)等干线和向(塘)乐(安)等8条支线。赣(州)龙(岩)铁路已开始建设。公路通车里程为37138千米。上(海)瑞(丽)、(北)京福(州)、赣粤等高速公路江西段均已建成。省内现有南昌、九江、景德镇、赣州等航空港，拥有连接全国各地的航空运输网。

目录

序 图

市县图

南昌市

九江市

景德镇市

上饶市

鹰潭市

抚州市

宜春市

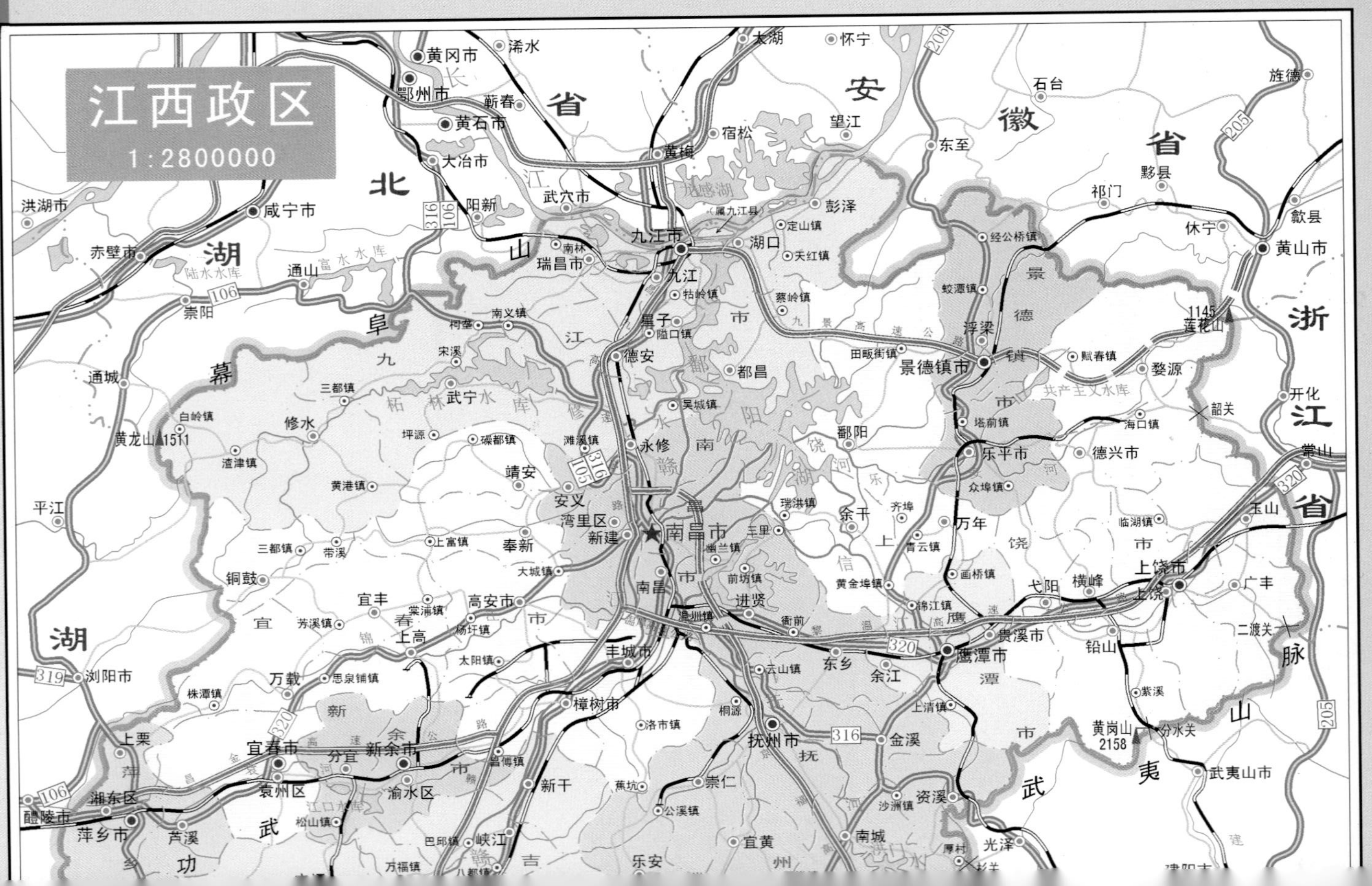
江西政区
1:2800000
北
湖
省
安
徽
省
浙
江
省
湖
武
夷
山
脉
幕
阜
九
山
武
功
黄冈市
浠水
鄂州市
蕲春
黄石市
大冶市
阳新
咸宁市
洪湖市
赤壁市
通山
崇阳
通城
平江
浏阳市
醴陵市
萍乡市
湘东区
上栗
芦溪
太湖
怀宁
宿松
望江
黄梅
东至
石台
旌德
黟县
祁门
休宁
歙县
黄山市
开化
常山
玉山
广丰
二渡关
武夷山市
分水关
黄岗山
2158
1145
莲花山
韶关
龙感湖
彭泽
湖口
九江市
九江
瑞昌市
武穴市
南林
定山镇
天红镇
蔡岭镇
星子
德安
都昌
永修
鄱阳
余干
万年
乐平市
景德镇市
浮梁
婺源
德兴市
上饶市
上饶
横峰
弋阳
铅山
贵溪市
鹰潭市
余江
东乡
进贤
南昌市
南昌
新建
湾里区
安义
奉新
靖安
武宁
修水
铜鼓
宜丰
高安市
上高
万载
宜春市
分宜
新余市
渝水区
袁州区
新干
樟树市
丰城市
抚州市
崇仁
宜黄
乐安
南城
金溪
资溪
光泽
峡江
共产主义水库
柘林水库
富水水库
陆水水库
黄龙山
1511
106
316
105
320
319
205
206

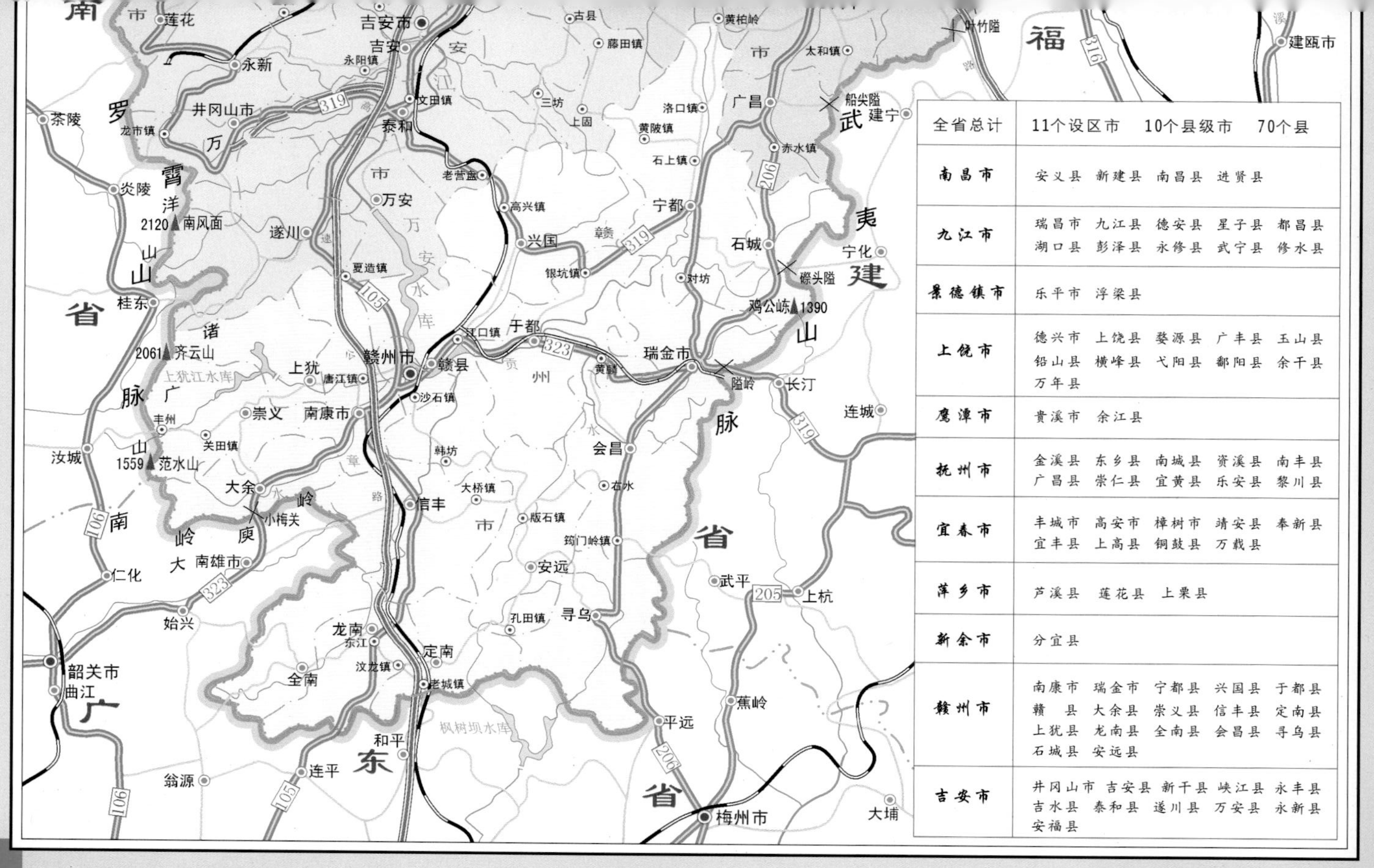

全省总计	11个设区市　10个县级市　70个县
南昌市	安义县　新建县　南昌县　进贤县
九江市	瑞昌市　九江县　德安县　星子县　都昌县　湖口县　彭泽县　永修县　武宁县　修水县
景德镇市	乐平市　浮梁县
上饶市	德兴市　上饶县　婺源县　广丰县　玉山县　铅山县　横峰县　弋阳县　鄱阳县　余干县　万年县
鹰潭市	贵溪市　余江县
抚州市	金溪县　东乡县　南城县　资溪县　南丰县　广昌县　崇仁县　宜黄县　乐安县　黎川县
宜春市	丰城市　高安市　樟树市　靖安县　奉新县　宜丰县　上高县　铜鼓县　万载县
萍乡市	芦溪县　莲花县　上栗县
新余市	分宜县
赣州市	南康市　瑞金市　宁都县　兴国县　于都县　赣　县　大余县　崇义县　信丰县　定南县　上犹县　龙南县　全南县　会昌县　寻乌县　石城县　安远县
吉安市	井冈山市　吉安县　新干县　峡江县　永丰县　吉水县　泰和县　遂川县　万安县　永新县　安福县

江西地势
1:2800000
长江
九江市
湖口
彭泽
瑞昌市
九江
1543 九宫山
柘林水库
星子
德安
都昌
鄱阳湖
1511 黄龙山
武宁
修水
永修
鄱阳
浮梁
景德镇市
婺源
1145 莲花山
韶关
乐平市
德兴市
靖安
安义
湾里区
奉新
新建
南昌市
南昌
余干
万年
玉山
上饶市
上饶
广丰
铜鼓
宜丰
高安市
进贤
弋阳
横峰
铅山
东乡
贵溪市
鹰潭市
余江
二渡关
上高
丰城市
樟树市
万载
抚州市
金溪
2158 黄岗山
分水关
宜春市
新余市
上栗
湘东区
袁州区
分宜
渝水区
新干
崇仁
资溪
江口水库
萍乡市
芦溪
峡江
宜黄
南城

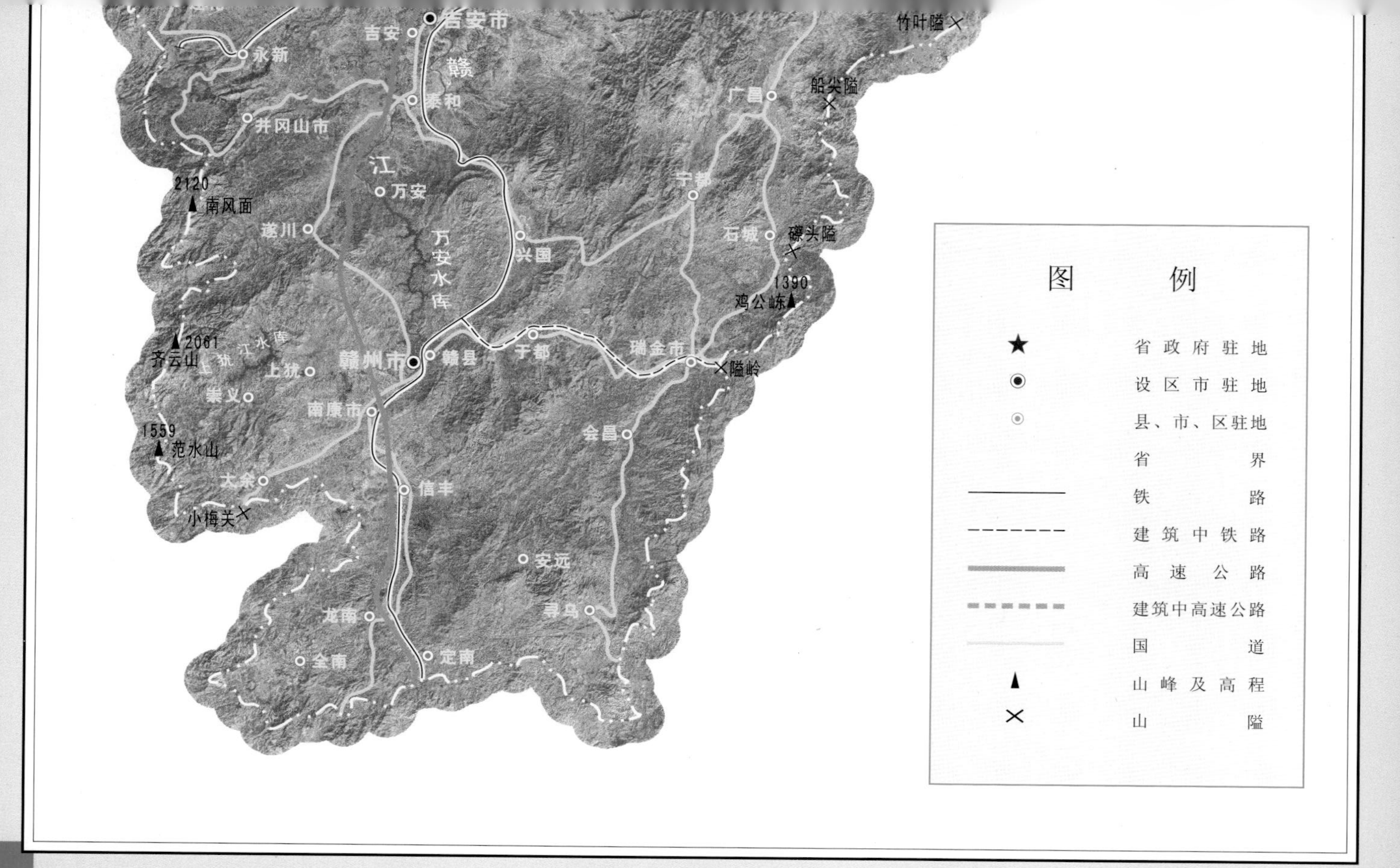

吉安市
吉安
永新
赣
泰和
井冈山市
广昌
船尖隘
竹叶隘
江
万安
2120
南风面
遂川
宁都
石城
礤头隘
兴国
万安水库
1390
鸡公崃
2061
齐云山
上犹江水库
赣州市
赣县
于都
瑞金市
隘岭
上犹
崇义
南康市
会昌
1559
范水山
大余
信丰
小梅关
安远
龙南
寻乌
全南
定南
图例
省政府驻地
设区市驻地
县、市、区驻地
省界
铁路
建筑中铁路
高速公路
建筑中高速公路
国道
山峰及高程
山隘

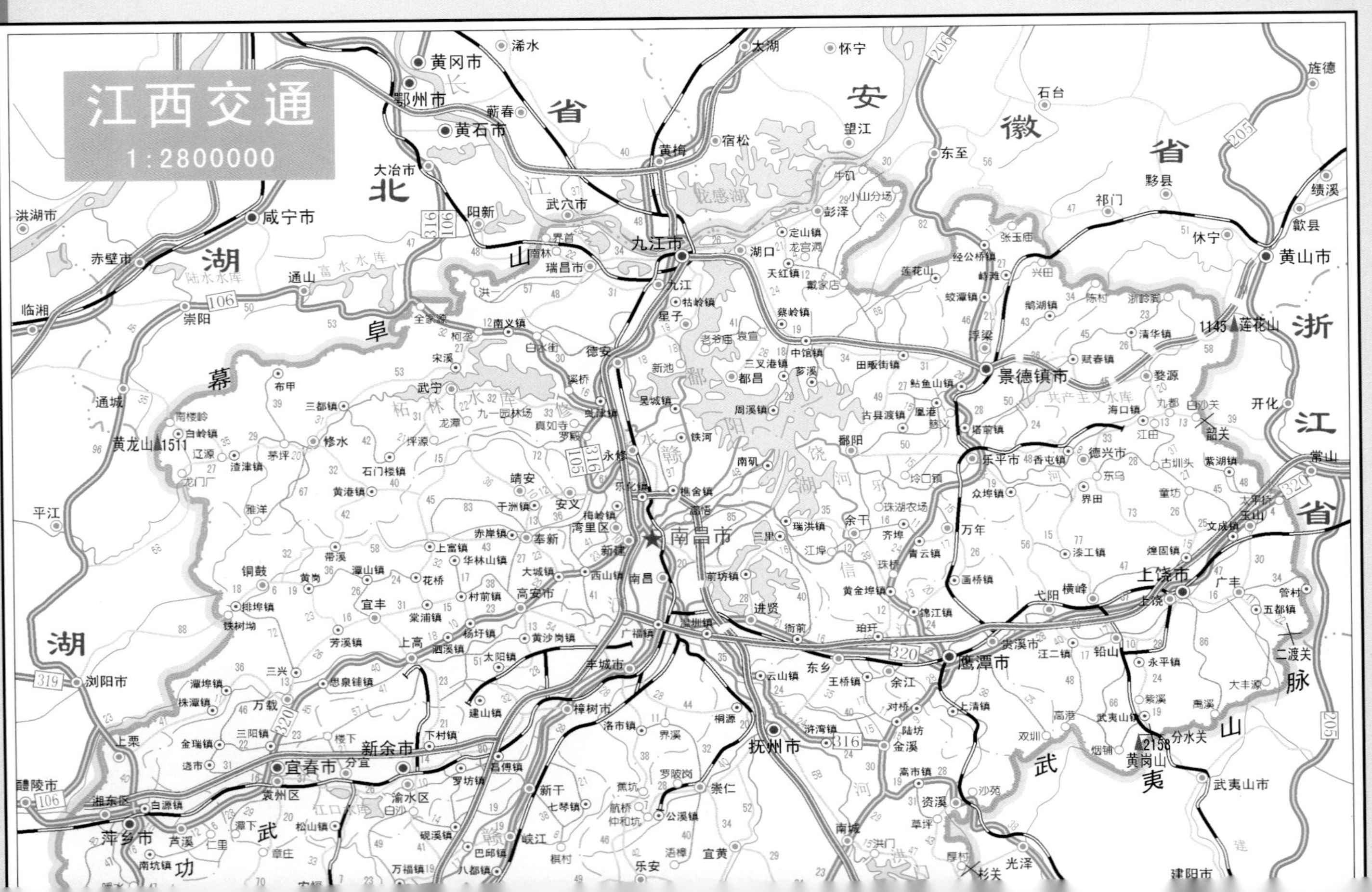
江西交通
1:2800000
南昌市
九江市
景德镇市
上饶市
鹰潭市
抚州市
新余市
宜春市
萍乡市
乐平市
德兴市
贵溪市
樟树市
丰城市
高安市
瑞昌市
黄石市
鄂州市
黄冈市
咸宁市
赤壁市
黄山市
浏阳市
醴陵市
武夷山市
安
徽
省
湖
北
省
浙
江
省
湖
幕
阜
山
武
功
武
夷
山
脉
鄱阳湖
庐山
黄龙山1511
1145莲花山
2158黄岗山
106
316
320
105
205
206
319

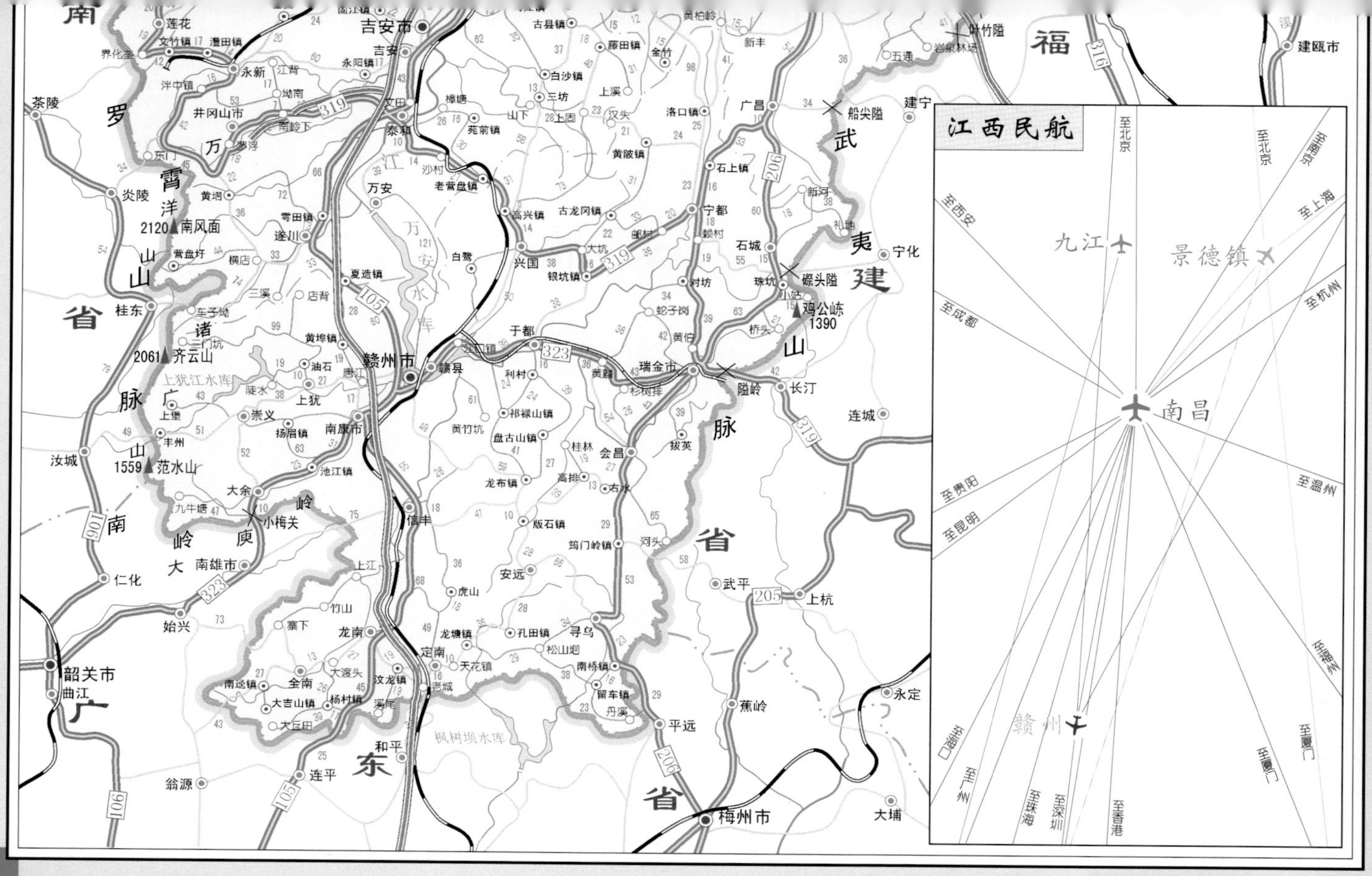

江西民航
南昌
九江
景德镇
赣州
至北京
至南京
至上海
至杭州
至温州
至福州
至厦门
至香港
至深圳
至珠海
至广州
至海口
至昆明
至贵阳
至成都
至西安
福
建
武
夷
山
脉
省
广
东
南
岭
大
庾
罗
霄
万
洋
诸
山
吉安市
吉安
永新
莲花
井冈山市
泰和
万安
遂川
赣州市
赣县
南康市
上犹
崇义
大余
信丰
于都
瑞金市
会昌
宁都
兴国
石城
广昌
建宁
宁化
长汀
连城
上杭
武平
永定
大埔
梅州市
蕉岭
平远
寻乌
安远
定南
龙南
全南
和平
连平
翁源
始兴
南雄市
仁化
韶关市
曲江
汝城
桂东
炎陵
茶陵
建瓯市
2120▲南风面
2061▲齐云山
1559▲范水山
鸡公嵊
1390
上犹江水库
枫树坝水库
万安水库
316
319
206
323
105
106
205

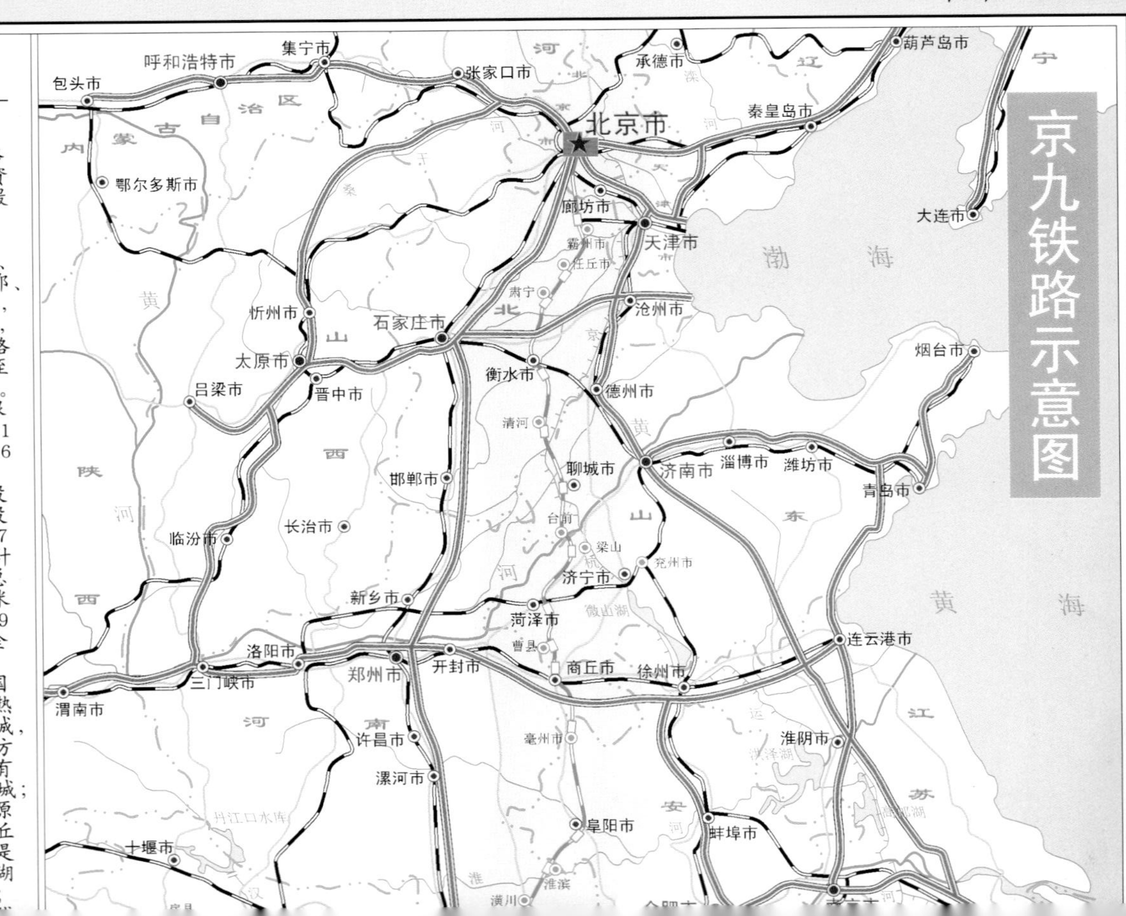

京九铁路简介

京九铁路是我国铁路建设史上规模最大、投资最多、一次性建成线路最长的干线。它位于京沪、京广两大铁路干线之间，北起北京西客站,跨越京、津、冀、鲁、豫、皖、鄂、赣、粤九省市108个县市，南至深圳,连接香港九龙，正线2397公里，包括联络线：霸州至天津、麻城至武汉在内,全长2553公里。

京九铁路经过三年艰苦建设，提前于1995年11月16日全线铺通。于1996年9月1日全线正式运营。工程总投资近400亿元,设计行车时速120公里,架设桥梁100多座,总长达 207公里，其中1000米以上计23座,打通隧道150座，总长达56公里，其中1000米以上12座,修建涵洞 8899座,总长度达207公里，全线设车站214个。

京九铁路将成为我国举世瞩目的新兴的旅游热线。北端是世界文化名城，首都北京，南端是“东方之珠”香港九龙。沿线有2000多年历史的山东聊城；牡丹之乡山东菏泽；中原古文化的发祥地河南商丘及庄子故里；安徽亳州是华陀故里和曹操故里；湖北麻城是著名革命老区；

京九铁路示意图

人文景观。沿线还紧接河北永清宋辽古战道；河北任丘“华北明珠”白洋淀、山东阳谷、梁山构成“水浒旅游风景区”，湖北黄州有东坡赤壁，江西井冈山既是革命老区，也是国家著名的风景名胜区。沿途山河秀丽，风景诱人。

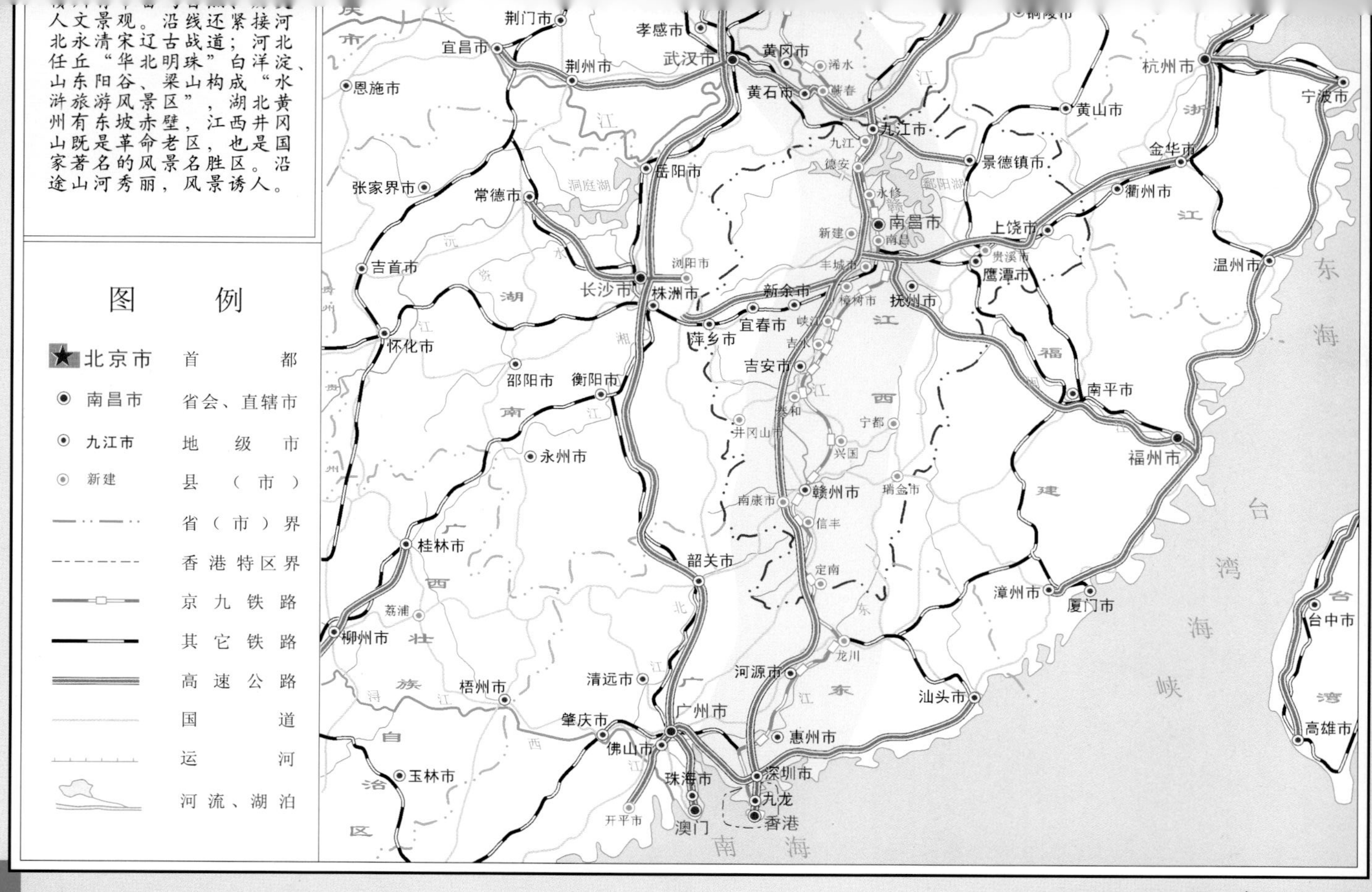

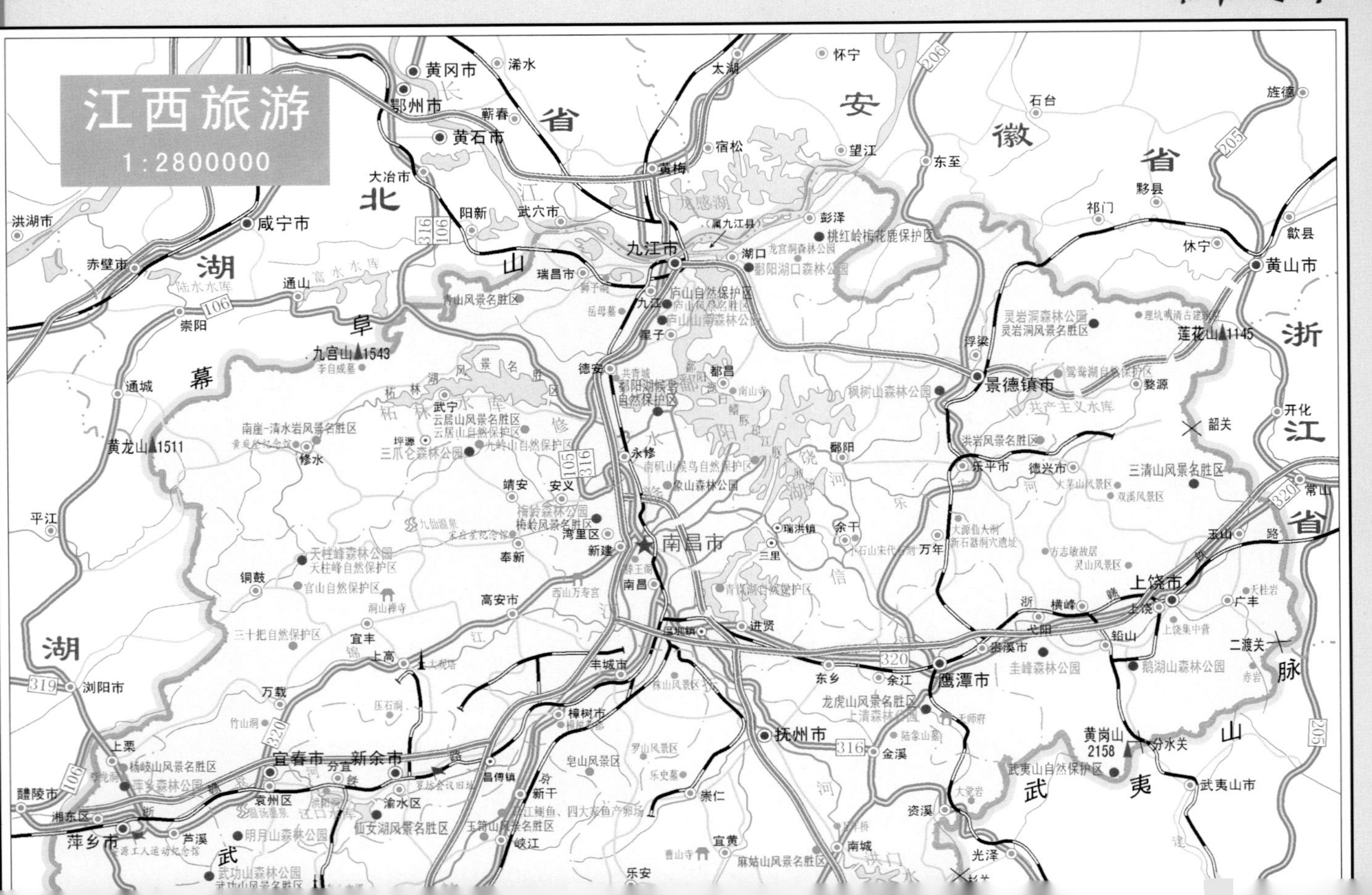
江西旅游
1:2800000
南昌市
九江市
景德镇市
上饶市
鹰潭市
抚州市
宜春市
新余市
萍乡市
黄山市
黄冈市
鄂州市
黄石市
咸宁市
赤壁市
洪湖市
浏阳市
醴陵市
武夷山市
庐山自然保护区
三清山风景名胜区
龙虎山风景名胜区
鄱阳湖候鸟自然保护区
桃红岭梅花鹿保护区
九宫山1543
黄龙山1511
莲花山1145
黄岗山2158
安徽省
湖北省
湖南省
浙江省
幕阜山
武夷山脉

国家历史文化名城

南昌市、景德镇市、赣州市

国家级风景名胜区

庐山、井冈山、龙虎山、三清山、仙女湖、三百山

国家级自然保护区

鄱阳湖自然保护区、桃红岭梅花鹿自然保护区、井冈山自然保护区、武夷山自然保护区、九连山自然保护区

国家级森林公园

庐山山南森林公园、马祖山森林公园、鄱阳湖口森林公园、三爪仑森林公园、明月山森林公园、梅岭森林公园、灵岩洞森林公园、翠微峰森林公园、三百山森林公园、天柱峰森林公园、枫树山森林公园、武功山森林公园、萍乡森林公园、泰和森林公园、鹅湖山森林公园、龟峰森林公园、上清森林公园

省级风景名胜区

永修的云居山、瑞昌的青山、武宁的柘林湖、修水的南崖一清水岩、萍乡市的杨岐山、莲花的玉壶山、南昌市的梅岭、乐平市的洪岩、婺源的灵岩洞、吉安市的青原山、遂川的白水仙一泉江、峡江的玉笥山、安福的武功山、赣州市的通天岩、宁都的翠微峰、瑞金市的罗汉岩、会昌的汉仙岩、龙南的小武当山、上犹的陡水湖、崇义的聂都溶洞群、大余的梅关一丫山、南城的麻姑山

省级自然保护区

庐山自然保护区、官山自然保护区、九连山自然保护区、新建的南矶山候鸟保护区、进贤的青岚湖、永修的云居山、都昌一鄱阳的鄱阳湖白鳍豚及江豚产卵场、靖安九岭山自然保护区、铜鼓的天柱峰保护区、万载的三十把保护区、永丰的水浆保护区、井冈山的黄洋界娃娃鱼保护区、新干一峡江一吉安段的赣江鲥鱼及四大家鱼产卵场保护区、婺源的鸳鸯湖保护区、崇义的阳岭自然保护区

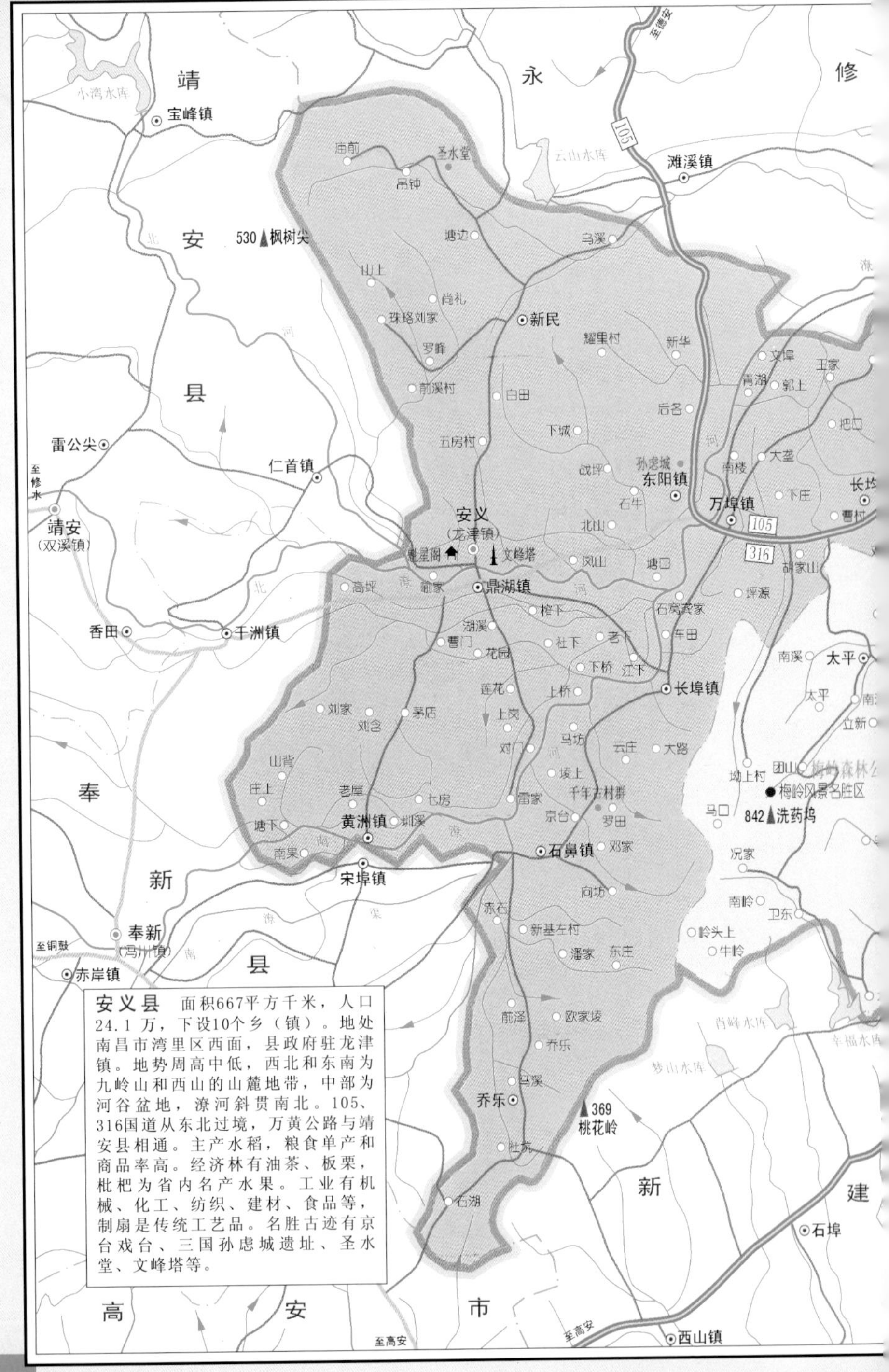

安义县　面积667平方千米，人口24.1万，下设10个乡（镇）。地处南昌市湾里区西面，县政府驻龙津镇。地势周高中低，西北和东南为九岭山和西山的山麓地带，中部为河谷盆地，潦河斜贯南北。105、316国道从东北过境，万黄公路与靖安县相通。主产水稻，粮食单产和商品率高。经济林有油茶、板栗，枇杷为省内名产水果。工业有机械、化工、纺织、建材、食品等，制扇是传统工艺品。名胜古迹有京台戏台、三国孙虑城遗址、圣水堂、文峰塔等。

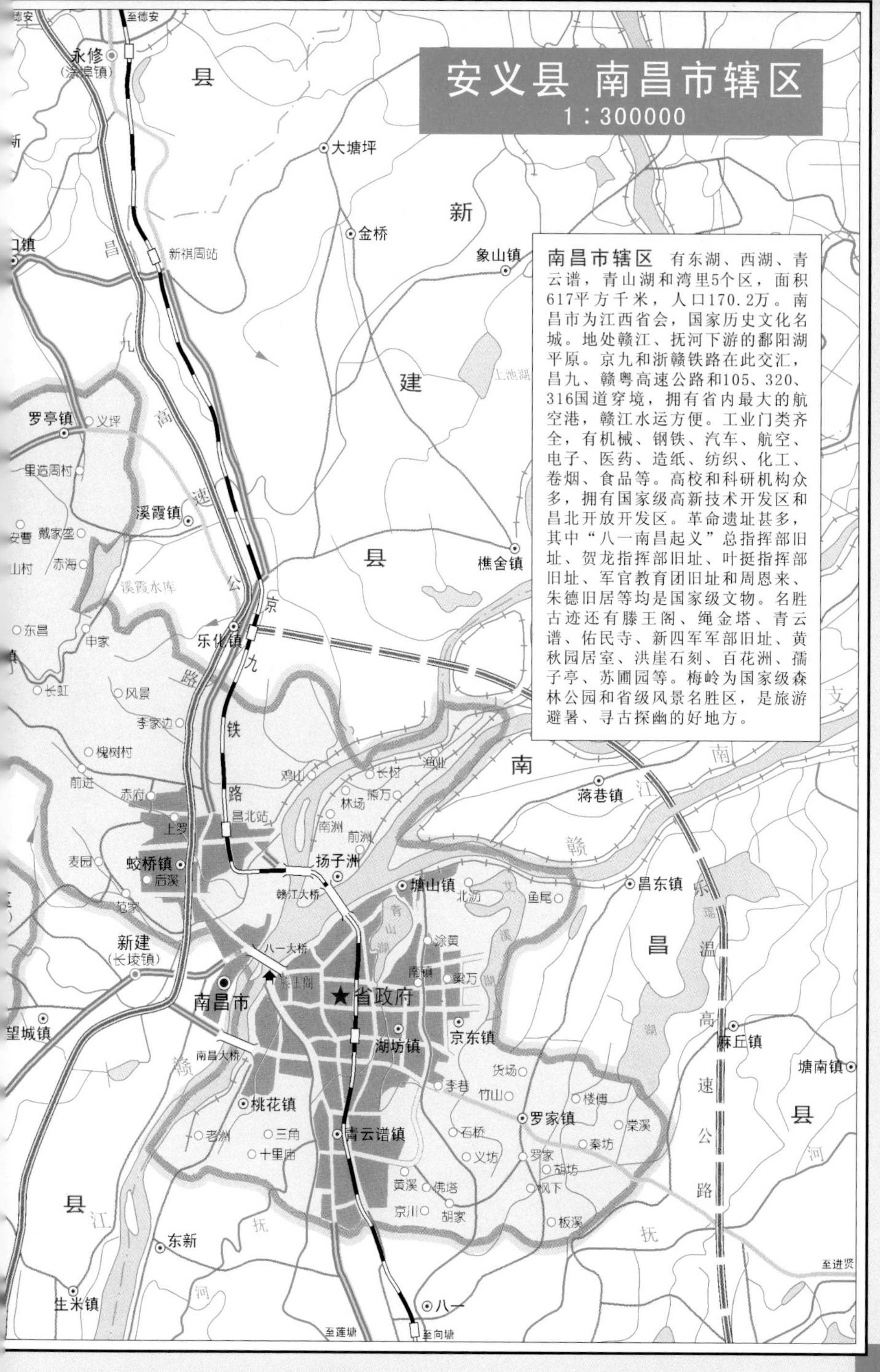
安义县 南昌市辖区
1：300000
南昌市辖区 有东湖、西湖、青云谱，青山湖和湾里5个区，面积617平方千米，人口170.2万。南昌市为江西省会，国家历史文化名城。地处赣江、抚河下游的鄱阳湖平原。京九和浙赣铁路在此交汇，昌九、赣粤高速公路和105、320、316国道穿境，拥有省内最大的航空港，赣江水运方便。工业门类齐全，有机械、钢铁、汽车、航空、电子、医药、造纸、纺织、化工、卷烟、食品等。高校和科研机构众多，拥有国家级高新技术开发区和昌北开放开发区。革命遗址甚多，其中“八一南昌起义”总指挥部旧址、贺龙指挥部旧址、叶挺指挥部旧址、军官教育团旧址和周恩来、朱德旧居等均是国家级文物。名胜古迹还有滕王阁、绳金塔、青云谱、佑民寺、新四军军部旧址、黄秋园居室、洪崖石刻、百花洲、孺子亭、苏圃园等。梅岭为国家级森林公园和省级风景名胜区，是旅游避暑、寻古探幽的好地方。
至德安
永修
(涂埠镇)
大塘坪
金桥
新祺周站
象山镇
新建县
上池湖
昌九高速公路
罗亭镇
义坪
里造周村
溪霞镇
戴家垄
赤海
溪霞水库
樵舍镇
乐化镇
京九铁路
东昌
申家
长虹
风景
李家边
槐树村
前进
赤府
鸡山
长村
渔业
林场
熊万
南洲
前洲
昌北站
上罗
麦园
蛟桥镇
后溪
扬子洲
赣江大桥
塘山镇
北沥
鱼尾
蒋巷镇
南昌县
赣江
昌东镇
范家
新建
(长堎镇)
八一大桥
滕王阁
南昌市
★省政府
涂黄
南镇
梁万
青山湖
艾溪湖
瑶湖
温厚高速公路
望城镇
南昌大桥
湖坊镇
京东镇
麻丘镇
塘南镇
货场
李巷
竹山
楼傅
桃花镇
罗家镇
棠溪
老洲
三角
青云谱镇
石桥
秦坊
十里庙
义坊
罗家
胡坊
黄溪
佛塔
枫下
京川
胡家
板溪
抚河
东新
生米镇
八一
至进贤
至莲塘
至向塘

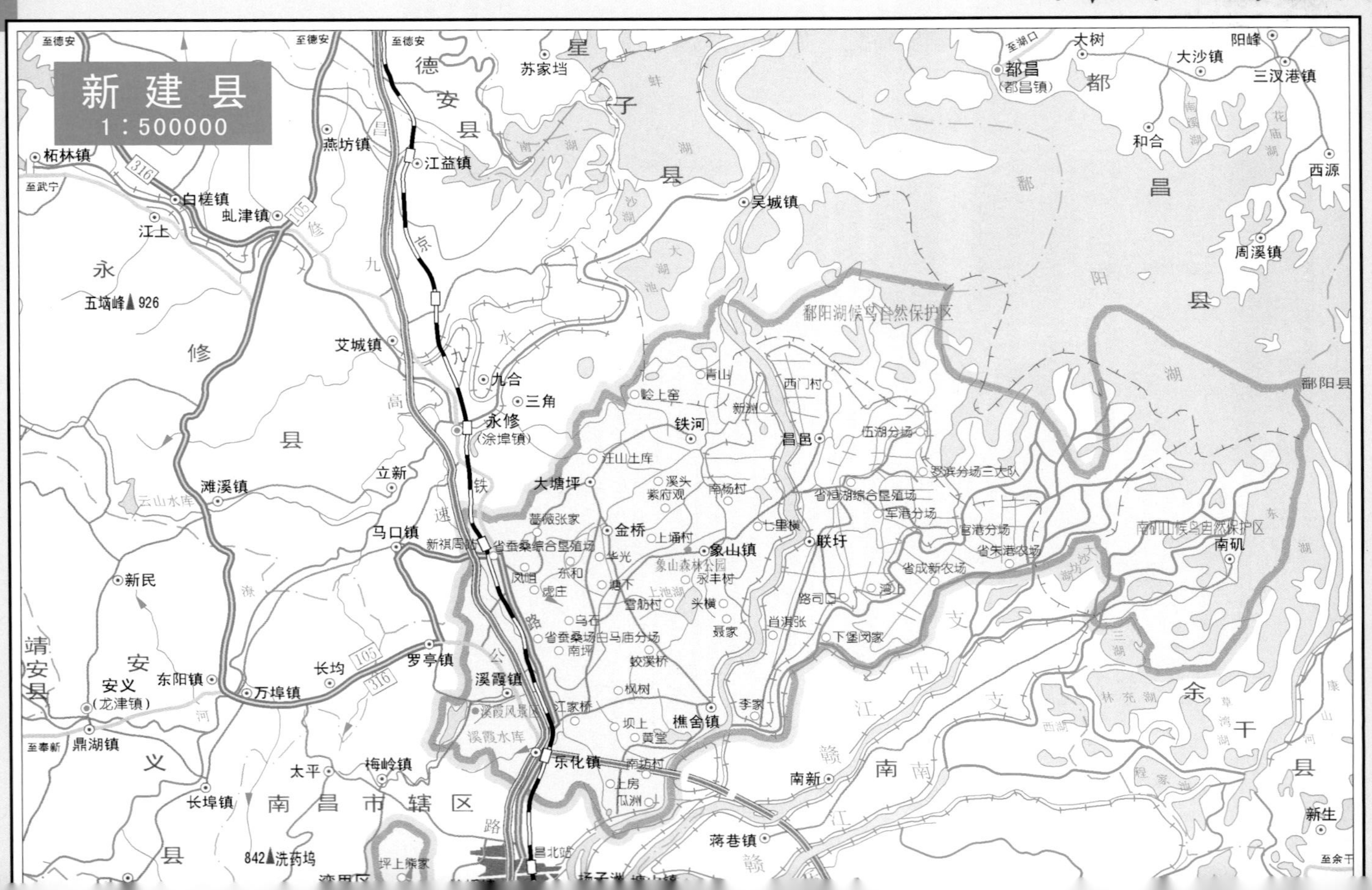

新建县
1：500000
柘林镇
至武宁
白槎镇
虬津镇
江上
永
五墒峰▲926
修
县
滩溪镇
云山水库
新民
安义
（龙津镇）
东阳镇
万埠镇
鼎湖镇
至奉新
靖
安
县
义
长埠镇
842▲洗药坞
太平
梅岭镇
南昌市辖区
长均
罗亭镇
105
316
至德安
燕坊镇
江益镇
德
安
县
艾城镇
九合
三角
永修
（涂埠镇）
立新
马口镇
新祺周站
苏家垱
星
子
县
吴城镇
大湖池
沙湖
蚌湖
鄱阳湖候鸟自然保护区
青山
岭上窑
铁河
新洲
西门村
昌邑
伍湖分场
汪山土库
大塘坪
溪头
紫府观
南杨村
蔷薇张家
金桥
上埇村
七里横
联圩
象山镇
象山森林公园
华光
东和
凤咀
虎庄
塘下
雷舫村
上池湖
永丰村
头横
聂家
乌石
省蚕桑综合垦殖场
省蚕桑场白马庙分场
南坪
蛟溪桥
枫树
江家桥
溪霞镇
溪霞风景区
溪霞水库
坝上
黄堂
樵舍镇
李家
乐化镇
南坊村
上房
瓜洲
昌北站
坪上熊家
蒋巷镇
南新
路司口
肖湄张
下堡冈家
湾上
省成新农场
省朱港农场
官港分场
军港分场
省恒湖综合垦殖场
罗滨分场三大队
南矶山候鸟自然保护区
南矶
都昌
（都昌镇）
至湖口
大树
都
大沙镇
阳峰
三汉港镇
和合
西源
昌
周溪镇
鄱阳县
鄱
阳
湖
县
余
干
县
新生
至余干
康山河
林充湖
程家池
西湖
草湾湖
三湖
中
支
南
赣
江
京
九
铁
路
高
速
公
路
修
水
潦
河

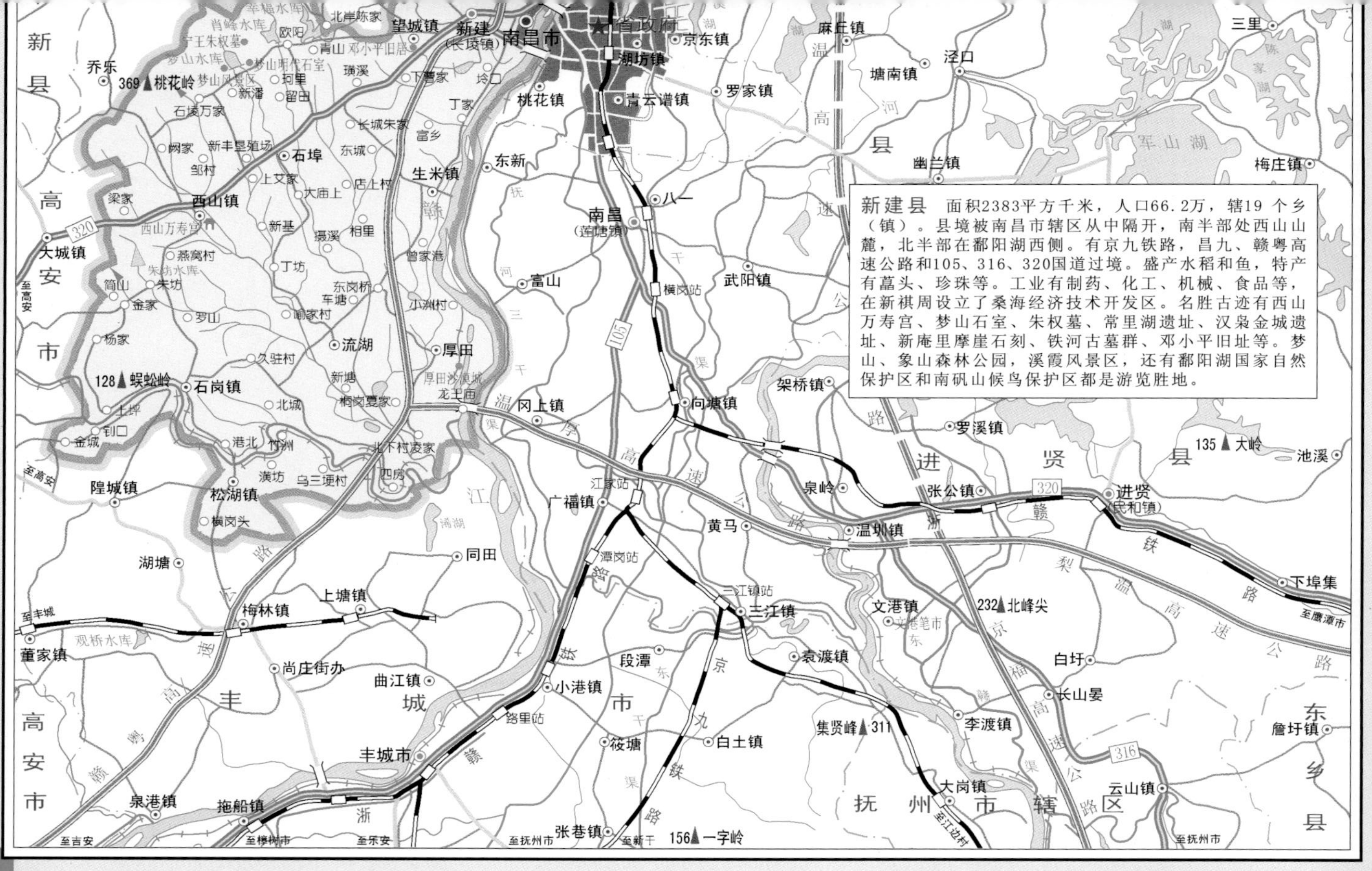

新建县 面积2383平方千米，人口66.2万，辖19个乡（镇）。县境被南昌市辖区从中隔开，南半部处西山山麓，北半部在鄱阳湖西侧。有京九铁路，昌九、赣粤高速公路和105、316、320国道过境。盛产水稻和鱼，特产有藠头、珍珠等。工业有制药、化工、机械、食品等，在新祺周设立了桑海经济技术开发区。名胜古迹有西山万寿宫、梦山石室、朱权墓、常里湖遗址、汉枭金城遗址、新庵里摩崖石刻、铁河古墓群、邓小平旧址等。梦山、象山森林公园，溪霞风景区，还有鄱阳湖国家自然保护区和南矶山候鸟保护区都是游览胜地。

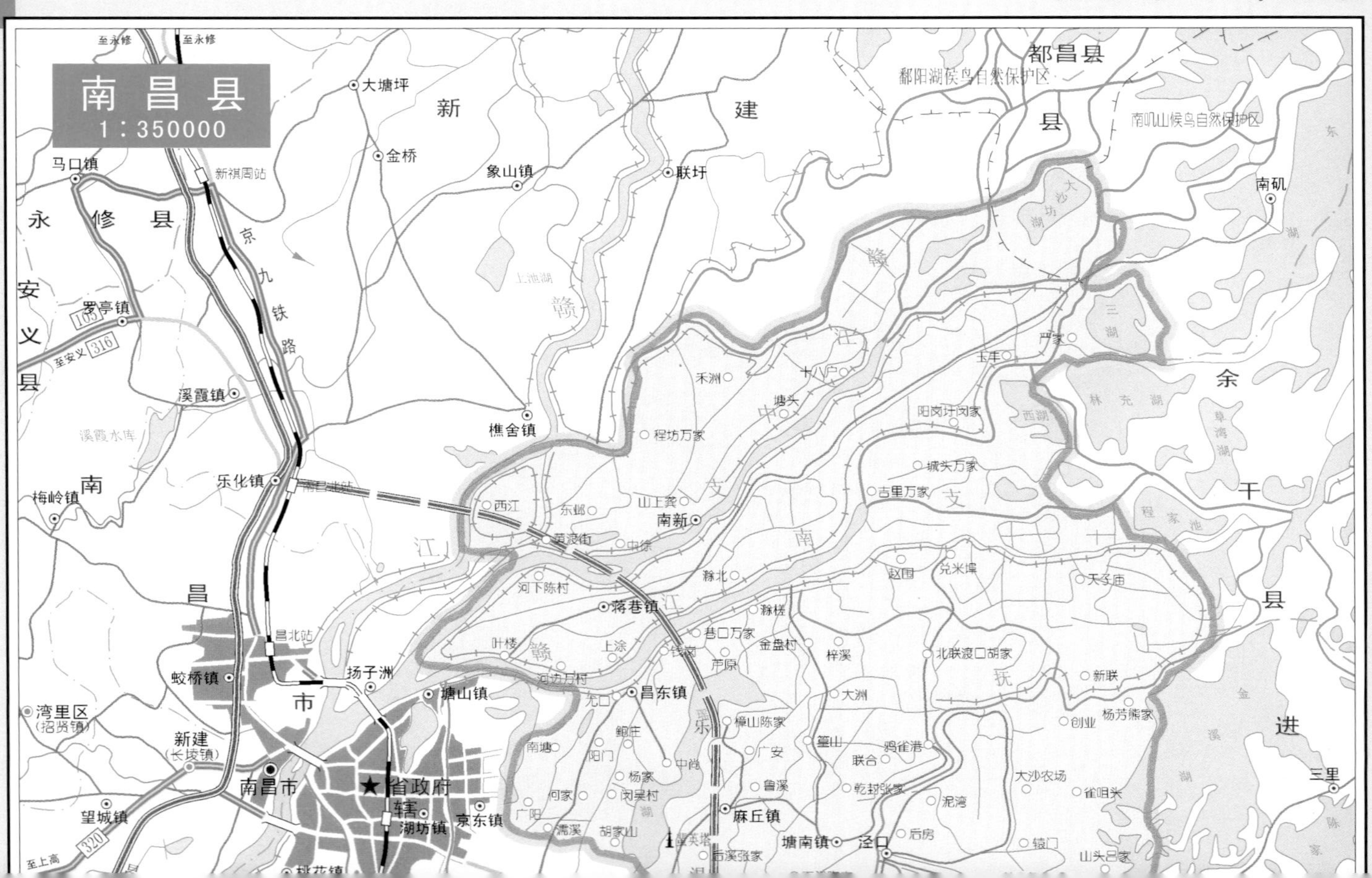

南昌县
1：350000
至永修
大塘坪
新
建
都昌县
鄱阳湖候鸟自然保护区
县
南叽山候鸟自然保护区
马口镇
新祺周站
金桥
象山镇
联圩
南矶
永
修
县
京
九
铁
路
上池湖
赣
大沙坊湖
安
罗亭镇
义
至安义
316
105
县
溪霞镇
溪霞水库
樵舍镇
禾洲
十八户
严家
三湖
玉丰
余
林充湖
塘头
中
阳岗圩闵家
西湖
程坊万家
草湾湖
城头万家
南
梅岭镇
乐化镇
南昌北站
西江
东邺
山上龚
南新
支
吉里万家
支
干
程家池
江
黄渡街
中徐
南
赵围
兑米埠
天子庙
河下陈村
滁北
昌
蒋巷镇
江
滁槎
县
昌北站
叶楼
赣
上涂
巷口万家
金盘村
梓溪
北联渡口胡家
抚
新联
蛟桥镇
扬子洲
河边万村
昌东镇
芦原
塘山镇
尤口
大洲
湾里区
(招贤镇)
市
鲍庄
樟山陈家
创业
杨芳熊家
金
进
新建
(长堎镇)
南塘
阳门
中尚
广安
篁山
鸡雀港
溪
南昌市
★省政府
杨家
闵吴村
鲁溪
联合
大沙农场
湖
三里
何家
湖
乾封张家
泥湾
雀咀头
望城镇
辖
湖坊镇
京东镇
广阳
瀛溪
胡家山
望英塔
麻丘镇
塘南镇
泾口
后房
320
镜门
至上高
山头吕家
后溪张家
桃花镇
东
湖
陈
家

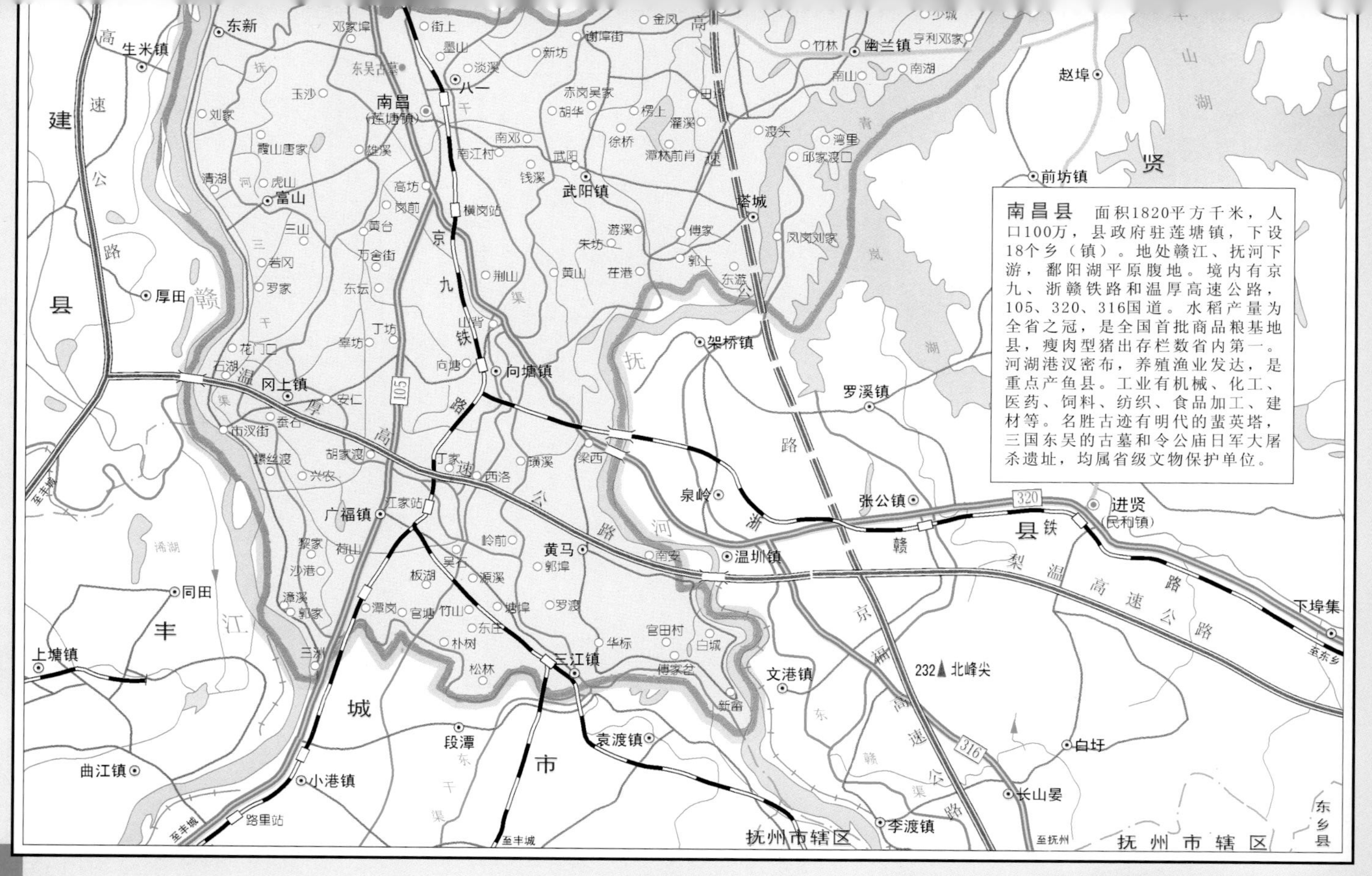
南昌县　面积1820平方千米，人口100万，县政府驻莲塘镇，下设18个乡（镇）。地处赣江、抚河下游，鄱阳湖平原腹地。境内有京九、浙赣铁路和温厚高速公路，105、320、316国道。水稻产量为全省之冠，是全国首批商品粮基地县，瘦肉型猪出存栏数省内第一。河湖港汊密布，养殖渔业发达，是重点产鱼县。工业有机械、化工、医药、饲料、纺织、食品加工、建材等。名胜古迹有明代的蜚英塔，三国东吴的古墓和令公庙日军大屠杀遗址，均属省级文物保护单位。
南昌
(莲塘镇)
八一
向塘镇
武阳镇
塔城
幽兰镇
冈上镇
广福镇
黄马
三江镇
温圳镇
泉岭
架桥镇
罗溪镇
张公镇
进贤
(民和镇)
前坊镇
赵埠
文港镇
下埠集
白圩
长山晏
李渡镇
袁渡镇
段潭
小港镇
曲江镇
上塘镇
同田
厚田
生米镇
东新
富山
232▲北峰尖
建
县
丰
城
市
贤
抚州市辖区
东乡县
京九铁路
浙赣铁路
温厚高速公路
梨温高速公路
沪福高速公路
105
320
316
至丰城
至抚州
至东乡
赣
抚
河
江

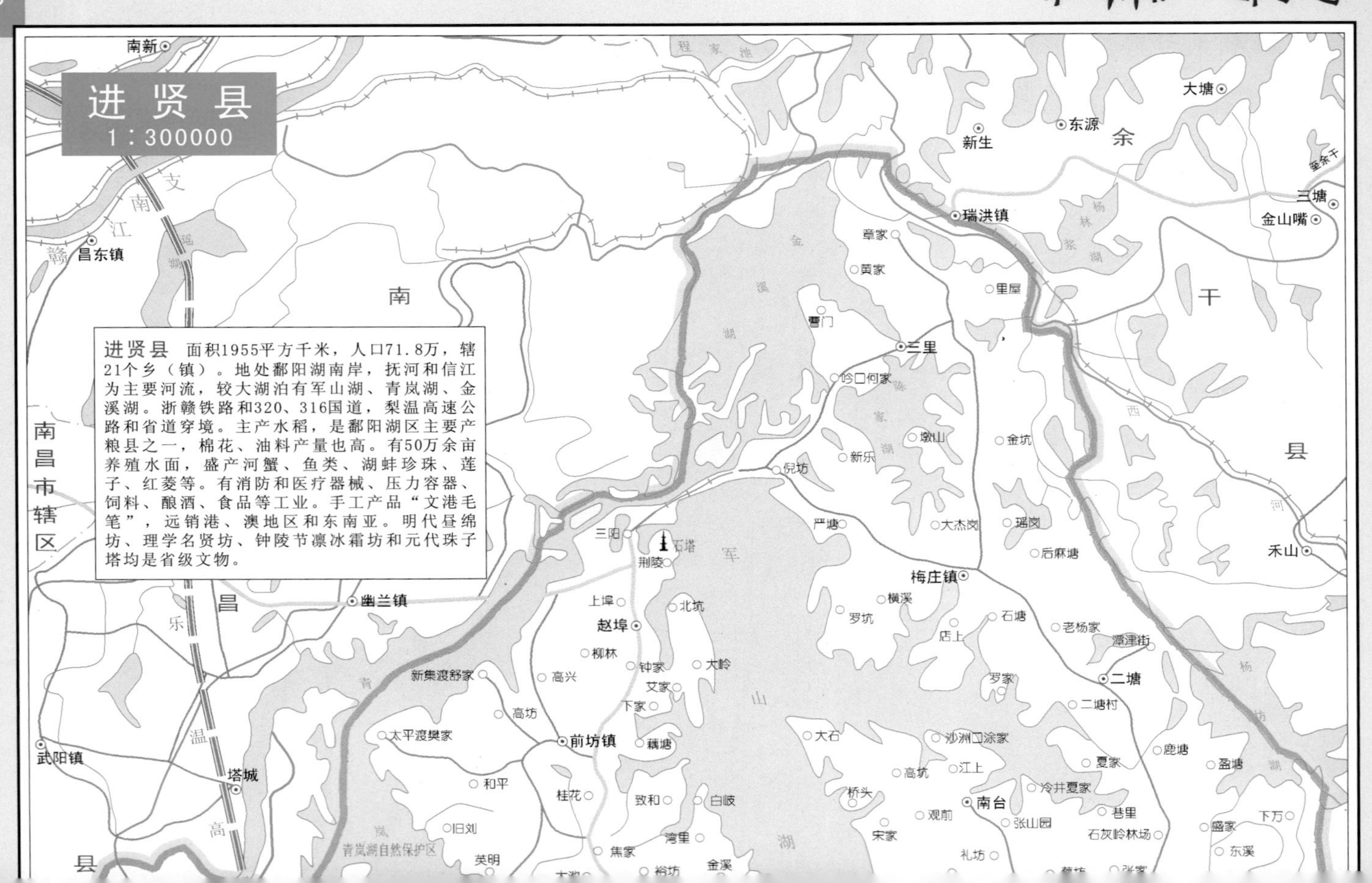

进贤县　面积1955平方千米，人口71.8万，辖21个乡（镇）。地处鄱阳湖南岸，抚河和信江为主要河流，较大湖泊有军山湖、青岚湖、金溪湖。浙赣铁路和320、316国道，梨温高速公路和省道穿境。主产水稻，是鄱阳湖区主要产粮县之一，棉花、油料产量也高。有50万余亩养殖水面，盛产河蟹、鱼类、湖蚌珍珠、莲子、红菱等。有消防和医疗器械、压力容器、饲料、酿酒、食品等工业。手工产品“文港毛笔”，远销港、澳地区和东南亚。明代昼绵坊、理学名贤坊、钟陵节凛冰霜坊和元代珠子塔均是省级文物。

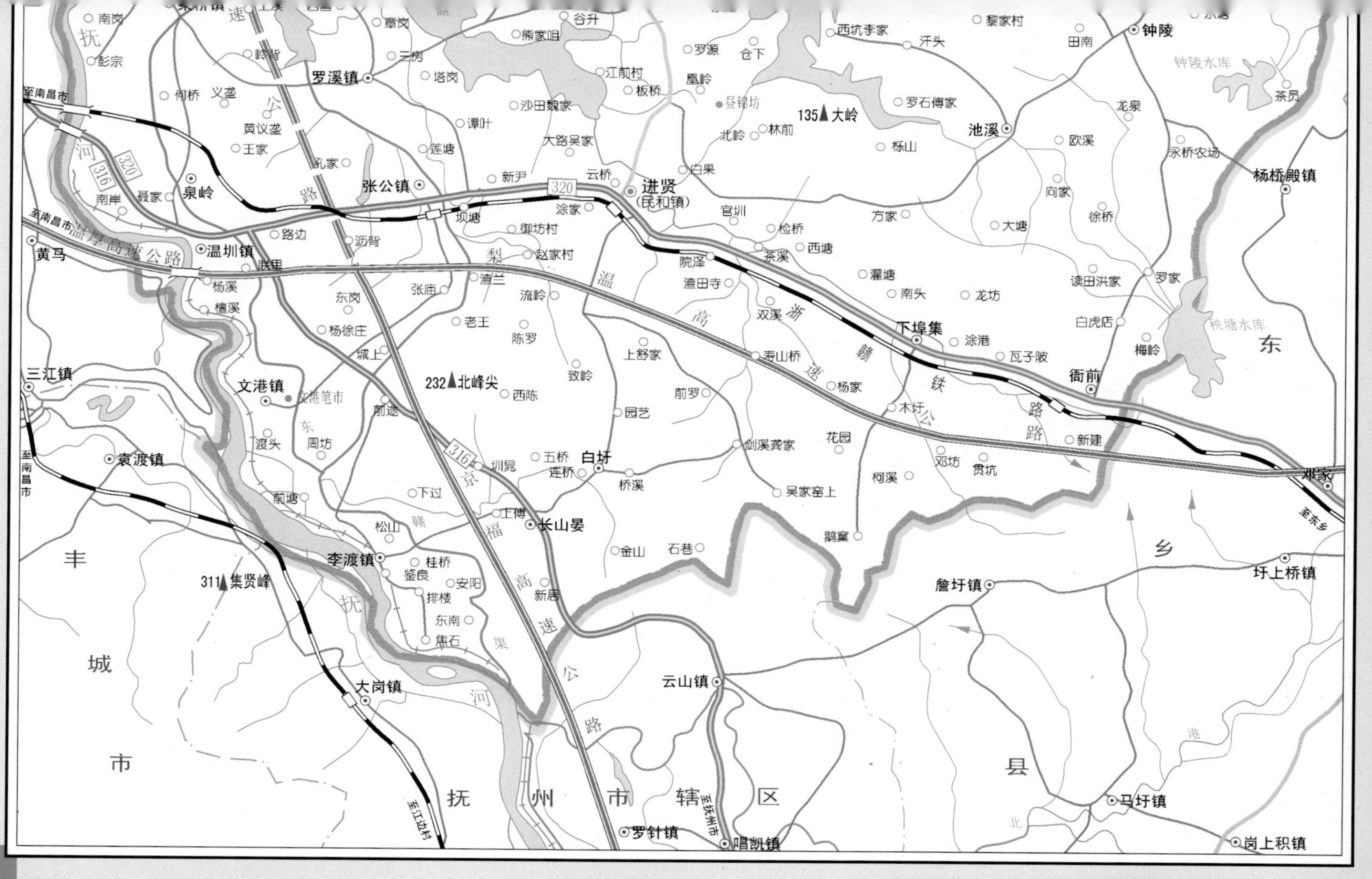
钟陵
钟陵水库
茶员
杨桥殿镇
永桥农场
龙泉
池溪
欧溪
向家
徐桥
大塘
罗家
读田洪家
白虎店
秧塘水库
梅岭
东
衙前
下埠集
涂港
瓦子陂
龙坊
南头
灌塘
方家
西塘
检桥
茶溪
官圳
白果
进贤
(民和镇)
云桥
320
涂家
坝塘
院泽
渣田寺
双溪
寿山桥
杨家
木圩
新建
邓家
至东乡
邓坊
贯坑
柯溪
花园
剑溪龚家
吴家窑上
鹅窠
前罗
园艺
上舒家
致岭
白圩
桥溪
五桥
连桥
圳晃
316
上傅
长山晏
金山
石巷
乡
圩上桥镇
詹圩镇
云山镇
县
马圩镇
岗上积镇
唱凯镇
罗针镇
至抚州市
抚
州
市
辖
区
黎家村
田南
西坑李家
汗头
罗石傅家
135▲大岭
栎山
林前
北岭
昼锦坊
仓下
罗源
凰岭
江前村
板桥
谷升
熊家咀
沙田魏家
大路吴家
新尹
谭叶
莲塘
塔岗
章岗
三房
罗溪镇
岭背
南岗
彭宗
抚
何桥
义垄
黄议垄
王家
孔家
张公镇
泉岭
聂家
南岸
河
至南昌市
至南昌市温厚高速公路
黄马
温圳镇
联里
杨溪
檀溪
沥背
路边
御坊村
赵家村
梨
渣兰
流岭
张庙
东岗
杨徐庄
老王
陈罗
232▲北峰尖
西陈
城上
前途
文港镇
文港笔市
周坊
渡头
三江镇
袁渡镇
至南昌市
前塘
下过
松山
李渡镇
桂桥
鉴良
安阳
排楼
东南
焦石
311▲集贤峰
丰
城
市
大岗镇
至江边村
温
高
速
浙
赣
铁
路
公
京
福
高
速
公
路
河
渠

九江市·九江县

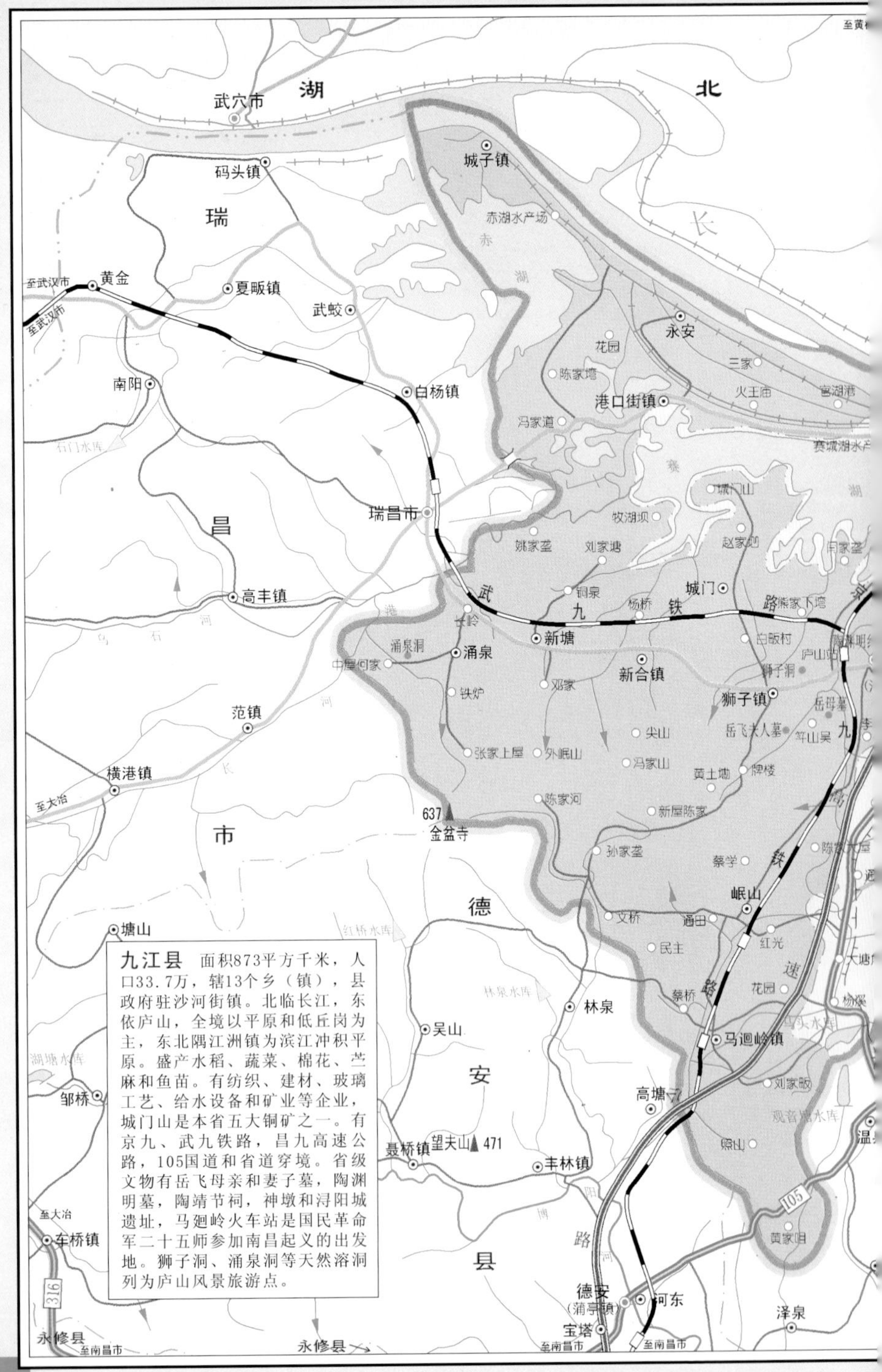

九江县 面积873平方千米，人口33.7万，辖13个乡（镇），县政府驻沙河街镇。北临长江，东依庐山，全境以平原和低丘岗为主，东北隅江洲镇为滨江冲积平原。盛产水稻、蔬菜、棉花、苎麻和鱼苗。有纺织、建材、玻璃工艺、给水设备和矿业等企业，城门山是本省五大铜矿之一。有京九、武九铁路，昌九高速公路，105国道和省道穿境。省级文物有岳飞母亲和妻子墓，陶渊明墓，陶靖节祠，神墩和浔阳城遗址，马迴岭火车站是国民革命军二十五师参加南昌起义的出发地。狮子洞、涌泉洞等天然溶洞列为庐山风景旅游点。

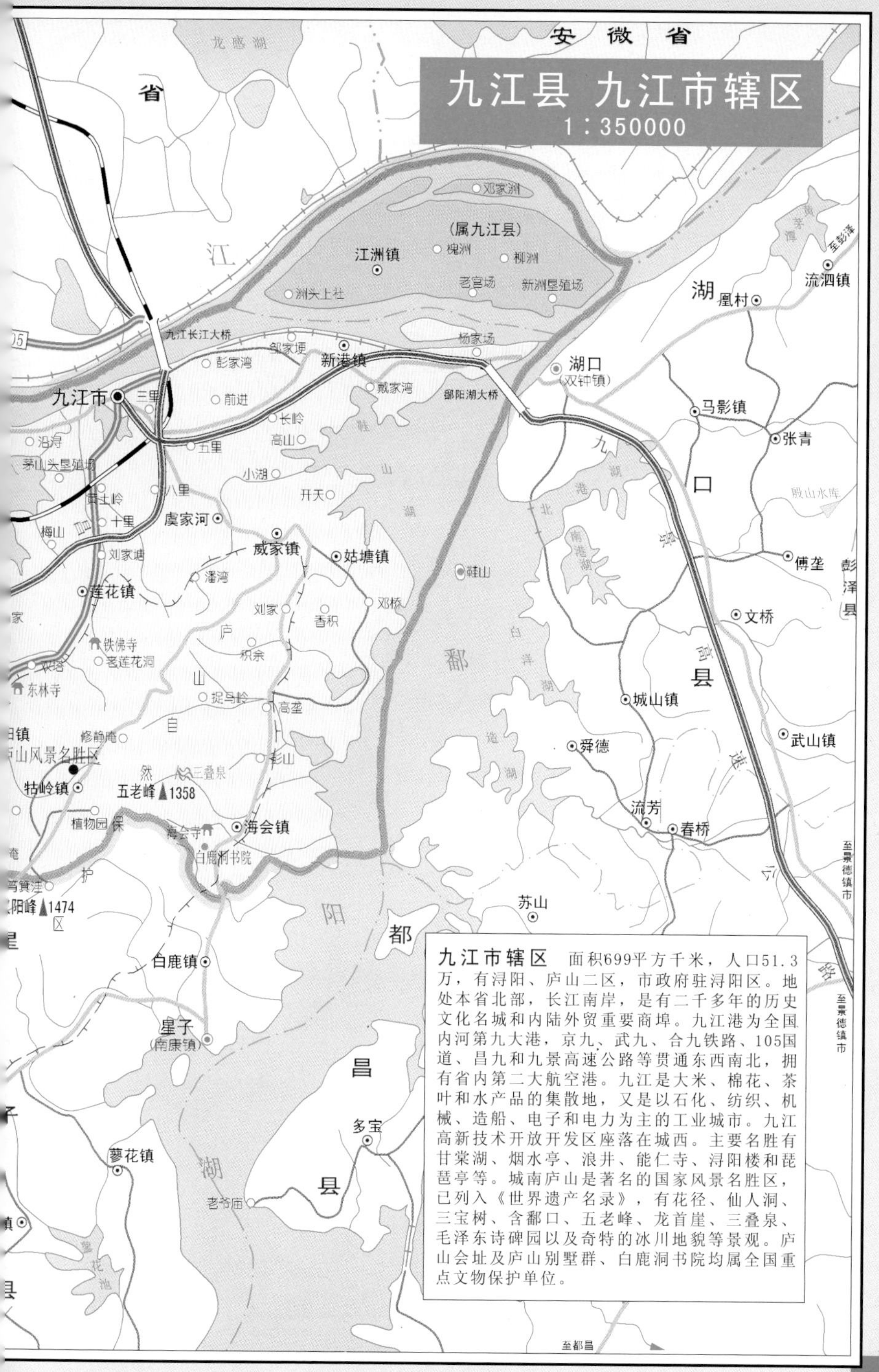

九江市辖区 面积699平方千米，人口51.3万，有浔阳、庐山二区，市政府驻浔阳区。地处本省北部，长江南岸，是有二千多年的历史文化名城和内陆外贸重要商埠。九江港为全国内河第九大港，京九、武九、合九铁路、105国道、昌九和九景高速公路等贯通东西南北，拥有省内第二大航空港。九江是大米、棉花、茶叶和水产品的集散地，又是以石化、纺织、机械、造船、电子和电力为主的工业城市。九江高新技术开放开发区座落在城西。主要名胜有甘棠湖、烟水亭、浪井、能仁寺、浔阳楼和琵琶亭等。城南庐山是著名的国家风景名胜区，已列入《世界遗产名录》，有花径、仙人洞、三宝树、含鄱口、五老峰、龙首崖、三叠泉、毛泽东诗碑园以及奇特的冰川地貌等景观。庐山会址及庐山别墅群、白鹿洞书院均属全国重点文物保护单位。

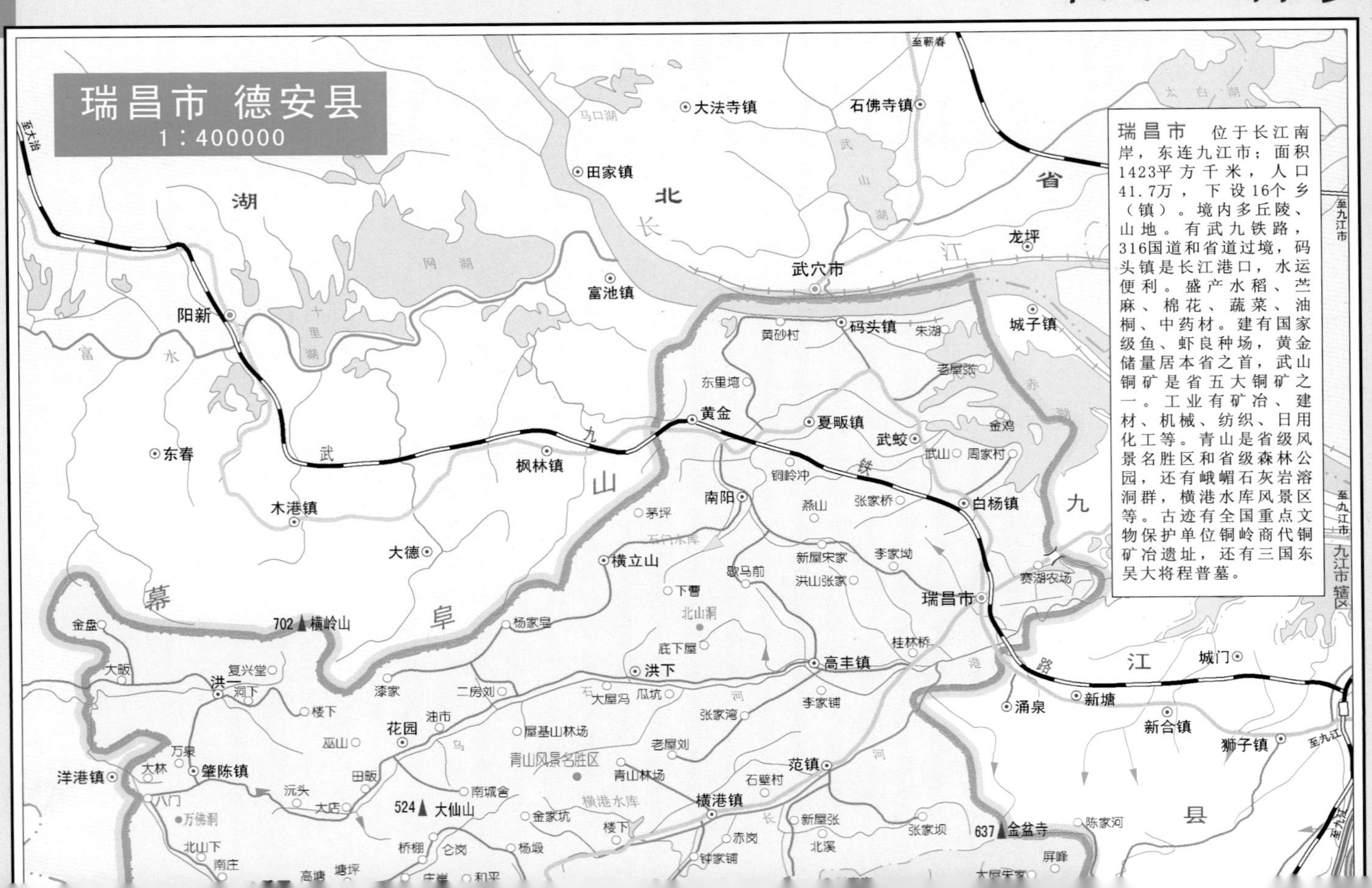

瑞昌市　位于长江南岸，东连九江市；面积1423平方千米，人口41.7万，下设16个乡（镇）。境内多丘陵、山地。有武九铁路，316国道和省道过境，码头镇是长江港口，水运便利。盛产水稻、苎麻、棉花、蔬菜、油桐、中药材。建有国家级鱼、虾良种场，黄金储量居本省之首，武山铜矿是省五大铜矿之一。工业有矿冶、建材、机械、纺织、日用化工等。青山是省级风景名胜区和省级森林公园，还有峨嵋石灰岩溶洞群，横港水库风景区等。古迹有全国重点文物保护单位铜岭商代铜矿冶遗址，还有三国东吴大将程普墓。

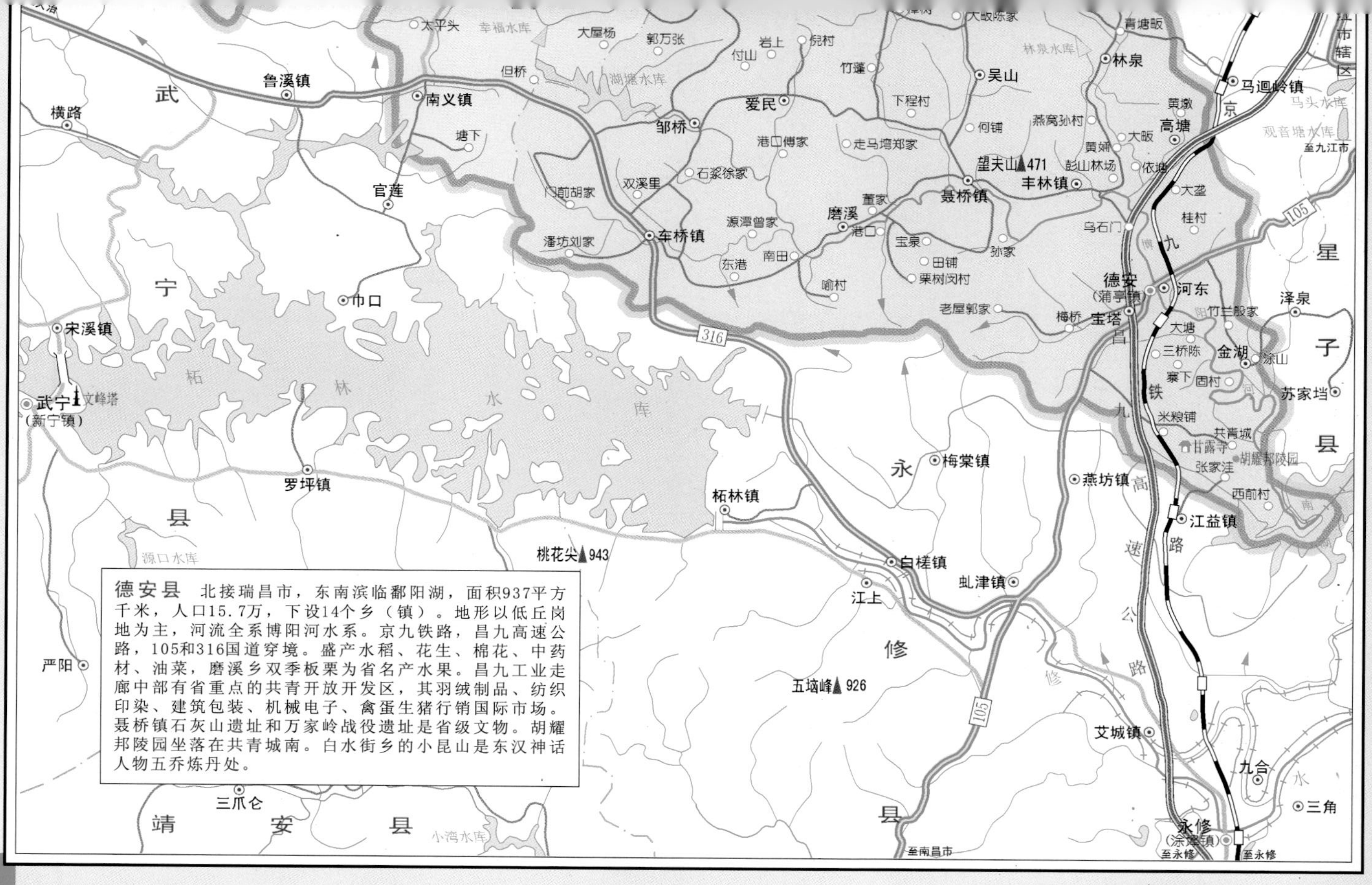

德安县 北接瑞昌市，东南滨临鄱阳湖，面积937平方千米，人口15.7万，下设14个乡（镇）。地形以低丘岗地为主，河流全系博阳河水系。京九铁路，昌九高速公路，105和316国道穿境。盛产水稻、花生、棉花、中药材、油菜，磨溪乡双季板栗为省名产水果。昌九工业走廊中部有省重点的共青开放开发区，其羽绒制品、纺织印染、建筑包装、机械电子、禽蛋生猪行销国际市场。聂桥镇石灰山遗址和万家岭战役遗址是省级文物。胡耀邦陵园坐落在共青城南。白水街乡的小昆山是东汉神话人物五乔炼丹处。

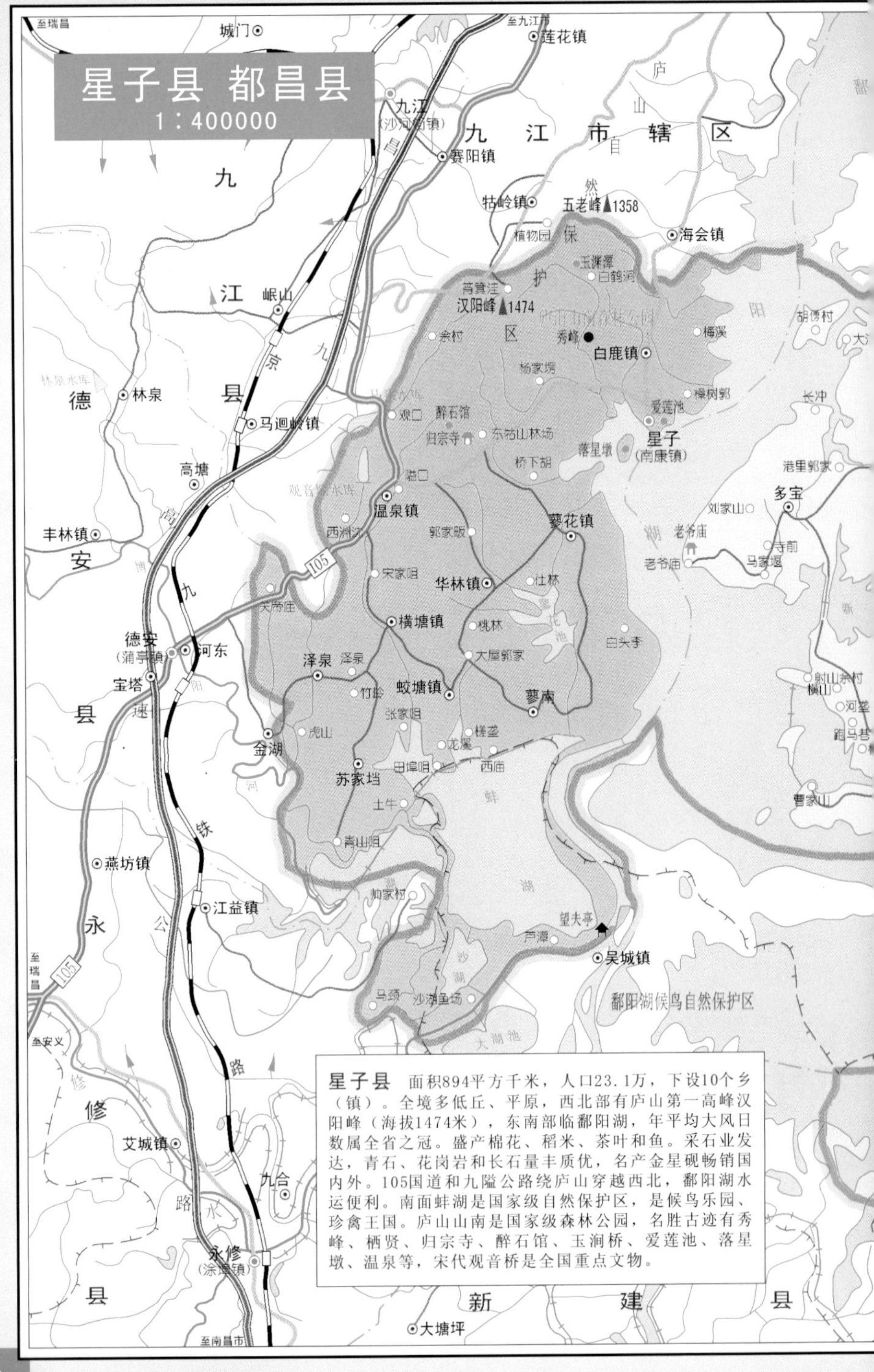

星子县 面积894平方千米，人口23.1万，下设10个乡（镇）。全境多低丘、平原，西北部有庐山第一高峰汉阳峰（海拔1474米），东南部临鄱阳湖，年平均大风日数属全省之冠。盛产棉花、稻米、茶叶和鱼。采石业发达，青石、花岗岩和长石量丰质优，名产金星砚畅销国内外。105国道和九隘公路绕庐山穿越西北，鄱阳湖水运便利。南面蚌湖是国家级自然保护区，是候鸟乐园、珍禽王国。庐山山南是国家级森林公园，名胜古迹有秀峰、栖贤、归宗寺、醉石馆、玉涧桥、爱莲池、落星墩、温泉等，宋代观音桥是全国重点文物。

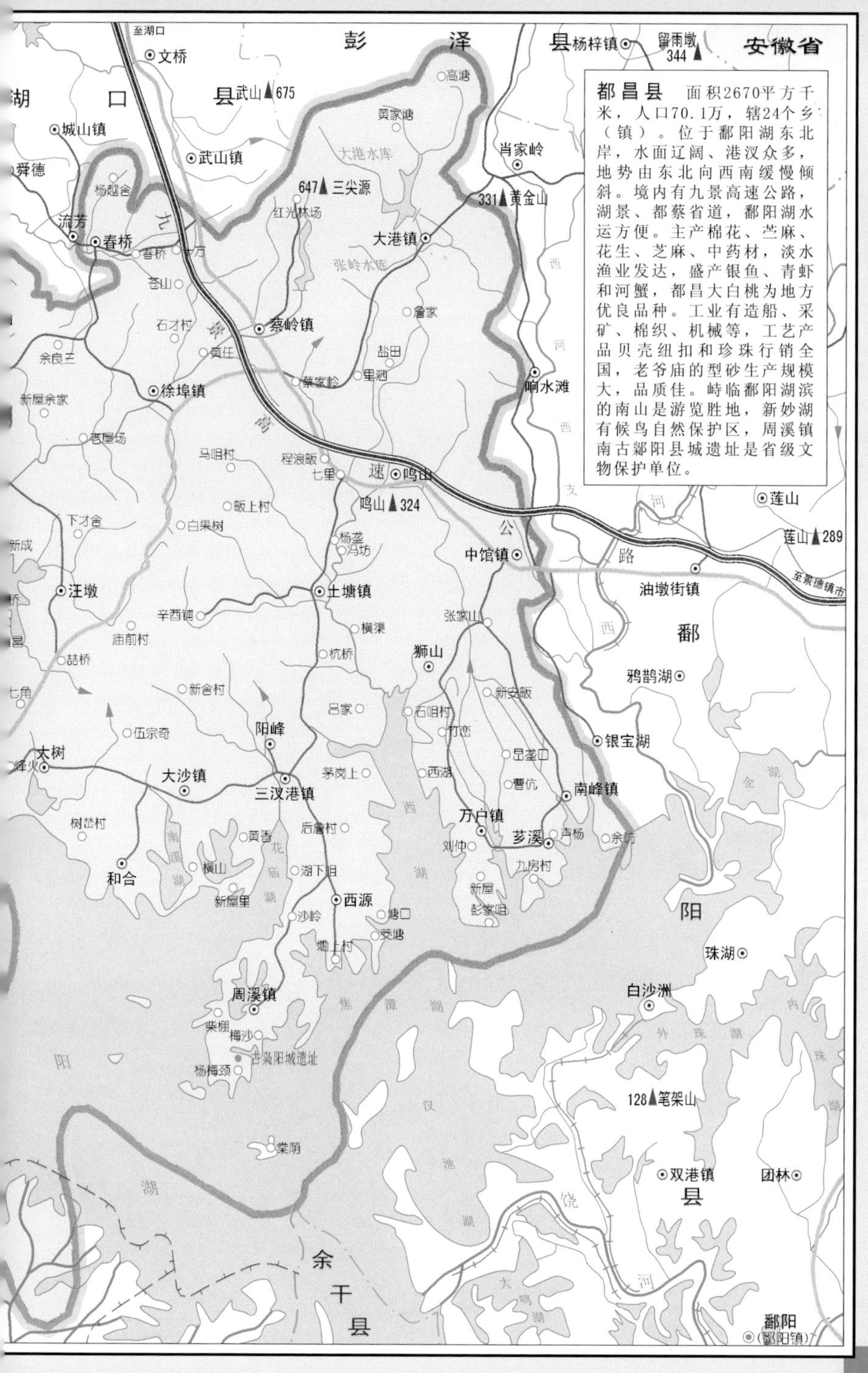

都昌县　面积2670平方千米，人口70.1万，辖24个乡（镇）。位于鄱阳湖东北岸，水面辽阔、港汊众多，地势由东北向西南缓慢倾斜。境内有九景高速公路，湖景、都蔡省道，鄱阳湖水运方便。主产棉花、苎麻、花生、芝麻、中药材，淡水渔业发达，盛产银鱼、青虾和河蟹，都昌大白桃为地方优良品种。工业有造船、采矿、棉织、机械等，工艺产品贝壳纽扣和珍珠行销全国，老爷庙的型砂生产规模大，品质佳。峙临鄱阳湖滨的南山是游览胜地，新妙湖有候鸟自然保护区，周溪镇南古鄡阳县城遗址是省级文物保护单位。
安徽省
彭泽县
湖口县
鄱阳县
余干县
至湖口
文桥
武山 675
城山镇
武山镇
舜德
流芳
春桥
杨梓镇
留雨墩 344
高塘
黄家塘
大港水库
肖家岭
647 三尖源
331 黄金山
红光林场
大港镇
张岭水库
蔡岭镇
徐埠镇
响水滩
九景高速公路
程浪畈
七里
鸣山
鸣山 324
中馆镇
莲山
莲山 289
油墩街镇
至景德镇市
汪墩
土塘镇
辛西铺
横渠
杭桥
狮山
张家山
新安畈
鸦鹊湖
银宝湖
阳峰
大树
大沙镇
三汊港镇
西湖
南峰镇
万户镇
芗溪
余荫
和合
横山
西源
南溪湖
花庙湖
新屋里
沙岭
周溪镇
古鄡阳城遗址
焦潭湖
汉池湖
大鸣湖
白沙洲
珠湖
外珠湖
内珠湖
128 笔架山
双港镇
团林
鄱阳（鄱阳镇）
饶河
西河

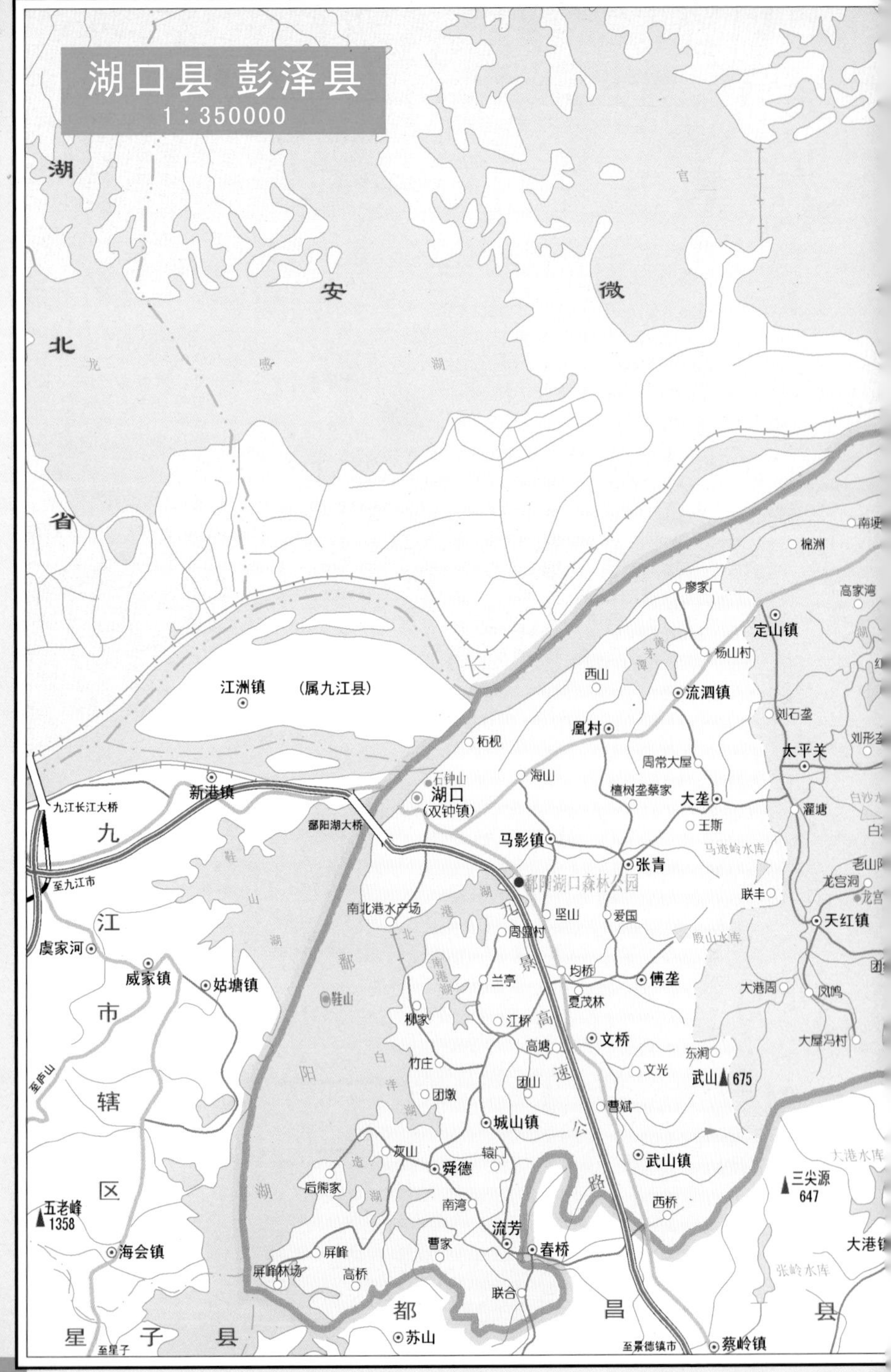
湖口县 彭泽县
1：350000
湖
北
省
安
微
官
龙
感
湖
长
江洲镇
(属九江县)
新港镇
九江长江大桥
九
至九江市
江
市
辖
区
虞家河
威家镇
姑塘镇
至庐山
五老峰
1358
海会镇
星
子
县
至星子
鄱阳湖大桥
石钟山
湖口
(双钟镇)
柘矶
海山
南北港水产场
鞋山
鄱
阳
湖
白
洋
湖
造
湖
北
港
南港湖
柳家
竹庄
团墩
灰山
后熊家
舜德
南湾
屏峰
屏峰林场
高桥
曹家
流芳
春桥
联合
都
苏山
昌
至景德镇市
蔡岭镇
县
西山
凰村
马影镇
鄱阳湖口森林公园
坚山
周璧村
兰亭
江桥
爱国
均桥
夏茂林
文桥
高塘
团山
城山镇
镇门
曹斌
文光
武山镇
西桥
张青
傅垄
武山
675
东涧
檀树垄蔡家
大垄
王斯
周常大屋
流泗镇
杨山村
廖家
定山镇
刘石垄
太平关
灌塘
马迹岭水库
殷山水库
联丰
天红镇
龙宫洞
大港周
凤鸣
大屋冯村
三尖源
647
大港水库
大港镇
张岭水库
南埂
棉洲
高家湾
刘形垄
白沙
老山
九
景
高
速
公
路

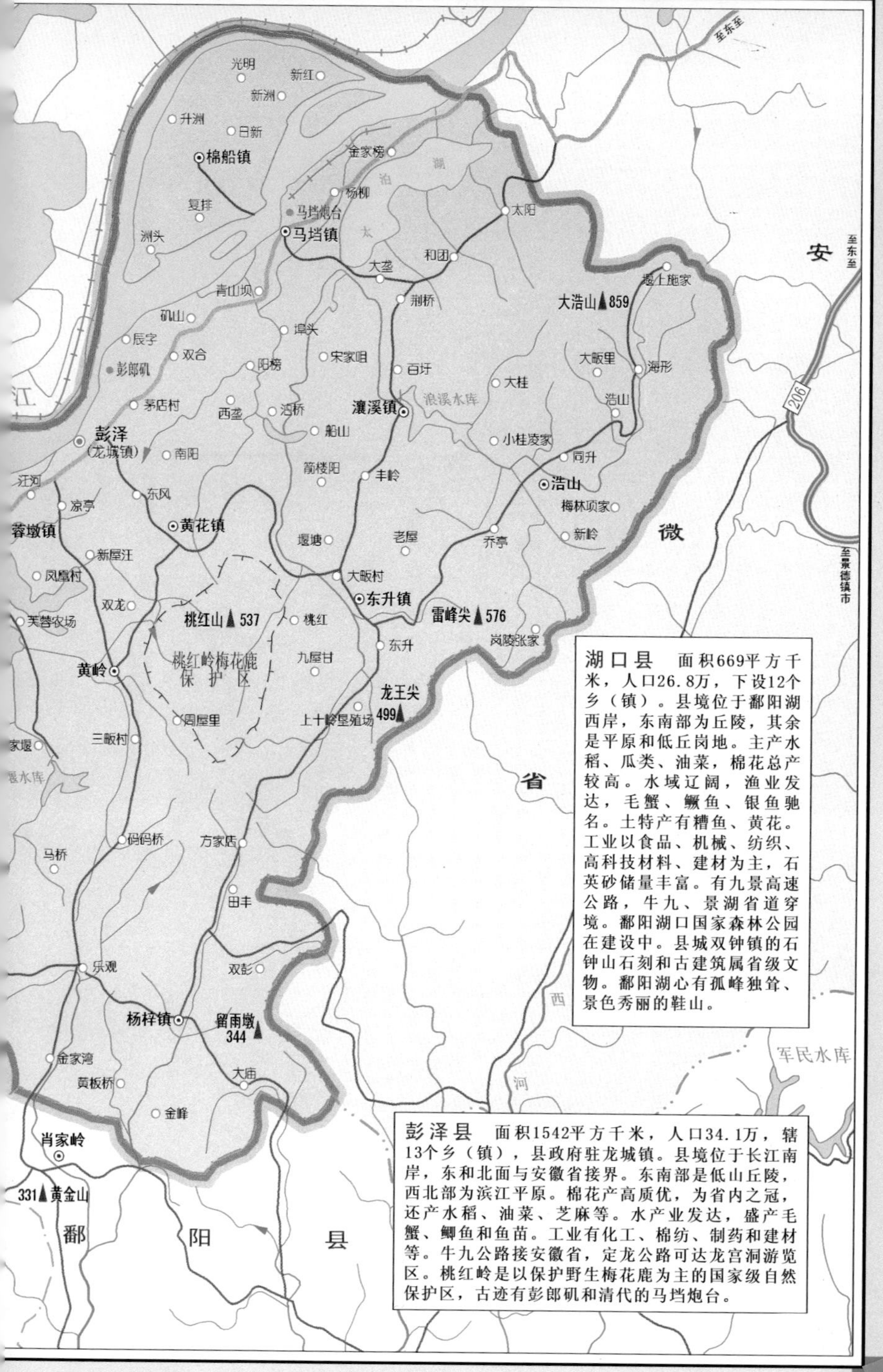

湖口县 面积669平方千米，人口26.8万，下设12个乡（镇）。县境位于鄱阳湖西岸，东南部为丘陵，其余是平原和低丘岗地。主产水稻、瓜类、油菜，棉花总产较高。水域辽阔，渔业发达，毛蟹、鳜鱼、银鱼驰名。土特产有糟鱼、黄花。工业以食品、机械、纺织、高科技材料、建材为主，石英砂储量丰富。有九景高速公路，牛九、景湖省道穿境。鄱阳湖口国家森林公园在建设中。县城双钟镇的石钟山石刻和古建筑属省级文物。鄱阳湖心有孤峰独耸、景色秀丽的鞋山。

彭泽县 面积1542平方千米，人口34.1万，辖13个乡（镇），县政府驻龙城镇。县境位于长江南岸，东和北面与安徽省接界。东南部是低山丘陵，西北部为滨江平原。棉花产高质优，为省内之冠，还产水稻、油菜、芝麻等。水产业发达，盛产毛蟹、鲫鱼和鱼苗。工业有化工、棉纺、制药和建材等。牛九公路接安徽省，定龙公路可达龙宫洞游览区。桃红岭是以保护野生梅花鹿为主的国家级自然保护区，古迹有彭郎矶和清代的马垱炮台。

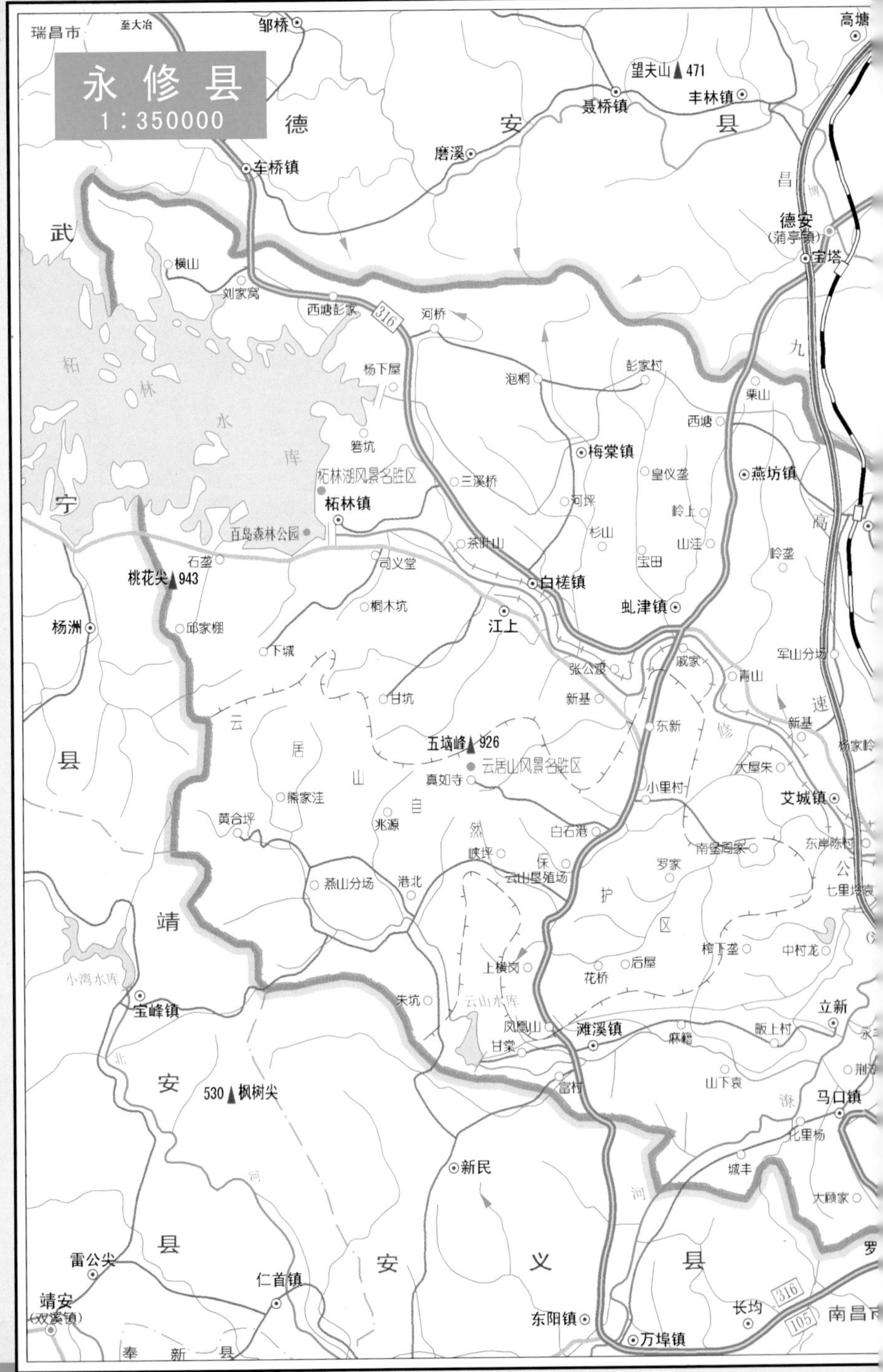
永修县
1：350000
瑞昌市
至大冶
邹桥
德安县
望夫山 471
聂桥镇
丰林镇
磨溪
车桥镇
高塘
德安
（蒲亭镇）
宝塔
武宁县
横山
刘家窝
西塘彭家
316
河桥
柘林水库
杨下屋
泡桐
彭家村
栗山
西塘
箬坑
柘林湖风景名胜区
梅棠镇
皇仪垄
燕坊镇
三溪桥
河坪
柘林镇
百岛森林公园
岭上
茶叶山
杉山
山洼
岭垄
石垄
司义堂
宝田
白槎镇
桃花尖 943
桐木坑
蚣津镇
杨洲
江上
邱家棚
下城
军山分场
张公渡
戚家
青山
新基
甘坑
新基
东新
云居山自然保护区
五境峰 926
修
大屋朱
云居山风景名胜区
真如寺
小里村
艾城镇
熊家洼
兆源
黄合坪
白石港
南垦闾家
东岸陈村
峡坪
罗家
云山垦殖场
燕山分场
港北
七里垅
靖安县
小湾水库
上横岗
后屋
榨下垄
中村龙
花桥
宝峰镇
朱坑
云山水库
凤凰山
滩溪镇
立新
麻糟
畈上村
甘棠
富村
山下袁
马口镇
530 枫树尖
化里杨
北
新民
城丰
大顾家
河
安义县
雷公尖
仁首镇
靖安
（双溪镇）
东阳镇
万埠镇
长均
316
105
南昌市
奉新县

永修县 面积2035平方千米，人口35.5万，下设15个乡（镇）。西部为丘陵山区，中部低丘岗地，东部是滨湖平原，修水横流东西。京九铁路和昌九高速公路，105、316国道穿越南北。柘林水库居本省库容和水力发电量之首。云山企业集团、星火化工厂是昌九经济技术开发区的知名企业。农作物以棉花、油料为主，粮食生产最盛，又是本省重点水产县，银鱼、鳜鱼驰名。以吴城为中心建立了鄱阳湖国家级自然保护区，是中外游客观赏、研究珍禽候鸟的佳地。云居山属省级亚热带常绿阔叶林生态系统的自然保护区，山上的真如寺及僧塔属省级文物保护单位。

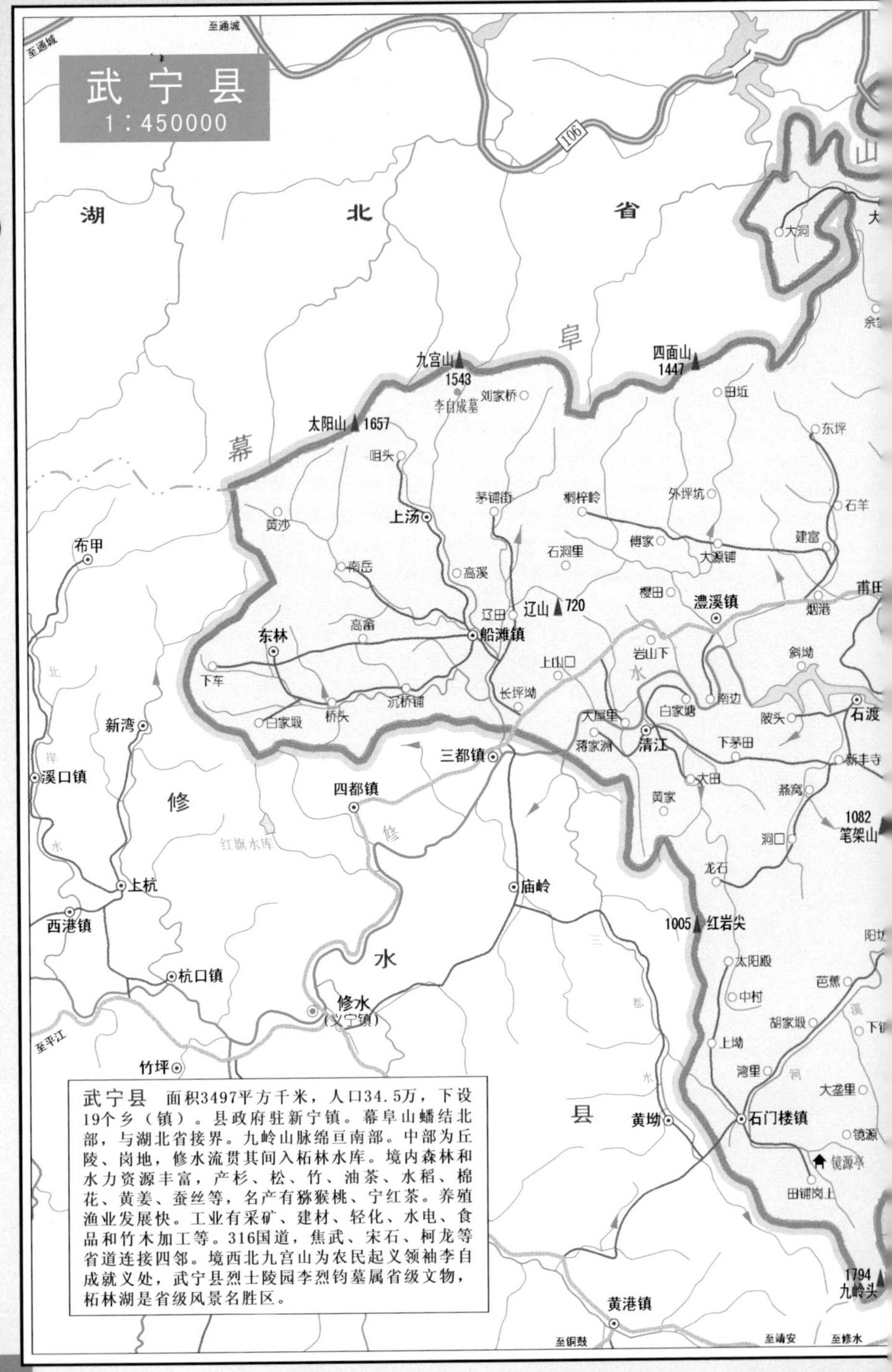

武宁县
1:450000
至通城
至通城
106
湖
北
省
幕
阜
九宫山 1543
李自成墓
刘家桥
四面山 1447
田坵
东坪
太阳山 1657
咀头
茅铺街
桐梓岭
外坪坑
石羊
上汤
黄沙
傅家
大源铺
建富
石洞里
南岳
高溪
樱田
漕溪镇
烟港
甫田
辽田
辽山 720
东林
高畲
船滩镇
岩山下
斜坳
上山口
下车
水
沉桥铺
长坪坳
白家塘
南边
石渡
白家塅
桥头
大屋里
陂头
蒋家洲
清江
下茅田
三都镇
新丰寺
四都镇
太田
黄家
燕窝
1082
笔架山
洞口
龙石
布甲
新湾
溪口镇
修
北
岸
水
红旗水库
修
上杭
西港镇
庙岭
1005 红岩尖
太阳殿
芭蕉
杭口镇
水
中村
修水
(义宁镇)
胡家塅
至平江
竹坪
上坳
湾里
大垄里
县
黄坳
石门楼镇
镜源
镜源亭
田铺岗上
1794
九岭头
黄港镇
至铜鼓
至靖安
至修水
大洞
余

武宁县 面积3497平方千米，人口34.5万，下设19个乡（镇）。县政府驻新宁镇。幕阜山蟠结北部，与湖北省接界。九岭山脉绵亘南部。中部为丘陵、岗地，修水流贯其间入柘林水库。境内森林和水力资源丰富，产杉、松、竹、油茶、水稻、棉花、黄姜、蚕丝等，名产有猕猴桃、宁红茶。养殖渔业发展快。工业有采矿、建材、轻化、水电、食品和竹木加工等。316国道，焦武、宋石、柯龙等省道连接四邻。境西北九宫山为农民起义领袖李自成就义处，武宁县烈士陵园李烈钧墓属省级文物，柘林湖是省级风景名胜区。

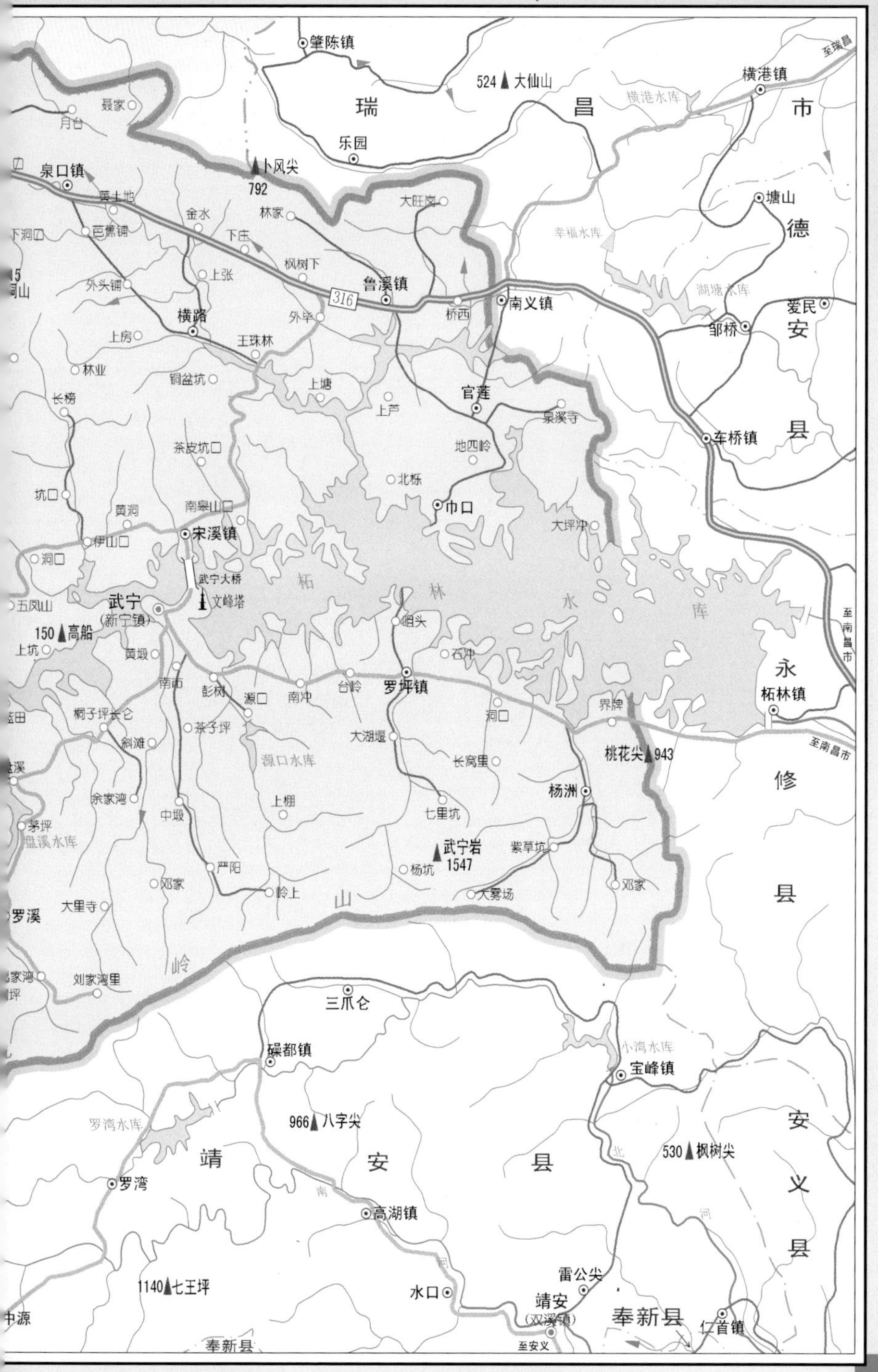

肇陈镇
524 大仙山
瑞
昌
市
至瑞昌
横港镇
横港水库
乐园
聂家
月台
卜风尖
792
泉口镇
黄土地
芭蕉铺
金水
林家
大旺岗
塘山
德
幸福水库
下庄
枫树下
上张
外头铺
鲁溪镇
316
桥西
南义镇
湖塘水库
爱民
安
邹桥
横路
外毕
上房
王珠林
林业
铜盆坑
上塘
上芦
官莲
泉溪寺
长榜
车桥镇
县
茶皮坑
地四岭
北栎
坑口
黄洞
南皋山口
巾口
大坪冲
宋溪镇
伊山口
洞口
武宁大桥
文峰塔
柘
林
水
库
五凤山
武宁
(新宁镇)
150 高船
上坑
黄塅
咀头
石冲
至南昌市
永
柘林镇
南市
彭树
源口
南冲
台岭
罗坪镇
界牌
桐子坪长仑
茶子坪
洞口
斜滩
大湖堰
源口水库
长窝里
桃花尖 943
至南昌市
修
余家湾
上棚
杨洲
中塅
七里坑
茅坪
盘溪水库
武宁岩
1547
紫草坑
严阳
杨坑
邓家
邓家
岭上
大雾场
县
罗溪
大里寺
山
岭
刘家湾里
三爪仑
碌都镇
小湾水库
宝峰镇
罗湾水库
966 八字尖
安
靖
安
县
530 枫树尖
北
义
罗湾
南
河
高湖镇
县
1140 七王坪
雷公尖
水口
靖安
(双溪镇)
奉新县
仁首镇
中源
奉新县
至安义

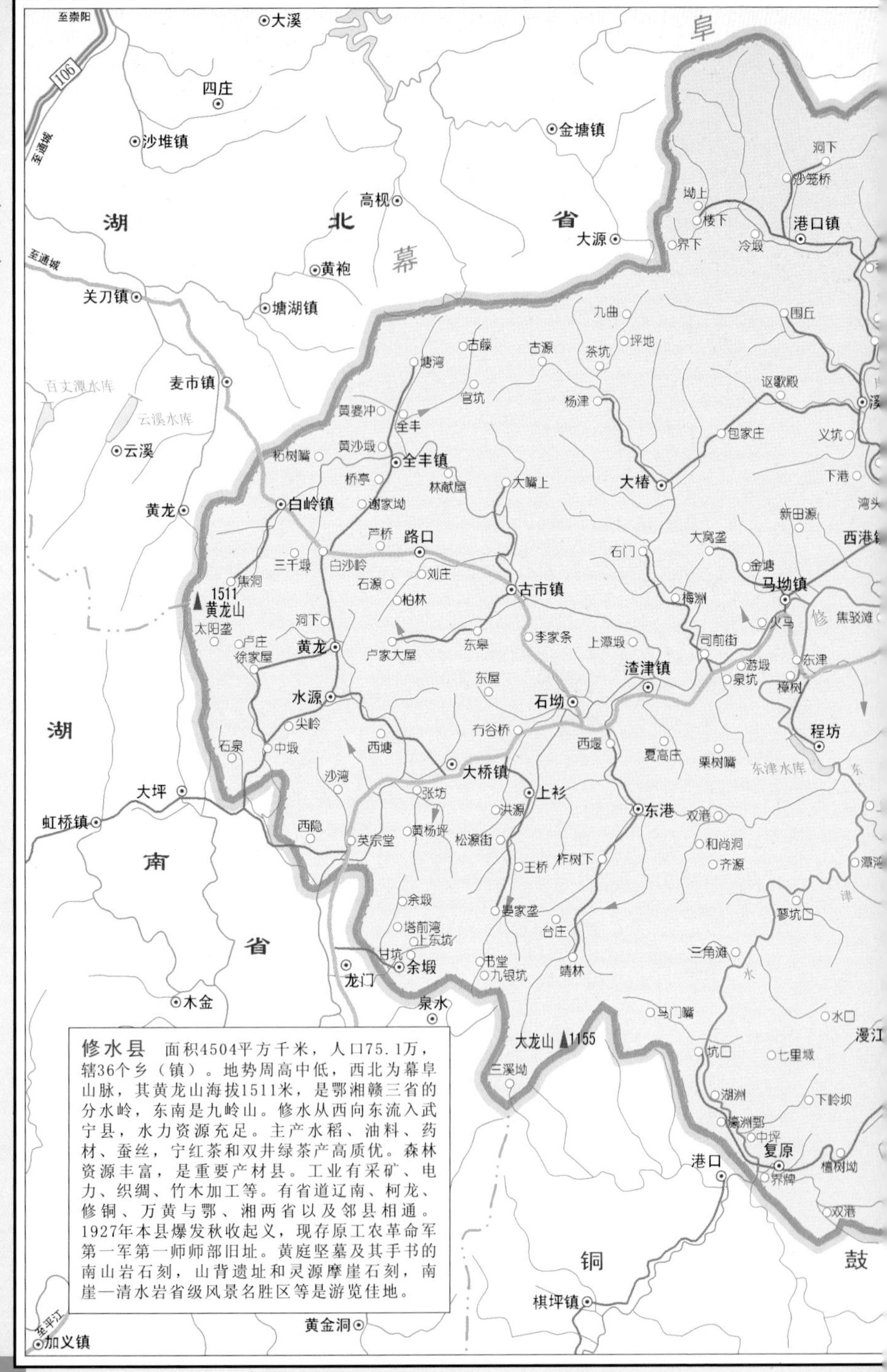

修水县　面积4504平方千米，人口75.1万，辖36个乡（镇）。地势周高中低，西北为幕阜山脉，其黄龙山海拔1511米，是鄂湘赣三省的分水岭，东南是九岭山。修水从西向东流入武宁县，水力资源充足。主产水稻、油料、药材、蚕丝，宁红茶和双井绿茶产高质优。森林资源丰富，是重要产材县。工业有采矿、电力、织绸、竹木加工等。有省道辽南、柯龙、修铜、万黄与鄂、湘两省以及邻县相通。1927年本县爆发秋收起义，现存原工农革命军第一军第一师师部旧址。黄庭坚墓及其手书的南山岩石刻，山背遗址和灵源摩崖石刻，南崖一清水岩省级风景名胜区等是游览佳地。

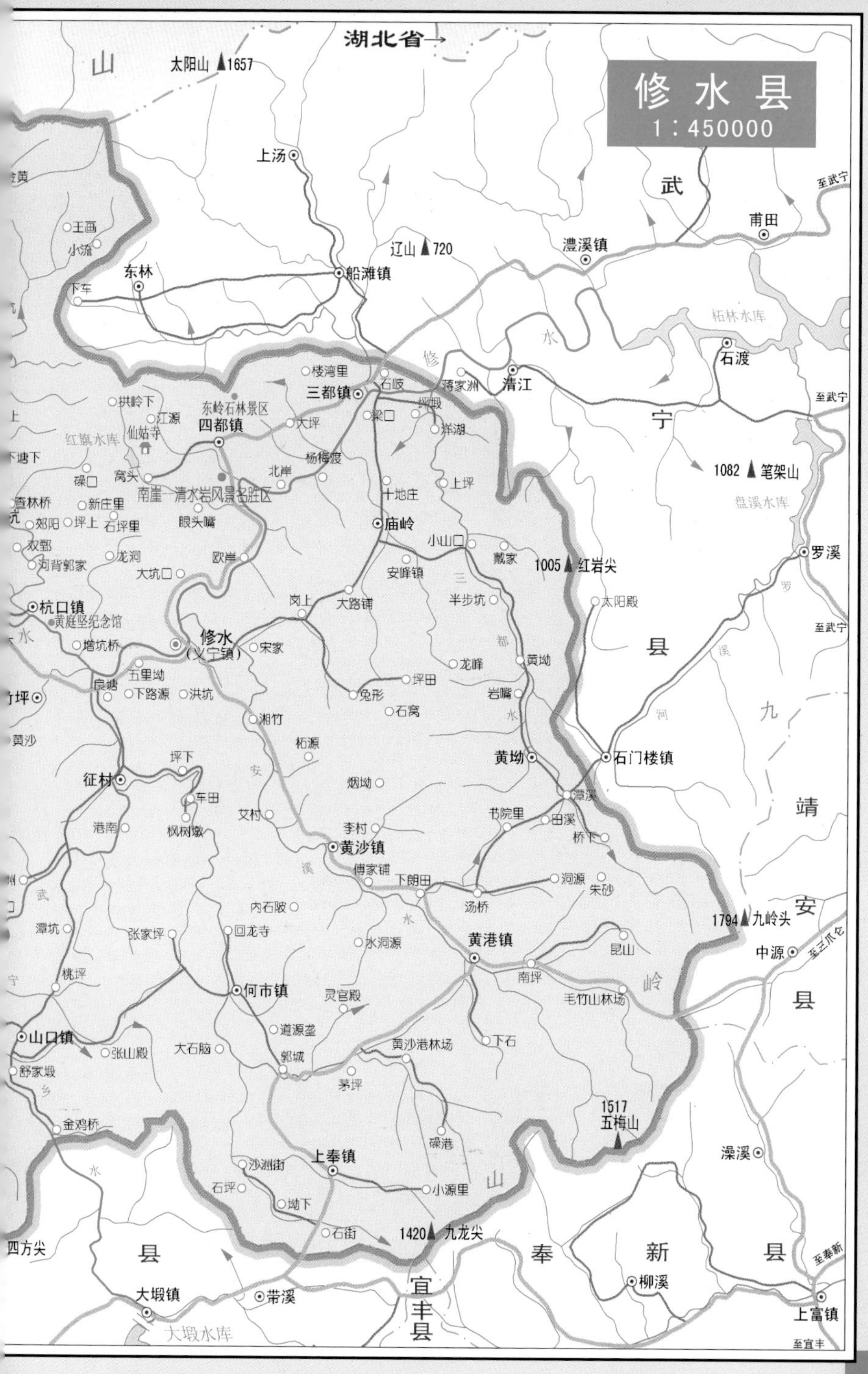
修水县
1：450000
湖北省→
太阳山 1657
上汤
辽山 720
渣溪镇
甫田
至武宁
东林
船滩镇
下车
王画
小流
柘林水库
石渡
清江
蒋家洲
三都镇
楼湾里
石岐
坪塅
梁口
洋湖
拱岭下
东岭石林景区
江源
四都镇
大坪
仙姑寺
红旗水库
杨梅渡
北岸
窝头
南崖—清水岩风景名胜区
十地庄
上坪
庙岭
小山口
戴家
1005 红岩尖
1082 笔架山
盘溪水库
罗溪
新庄里
坪上
石坪里
眼头嘴
郊阳
双鄄
龙洞
河背郭家
欧岸
大坑口
安峰镇
半步坑
太阳殿
杭口镇
黄庭坚纪念馆
岗上
大路铺
修水
（义宁镇）
宋家
增坑桥
五里坳
良塘
下路源
洪坑
龙峰
黄坳
兔形
坪田
石窝
岩嘴
湘竹
黄沙
柘源
黄坳
石门楼镇
征村
坪下
车田
烟坳
潭溪
书院里
田溪
港南
枫树墩
艾村
李村
黄沙镇
桥下
傅家铺
下朗田
洞源
朱砂
汤桥
内石陂
潭坑
张家坪
回龙寺
水洞源
黄港镇
昆山
1794 九岭头
中源
至三爪仑
桃坪
南坪
何市镇
灵官殿
毛竹山林场
山口镇
张山殿
大石脑
道源垄
下石
黄沙港林场
舒家塅
郭城
茅坪
1517
五梅山
金鸡桥
碌港
渠溪
上奉镇
沙洲街
石坪
小源里
坳下
石街
1420 九龙尖
四方尖
县
奉
新
县
柳溪
大塅镇
带溪
宜丰县
上富镇
大塅水库
至奉新
至宜丰
武
宁
县
靖
安
县
九
岭
山
修
水
三
都
水
安
溪
水
罗
溪
河
武
宁
乡
水

浮梁县 景德镇市辖区

1:400000

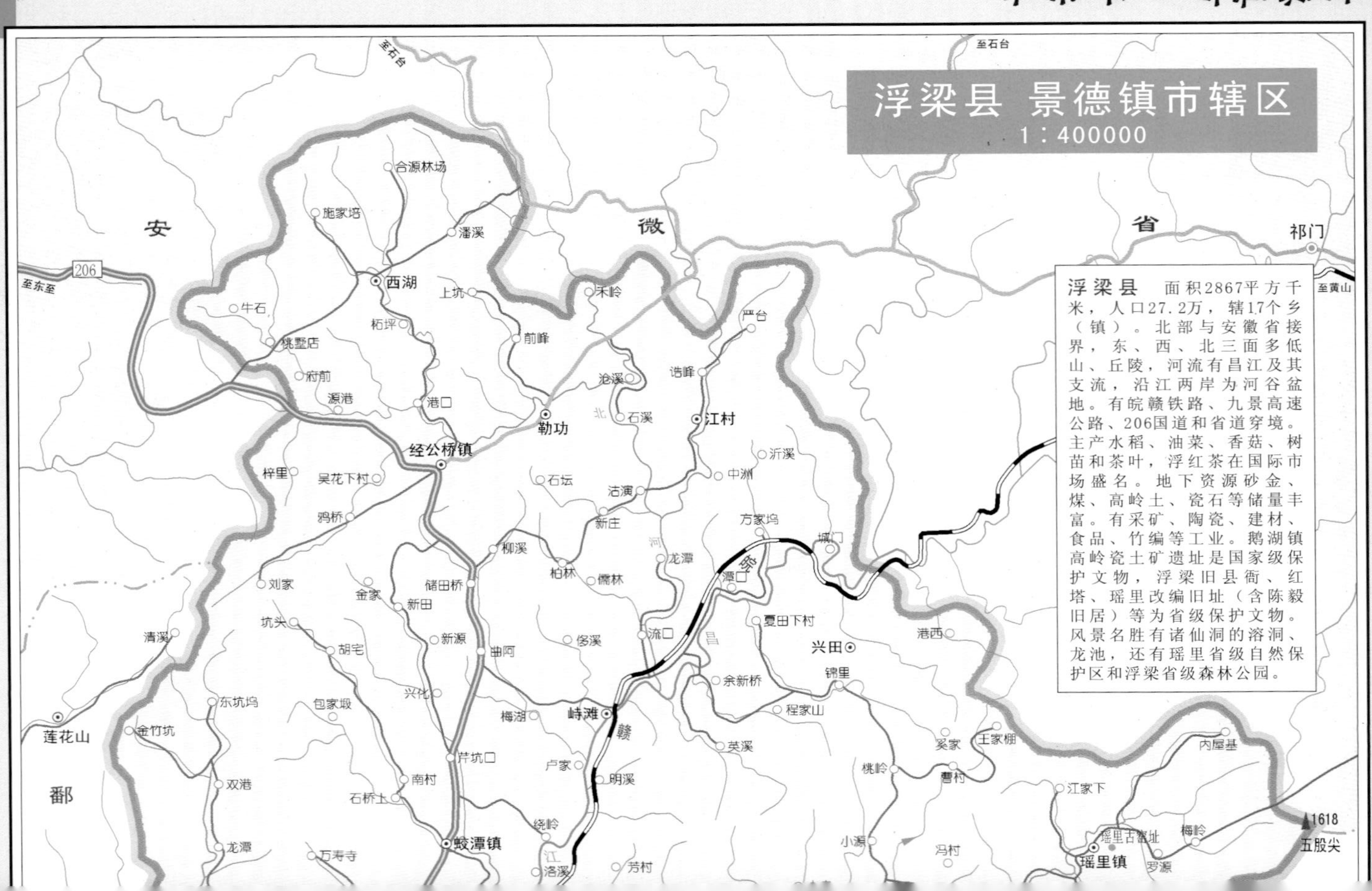

浮梁县 面积2867平方千米，人口27.2万，辖17个乡（镇）。北部与安徽省接界，东、西、北三面多低山、丘陵，河流有昌江及其支流，沿江两岸为河谷盆地。有皖赣铁路、九景高速公路、206国道和省道穿境。主产水稻、油菜、香菇、树苗和茶叶，浮红茶在国际市场盛名。地下资源砂金、煤、高岭土、瓷石等储量丰富。有采矿、陶瓷、建材、食品、竹编等工业。鹅湖镇高岭瓷土矿遗址是国家级保护文物，浮梁旧县衙、红塔、瑶里改编旧址（含陈毅旧居）等为省级保护文物。风景名胜有诸仙洞的溶洞、龙池，还有瑶里省级自然保护区和浮梁省级森林公园。

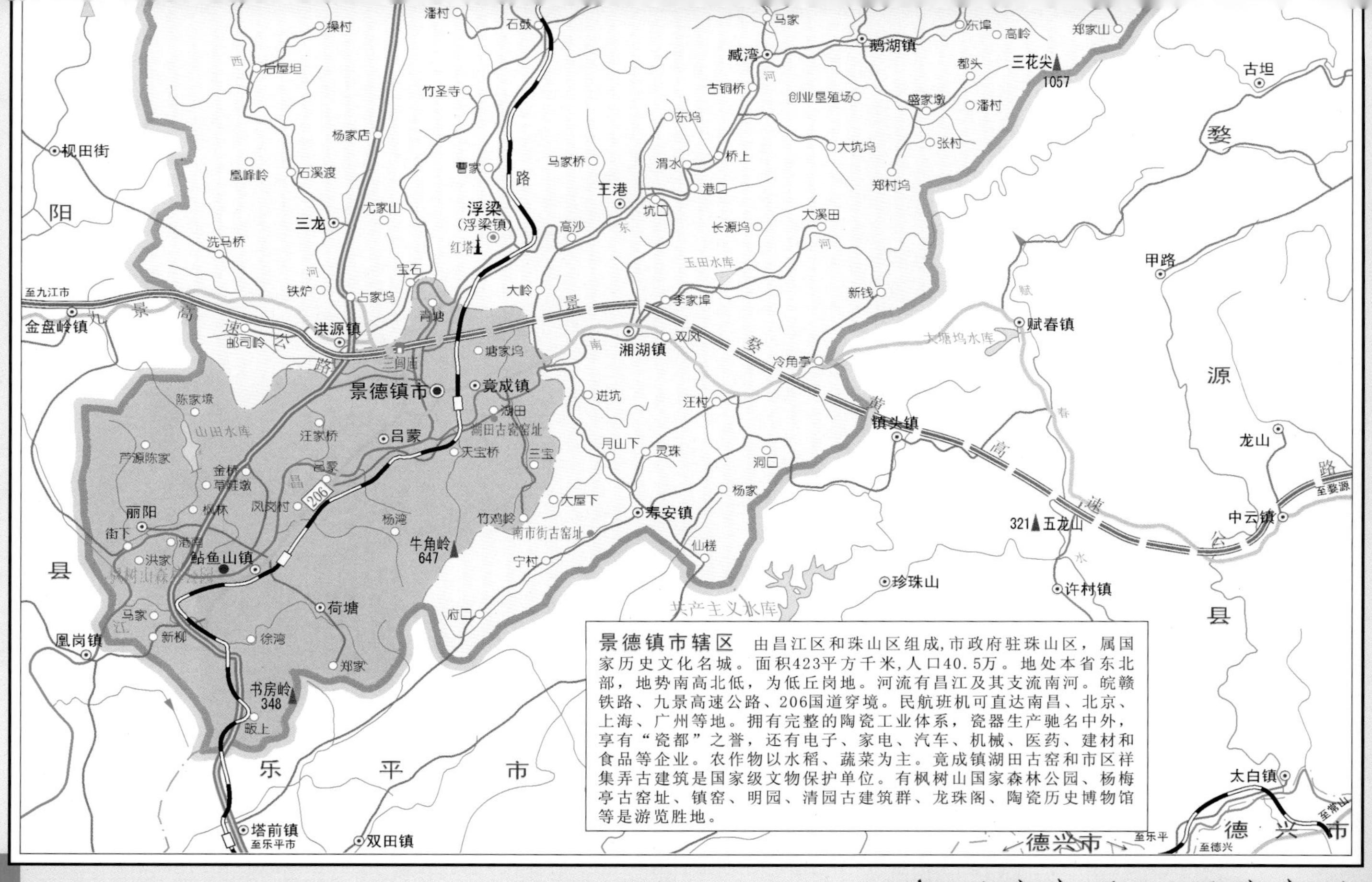

景德镇市辖区 由昌江区和珠山区组成，市政府驻珠山区，属国家历史文化名城。面积423平方千米，人口40.5万。地处本省东北部，地势南高北低，为低丘岗地。河流有昌江及其支流南河。皖赣铁路、九景高速公路、206国道穿境。民航班机可直达南昌、北京、上海、广州等地。拥有完整的陶瓷工业体系，瓷器生产驰名中外，享有“瓷都”之誉，还有电子、家电、汽车、机械、医药、建材和食品等企业。农作物以水稻、蔬菜为主。竟成镇湖田古窑和市区祥集弄古建筑是国家级文物保护单位。有枫树山国家森林公园、杨梅亭古窑址、镇窑、明园、清园古建筑群、龙珠阁、陶瓷历史博物馆等是游览胜地。

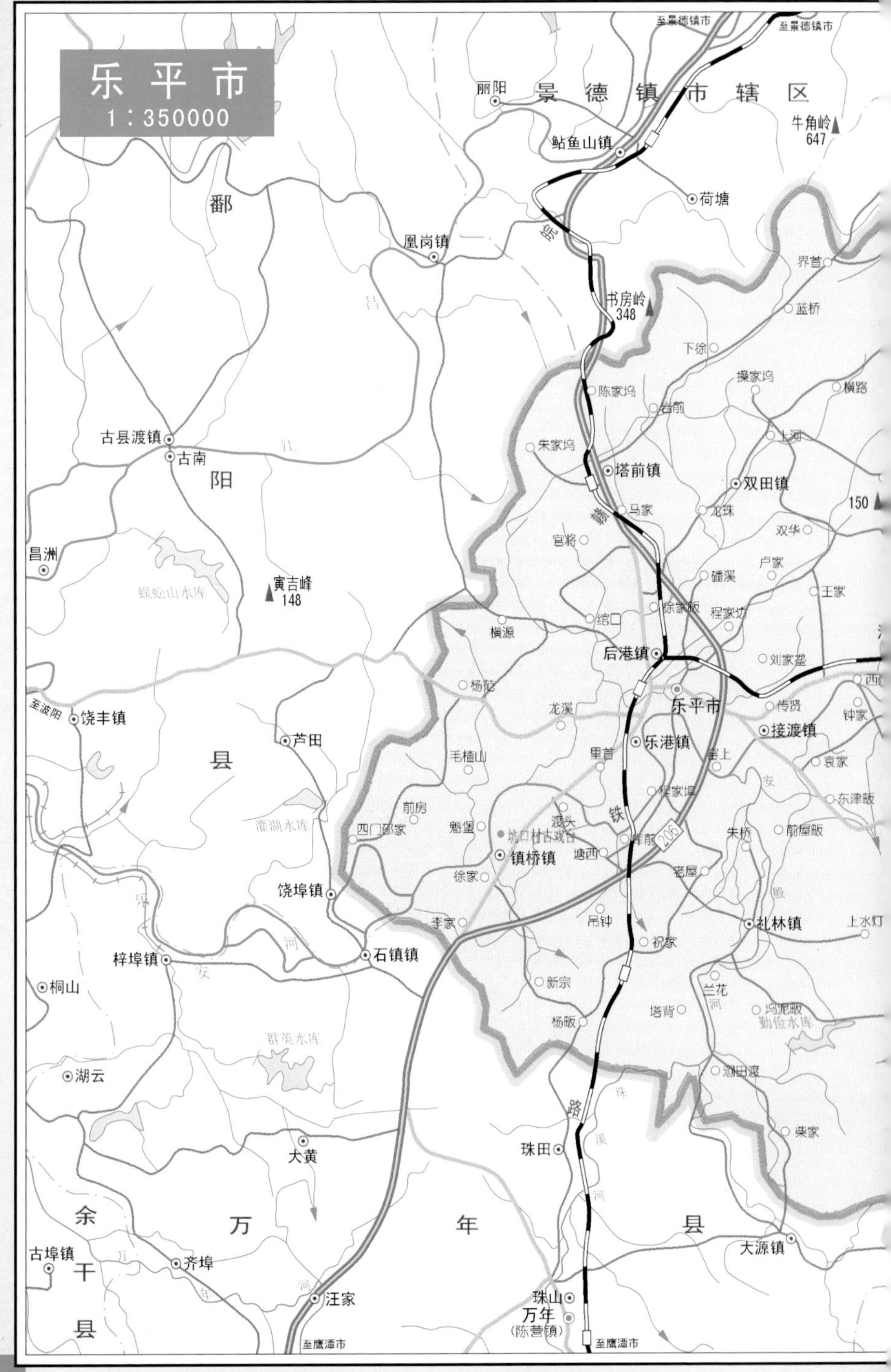
乐平市
1:350000
景德镇市辖区
至景德镇市
至景德镇市
丽阳
鲇鱼山镇
牛角岭 647
荷塘
鄱
凰岗镇
书房岭 348
界首
蓝桥
下徐
操家坞
横路
陈家坞
岩前
上河
古县渡镇
古南
宋家坞
塔前镇
双田镇
150
阳
马家
龙珠
双华
昌洲
官将
卢家
礌溪
寅吉峰 148
王家
徐家畈
程家边
绾口
横源
后港镇
刘家垄
杨范
乐平市
传贤
至波阳
饶丰镇
龙溪
接渡镇
钟家
芦田
乐港镇
毛楂山
里首
袁家
县
东津畈
程家埠
前房
渡头
铁
朱桥
前屋畈
四门邵家
魁堡
坑口村古戏台
206
镇桥镇
塘西
徐家
窑屋
饶埠镇
李家
吊钟
礼林镇
上水灯
祝家
石镇镇
梓埠镇
桐山
新宗
兰花
塔背
坞泥畈
勤俭水库
杨畈
群英水库
湖云
洄田渡
路
柴家
珠田
大黄
余
万
年
县
大源镇
古埠镇
干
齐埠
县
汪家
珠山
万年
(陈营镇)
至鹰潭市
至鹰潭市

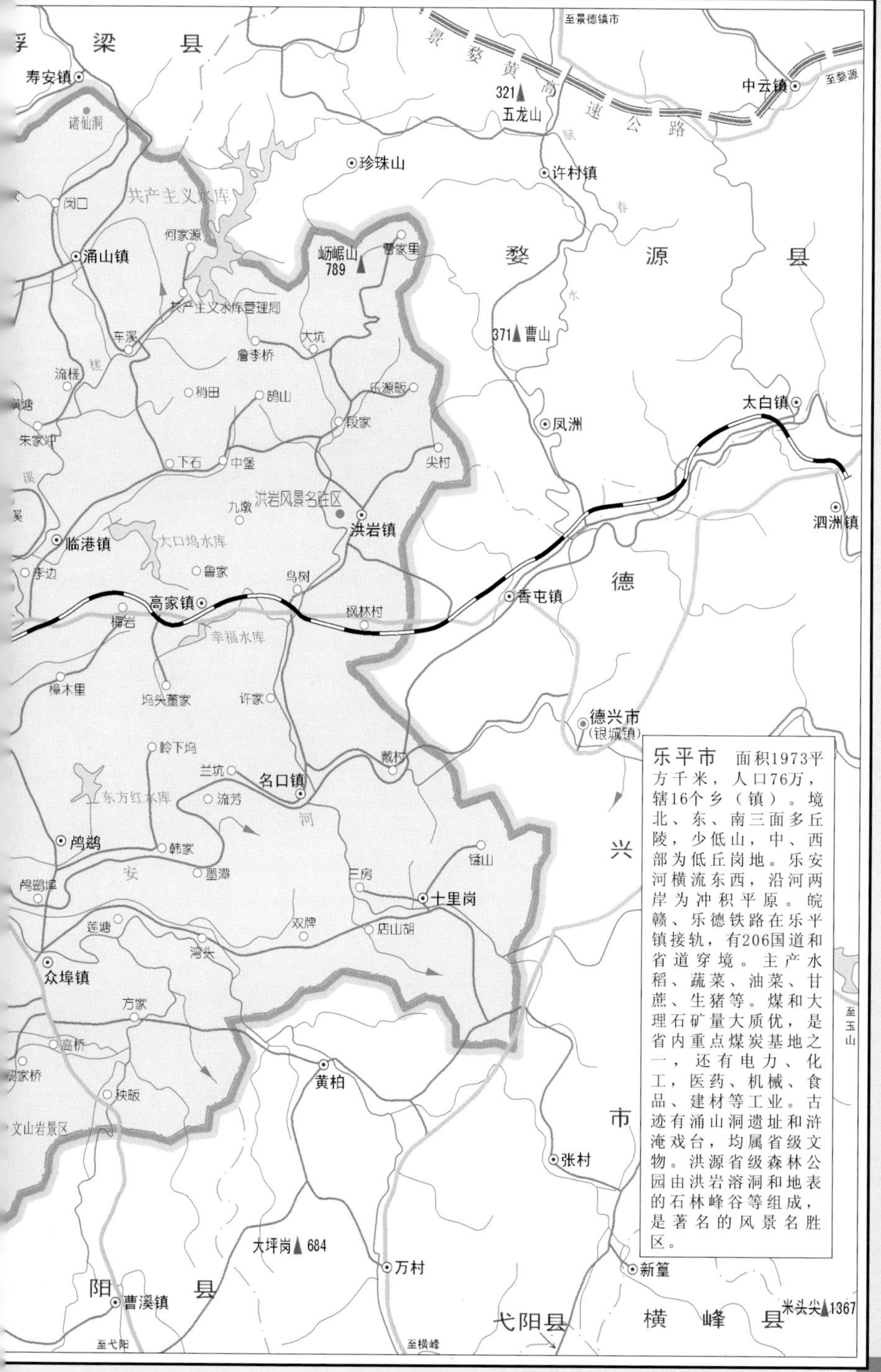

乐平市 面积1973平方千米，人口76万，辖16个乡（镇）。境北、东、南三面多丘陵，少低山，中、西部为低丘岗地。乐安河横流东西，沿河两岸为冲积平原。皖赣、乐德铁路在乐平镇接轨，有206国道和省道穿境。主产水稻、蔬菜、油菜、甘蔗、生猪等。煤和大理石矿量大质优，是省内重点煤炭基地之一，还有电力、化工，医药、机械、食品、建材等工业。古迹有涌山洞遗址和浒淹戏台，均属省级文物。洪源省级森林公园由洪岩溶洞和地表的石林峰谷等组成，是著名的风景名胜区。

上饶市辖区　即为信州区，面积339平方千米，人口34.3万。位于江西东北部，居信江、丰溪汇流处。地势自东向西倾斜，中部沿河为冲积平原，其余属低丘岗地。有浙赣铁路、320国道、梨温高速公路和省道穿境，是闽、浙、赣三省交通要冲。信江长年通航。有汽车制造、光学仪器、仪表、机械、电子、纺织、化工、服装、制药、建材和食品加工等工业，“上饶”牌客车和凤凰相机是知名产品。农业主产水稻和蔬菜。茅家岭有“上饶集中营”旧址，是国家重点文物保护单位。市区有鸡应寺铜钟、信江书院、黄道烈士墓、陆羽泉、东岳庙森林公园等游览地。

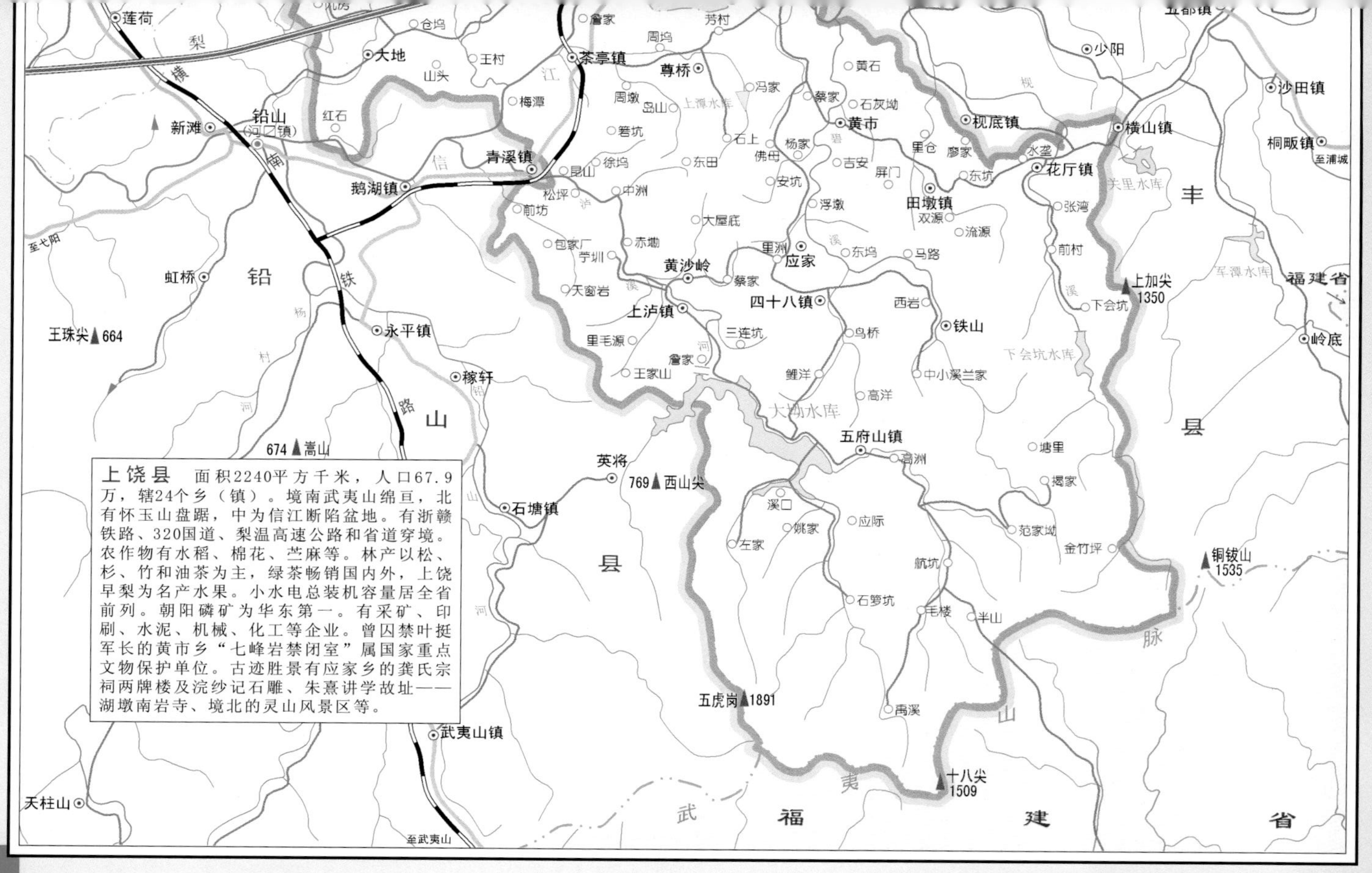

上饶县 面积2240平方千米，人口67.9万，辖24个乡（镇）。境南武夷山绵亘，北有怀玉山盘踞，中为信江断陷盆地。有浙赣铁路、320国道、梨温高速公路和省道穿境。农作物有水稻、棉花、苎麻等。林产以松、杉、竹和油茶为主，绿茶畅销国内外，上饶早梨为名产水果。小水电总装机容量居全省前列。朝阳磷矿为华东第一。有采矿、印刷、水泥、机械、化工等企业。曾因禁叶挺军长的黄市乡“七峰岩禁闭室”属国家重点文物保护单位。古迹胜景有应家乡的龚氏宗祠两牌楼及浣纱记石雕、朱熹讲学故址——湖墩南岩寺、境北的灵山风景区等。

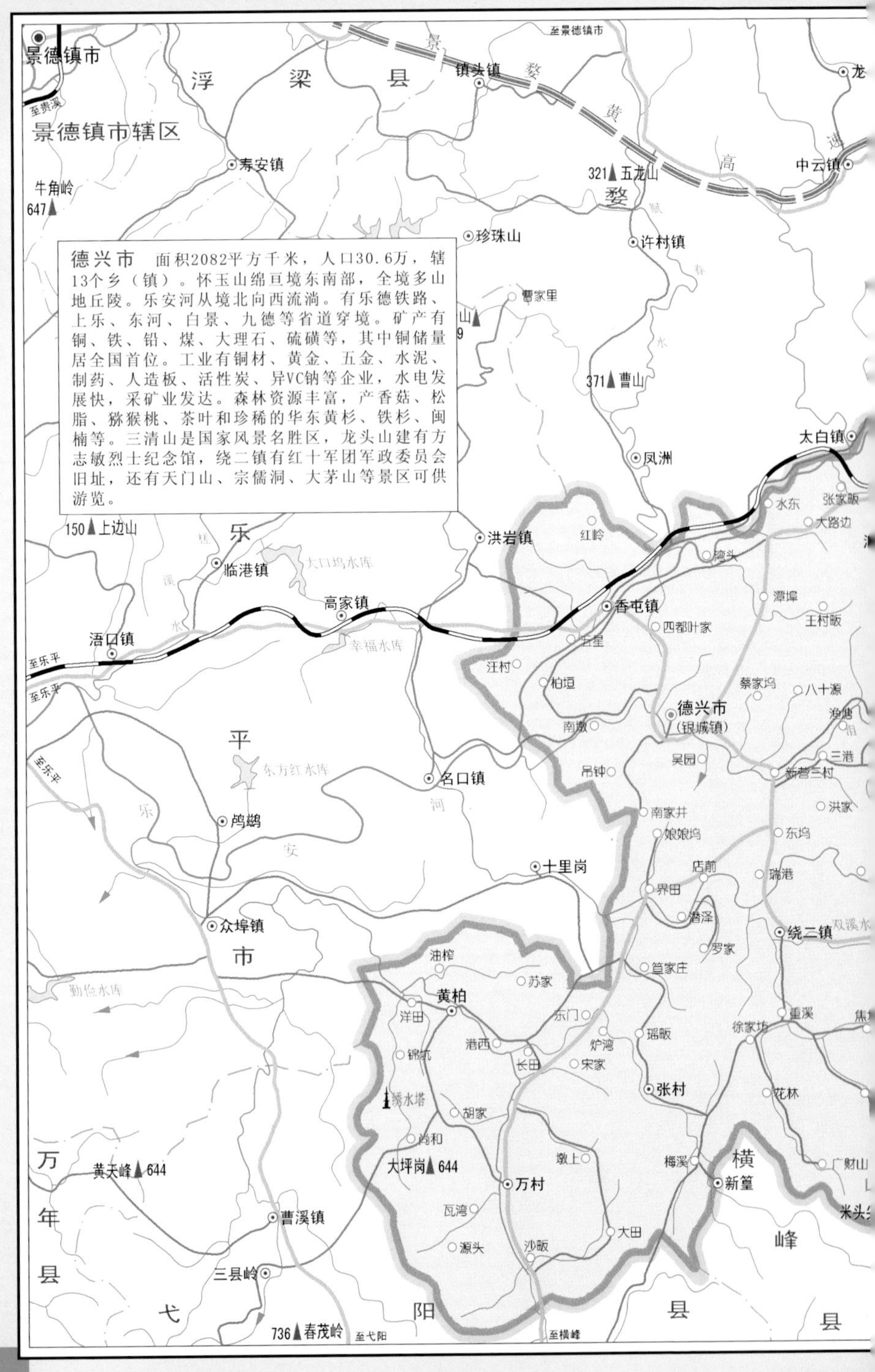
德兴市　面积2082平方千米，人口30.6万，辖13个乡（镇）。怀玉山绵亘境东南部，全境多山地丘陵。乐安河从境北向西流淌。有乐德铁路、上乐、东河、白景、九德等省道穿境。矿产有铜、铁、铅、煤、大理石、硫磺等，其中铜储量居全国首位。工业有铜材、黄金、五金、水泥、制药、人造板、活性炭、异VC钠等企业，水电发展快，采矿业发达。森林资源丰富，产香菇、松脂、猕猴桃、茶叶和珍稀的华东黄杉、铁杉、闽楠等。三清山是国家风景名胜区，龙头山建有方志敏烈士纪念馆，绕二镇有红十军团军政委员会旧址，还有天门山、宗儒洞、大茅山等景区可供游览。
景德镇市
至贵溪
景德镇市辖区
浮　梁　县
镇头镇
至景德镇市
景婺黄高速
中云镇
寿安镇
牛角岭
647
321 五龙山
婺
珍珠山
许村镇
曹家里
371 曹山
凤洲
太白镇
水东
张家畈
大路边
150 上边山
乐
临港镇
大口坞水库
洪岩镇
红岭
湾头
高家镇
香屯镇
潭埠
王村畈
四都叶家
洎口镇
至乐平
幸福水库
五星
汪村
柏垣
蔡家坞
八十源
德兴市
（银城镇）
南墩
至乐平
平
东方红水库
名口镇
吊钟
吴园
三港
新营三村
洪家
乐
鸬鹚
河
南家井
娘娘坞
东坞
安
十里岗
店前
瑞港
界田
潜泽
绕二镇
众埠镇
罗家
市
油榨
笪家庄
苏家
勤俭水库
黄柏
洋田
东门
重溪
港西
炉湾
瑶畈
徐家坊
锦坑
长田
宋家
张村
花林
绣水塔
胡家
尚和
万
黄天峰 644
大坪岗 644
墩上
梅溪
横
新篁
年
万村
广财山
瓦湾
米头
曹溪镇
大田
源头
沙畈
峰
县
三县岭
戈
阳
县
县
736 春茂岭
至弋阳
至横峰

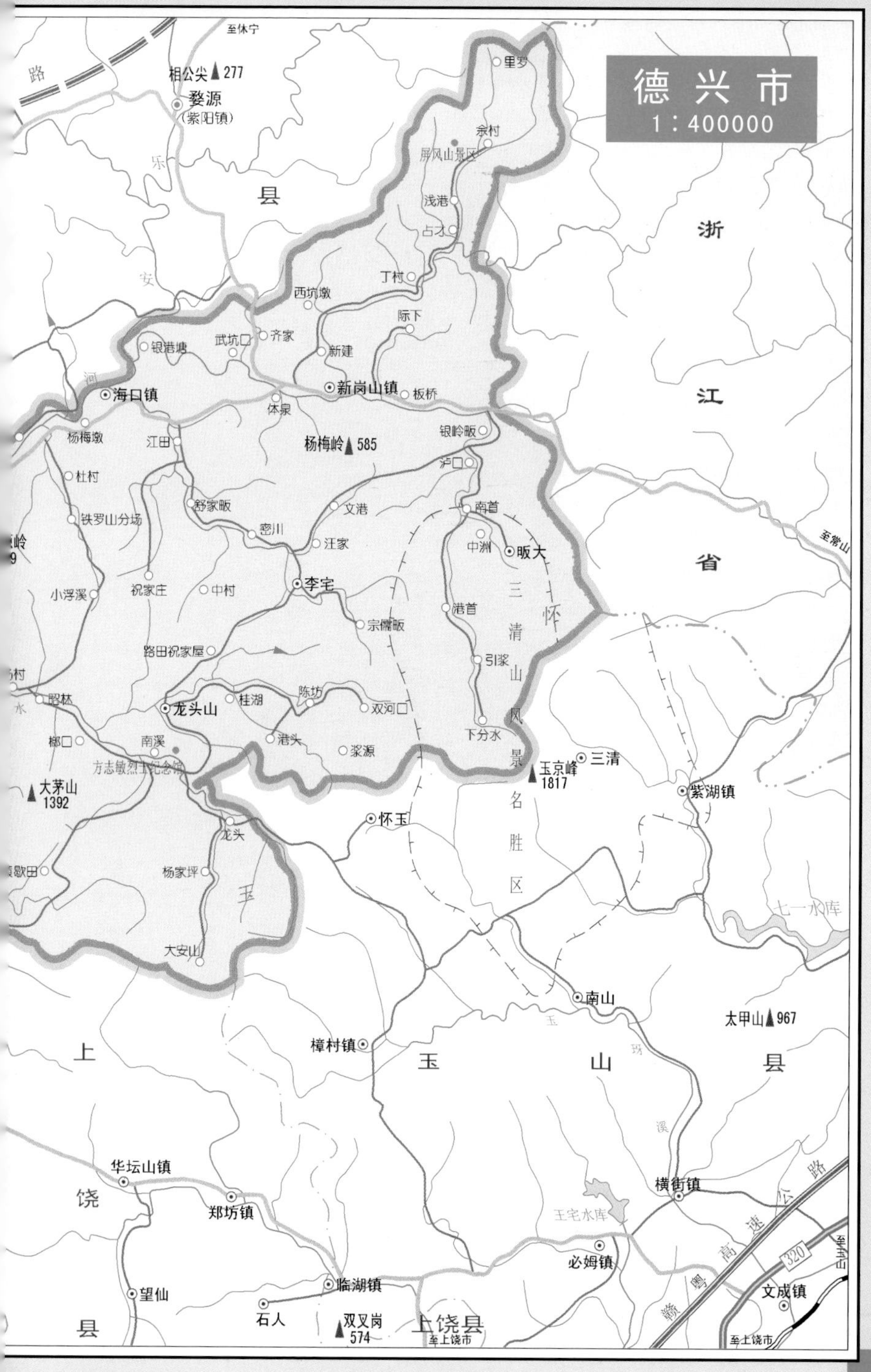
德兴市
1：400000
至休宁
相公尖 277
婺源
(紫阳镇)
乐
安
河
县
浙
江
省
里罗
余村
屏风山景区
浅港
占才
丁村
西坑墩
际下
齐家
武坑口
银港塘
新建
新岗山镇
板桥
海口镇
体泉
杨梅墩
银岭畈
杨梅岭 585
江田
泸口
杜村
南首
舒家畈
文港
铁罗山分场
密川
中洲
昄大
汪家
至常山
小浮溪
祝家庄
中村
李宅
三清山风景名胜区
怀
港首
宗儒畈
路田祝家屋
引浆
昭林
陈坊
桂湖
龙头山
双河口
下分水
港头
南溪
浆源
方志敏烈士纪念馆
玉京峰 1817
三清
大茅山 1392
紫湖镇
怀玉
龙头
杨家坪
玉
大安山
七一水库
南山
太甲山 967
上
玉
山
县
樟村镇
玉
环
溪
华坛山镇
饶
横街镇
郑坊镇
王宅水库
赣粤高速公路
320
必姆镇
临湖镇
文成镇
望仙
石人
双叉岗 574
上饶县
县
至上饶市
至上饶市
至玉山

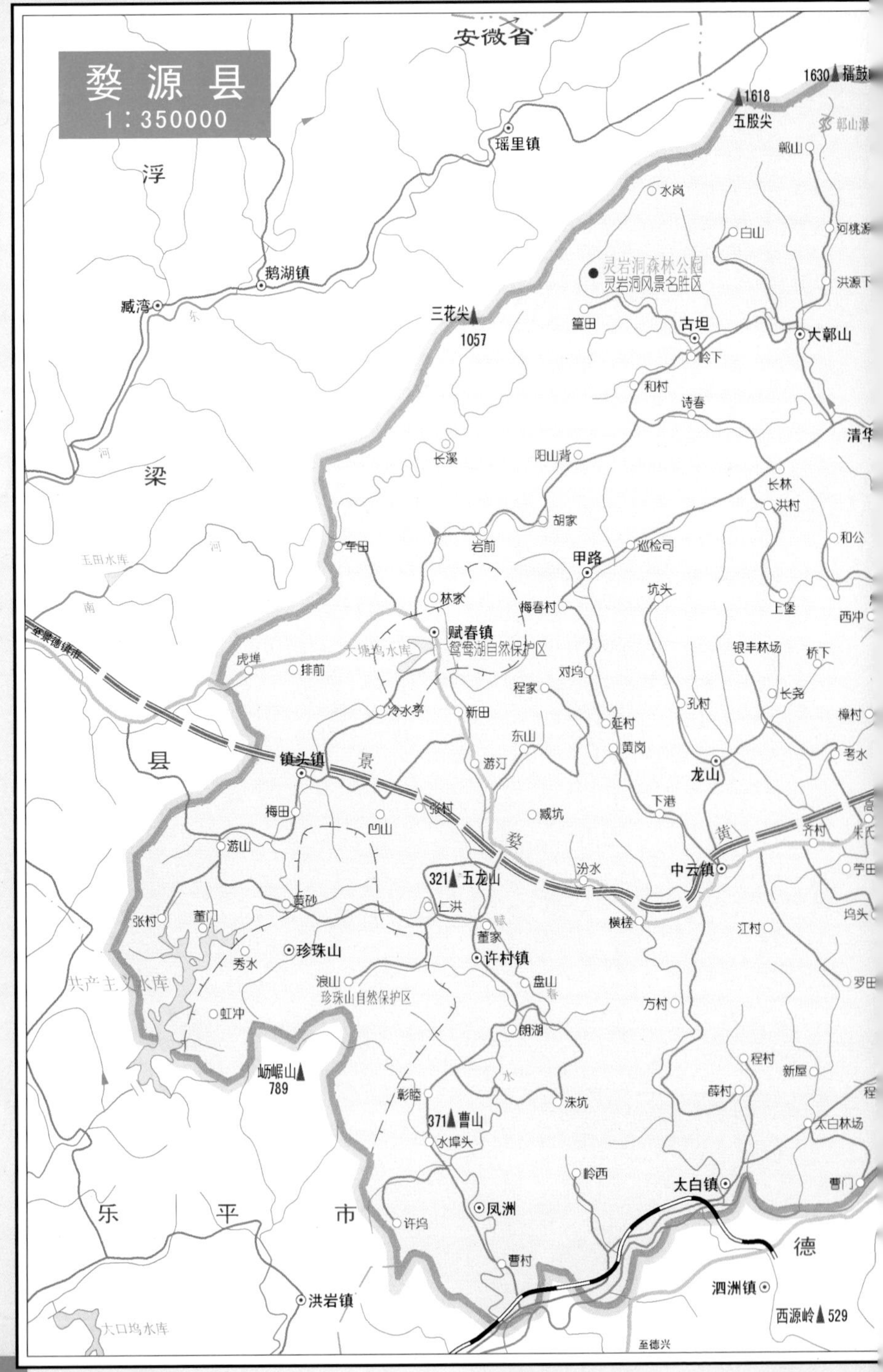
婺源县
1：350000
安徽省
瑶里镇
浮
鹅湖镇
臧湾
梁
县
三花尖
1057
1618
五股尖
水岚
白山
灵岩洞森林公园
灵岩洞风景名胜区
篁田
古坦
岭下
大鄣山
和村
诗春
长溪
阳山背
长林
洪村
胡家
岩前
甲路
巡检司
车田
林家
赋春镇
鸳鸯湖自然保护区
梅春村
坑头
上堡
银丰林场
桥下
虎埠
排前
大塘坞水库
对坞
程家
孔村
长岙
冷水亭
新田
延村
黄岗
镇头镇
东山
龙山
游汀
梅田
凹山
张村
臧坑
下港
游山
婺
汾水
中云镇
齐村
321
五龙山
黄砂
仁洪
横槎
张村
董门
董家
江村
秀水
珍珠山
许村镇
共产主义水库
浪山
珍珠山自然保护区
盘山
方村
虹冲
朗湖
岈崛山
789
程村
新屋
彰睦
水
洙坑
薛村
371
曹山
太白林场
水埠头
岭西
太白镇
曹门
乐
平
市
凤洲
许坞
德
曹村
泗洲镇
洪岩镇
西源岭
529
大口坞水库
至德兴
玉田水库
南
河
景
黄

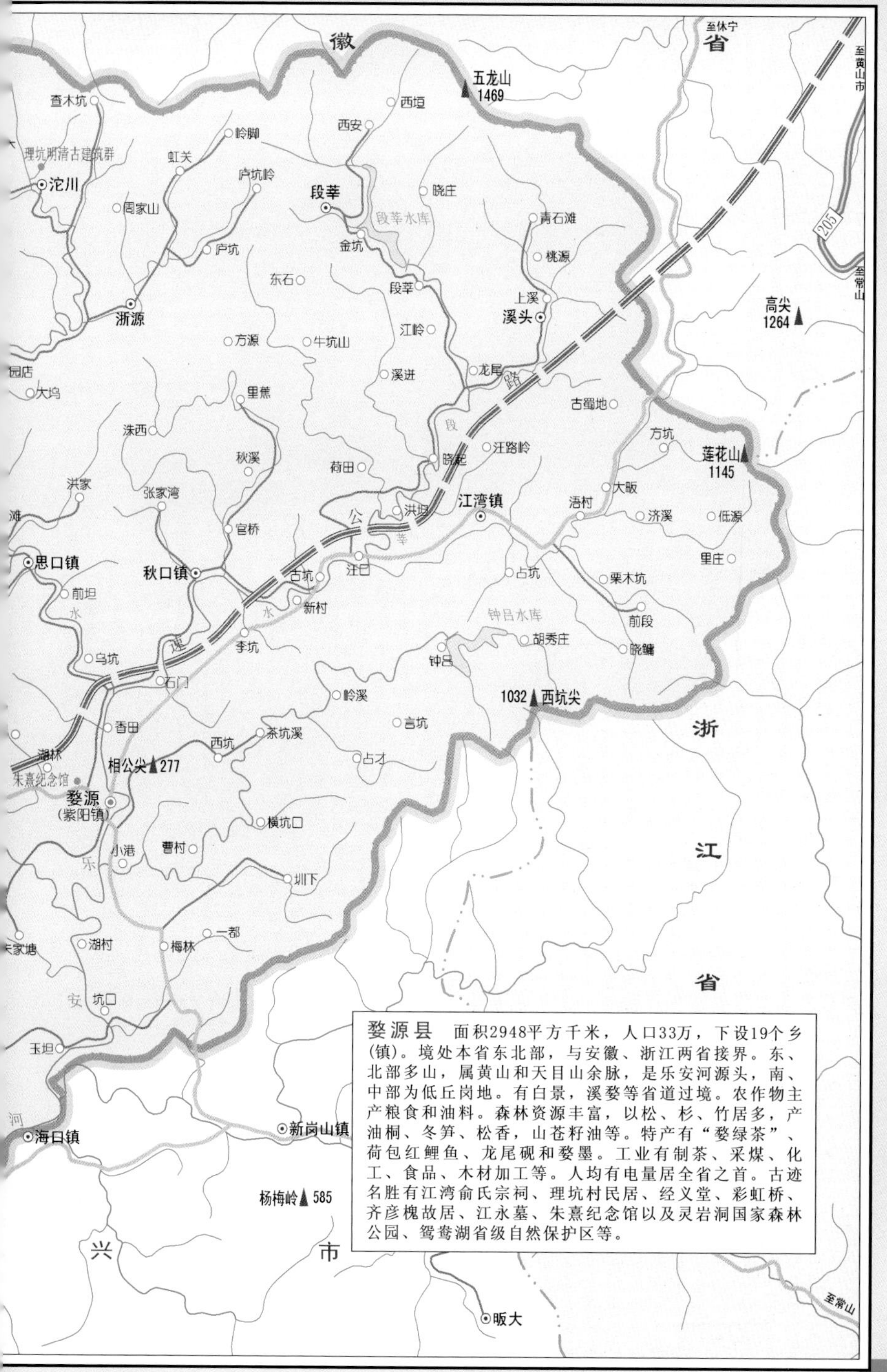

婺源县 面积2948平方千米，人口33万，下设19个乡(镇)。境处本省东北部，与安徽、浙江两省接界。东、北部多山，属黄山和天目山余脉，是乐安河源头，南、中部为低丘岗地。有白景，溪婺等省道过境。农作物主产粮食和油料。森林资源丰富，以松、杉、竹居多，产油桐、冬笋、松香，山苍籽油等。特产有“婺绿茶”、荷包红鲤鱼、龙尾砚和婺墨。工业有制茶、采煤、化工、食品、木材加工等。人均有电量居全省之首。古迹名胜有江湾俞氏宗祠、理坑村民居、经义堂、彩虹桥、齐彦槐故居、江永墓、朱熹纪念馆以及灵岩洞国家森林公园、鸳鸯湖省级自然保护区等。

玉山县 广丰县

1：450000

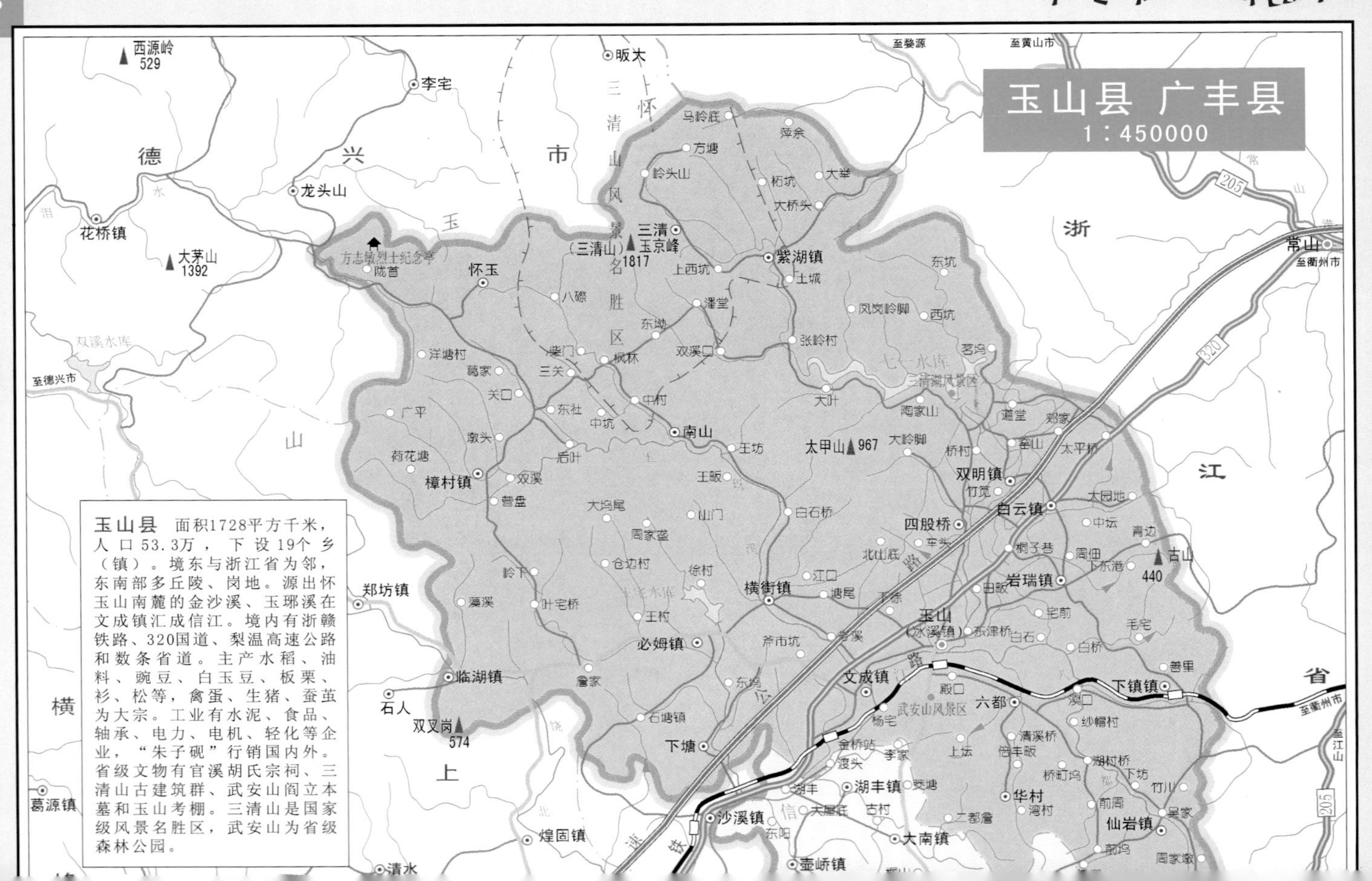

玉山县 面积1728平方千米，人口53.3万，下设19个乡（镇）。境东与浙江省为邻，东南部多丘陵、岗地。源出怀玉山南麓的金沙溪、玉琊溪在文成镇汇成信江。境内有浙赣铁路、320国道、梨温高速公路和数条省道。主产水稻、油料、豌豆、白玉豆、板栗、杉、松等，禽蛋、生猪、蚕茧为大宗。工业有水泥、食品、轴承、电力、电机、轻化等企业，“朱子砚”行销国内外。省级文物有官溪胡氏宗祠、三清山古建筑群、武安山阎立本墓和玉山考棚。三清山是国家级风景名胜区，武安山为省级森林公园。

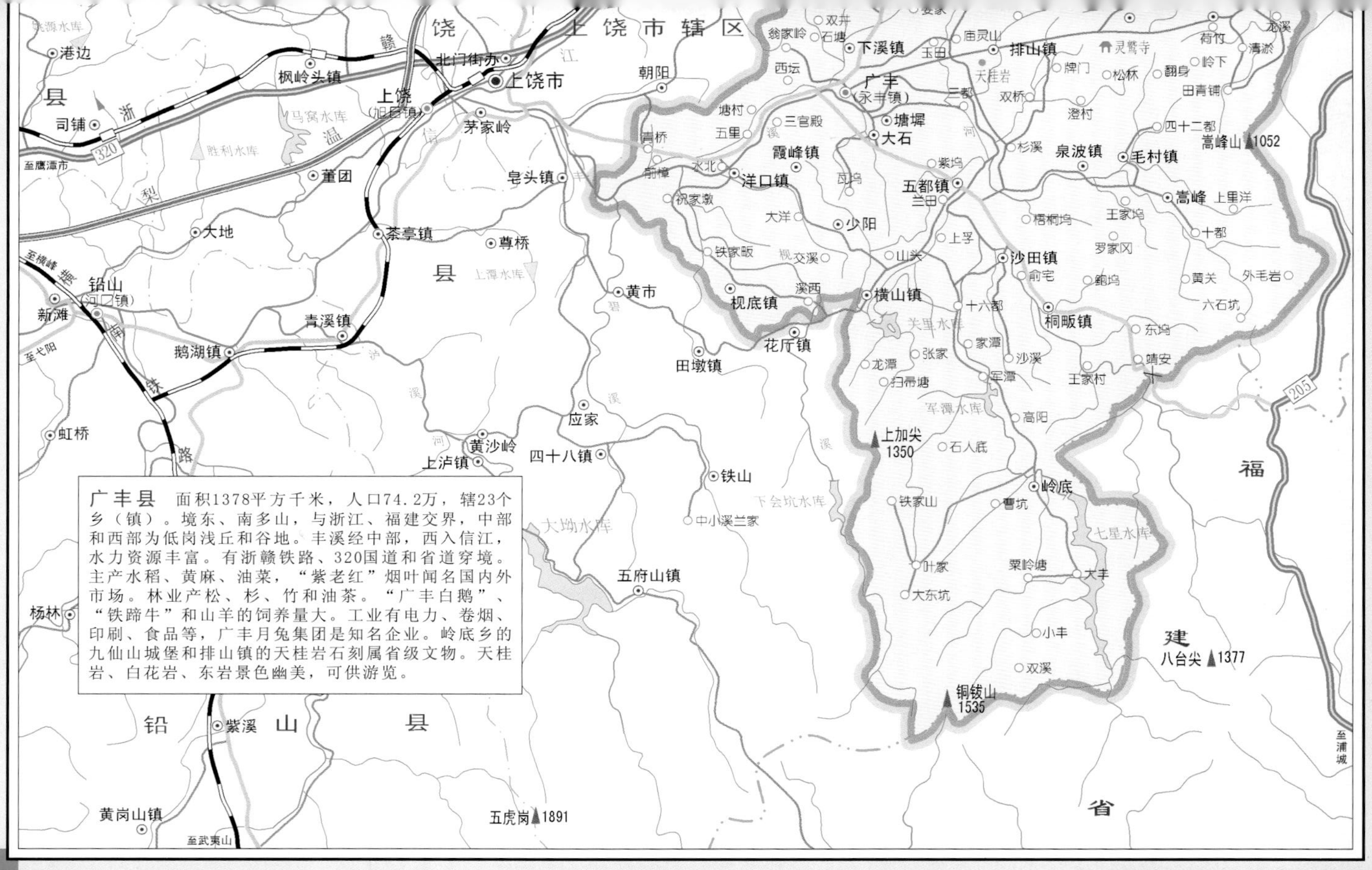

广丰县　面积1378平方千米，人口74.2万，辖23个乡（镇）。境东、南多山，与浙江、福建交界，中部和西部为低岗浅丘和谷地。丰溪经中部，西入信江，水力资源丰富。有浙赣铁路、320国道和省道穿境。主产水稻、黄麻、油菜，“紫老红”烟叶闻名国内外市场。林业产松、杉、竹和油茶。“广丰白鹅”、“铁蹄牛”和山羊的饲养量大。工业有电力、卷烟、印刷、食品等，广丰月兔集团是知名企业。岭底乡的九仙山城堡和排山镇的天桂岩石刻属省级文物。天桂岩、白花岩、东岩景色幽美，可供游览。

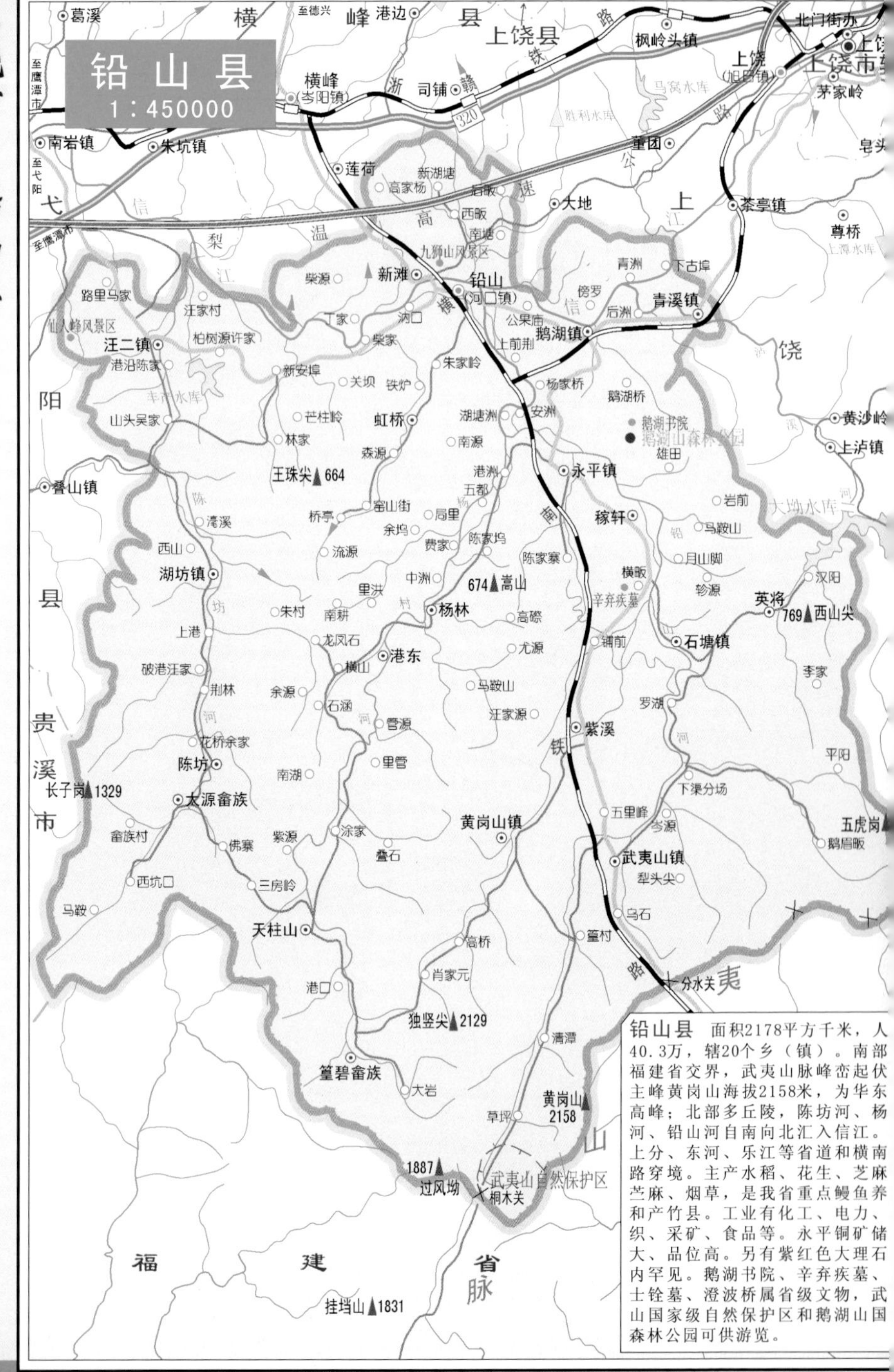

铅山县　面积2178平方千米，人
40.3万，辖20个乡（镇）。南部
福建省交界，武夷山脉峰峦起伏
主峰黄岗山海拔2158米，为华东
高峰；北部多丘陵，陈坊河、杨
河、铅山河自南向北汇入信江。
上分、东河、乐江等省道和横南
路穿境。主产水稻、花生、芝麻
苎麻、烟草，是我省重点鳗鱼养
和产竹县。工业有化工、电力、
织、采矿、食品等。永平铜矿储
大、品位高。另有紫红色大理石
内罕见。鹅湖书院、辛弃疾墓、
士铨墓、澄波桥属省级文物，武
山国家级自然保护区和鹅湖山国
森林公园可供游览。

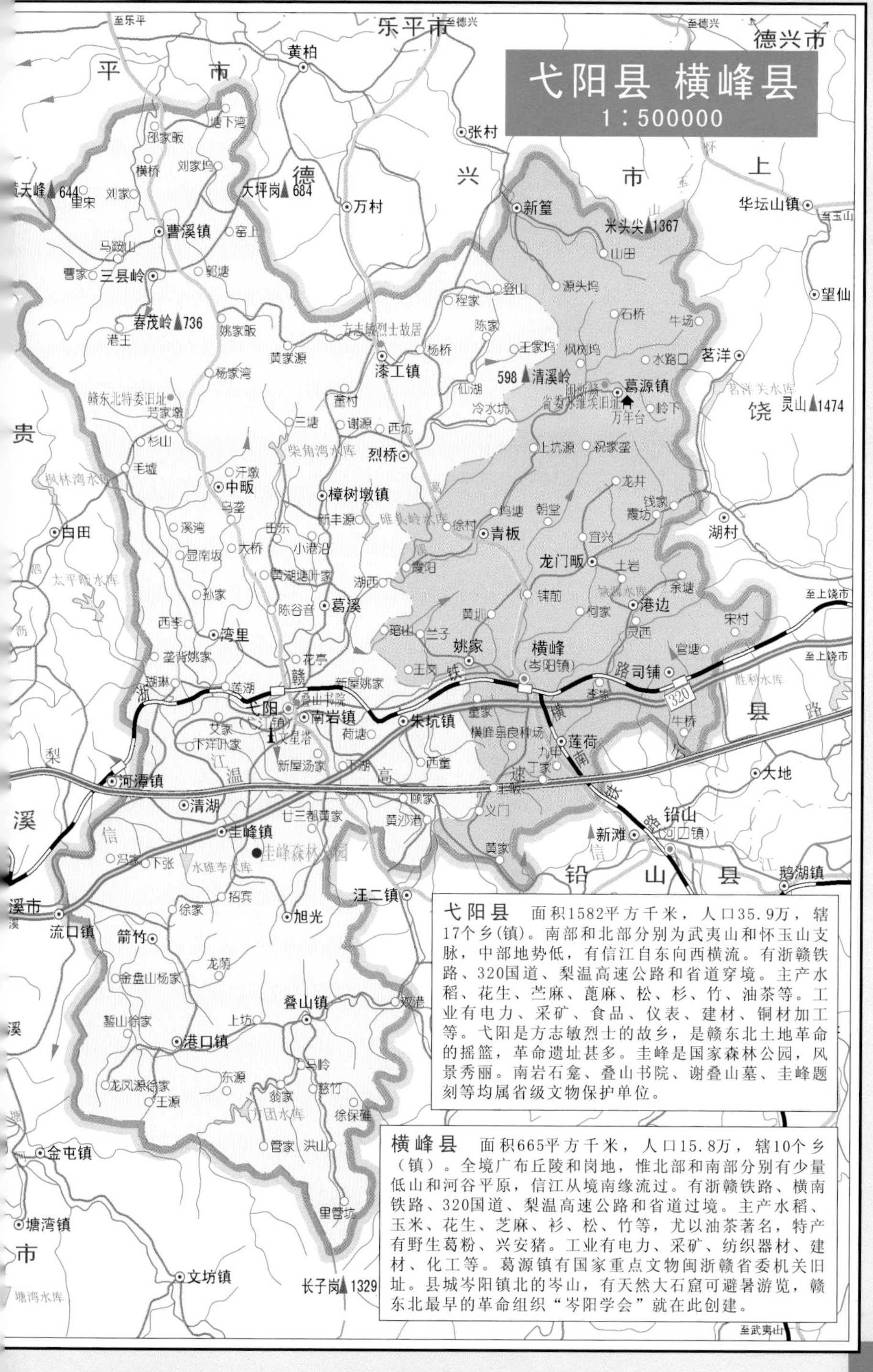

弋阳县 面积1582平方千米，人口35.9万，辖17个乡(镇)。南部和北部分别为武夷山和怀玉山支脉，中部地势低，有信江自东向西横流。有浙赣铁路、320国道、梨温高速公路和省道穿境。主产水稻、花生、苎麻、蓖麻、松、杉、竹、油茶等。工业有电力、采矿、食品、仪表、建材、铜材加工等。弋阳是方志敏烈士的故乡，是赣东北土地革命的摇篮，革命遗址甚多。圭峰是国家森林公园，风景秀丽。南岩石龛、叠山书院、谢叠山墓、圭峰题刻等均属省级文物保护单位。

横峰县 面积665平方千米，人口15.8万，辖10个乡(镇)。全境广布丘陵和岗地，惟北部和南部分别有少量低山和河谷平原，信江从境南缘流过。有浙赣铁路、横南铁路、320国道、梨温高速公路和省道过境。主产水稻、玉米、花生、芝麻、衫、松、竹等，尤以油茶著名，特产有野生葛粉、兴安猪。工业有电力、采矿、纺织器材、建材、化工等。葛源镇有国家重点文物闽浙赣省委机关旧址。县城岑阳镇北的岑山，有天然大石窟可避暑游览，赣东北最早的革命组织“岑阳学会”就在此创建。

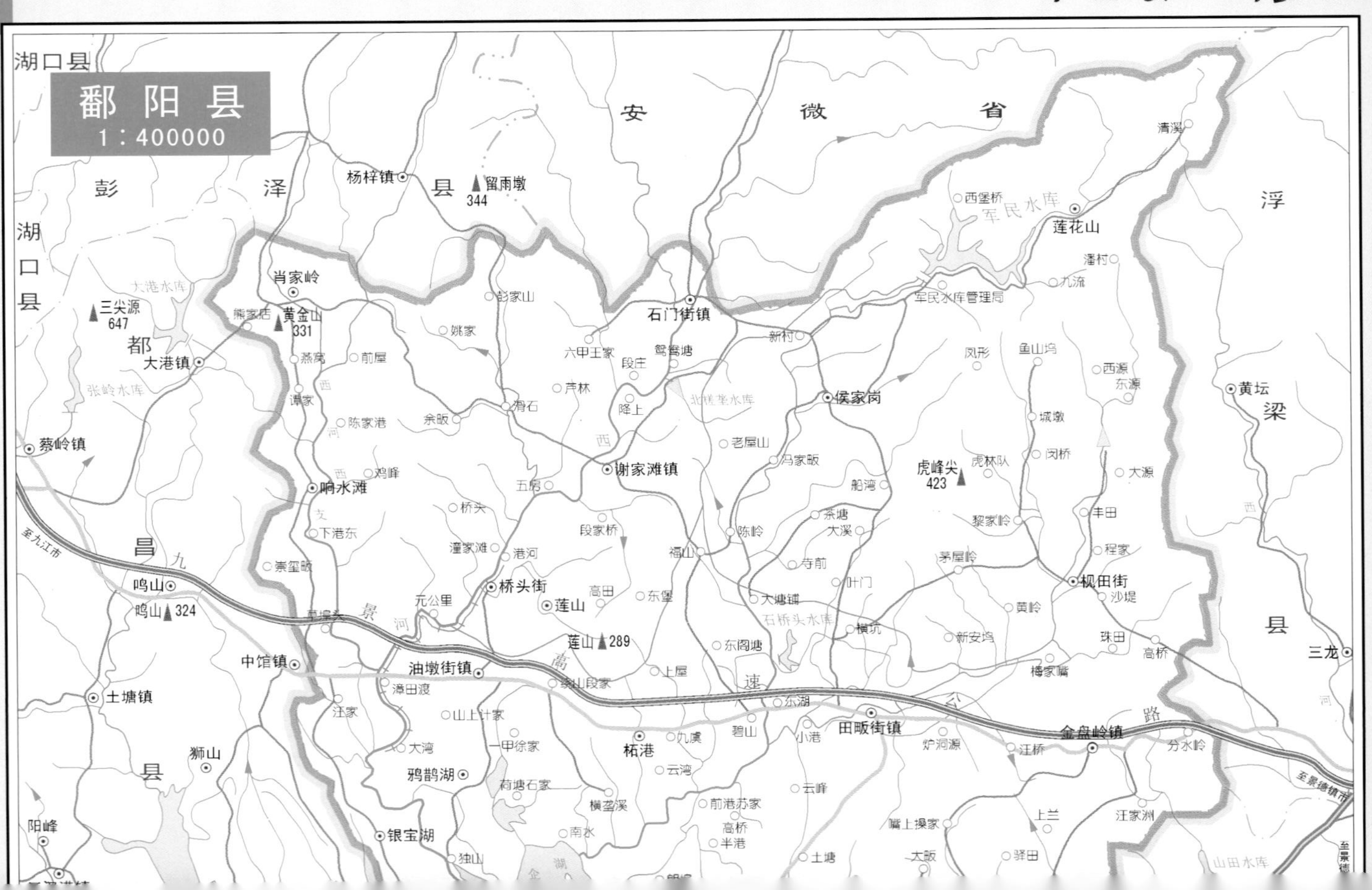
鄱阳县
1：400000
湖口县
湖口县
彭泽县
安徽省
浮梁县
都昌县
县
杨梓镇
留雨墩
344
三尖源
647
大港水库
张岭水库
大港镇
蔡岭镇
肖家岭
熊家店
黄金山
331
燕窝
谭家
前屋
陈家港
鸡峰
响水滩
下港东
崇玺畈
鸣山
鸣山
324
至九江市
草埠头
中馆镇
土塘镇
狮山
阳峰
彭家山
姚家
余畈
滑石
六甲王家
芦林
段庄
鸳鸯塘
降上
石门街镇
新村
北樵釜水库
侯家岗
老屋山
冯家畈
谢家滩镇
五房
桥头
潼家滩
港河
桥头街
元公里
莲山
高田
东堡
段家桥
福山
陈岭
莲山
289
东阁塘
上屋
余山段家
油墩街镇
潼田渡
汪家
山上计家
大湾
一甲徐家
鸦鹊湖
荷塘石家
银宝湖
独山
南水
横垄溪
栢港
云湾
九虞
碧山
小港
东湖
云峰
前港苏家
高桥
半港
土塘
大畈
田畈街镇
炉洞源
汪桥
金盘岭镇
分水岭
至景德镇市
上兰
驿田
汪家洲
嘴上操家
山田水库
茶塘
大溪
寺前
叶门
大塘铺
石桥头水库
横坑
船湾
虎峰尖
423
虎林队
黎家岭
茅屋岭
新安坞
黄岭
梅家嘴
珠田
高桥
枧田街
沙堤
程家
丰田
大源
闵桥
城墩
鱼山坞
凤形
西源
东源
九流
潘村
军民水库管理局
军民水库
西堡桥
莲花山
清溪
黄坛
三龙
景河
西河
昌九高速公路

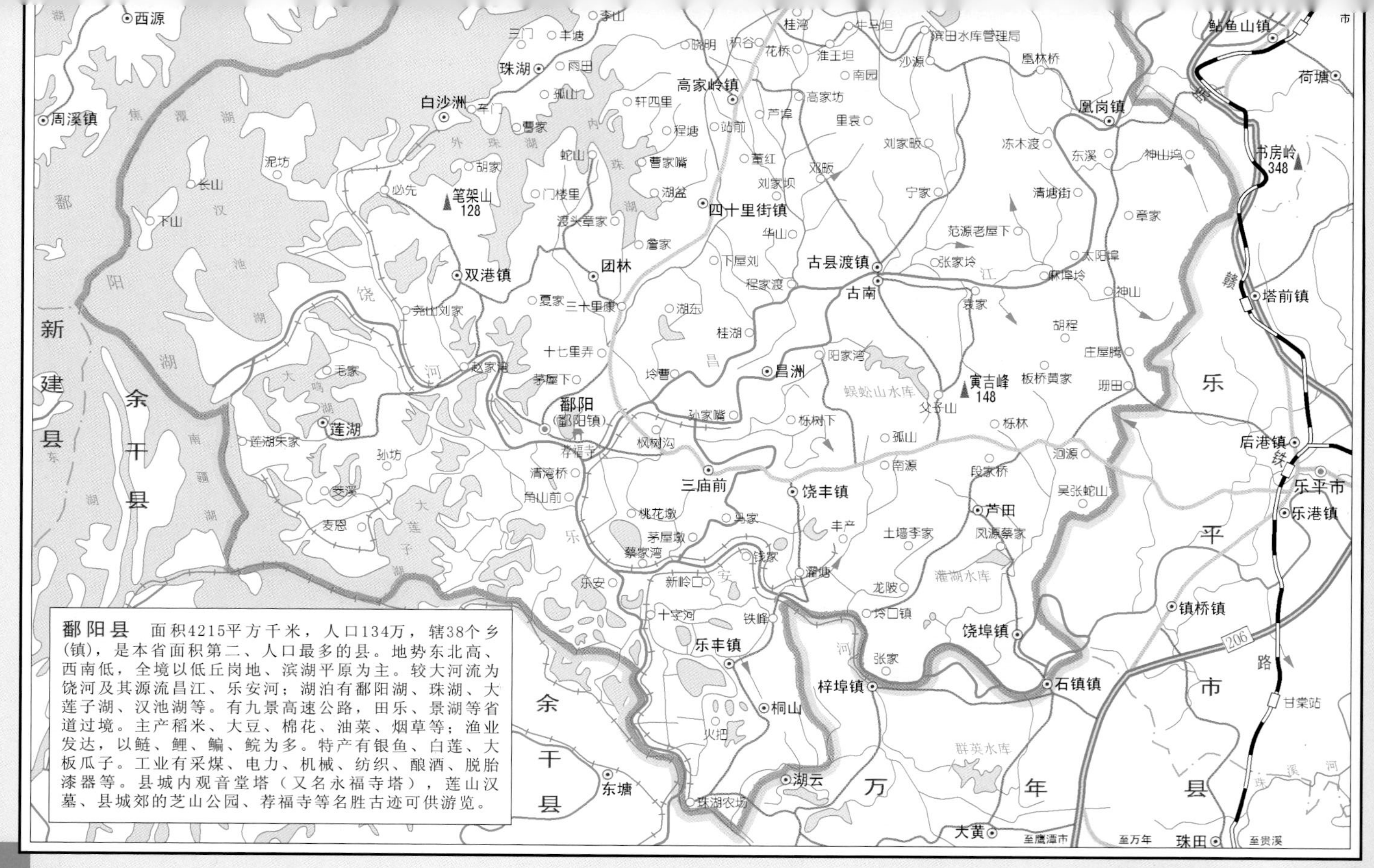

鄱阳县 面积4215平方千米，人口134万，辖38个乡(镇)，是本省面积第二、人口最多的县。地势东北高、西南低，全境以低丘岗地、滨湖平原为主。较大河流为饶河及其源流昌江、乐安河；湖泊有鄱阳湖、珠湖、大莲子湖、汉池湖等。有九景高速公路，田乐、景湖等省道过境。主产稻米、大豆、棉花、油菜、烟草等；渔业发达，以鲢、鲤、鳊、鲩为多。特产有银鱼、白莲、大板瓜子。工业有采煤、电力、机械、纺织、酿酒、脱胎漆器等。县城内观音堂塔（又名永福寺塔），莲山汉墓、县城郊的芝山公园、荐福寺等名胜古迹可供游览。

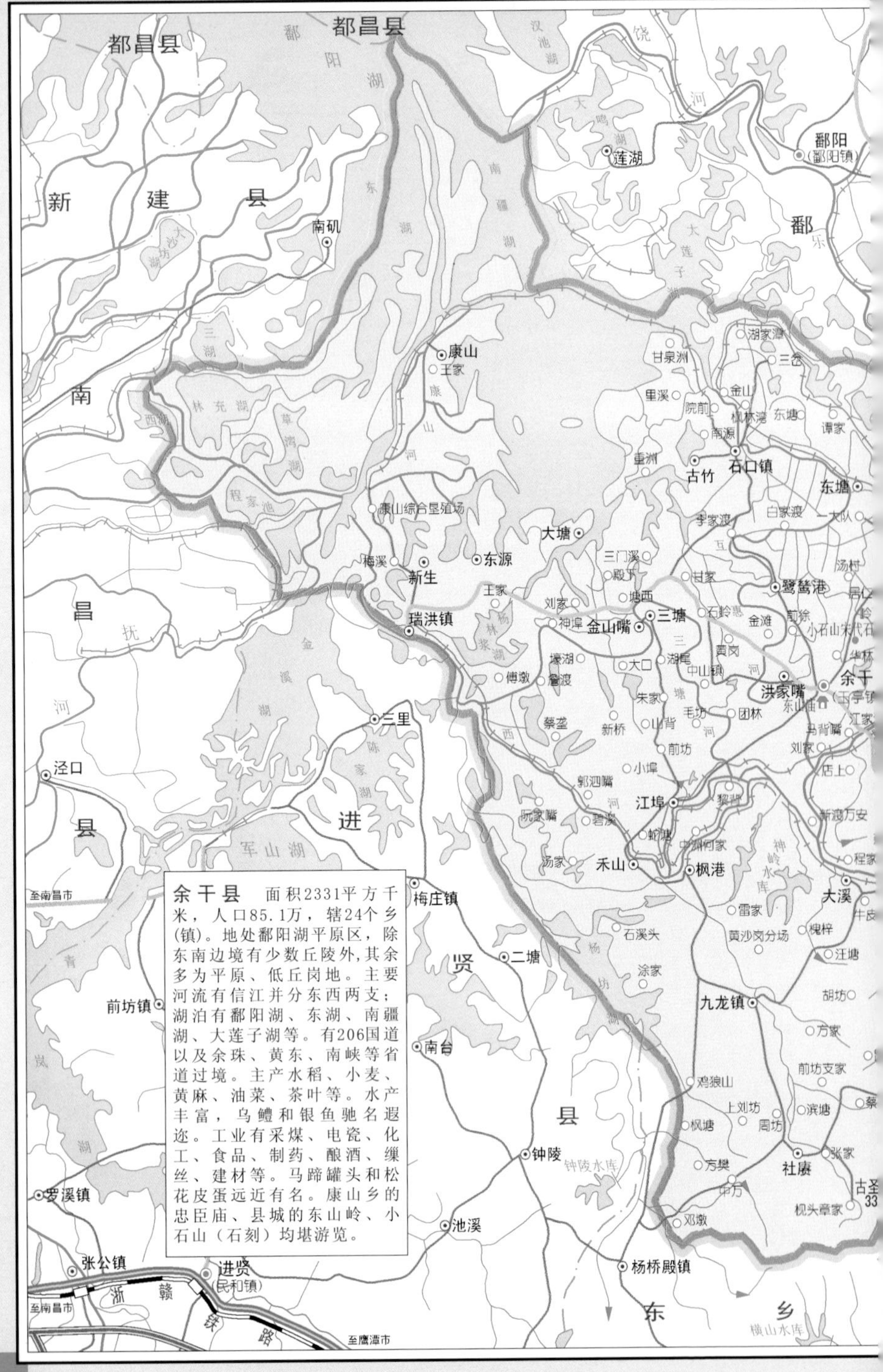

余干县　面积2331平方千米，人口85.1万，辖24个乡(镇)。地处鄱阳湖平原区，除东南边境有少数丘陵外，其余多为平原、低丘岗地。主要河流有信江并分东西两支；湖泊有鄱阳湖、东湖、南疆湖、大莲子湖等。有206国道以及余珠、黄东、南峡等省道过境。主产水稻、小麦、黄麻、油菜、茶叶等。水产丰富，乌鳢和银鱼驰名遐迩。工业有采煤、电瓷、化工、食品、制药、酿酒、缫丝、建材等。马蹄罐头和松花皮蛋远近有名。康山乡的忠臣庙、县城的东山岭、小石山（石刻）均堪游览。
都昌县
都昌县
鄱阳湖
汉池湖
饶河
大鸣湖
莲湖
鄱阳
(鄱阳镇)
新建县
南矶
东湖
南疆湖
大沙坊湖
大莲子湖
三湖
康山
王家
林充湖
草湾湖
西湖
程家池
康山河
甘泉洲
湖家滩
三岔
里溪
院前
金山
枫林湾
东塘
谭家
南源
重洲
古竹
石口镇
东塘
康山综合垦殖场
李家渡
白家渡
大队
大塘
梅溪
新生
东源
三门溪
殿下
甘家
鹭鸶港
汤村
南
昌
县
王家
刘家
塘西
三塘
石岭惠
金滩
前徐
小石山宋代石
瑞洪镇
神埠
金山嘴
抚河
林杨浆湖
三塘河
黄岗
华林
余干
(玉亭镇)
壕湖
大口
湖尾
中山镇
洪家嘴
东山岭
傅墩
詹渡
朱家
团林
马背嘴
江家
金溪湖
三里
蔡垄
新桥
山背
毛坊
西河
前坊
刘家
泾口
陈家湖
小埠
店上
郭泗嘴
黎背
江埠
新渡万安
进
阮家嘴
碧溪
蛇塘
中洲何家
神岭水库
程家
军山湖
汤家
禾山
枫港
大溪
至南昌市
梅庄镇
雷家
牛皮
石溪头
黄沙岗分场
槐梓
贤
二塘
杨坊湖
汪塘
涂家
前坊镇
九龙镇
胡坊
方家
南台
青岚湖
鸡狼山
前坊支家
上刘坊
滨塘
县
枫塘
周坊
钟陵
钟陵水库
张家
方樊
社赓
中方
古圣
罗溪镇
枧头章家
邓墩
池溪
杨桥殿镇
张公镇
进贤
(民和镇)
浙赣铁路
至南昌市
至鹰潭市
东乡
横山水库

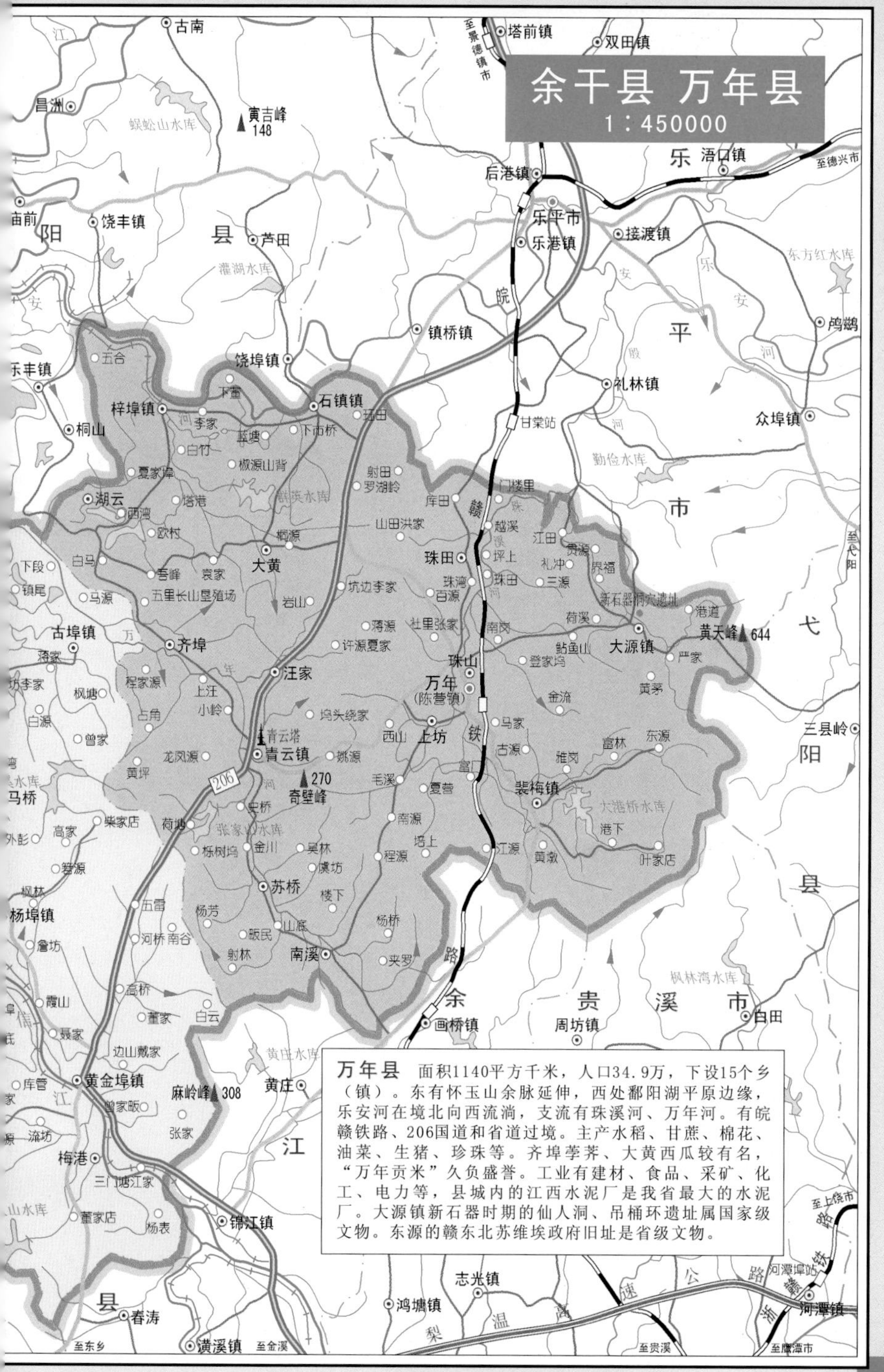
余干县 万年县
1：450000
万年县 面积1140平方千米，人口34.9万，下设15个乡（镇）。东有怀玉山余脉延伸，西处鄱阳湖平原边缘，乐安河在境北向西流淌，支流有珠溪河、万年河。有皖赣铁路、206国道和省道过境。主产水稻、甘蔗、棉花、油菜、生猪、珍珠等。齐埠荸荠、大黄西瓜较有名，“万年贡米”久负盛誉。工业有建材、食品、采矿、化工、电力等，县城内的江西水泥厂是我省最大的水泥厂。大源镇新石器时期的仙人洞、吊桶环遗址属国家级文物。东源的赣东北苏维埃政府旧址是省级文物。
古南
塔前镇
双田镇
至景德镇市
昌洲
寅吉峰
148
蜈蚣山水库
后港镇
乐平市
乐港镇
接渡镇
语口镇
至德兴市
饶丰镇
芦田
灌湖水库
东方红水库
镇桥镇
礼林镇
鸬鹚
众埠镇
饶埠镇
石镇镇
梓埠镇
桐山
湖云
甘棠站
勤俭水库
大黄
珠田
齐埠
古埠镇
汪家
珠山
万年
（陈营镇）
上坊
大源镇
黄天峰
644
青云塔
青云镇
270
奇壁峰
裴梅镇
大港桥水库
苏桥
南溪
三县岭
画桥镇
周坊镇
白田
枫林湾水库
黄庄水库
黄庄
麻岭峰
308
黄金埠镇
梅港
锦江镇
至上饶市
河潭埠站
河潭镇
志光镇
鸿塘镇
春涛
至东乡
潢溪镇
至金溪
至贵溪
至鹰潭市
206
余 贵 溪 市
乐 平 市
弋 阳 县

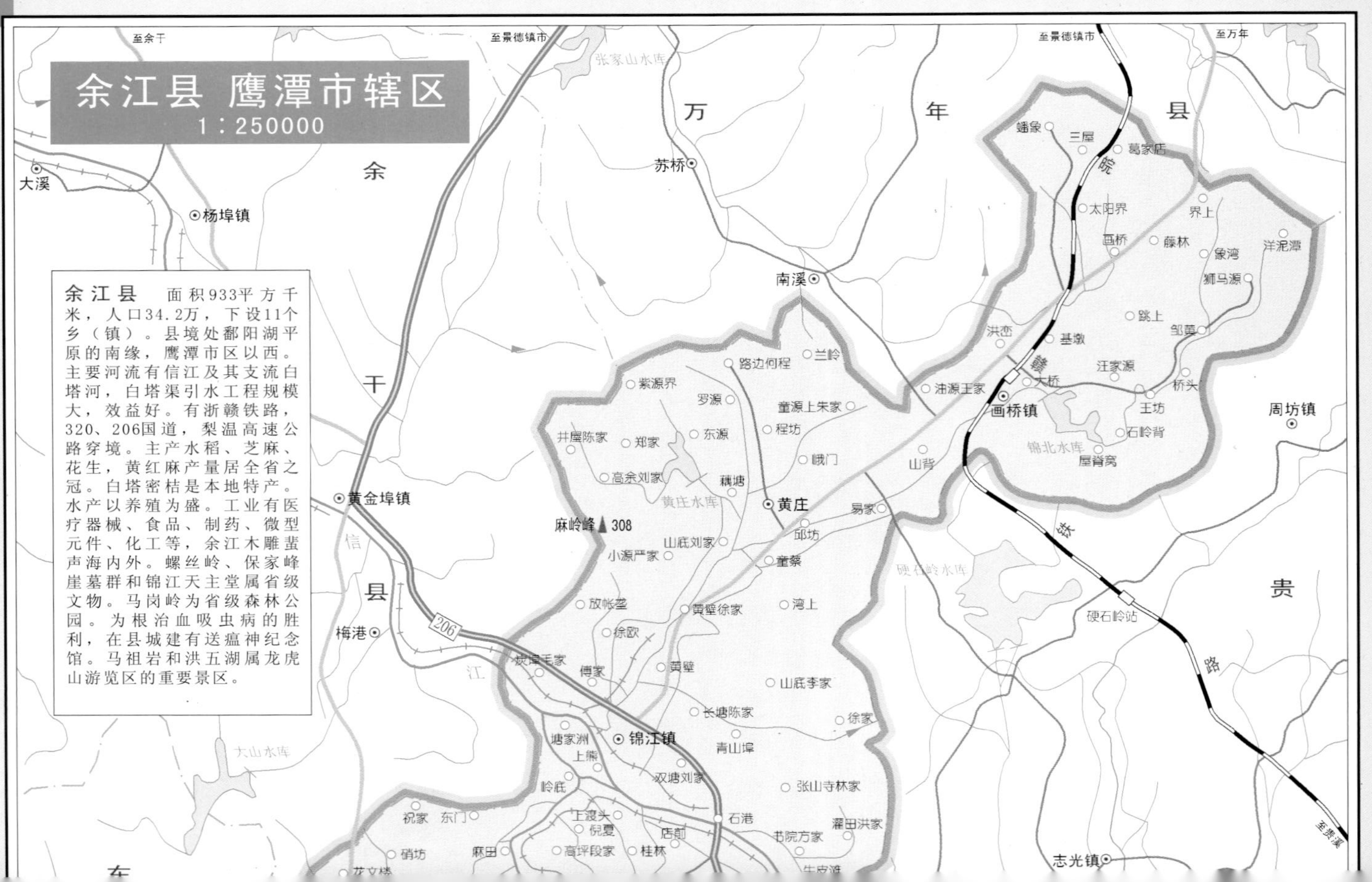

余江县　面积933平方千米，人口34.2万，下设11个乡（镇）。县境处鄱阳湖平原的南缘，鹰潭市区以西。主要河流有信江及其支流白塔河，白塔渠引水工程规模大，效益好。有浙赣铁路，320、206国道，梨温高速公路穿境。主产水稻、芝麻、花生，黄红麻产量居全省之冠。白塔密桔是本地特产。水产以养殖为盛。工业有医疗器械、食品、制药、微型元件、化工等，余江木雕蜚声海内外。螺丝岭、保家峰崖墓群和锦江天主堂属省级文物。马岗岭为省级森林公园。为根治血吸虫病的胜利，在县城建有送瘟神纪念馆。马祖岩和洪五湖属龙虎山游览区的重要景区。

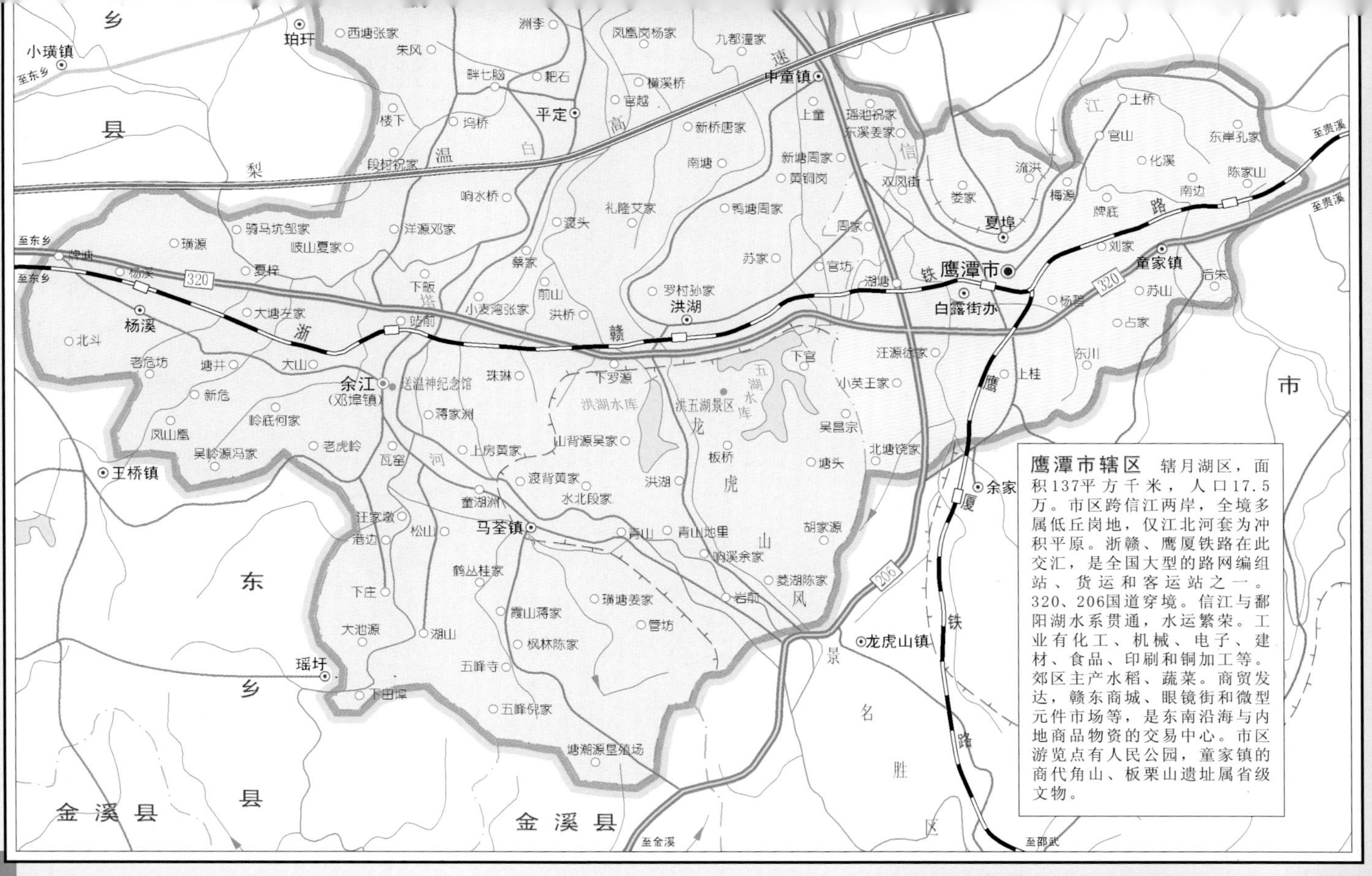

鹰潭市辖区 辖月湖区，面积137平方千米，人口17.5万。市区跨信江两岸，全境多属低丘岗地，仅江北河套为冲积平原。浙赣、鹰厦铁路在此交汇，是全国大型的路网编组站、货运和客运站之一。320、206国道穿境。信江与鄱阳湖水系贯通，水运繁荣。工业有化工、机械、电子、建材、食品、印刷和铜加工等。郊区主产水稻、蔬菜。商贸发达，赣东商城、眼镜街和微型元件市场等，是东南沿海与内地商品物资的交易中心。市区游览点有人民公园，童家镇的商代角山、板栗山遗址属省级文物。

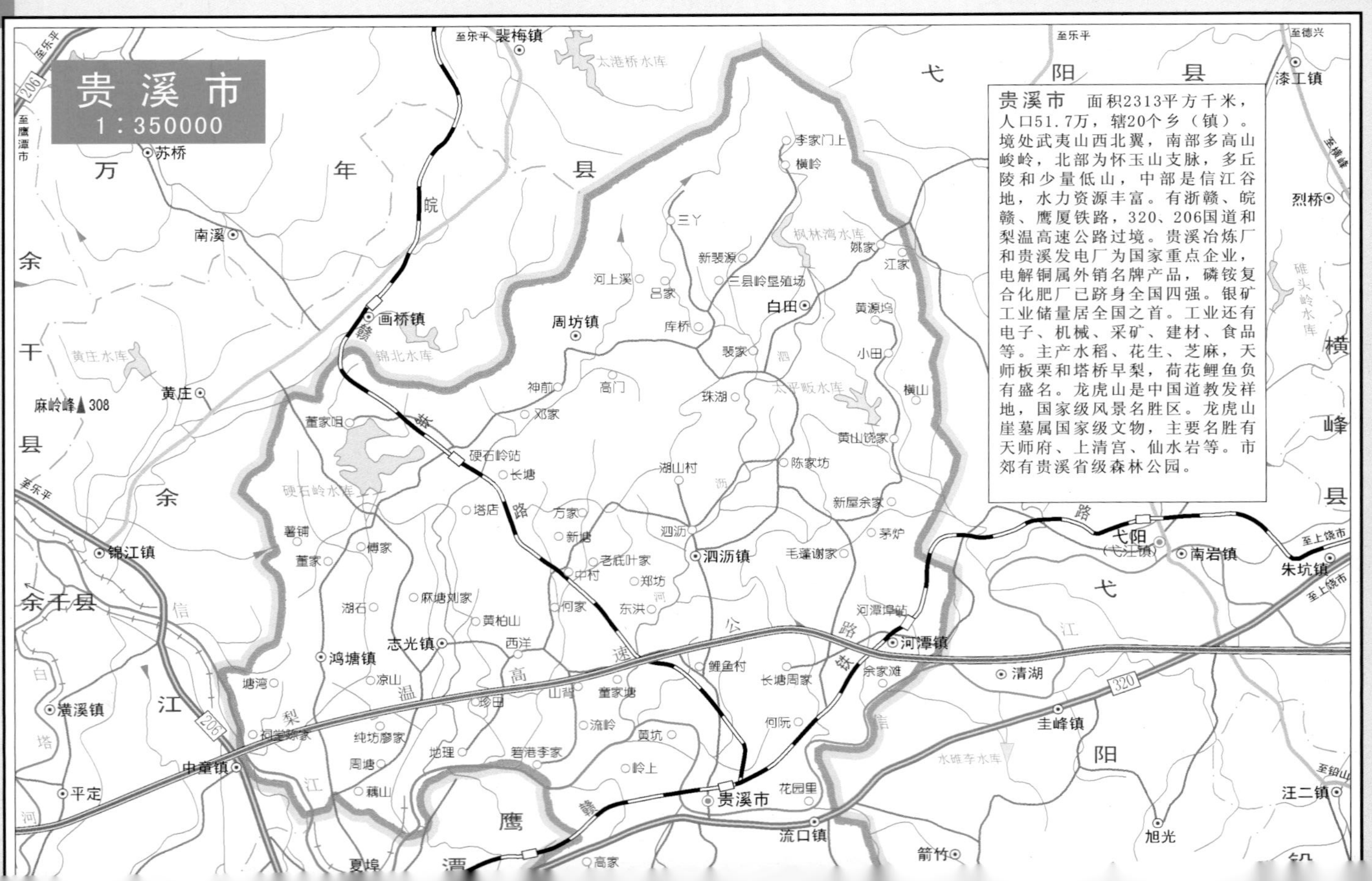

贵溪市　面积2313平方千米，人口51.7万，辖20个乡（镇）。境处武夷山西北翼，南部多高山峻岭，北部为怀玉山支脉，多丘陵和少量低山，中部是信江谷地，水力资源丰富。有浙赣、皖赣、鹰厦铁路，320、206国道和梨温高速公路过境。贵溪冶炼厂和贵溪发电厂为国家重点企业，电解铜属外销名牌产品，磷铵复合化肥厂已跻身全国四强。银矿工业储量居全国之首。工业还有电子、机械、采矿、建材、食品等。主产水稻、花生、芝麻，天师板栗和塔桥早梨，荷花鲤鱼负有盛名。龙虎山是中国道教发祥地，国家级风景名胜区。龙虎山崖墓属国家级文物，主要名胜有天师府、上清宫、仙水岩等。市郊有贵溪省级森林公园。

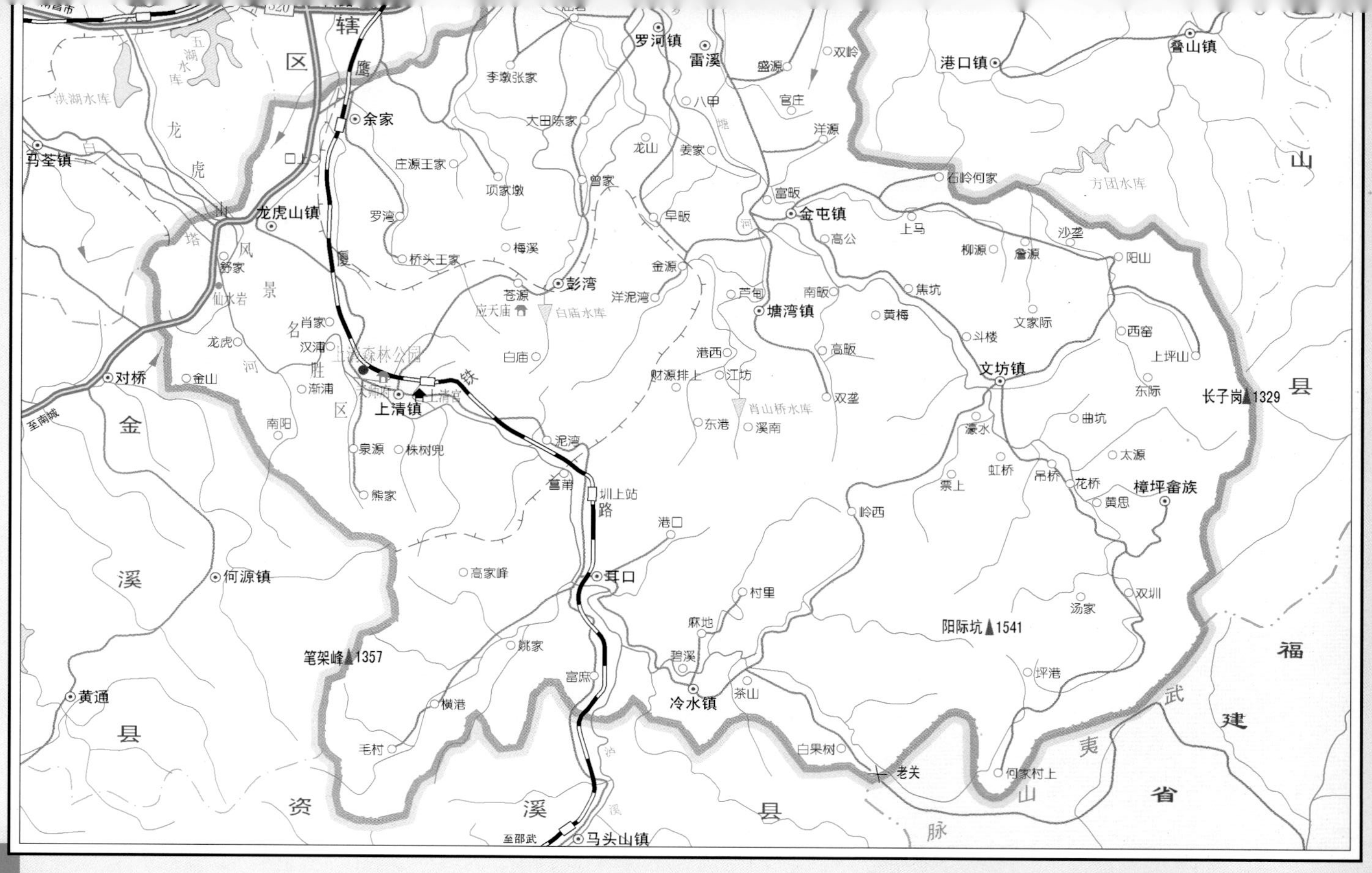

罗河镇
雷溪
盛源
双岭
港口镇
叠山镇
余家
李墩张家
八甲
官庄
洋源
大田陈家
龙山
姜家
庄源王家
项家墩
曾家
富畈
金屯镇
早畈
石岭何家
方团水库
上马
沙垄
柳源
詹源
阳山
龙虎山镇
罗湾
梅溪
桥头王家
彭湾
金源
高公
舒家
仙水岩
苍源
应天庙
白庙水库
洋泥湾
芦甸
塘湾镇
南畈
焦坑
黄梅
文家际
西窑
上坪山
斗楼
肖家
汉浦
上清森林公园
白庙
港西
高畈
文坊镇
龙虎
对桥
金山
渐浦
上清镇
上清宫
财源排上
江坊
双垄
东际
长子岗▲1329
南阳
东港
溪南
肖山桥水库
曲坑
濠水
泉源
株树兜
泥湾
太源
虹桥
吊桥
花桥
樟坪畲族
票上
黄思
熊家
富甫
圳上站
岭西
港口
高家峰
何源镇
耳口
村里
双圳
汤家
阳际坑▲1541
麻地
姚家
笔架峰▲1357
碧溪
富庶
坪港
黄通
横港
冷水镇
茶山
白果树
毛村
老关
何家村上
马头山镇
至邵武
至南城
马荃镇
洪湖水库
五湖水库
龙虎山
风景名胜区
鹰厦铁路
金溪县
资溪县
武夷山脉
福建省

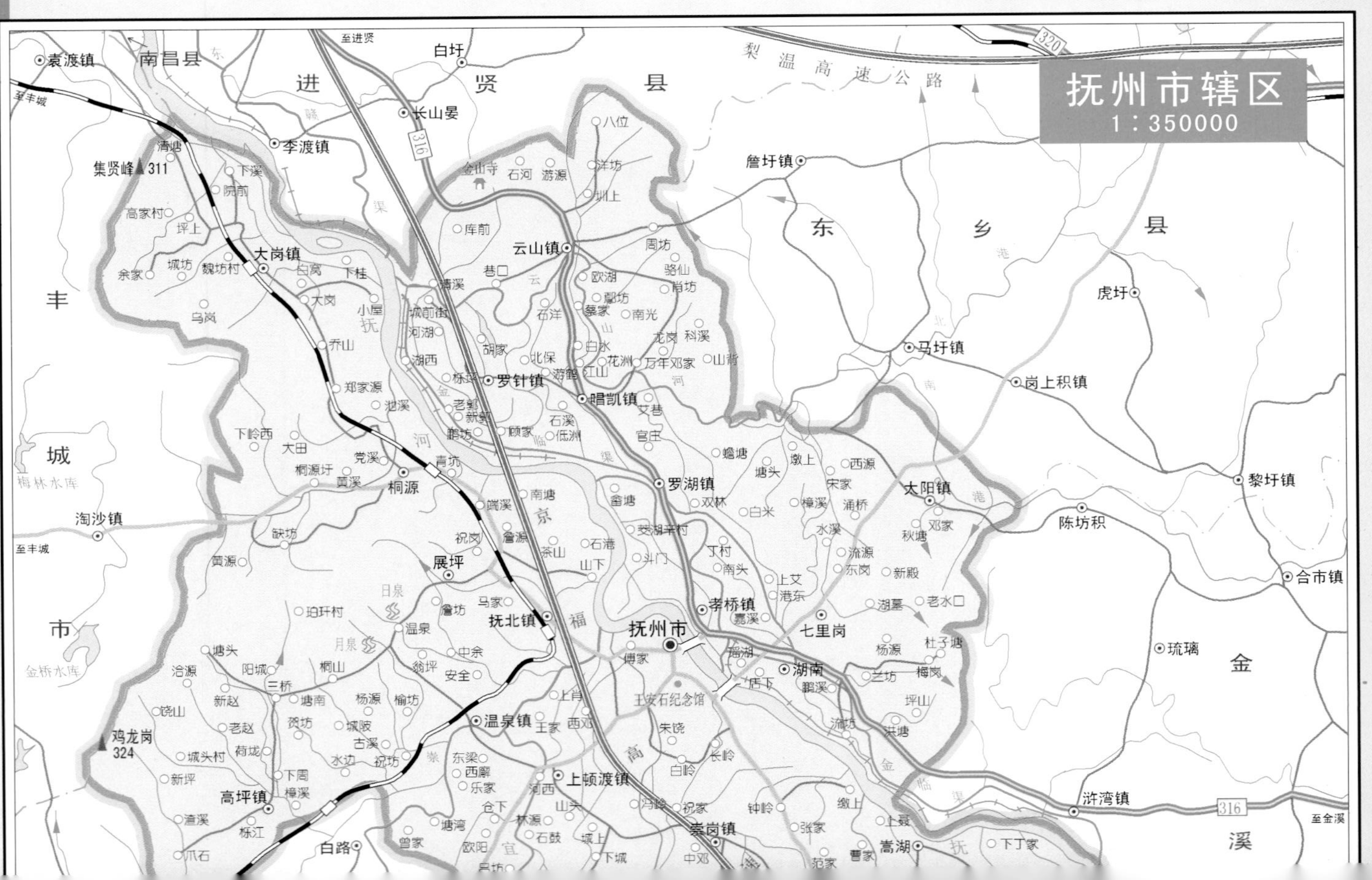

抚州市辖区
1：350000
抚州市
梨温高速公路
320
316
进贤县
东乡县
南昌县
丰城市
金溪
云山镇
罗针镇
唱凯镇
罗湖镇
孝桥镇
七里岗
湖南
太阳镇
上顿渡镇
温泉镇
抚北镇
展坪
桐源
大岗镇
李渡镇
长山晏
白圩
袁渡镇
淘沙镇
高坪镇
白路
崇岗镇
嵩湖
浒湾镇
琉璃
合市镇
黎圩镇
陈坊积
岗上积镇
马圩镇
虎圩
詹圩镇
王安石纪念馆
集贤峰 311
鸡龙岗 324
梅林水库
金桥水库
至丰城
至进贤
至金溪

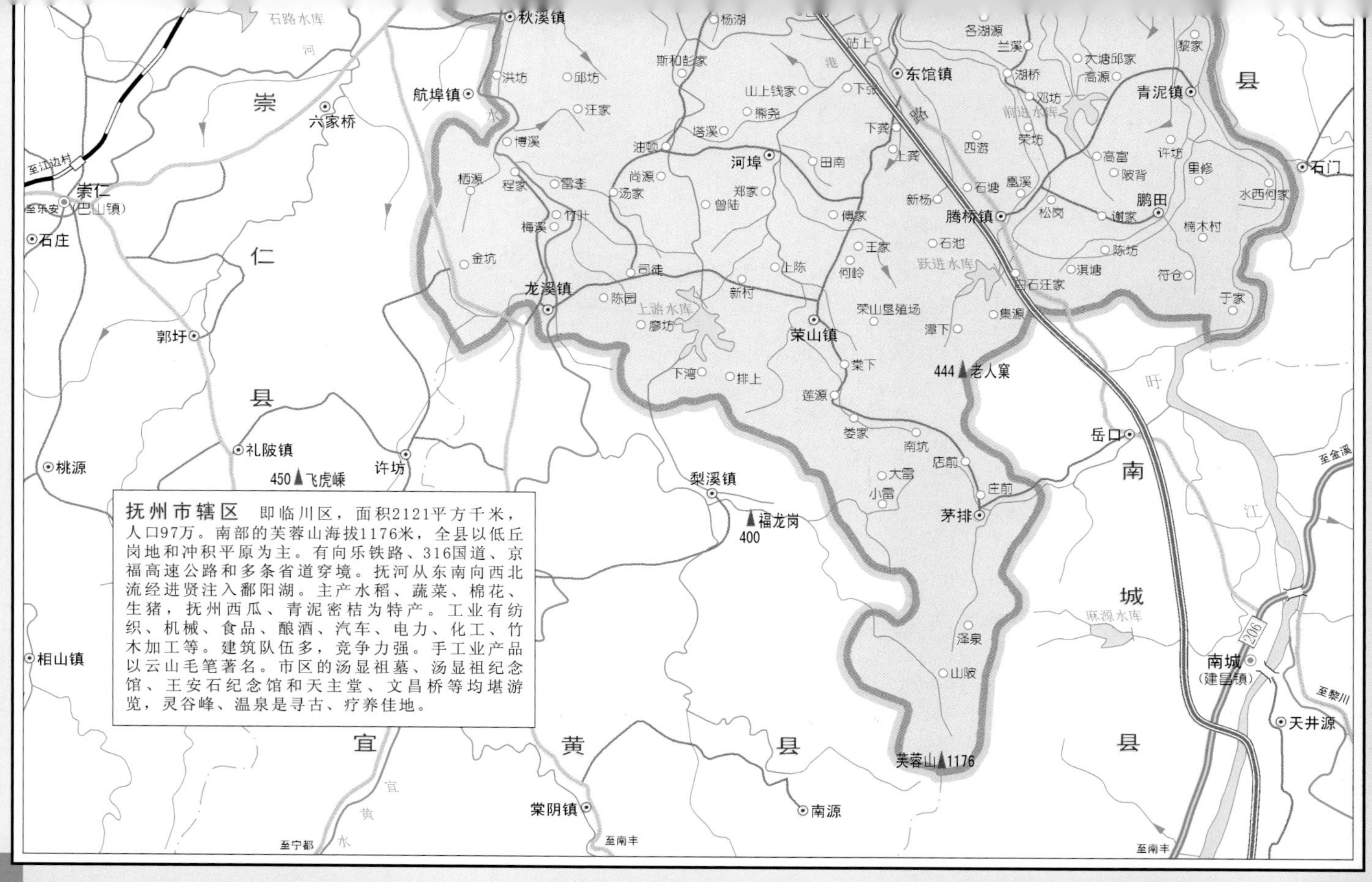

抚州市辖区 即临川区，面积2121平方千米，人口97万。南部的芙蓉山海拔1176米，全县以低丘岗地和冲积平原为主。有向乐铁路、316国道、京福高速公路和多条省道穿境。抚河从东南向西北流经进贤注入鄱阳湖。主产水稻、蔬菜、棉花、生猪，抚州西瓜、青泥密桔为特产。工业有纺织、机械、食品、酿酒、汽车、电力、化工、竹木加工等。建筑队伍多，竞争力强。手工业产品以云山毛笔著名。市区的汤显祖墓、汤显祖纪念馆、王安石纪念馆和天主堂、文昌桥等均堪游览，灵谷峰、温泉是寻古、疗养佳地。

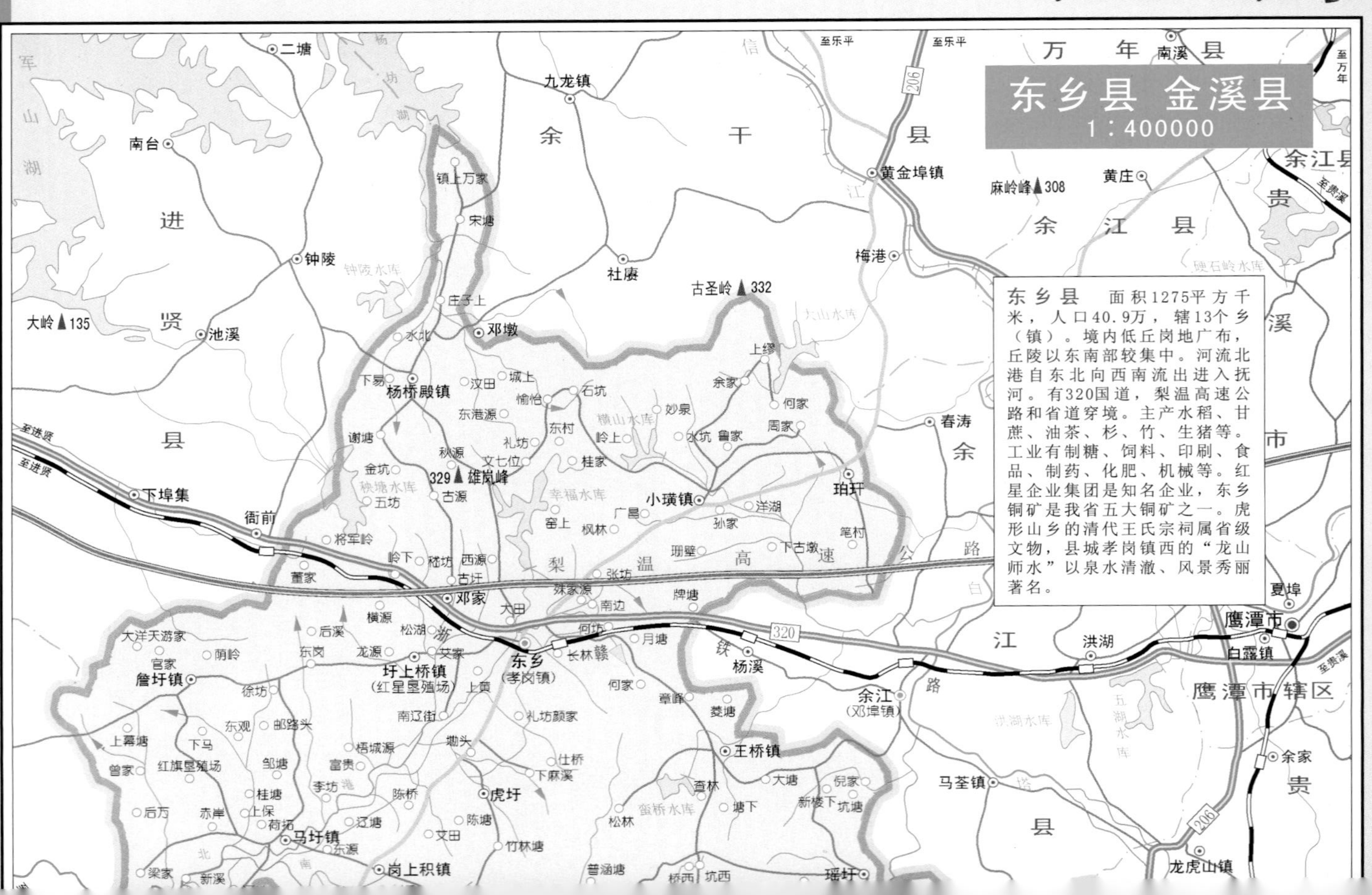

东乡县　面积1275平方千米，人口40.9万，辖13个乡（镇）。境内低丘岗地广布，丘陵以东南部较集中。河流北港自东北向西南流出进入抚河。有320国道，梨温高速公路和省道穿境。主产水稻、甘蔗、油茶、杉、竹、生猪等。工业有制糖、饲料、印刷、食品、制药、化肥、机械等。红星企业集团是知名企业，东乡铜矿是我省五大铜矿之一。虎形山乡的清代王氏宗祠属省级文物，县城孝岗镇西的“龙山师水”以泉水清澈、风景秀丽著名。

抚州市·金溪县

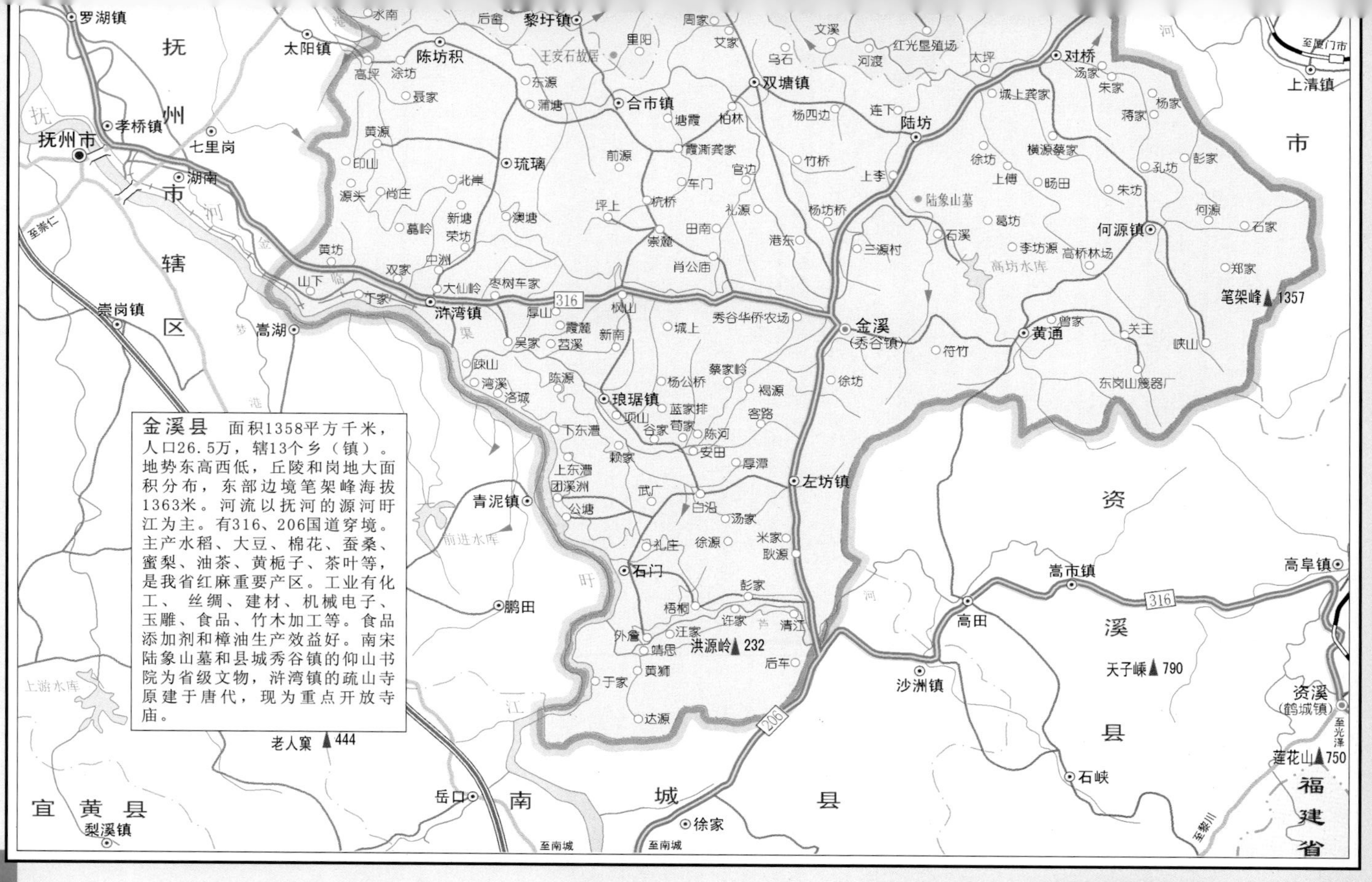

金溪县 面积1358平方千米，人口26.5万，辖13个乡（镇）。地势东高西低，丘陵和岗地大面积分布，东部边境笔架峰海拔1363米。河流以抚河的源河盱江为主。有316、206国道穿境。主产水稻、大豆、棉花、蚕桑、蜜梨、油茶、黄栀子、茶叶等，是我省红麻重要产区。工业有化工、丝绸、建材、机械电子、玉雕、食品、竹木加工等。食品添加剂和樟油生产效益好。南宋陆象山墓和县城秀谷镇的仰山书院为省级文物，浒湾镇的疏山寺原建于唐代，现为重点开放寺庙。

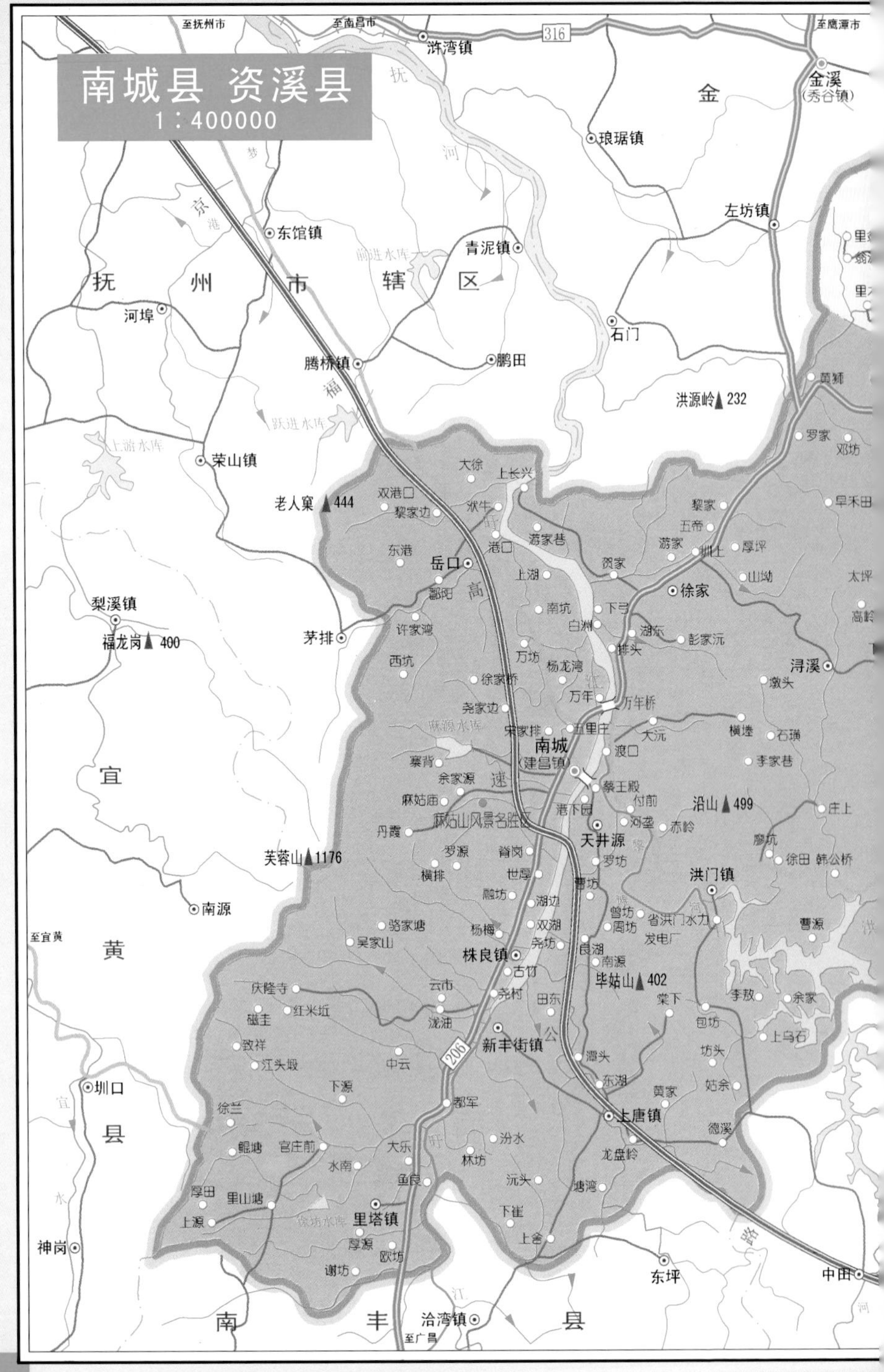
南城县 资溪县
1：400000
至抚州市
至南昌市
316
至鹰潭市
浒湾镇
金溪
(秀谷镇)
金
琅琚镇
左坊镇
东馆镇
青泥镇
前进水库
抚
州
市
辖
区
河埠
石门
腾桥镇
鹏田
洪源岭 232
跃进水库
上游水库
荣山镇
大徐
上长兴
双港口
老人寨 444
黎家边
状牛
港口
游家巷
东港
岳口
上湖
资家
黎家
五帝
游家
厚坪
山坳
徐家
鄱阳
南坑
下弓
白洲
湖东
彭家沅
梨溪镇
福龙岗 400
茅排
许家湾
西坑
万坊
杨龙湾
排头
浔溪
徐家桥
墩头
尧家边
万年
万年桥
麻源水库
宋家排
五里庄
大沅
横垄
石璜
南城
(建昌镇)
渡口
李家巷
寨背
余家源
蔡王殿
麻姑庙
港下园
付前
沿山 499
庄上
宜
麻姑山风景名胜区
河垄
赤岭
丹霞
天井源
廖坑
罗源
背岗
罗坊
徐田
韩公桥
芙蓉山 1176
横排
世厚
洪门镇
融坊
曹坊
湖边
南源
曾坊
省洪门水力
周坊
发电厂
骆家塘
杨梅
双湖
曹源
至宜黄
吴家山
尧坊
良湖
黄
株良镇
南源
古竹
毕姑山 402
庆隆寺
云市
尧村
田东
棠下
李敖
余家
红米坵
磁圭
泷油
包坊
上乌石
新丰街镇
致祥
206
中云
坊头
江头塅
潭头
下源
东湖
圳口
黄家
姑余
都军
上唐镇
徐兰
德溪
县
鲲塘
官庄前
大乐
汾水
龙盘岭
水南
林坊
厚田
鱼良
沅头
塘湾
里山塘
上源
徐坊水库
里塔镇
下崔
厚源
上舍
神岗
欧坊
谢坊
东坪
中田
南
丰
洽湾镇
县
至广昌

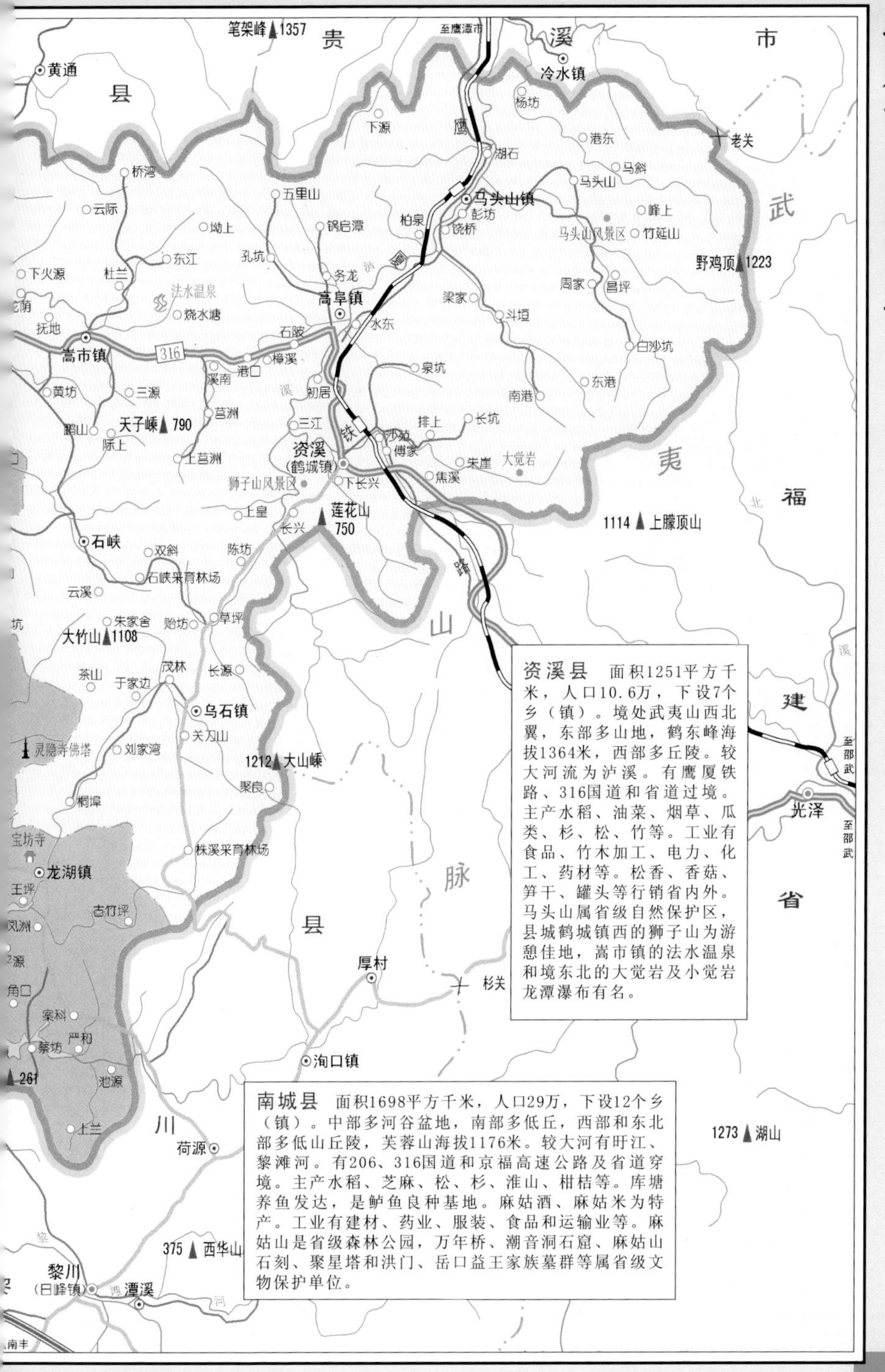
笔架峰▲1357
贵溪市
至鹰潭市
冷水镇
黄通
县
杨坊
下源
鹰
老关
港东
湖石
马斜
桥湾
马头山
五里山
马头山镇
云际
峰上
武
柏泉
彭坊
坳上
锅启潭
饶桥
马头山风景区
竹延山
东江
孔坑
厦
野鸡顶▲1223
下火源
杜兰
务龙
泸
法水温泉
高阜镇
周家
昌坪
梁家
烧水塘
水东
斗垣
抚地
嵩市镇
石陂
316
白沙坑
樟溪
港口
泉坑
溪南
东港
黄坊
三源
初居
南港
溪
莒洲
排上
长坑
天子嵊▲790
三江
铁
沙苑
傅家
资溪
（鹤城镇）
上莒洲
朱崖
大觉岩
际上
夷
狮子山风景区
下长兴
焦溪
福
上皇
莲花山
750
1114▲上幪顶山
长兴
石峡
双斜
陈坊
路
石峡采育林场
云溪
草坪
山
朱家舍
贻坊
大竹山▲1108
茂林
长源
茶山
于家边
乌石镇
建
关刀山
灵隐寺佛塔
刘家湾
至邵武
1212▲大山嵊
光泽
至邵武
聚良
桐埠
宝坊寺
株溪采育林场
脉
龙湖镇
省
王坪
古竹坪
县
厚村
杉关
案科
黎坊
严和
洵口镇
池源
上兰
川
荷源
1273▲湖山
黎
375▲西华山
黎川
（日峰镇）
潭溪
南丰
资溪县　面积1251平方千米，人口10.6万，下设7个乡（镇）。境处武夷山西北翼，东部多山地，鹤东峰海拔1364米，西部多丘陵。较大河流为泸溪。有鹰厦铁路、316国道和省道过境。主产水稻、油菜、烟草、瓜类、杉、松、竹等。工业有食品、竹木加工、电力、化工、药材等。松香、香菇、笋干、罐头等行销省内外。马头山属省级自然保护区，县城鹤城镇西的狮子山为游憩佳地，嵩市镇的法水温泉和境东北的大觉岩及小觉岩龙潭瀑布有名。
南城县　面积1698平方千米，人口29万，下设12个乡（镇）。中部多河谷盆地，南部多低丘，西部和东北部多低山丘陵，芙蓉山海拔1176米。较大河有盱江、黎滩河。有206、316国道和京福高速公路及省道穿境。主产水稻、芝麻、松、杉、淮山、柑桔等。库塘养鱼发达，是鲈鱼良种基地。麻姑酒、麻姑米为特产。工业有建材、药业、服装、食品和运输业等。麻姑山是省级森林公园，万年桥、潮音洞石窟、麻姑山石刻、聚星塔和洪门、岳口益王家族墓群等属省级文物保护单位。

南丰县 广昌县

1：400000

南丰县　面积1909平方千米，人口26.8万，下设12个乡（镇）。全县以山地和低丘岗地为主，东、南、西三面环山，中部盱江自南向北纵贯县境。有206国道和多条道省穿境。主产水稻、家禽、甘蔗、油茶、甲鱼、生猪、蔬菜等。特产“南丰密桔”有“桔王”之誉。工业有纺织器材、建材、食品加工、轻工、制药、五金机械、塑料包装等，南丰泥炉行销省内外。境南有白舍宋、元古窑遗址，县城琴城镇西有唐代石窟，镇南盱江畔有北宋曾巩的读书岩可供游览。

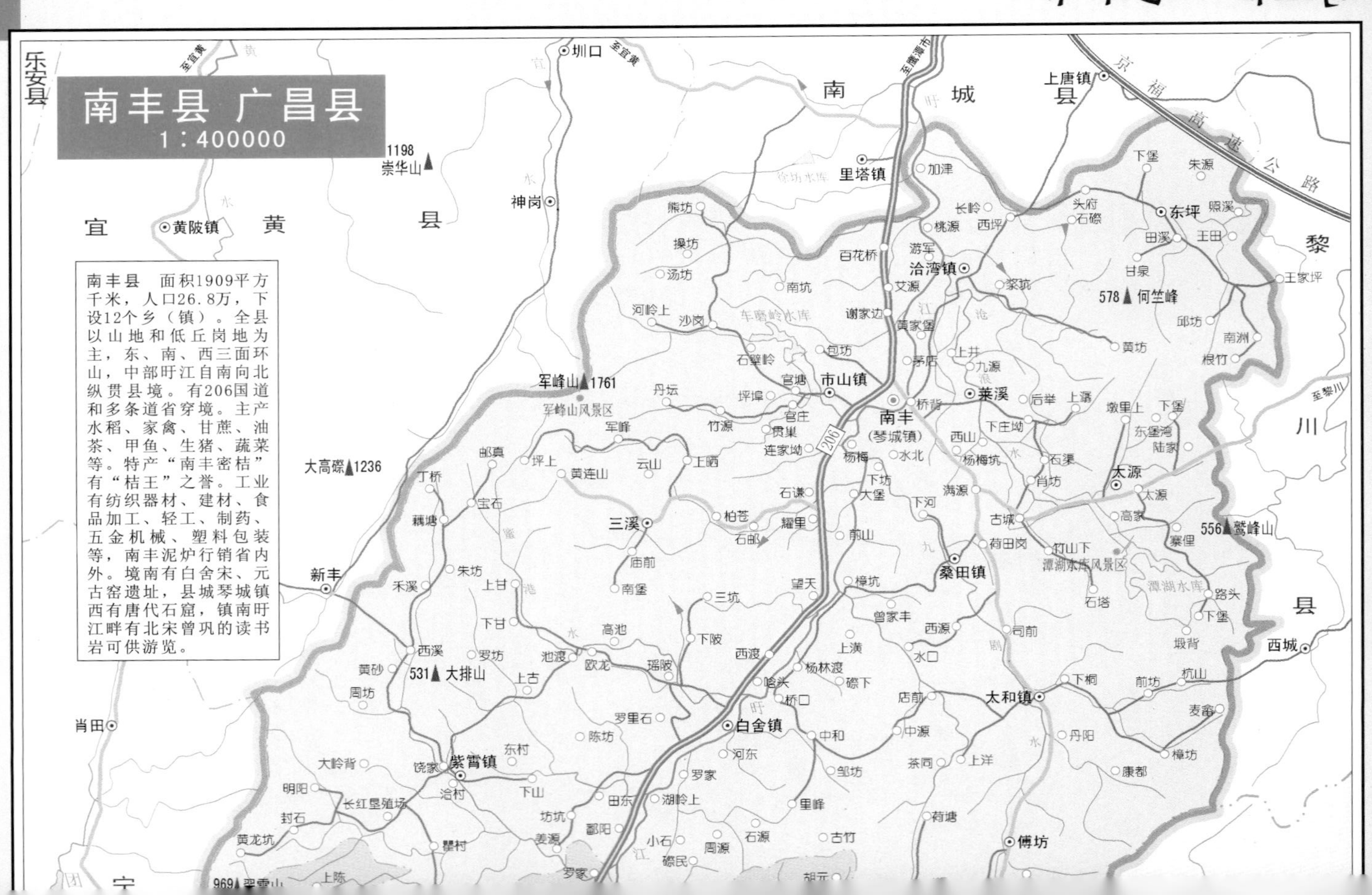

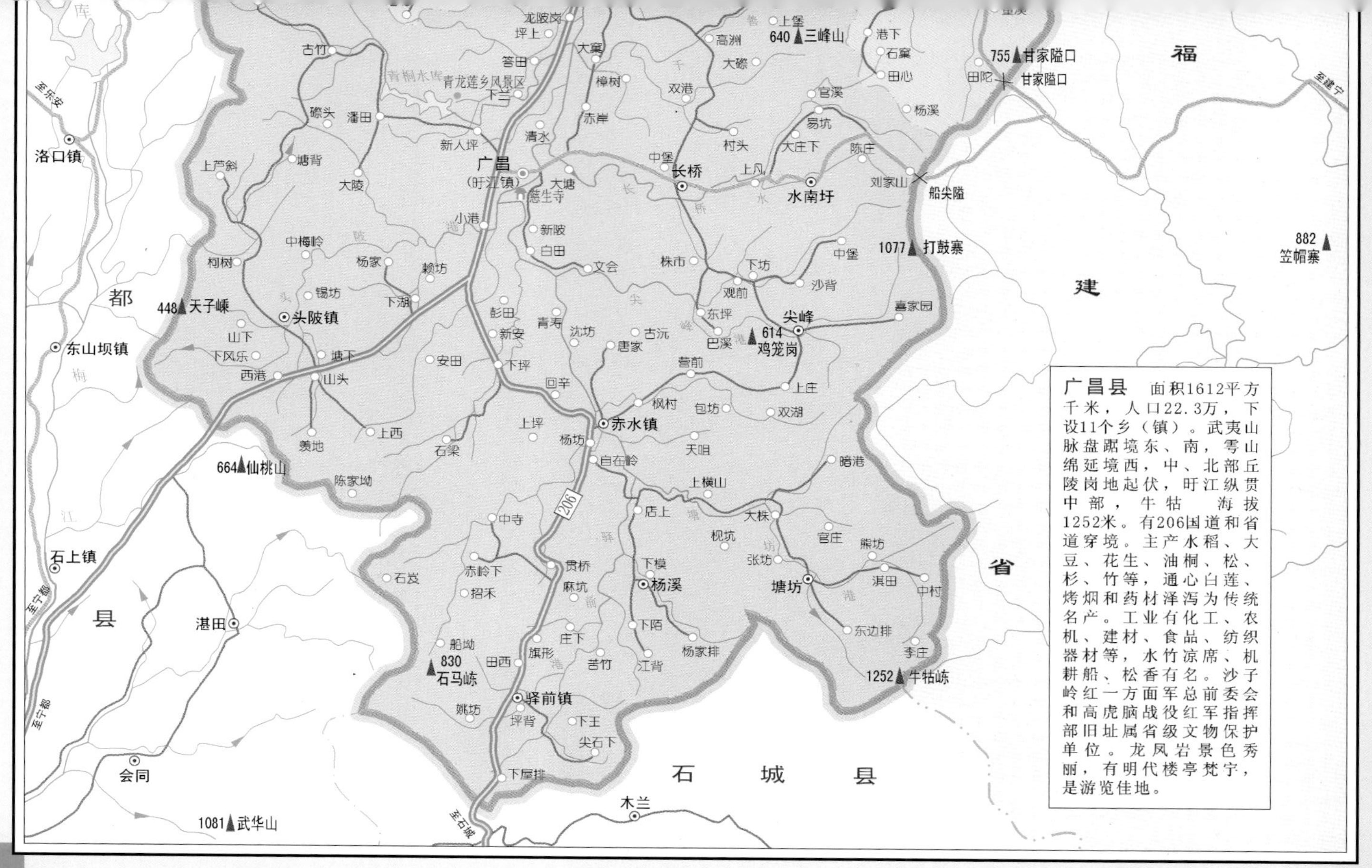

广昌县 面积1612平方千米，人口22.3万，下设11个乡（镇）。武夷山脉盘踞境东、南，雩山绵延境西，中、北部丘陵岗地起伏，盱江纵贯中部，牛牯崃海拔1252米。有206国道和省道穿境。主产水稻、大豆、花生、油桐、松、杉、竹等，通心白莲、烤烟和药材泽泻为传统名产。工业有化工、农机、建材、食品、纺织器材等，水竹凉席、机耕船、松香有名。沙子岭红一方面军总前委会和高虎脑战役红军指挥部旧址属省级文物保护单位。龙凤岩景色秀丽，有明代楼亭梵宇，是游览佳地。

崇仁县 宜黄县

1：400000

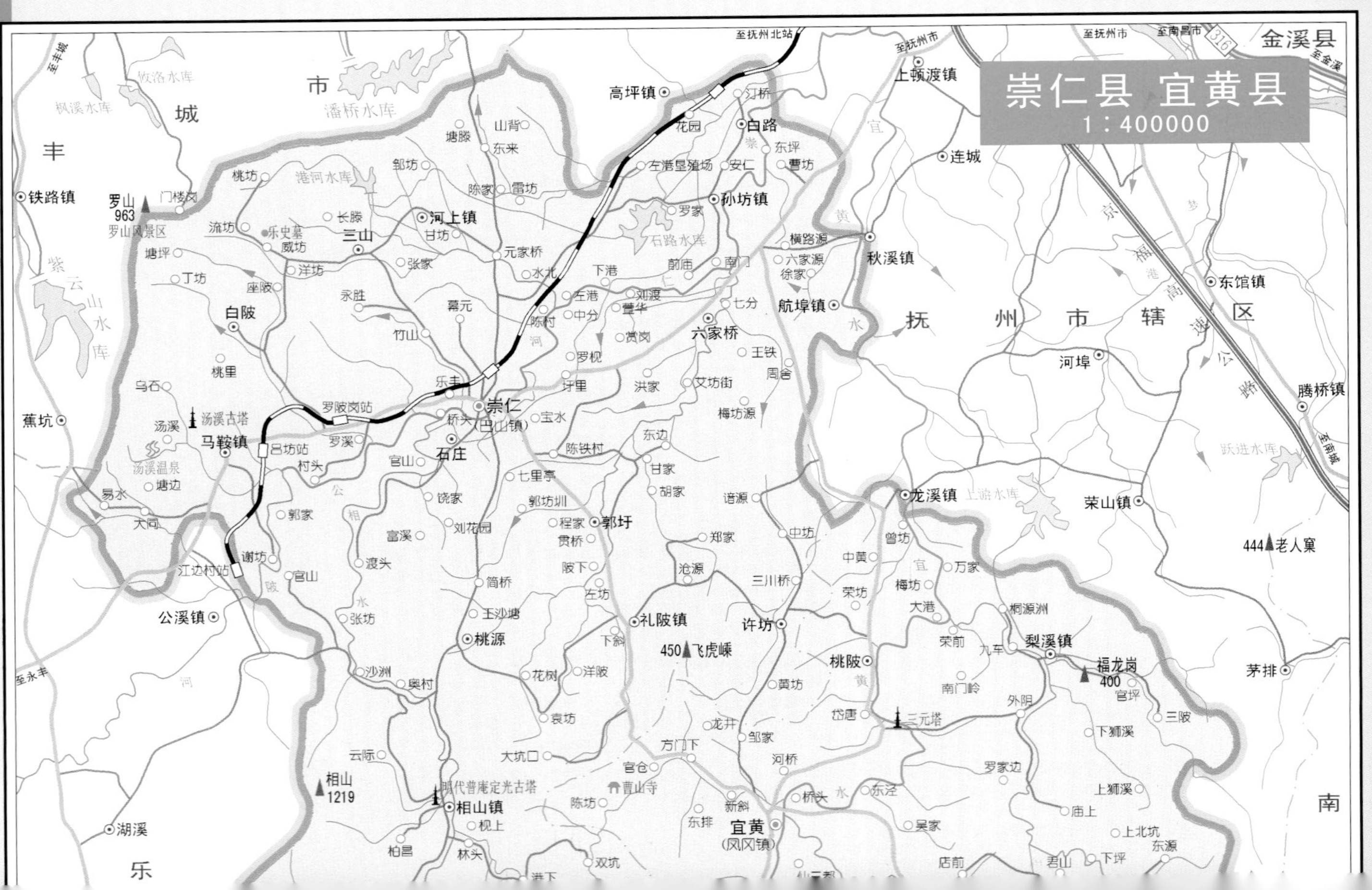

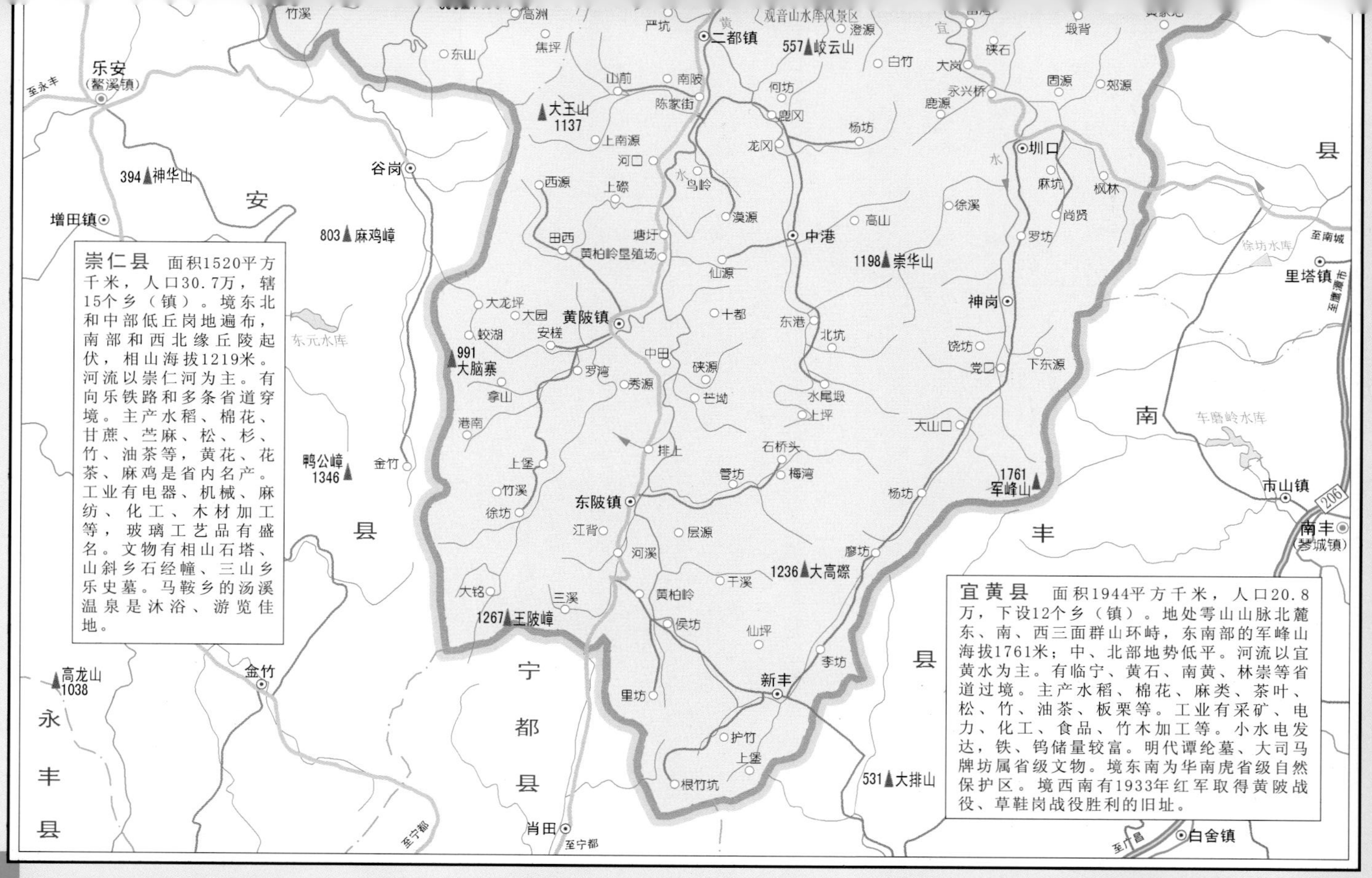
崇仁县 面积1520平方千米，人口30.7万，辖15个乡（镇）。境东北和中部低丘岗地遍布，南部和西北缘丘陵起伏，相山海拔1219米。河流以崇仁河为主。有向乐铁路和多条省道穿境。主产水稻、棉花、甘蔗、苎麻、松、杉、竹、油茶等，黄花、花茶、麻鸡是省内名产。工业有电器、机械、麻纺、化工、木材加工等，玻璃工艺品有盛名。文物有相山石塔、山斜乡石经幢、三山乡乐史墓。马鞍乡的汤溪温泉是沐浴、游览佳地。
宜黄县 面积1944平方千米，人口20.8万，下设12个乡（镇）。地处雩山山脉北麓东、南、西三面群山环峙，东南部的军峰山海拔1761米；中、北部地势低平。河流以宜黄水为主。有临宁、黄石、南黄、林崇等省道过境。主产水稻、棉花、麻类、茶叶、松、竹、油茶、板栗等。工业有采矿、电力、化工、食品、竹木加工等。小水电发达，铁、钨储量较富。明代谭纶墓、大司马牌坊属省级文物。境东南为华南虎省级自然保护区。境西南有1933年红军取得黄陵战役、草鞋岗战役胜利的旧址。
乐安
(鳌溪镇)
至永丰
394 神华山
安
增田镇
谷岗
803 麻鸡嶂
东元水库
鸭公嶂 1346
金竹
县
高龙山 1038
永
丰
县
金竹
宁
都
县
肖田
至宁都
大玉山 1137
二都镇
557 岐云山
观音山水库风景区
黄陵镇
中港
1198 崇华山
神岗
圳口
东陂镇
新丰
1236 大高嵊
1267 王陂嶂
991 大脑寨
1761 军峰山
531 大排山
南
丰
县
车磨岭水库
市山镇
206
南丰
(琴城镇)
白舍镇
至广昌
里塔镇
至南城
徐坊水库
县

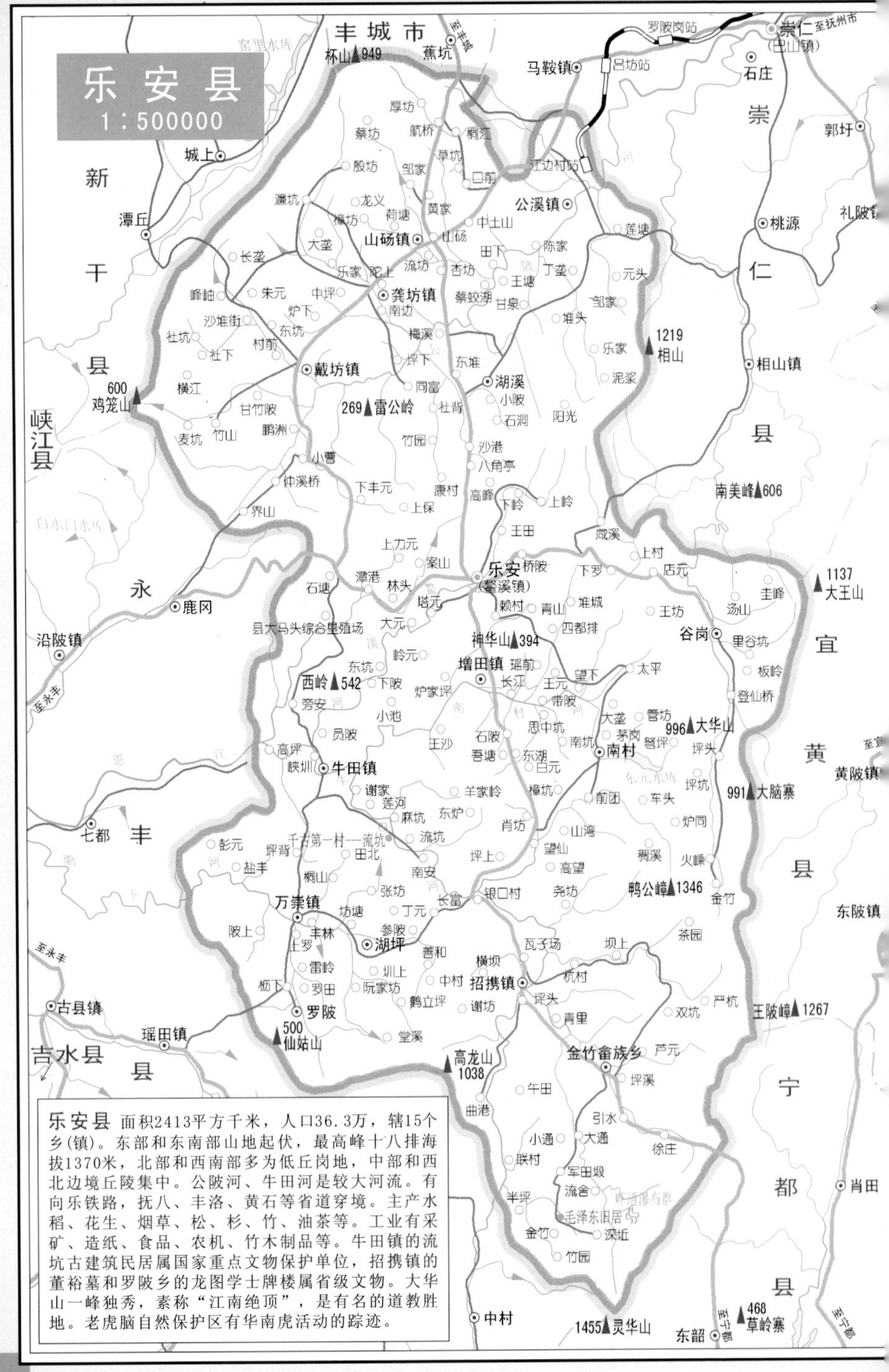
乐安县
1：500000
丰城市
杯山▲949
蕉坑
窑里水库
马鞍镇
吕坊站
罗陂岗站
崇仁
(巴山镇)
至抚州市
石庄
崇
郭圩
城上
新
厚坊
蔡坊
航桥
桐江
草坑
口前
江边村站
殷坊
邹家
濂坑
龙义
黄家
公溪镇
潭丘
樟坊
荷塘
中土山
桃源
礼陂镇
长埜
大埜
山砀镇
山砀
田下
陈家
莲塘
干
峰岫
朱元
乐家
陀上
流坊
杏坊
丁埜
元头
仁
中坪
龚坊镇
王塘
炉下
南边
蔡蛟湖
甘泉
邹家
沙堆街
东坑
堆头
社坑
梅溪
1219
相山
村前
社下
坪下
东堆
乐家
相山镇
县
戴坊镇
湖溪
泥浆
600
鸡笼山
横江
同富
小陂
甘竹陂
269▲雷公岭
杜背
石洞
阳光
峡江县
麦坑
竹山
鹏洲
竹园
沙港
县
小曹
八角亭
仲溪桥
下丰元
康村
高峰
上岭
南美峰▲606
界山
上保
下岭
白水门水库
王田
咸溪
上力元
上村
案山
乐安
(鳌溪镇)
桥陂
下罗
店元
1137
大王山
永
潭港
石塘
林头
塔元
圭峰
鹿冈
赖村
青山
堆城
王坊
汤山
大元
四都排
谷岗
里谷坑
宜
沿陂镇
县大马头综合垦殖场
神华山▲394
岭元
增田镇
瑶前
太平
板岭
东坑
望下
西岭▲542
下陂
炉家坪
长江
王元
登仙桥
至永丰
旁安
带陂
小池
思中坑
大埜
雪坊
996▲大华山
员陂
茅岗
石陂
南坑
暑坪
王沙
高坪
吾塘
东湖
南村
坪头
峡圳
牛田镇
白元
黄
至宜
黄陂镇
谢家
羊家岭
樟坑
东元水库
991▲大脑寨
莲河
前团
车头
坪坑
七都
丰
麻坑
东炉
炉同
肖坊
山湾
彭元
千古第一村—流坑
流坑
坪背
田北
坪上
望仙
稠溪
火嵊
盐丰
南安
高望
县
桐山
张坊
长富
银口村
尧坊
鸭公嶂▲1346
金竹
万崇镇
坊塘
丁元
东陂镇
陂上
丰林
参陂
茶园
上罗
湖坪
善和
瓦子场
坝上
至永丰
雷岭
横坝
杭村
圳上
中村
招携镇
栎下
罗田
阮家坊
鹤立坪
坪头
严杭
双坑
王陂嶂▲1267
古县镇
谢坊
罗陂
青里
500
仙姑山
瑶田镇
堂溪
芦元
吉水县
县
高龙山
1038
金竹畲族乡
坪溪
宁
午田
曲港
引水
小通
大通
徐庄
联村
都
肖田
军田坝
流舍
吓滴瀑布群
半坪
毛泽东旧居
金竹
深垢
竹园
县
中村
1455▲灵华山
东韶
468
草岭寨
至宁都
至宁都
乐安县 面积2413平方千米，人口36.3万，辖15个乡(镇)。东部和东南部山地起伏，最高峰十八排海拔1370米，北部和西南部多为低丘岗地，中部和西北边境丘陵集中。公陂河、牛田河是较大河流。有向乐铁路，抚八、丰洛、黄石等省道穿境。主产水稻、花生、烟草、松、杉、竹、油茶等。工业有采矿、造纸、食品、农机、竹木制品等。牛田镇的流坑古建筑民居属国家重点文物保护单位，招携镇的董裕墓和罗陂乡的龙图学士牌楼属省级文物。大华山一峰独秀，素称“江南绝顶”，是有名的道教胜地。老虎脑自然保护区有华南虎活动的踪迹。

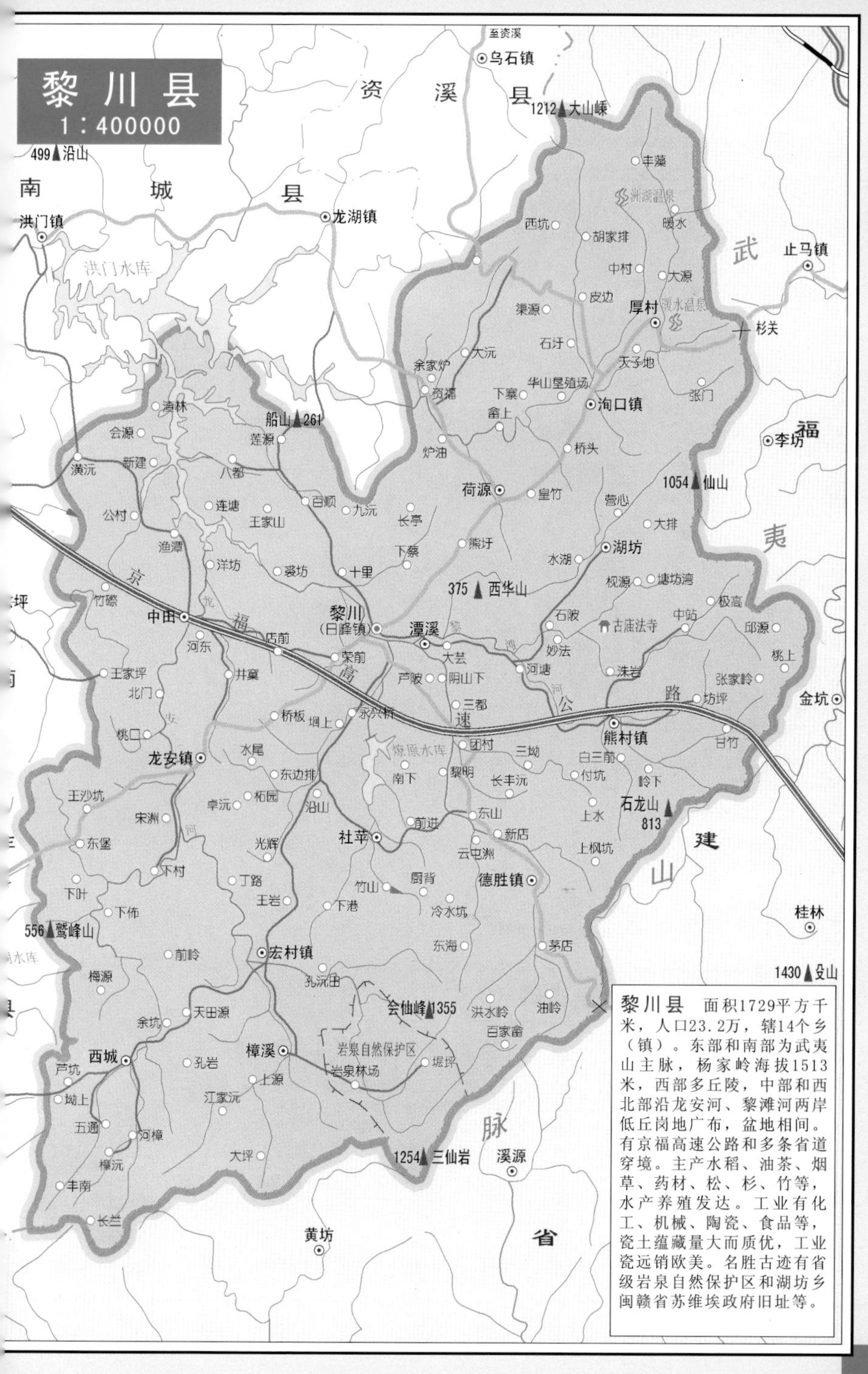

黎川县 面积1729平方千米，人口23.2万，辖14个乡（镇）。东部和南部为武夷山主脉，杨家岭海拔1513米，西部多丘陵，中部和西北部沿龙安河、黎滩河两岸低丘岗地广布，盆地相间。有京福高速公路和多条省道穿境。主产水稻、油茶、烟草、药材、松、杉、竹等，水产养殖发达。工业有化工、机械、陶瓷、食品等，瓷土蕴藏量大而质优，工业瓷远销欧美。名胜古迹有省级岩泉自然保护区和湖坊乡闽赣省苏维埃政府旧址等。

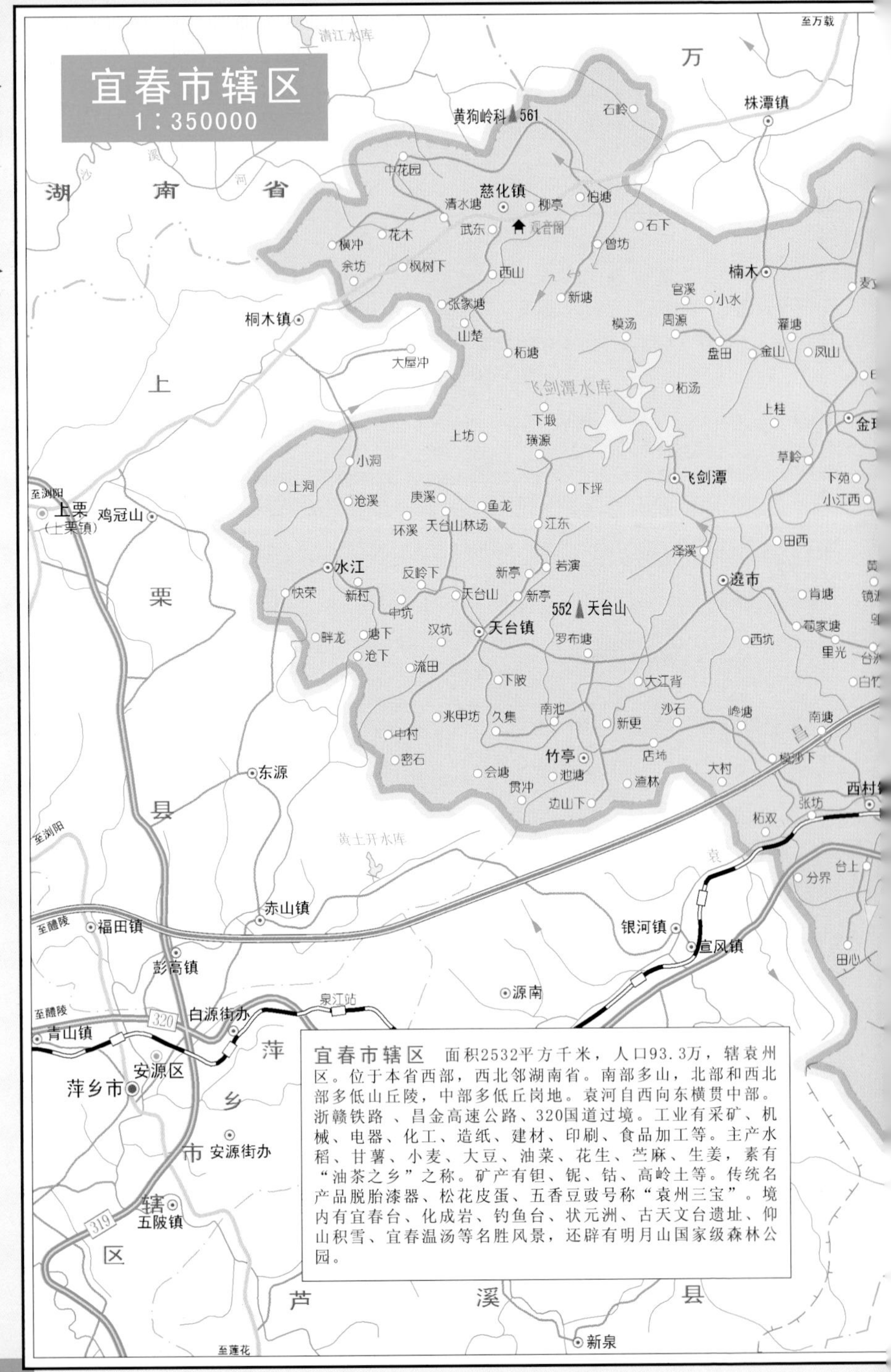
宜春市辖区
1∶350000
宜春市辖区 面积2532平方千米，人口93.3万，辖袁州区。位于本省西部，西北邻湖南省。南部多山，北部和西北部多低山丘陵，中部多低丘岗地。袁河自西向东横贯中部。浙赣铁路 、昌金高速公路、320国道过境。工业有采矿、机械、电器、化工、造纸、建材、印刷、食品加工等。主产水稻、甘薯、小麦、大豆、油菜、花生、苎麻、生姜，素有“油茶之乡”之称。矿产有钽、铌、钴、高岭土等。传统名产品脱胎漆器、松花皮蛋、五香豆豉号称“袁州三宝”。境内有宜春台、化成岩、钓鱼台、状元洲、古天文台遗址、仰山积雪、宜春温汤等名胜风景，还辟有明月山国家级森林公园。
清江水库
至万载
万
黄狗岭科 561
石岭
株潭镇
湖南省
中花园
慈化镇
清水塘
柳亭
伯塘
武东
观音阁
石下
横冲
花木
曾坊
余坊
枫树下
西山
楠木
新塘
官溪
小水
桐木镇
张家塘
模汤
周源
灌塘
山楚
柘塘
盘田
金山
凤山
大屋冲
飞剑潭水库
柘汤
上
下坝
上桂
上坊
璜源
小洞
草岭
飞剑潭
上洞
下坪
至浏阳
上栗
(上栗镇)
鸡冠山
沧溪
庚溪
鱼龙
环溪
天台山林场
江东
泽溪
田西
水江
若演
新亭
快荣
反岭下
新村
天台山
新亭
552 天台山
彝市
肖塘
栗
中坑
畔龙
塘下
汉坑
天台镇
罗布塘
西坑
沧下
流田
里光
下陂
大江背
兆甲坊
久集
南池
沙石
峤塘
南塘
中村
新更
竹亭
店坊
密石
会塘
池塘
大村
贯冲
渣林
东源
边山下
西村镇
张坊
县
柘双
至浏阳
黄土开水库
分界
台上
至醴陵
福田镇
赤山镇
银河镇
宣风镇
田心
彭高镇
源南
至醴陵
泉江站
青山镇
白源街办
320
萍
安源区
萍乡市
乡
市
安源街办
辖
五陂镇
319
区
芦
溪
县
新泉
至莲花

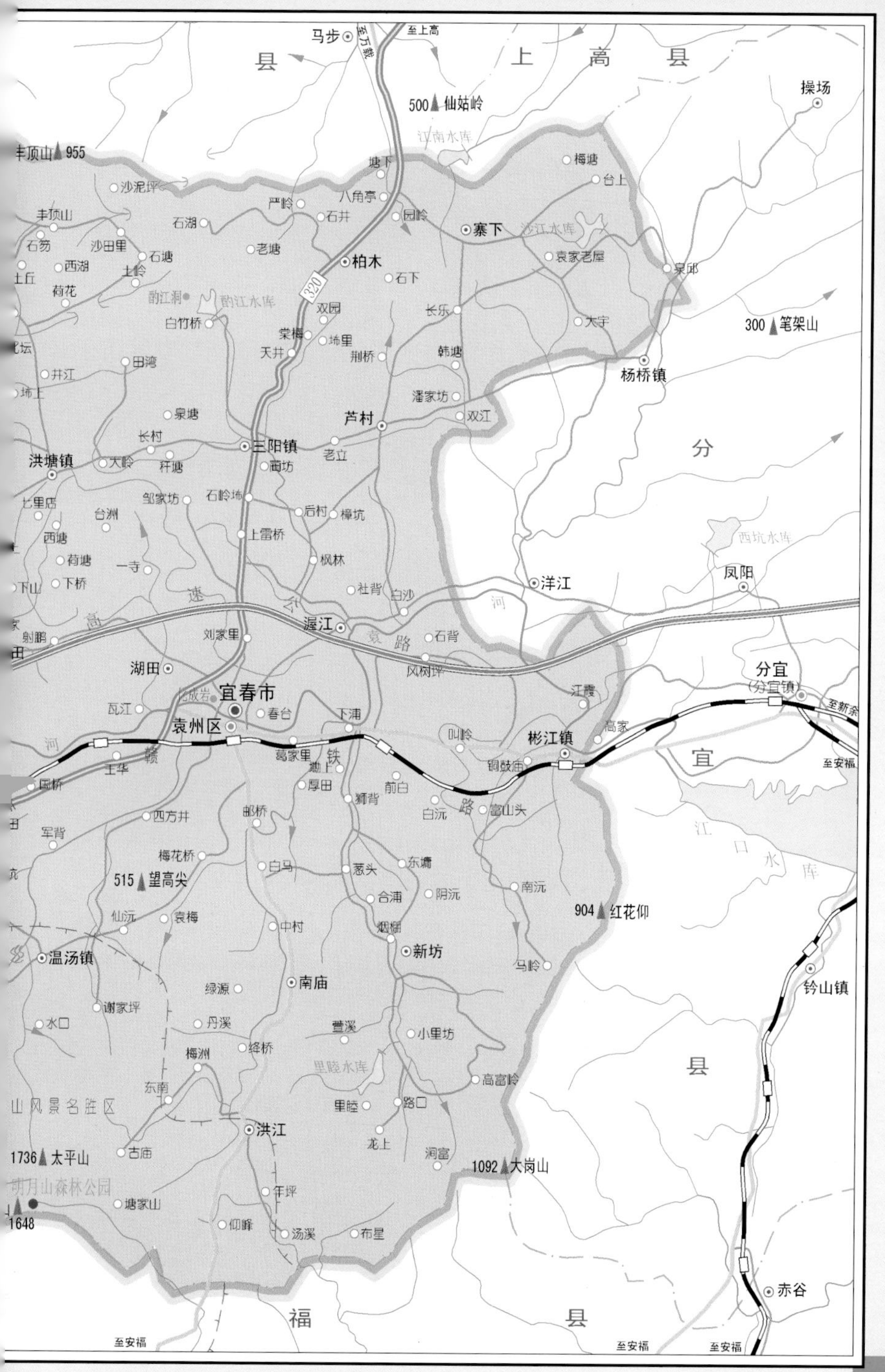
宜春市
袁州区
上高县
分宜县
分宜
(分宜镇)
马步
至万载
至上高
仙姑岭
江南水库
丰顶山
沙泥坪
塘下
梅塘
台上
八角亭
严岭
石湖
石井
园岭
寨下
沙江水库
丰顶山
石笏
沙田里
石塘
老塘
柏木
袁家老屋
泉邱
西湖
上岭
石下
荷花
韵江洞
韵江水库
双园
长乐
大宇
笔架山
白竹桥
棠梅
坪里
天井
荆桥
韩塘
杨桥镇
田湾
井江
潘家坊
芦村
双江
泉塘
长村
三阳镇
老立
洪塘镇
大岭
杆塘
画坊
七里店
邹家坊
石岭坪
后村
樟坑
台洲
西塘
上雷桥
西坑水库
荷塘
枫林
一寺
凤阳
下山
下桥
社背
白沙
洋江
射鹏
刘家里
渥江
石背
湖田
风树坪
瓦江
春台
下浦
江霞
高家
叫岭
彬江镇
至新余
至安福
王华
葛家里
铜鼓庙
国桥
塘上
厚田
前白
狮背
白沅
富山头
西方井
邮桥
江口水库
军背
梅花桥
白马
葱头
东塘
望高尖
合浦
阴沅
南沅
红花仰
仙沅
袁梅
中村
烟棚
新坊
温汤镇
马岭
南庙
铃山镇
绿源
谢家坪
水口
丹溪
萱溪
小里坊
绛桥
梅洲
里睦水库
东南
高富岭
山风景名胜区
里睦
路口
洪江
龙上
太平山
古庙
洞富
大岗山
明月山森林公园
年坪
塘家山
仰峰
汤溪
布星
赤谷
福
至安福
至安福
至安福
沪昆高速公路
浙赣铁路
袁河
320
500
955
300
515
904
1736
1092
1648

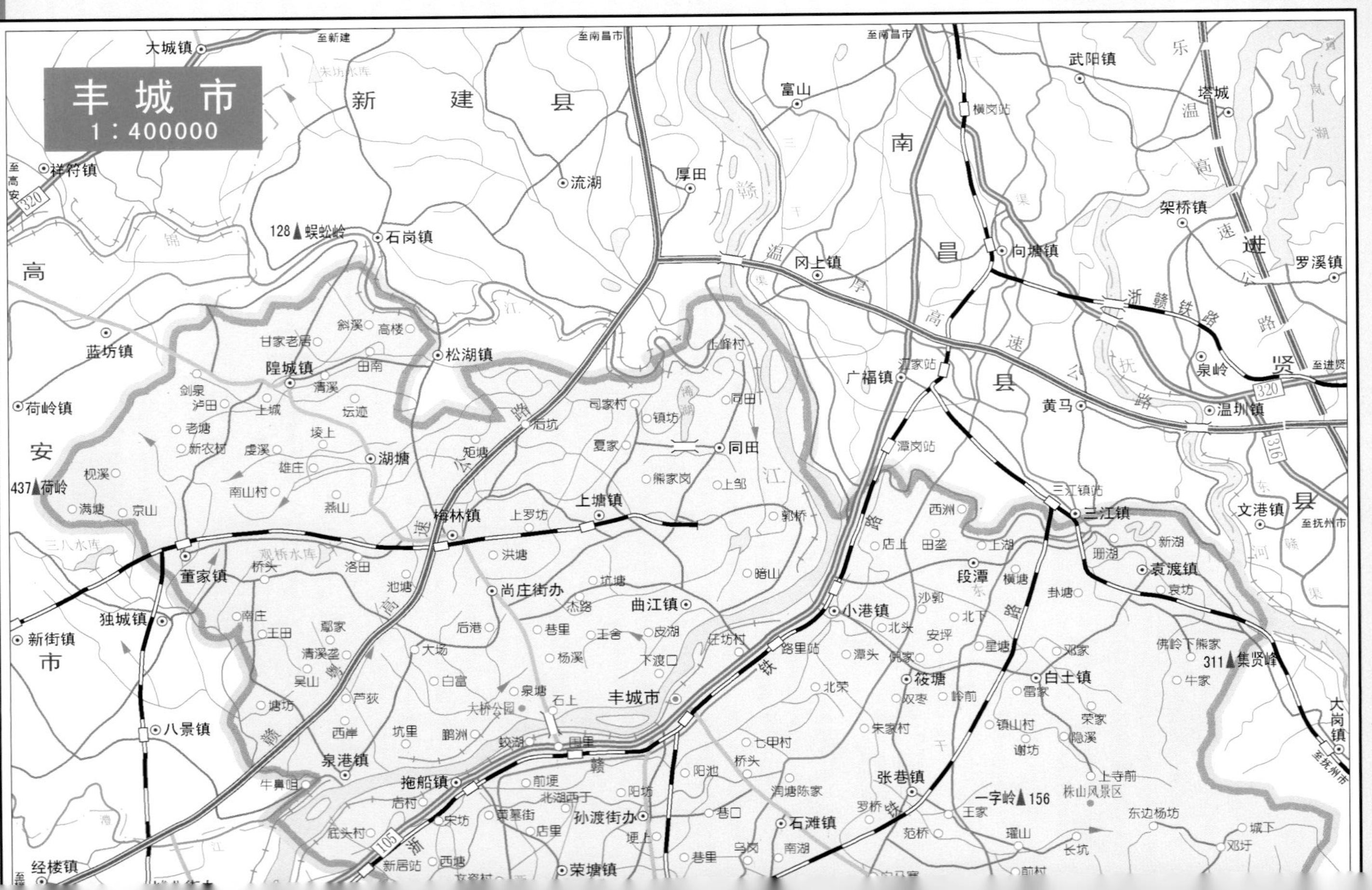
丰城市
1：400000
大城镇
至新建
至南昌市
新
建
县
祥符镇
至高安
320
流湖
厚田
富山
武阳镇
塔城
128▲蜈蚣岭
石岗镇
冈上镇
南
昌
县
向塘镇
架桥镇
进
贤
罗溪镇
浙赣铁路
高速公路
泉岭
至进贤
温圳镇
黄马
广福镇
蓝坊镇
斜溪
高楼
甘家老居
松湖镇
隍城镇
田南
清溪
荷岭镇
剑泉
泸田
上城
坛迹
老塘
垓上
新农村
虞溪
湖塘
安
雄庄
矩塘
后坑
司家村
镇坊
同田
夏家
熊家岗
上邹
437▲荷岭
枧溪
南山村
燕山
满塘
京山
梅林镇
上罗坊
上塘镇
郭桥
西洲
三江镇站
三江镇
文港镇
至抚州市
新湖
袁渡镇
县
洪塘
店上
田垄
上湖
段潭
横塘
珊湖
袁坊
三八水库
观桥水库
董家镇
桥头
洛田
池塘
坑塘
暗山
尚庄街办
杰路
曲江镇
小港镇
北头
沙郭
北下
卦塘
佛岭下熊家
311▲集贤峰
独城镇
新街镇
市
南庄
王田
鄢家
后港
巷里
王舍
皮湖
任坊村
路里站
潭头
安坪
倪家
星塘
邓家
牛家
清溪垄
大场
杨溪
下渡口
筱塘
白土镇
吴山
白富
泉塘
北荣
双枣
岭前
雷家
塘坊
芦荻
大桥公园
石上
丰城市
荣家
八景镇
西岸
坑里
鹏洲
蛟湖
朱家村
镇山村
隐溪
大岗镇
谢坊
泉港镇
七甲村
桥头
上寺前
牛鼻咀
拖船镇
前埂
阳池
张巷镇
株山风景区
店村
北湖西丁
阳坊
润塘陈家
罗桥
一字岭▲156
宋坊
黄塞街
孙渡街办
巷口
石滩镇
王家
东边杨坊
底头村
店里
埂上
范桥
瑶山
城下
105
长坑
邓圩
乌冈
南湖
巷里
经楼镇
新居站
西塘
荣塘镇
前村
横岗站
漳岗站
江家站
赣
江
锦
抚
河
316

宜春市·丰城市

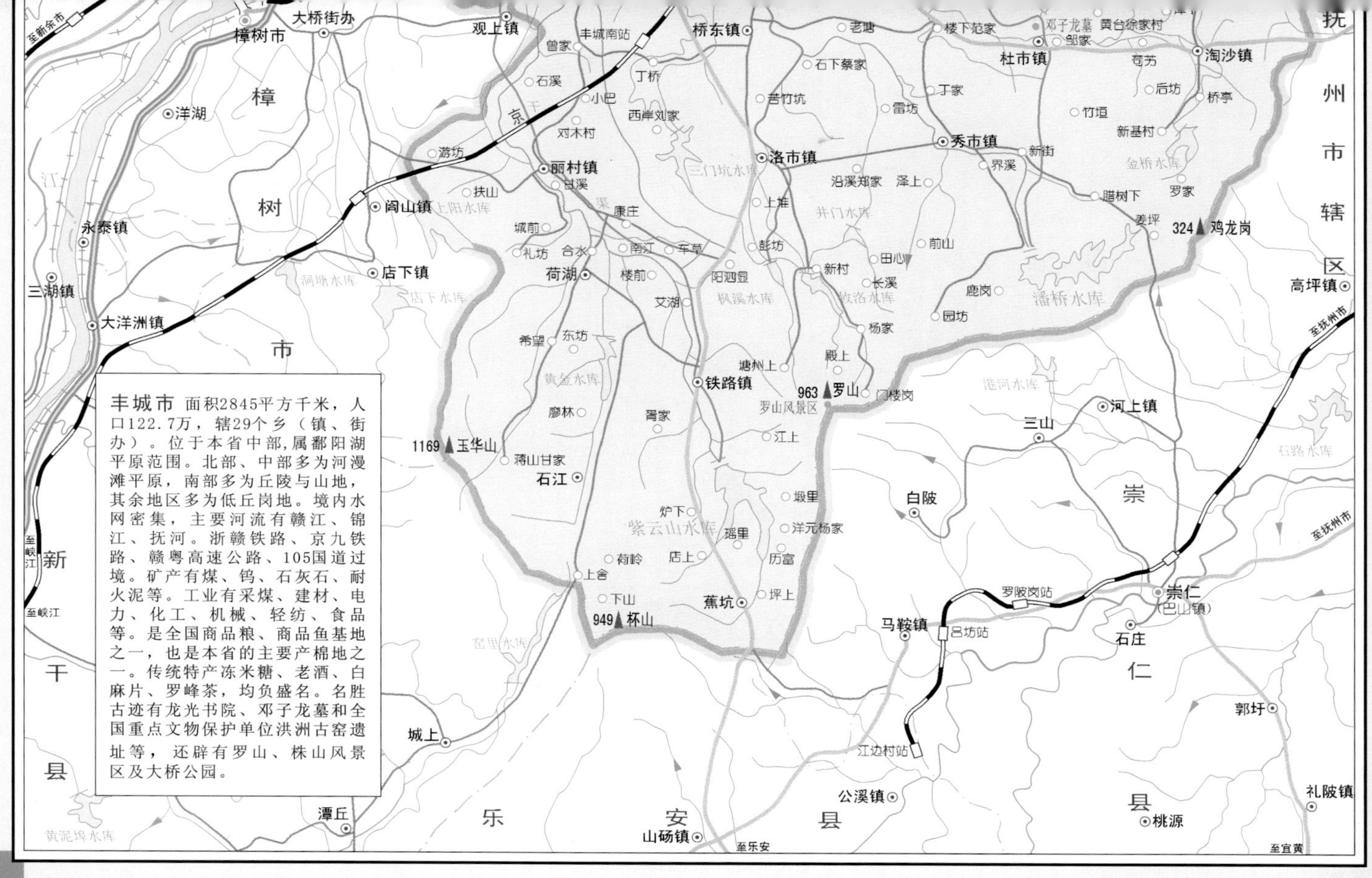

丰城市 面积2845平方千米，人口122.7万，辖29个乡（镇、街办）。位于本省中部，属鄱阳湖平原范围。北部、中部多为河漫滩平原，南部多为丘陵与山地，其余地区多为低丘岗地。境内水网密集，主要河流有赣江、锦江、抚河。浙赣铁路、京九铁路、赣粤高速公路、105国道过境。矿产有煤、钨、石灰石、耐火泥等。工业有采煤、建材、电力、化工、机械、轻纺、食品等。是全国商品粮、商品鱼基地之一，也是本省的主要产棉地之一。传统特产冻米糖、老酒、白麻片、罗峰茶，均负盛名。名胜古迹有龙光书院、邓子龙墓和全国重点文物保护单位洪洲古窑遗址等，还辟有罗山、株山风景区及大桥公园。

高安市 樟树市

1：400000

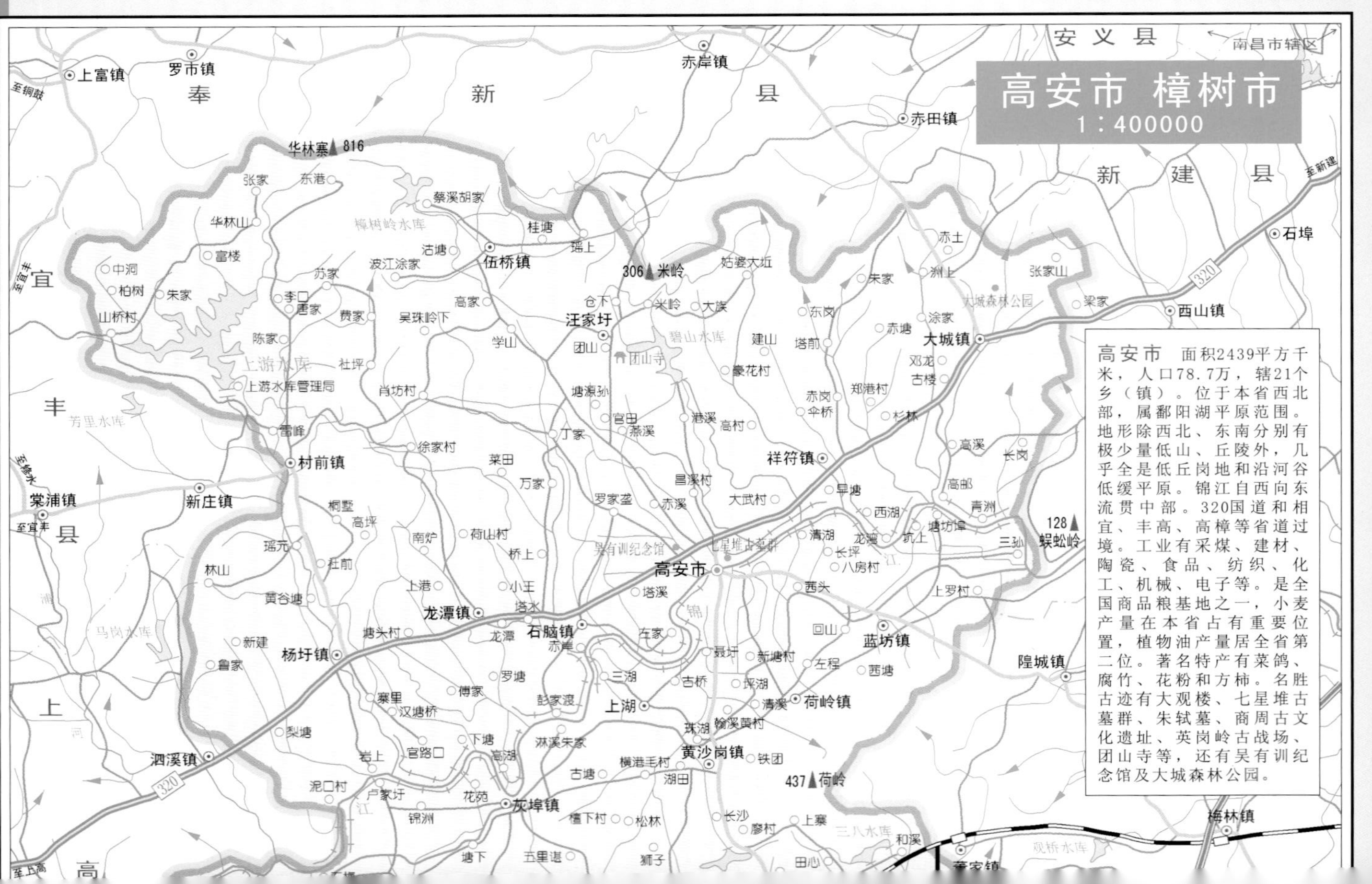

高安市　面积2439平方千米，人口78.7万，辖21个乡（镇）。位于本省西北部，属鄱阳湖平原范围。地形除西北、东南分别有极少量低山、丘陵外，几乎全是低丘岗地和沿河谷低缓平原。锦江自西向东流贯中部。320国道和相宜、丰高、高樟等省道过境。工业有采煤、建材、陶瓷、食品、纺织、化工、机械、电子等。是全国商品粮基地之一，小麦产量在本省占有重要位置，植物油产量居全省第二位。著名特产有菜鸽、腐竹、花粉和方柿。名胜古迹有大观楼、七星堆古墓群、朱轼墓、商周古文化遗址、英岗岭古战场、团山寺等，还有吴有训纪念馆及大城森林公园。

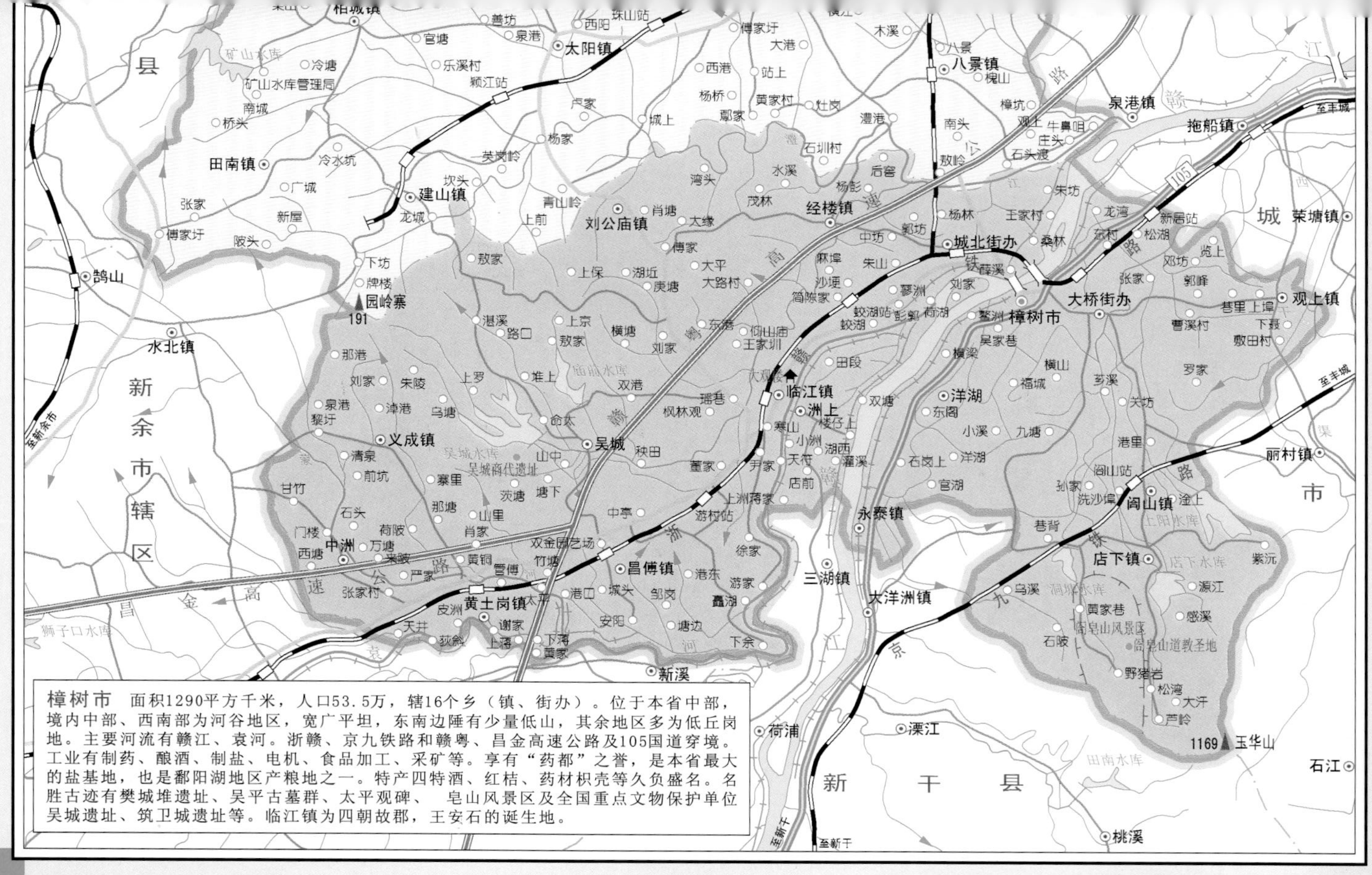

樟树市　面积1290平方千米，人口53.5万，辖16个乡（镇、街办）。位于本省中部，境内中部、西南部为河谷地区，宽广平坦，东南边陲有少量低山，其余地区多为低丘岗地。主要河流有赣江、袁河。浙赣、京九铁路和赣粤、昌金高速公路及105国道穿境。工业有制药、酿酒、制盐、电机、食品加工、采矿等。享有“药都”之誉，是本省最大的盐基地，也是鄱阳湖地区产粮地之一。特产四特酒、红桔、药材枳壳等久负盛名。名胜古迹有樊城堆遗址、吴平古墓群、太平观碑、　皂山风景区及全国重点文物保护单位吴城遗址、筑卫城遗址等。临江镇为四朝故郡，王安石的诞生地。

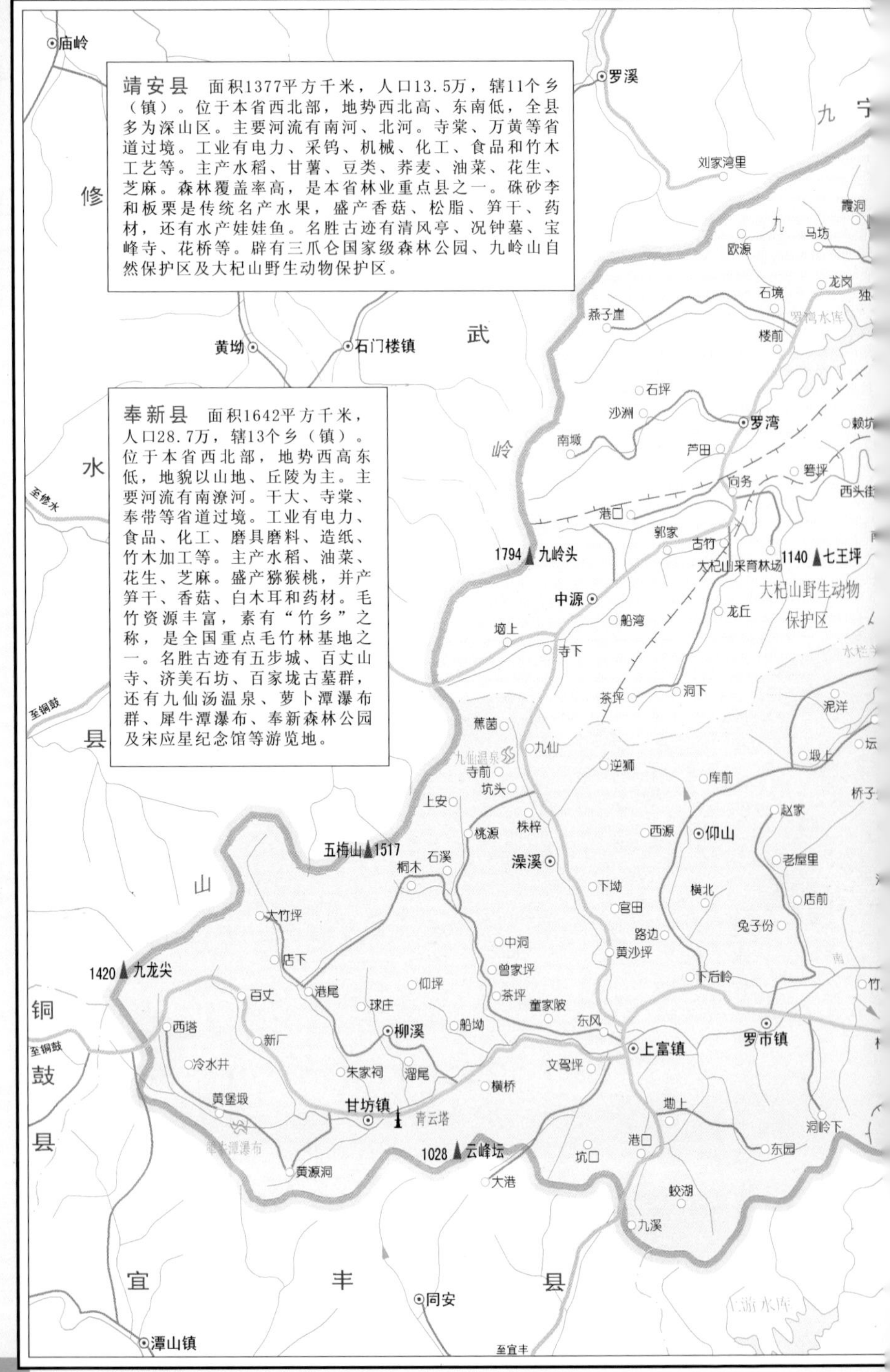
靖安县　面积1377平方千米，人口13.5万，辖11个乡（镇）。位于本省西北部，地势西北高、东南低，全县多为深山区。主要河流有南河、北河。寺棠、万黄等省道过境。工业有电力、采钨、机械、化工、食品和竹木工艺等。主产水稻、甘薯、豆类、荞麦、油菜、花生、芝麻。森林覆盖率高，是本省林业重点县之一。硃砂李和板栗是传统名产水果，盛产香菇、松脂、笋干、药材，还有水产娃娃鱼。名胜古迹有清风亭、况钟墓、宝峰寺、花桥等。辟有三爪仑国家级森林公园、九岭山自然保护区及大杩山野生动物保护区。
奉新县　面积1642平方千米，人口28.7万，辖13个乡（镇）。位于本省西北部，地势西高东低，地貌以山地、丘陵为主。主要河流有南潦河。干大、寺棠、奉带等省道过境。工业有电力、食品、化工、磨具磨料、造纸、竹木加工等。主产水稻、油菜、花生、芝麻。盛产猕猴桃，并产笋干、香菇、白木耳和药材。毛竹资源丰富，素有“竹乡”之称，是全国重点毛竹林基地之一。名胜古迹有五步城、百丈山寺、济美石坊、百家垅古墓群，还有九仙汤温泉、萝卜潭瀑布群、犀牛潭瀑布、奉新森林公园及宋应星纪念馆等游览地。
庙岭
罗溪
修
水
县
武
岭
山
刘家湾里
霞洞
马坊
欧源
龙岗
石境
燕子崖
罗湾水库
楼前
黄坳
石门楼镇
石坪
沙洲
罗湾
南堰
芦田
箬坪
向务
西头街
港口
郭家
古竹
大杩山采育林场
1794 九岭头
1140 七王坪
大杩山野生动物保护区
中源
龙丘
船湾
垴上
寺下
茶坪
洞下
泥洋
至修水
至铜鼓
蕉菌
九仙
九仙温泉
逆狮
寺前
坑头
库前
堆上
上安
桃源
株梓
西源
仰山
赵家
五梅山 1517
桐木
石溪
潦溪
老屋里
下坳
横北
宫田
店前
大竹坪
中洞
路边
兔子份
黄沙坪
店下
1420 九龙尖
曾家坪
下后岭
仰坪
百丈
港尾
茶坪
球庄
童家陂
东风
柳溪
船坳
西塔
新厂
上富镇
罗市镇
铜
鼓
县
冷水井
朱家祠
溜尾
文驾坪
横桥
黄堡塅
甘坊镇
青云塔
墈上
犀牛潭瀑布
洞岭下
1028 云峰坛
港口
坑口
东园
黄源洞
大港
蛟湖
九溪
宜
丰
县
同安
上游水库
潭山镇
至宜丰

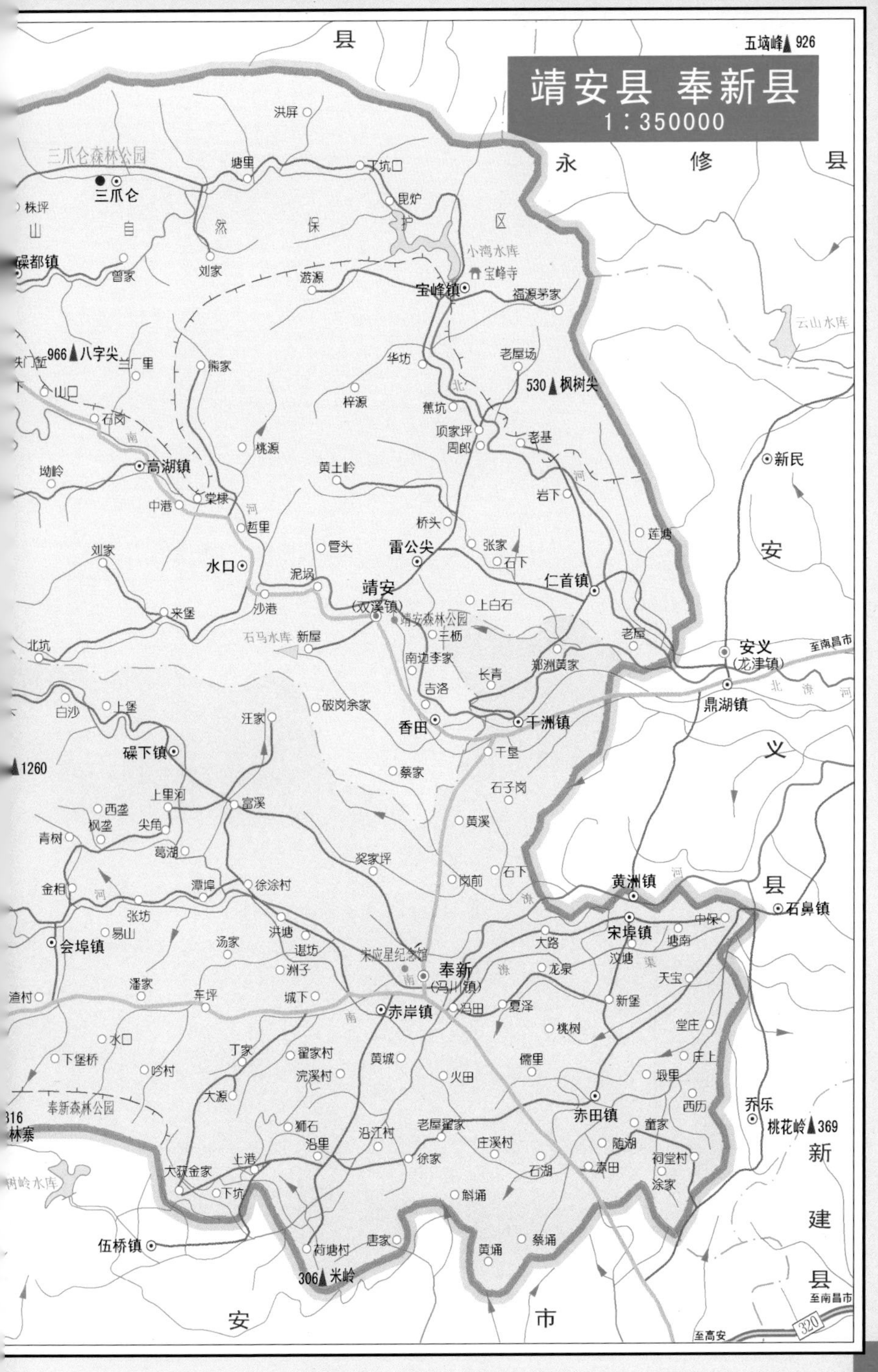

靖安县 奉新县
1:350000
五境峰 926
县
永
修
县
洪屏
三爪仑森林公园
塘里
丁坑口
三爪仑
株坪
山
自
然
保
护
区
昆炉
小湾水库
宝峰寺
宝峰镇
福源茅家
璪都镇
曾家
刘家
游源
云山水库
966 八字尖
熊家
华坊
老屋场
530 枫树尖
梓源
蕉坑
山口
石岗
项家坪
周郎
老基
桃源
高湖镇
黄土岭
新民
坳岭
中港
棠棣
岩下
哲里
桥头
莲塘
刘家
管头
雷公尖
张家
石下
安
水口
泥埚
靖安
(双溪镇)
仁首镇
沙港
来堡
靖安森林公园
上白石
石马水库
新屋
三枥
老屋
北坑
南边李家
郑洲黄家
安义
(龙津镇)
至南昌市
长青
吉洛
鼎湖镇
白沙
上堡
破岗余家
汪家
香田
干洲镇
碟下镇
干垦
义
1260
蔡家
石子岗
上里河
富溪
西垄
枫垄
尖角
黄溪
青树
葛湖
奖家坪
石下
岗前
黄洲镇
县
金相
潭埠
徐涂村
石鼻镇
张坊
宋埠镇
中保
易山
洪塘
大路
塘南
会埠镇
汤家
谌坊
宋应星纪念馆
汉塘
奉新
(冯川镇)
龙泉
天宝
洲子
潘家
渣村
车坪
城下
新堡
赤岸镇
冯田
夏泽
水口
桃树
堂庄
丁家
翟家村
下堡桥
黄城
儒里
庄上
吟村
浣溪村
火田
堰里
大源
奉新森林公园
西历
赤田镇
乔乐
316
狮石
老屋翟家
童家
林寨
桃花岭 369
沿江村
随湖
沿里
庄溪村
祠堂村
新
上港
徐家
大获金家
石湖
添田
树岭水库
涂家
下坑
斛通
建
伍桥镇
唐家
蔡通
荷塘村
黄通
306 米岭
县
至南昌市
安
市
至高安
320

宜丰县 上高县
1：400000
宜丰县 面积1935平方千米，人口26.7万，辖12个乡（镇）。位于本省西北部，地势西北高，东南低。西北部为山地，东北、西南和中部为丘陵、岗地，南部为河谷盆地。河流均属锦江水系。320国道和上铁、芳万、寺棠、相宜等省道过境。工业有采矿、电力、食品、建材等。主产水稻、大豆、油菜、花生、芝麻，盛产猕猴桃。森林覆盖率较高，是赣西北主要竹木产区之一。辟有官山国家级自然保护区。名胜古迹有黄檗山墓塔群、逢渠桥、崇文塔、太子塔及洞山墓塔群等。

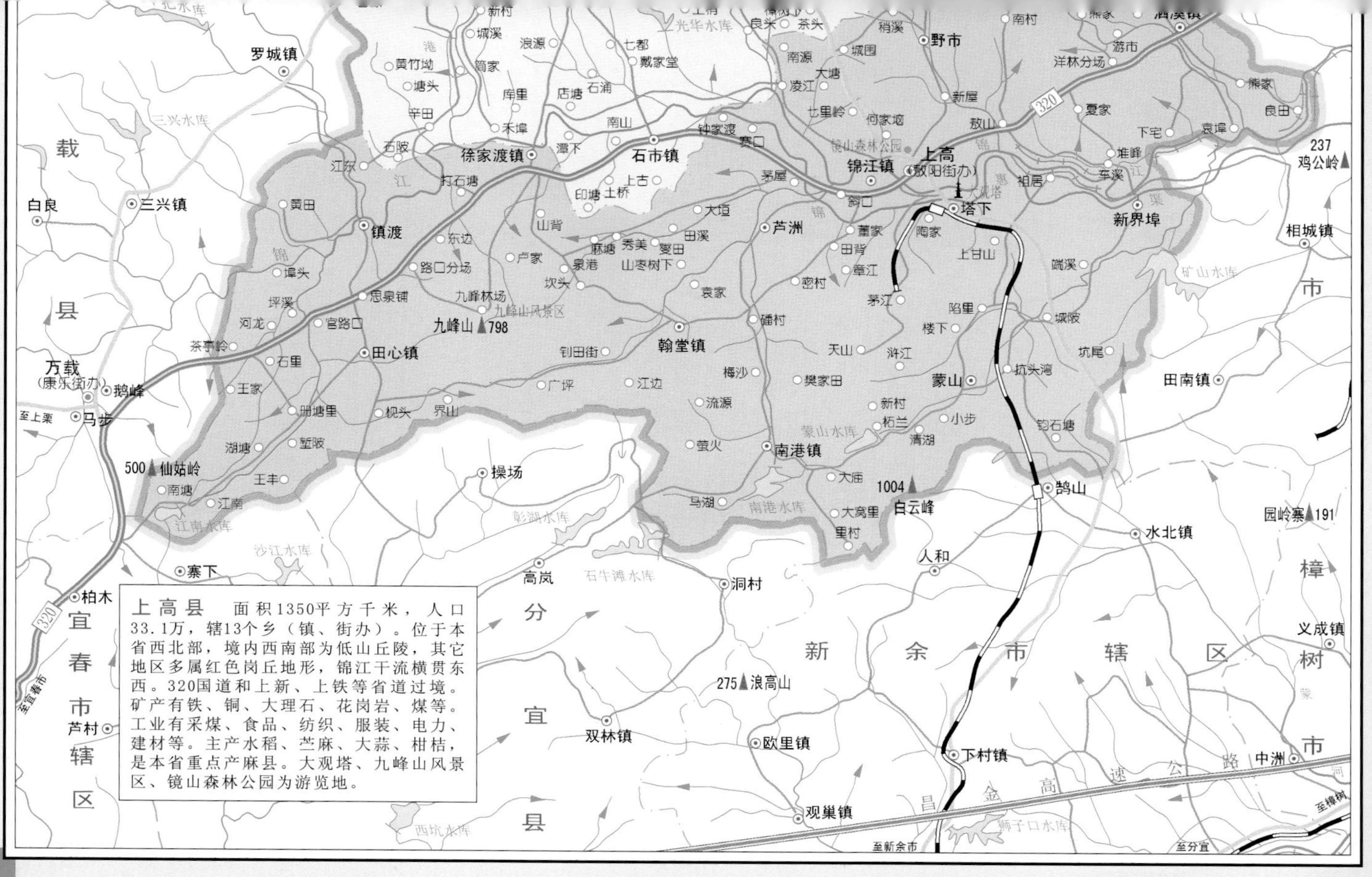
罗城镇
载
县
白良
三兴镇
三兴水库
万载
(康乐街办)
鹅峰
马步
至上栗
500 仙姑岭
柏木
320
宜
春
市
芦村
辖
区
至宜春市
徐家渡镇
石市镇
上高
(敖阳街办)
锦江镇
塔下
大观塔
新界埠
相城镇
237 鸡公岭
野市
镇渡
田心镇
九峰山 798
九峰林场
九峰山风景区
翰堂镇
芦洲
蒙山
南港镇
蒙山水库
南港水库
1004 白云峰
鹊山
田南镇
矿山水库
市
园岭寨 191
水北镇
樟
树
义成镇
人和
操场
彰湖水库
沙江水库
寨下
高岚
石牛滩水库
洞村
分
宜
县
新
余
市
辖
区
275 浪高山
双林镇
欧里镇
下村镇
观巢镇
中洲
昌
金
高
速
公
路
西坑水库
狮子口水库
至新余市
至分宜
至樟树
光华水库
镜山森林公园
上高县 面积1350平方千米，人口33.1万，辖13个乡（镇、街办）。位于本省西北部，境内西南部为低山丘陵，其它地区多属红色岗丘地形，锦江干流横贯东西。320国道和上新、上铁等省道过境。矿产有铁、铜、大理石、花岗岩、煤等。工业有采煤、食品、纺织、服装、电力、建材等。主产水稻、苎麻、大蒜、柑桔，是本省重点产麻县。大观塔、九峰山风景区、镜山森林公园为游览地。

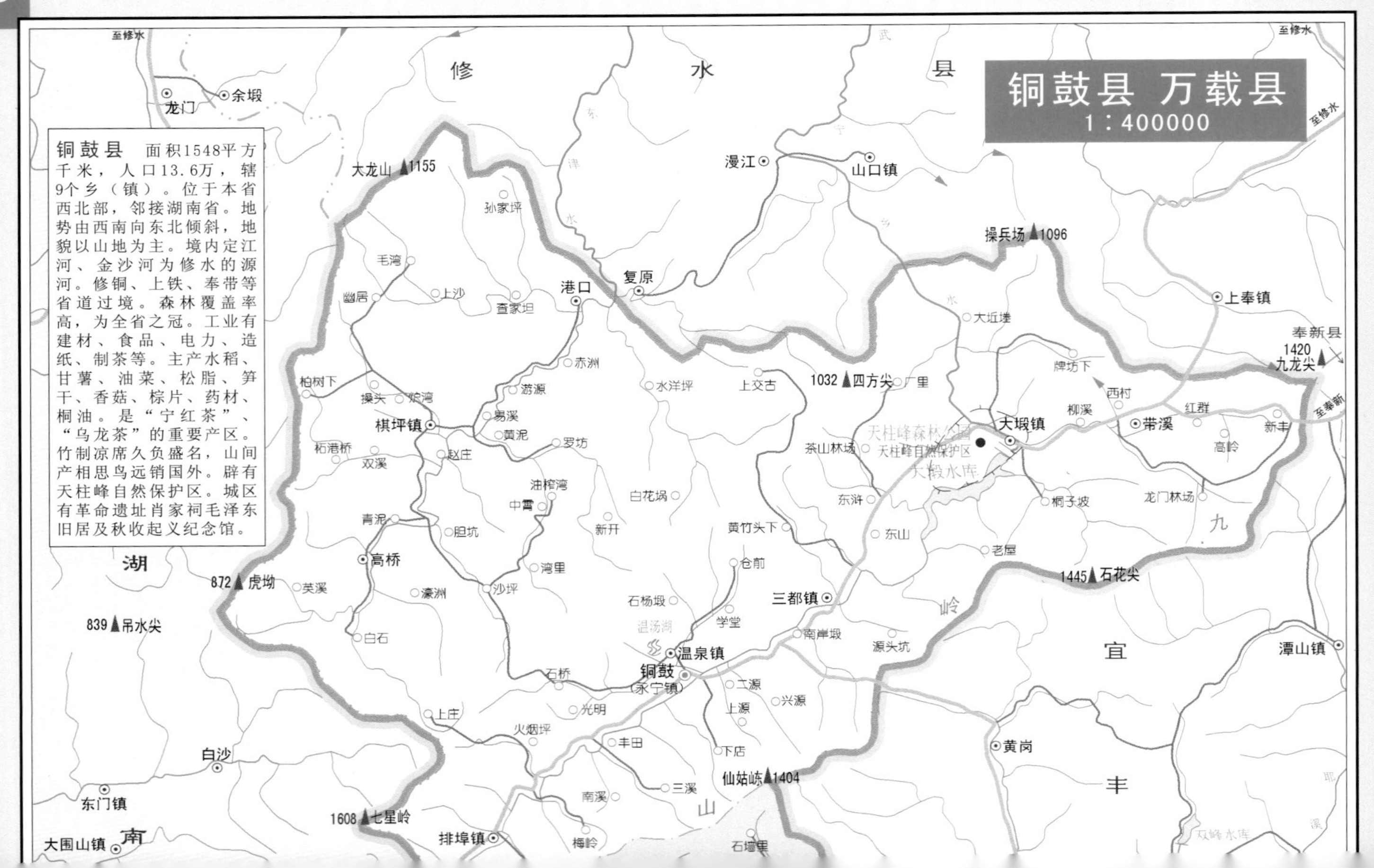

铜鼓县 面积1548平方千米，人口13.6万，辖9个乡（镇）。位于本省西北部，邻接湖南省。地势由西南向东北倾斜，地貌以山地为主。境内定江河、金沙河为修水的源河。修铜、上铁、奉带等省道过境。森林覆盖率高，为全省之冠。工业有建材、食品、电力、造纸、制茶等。主产水稻、甘薯、油菜、松脂、笋干、香菇、棕片、药材、桐油。是“宁红茶”、“乌龙茶”的重要产区。竹制凉席久负盛名，山间产相思鸟远销国外。辟有天柱峰自然保护区。城区有革命遗址肖家祠毛泽东旧居及秋收起义纪念馆。

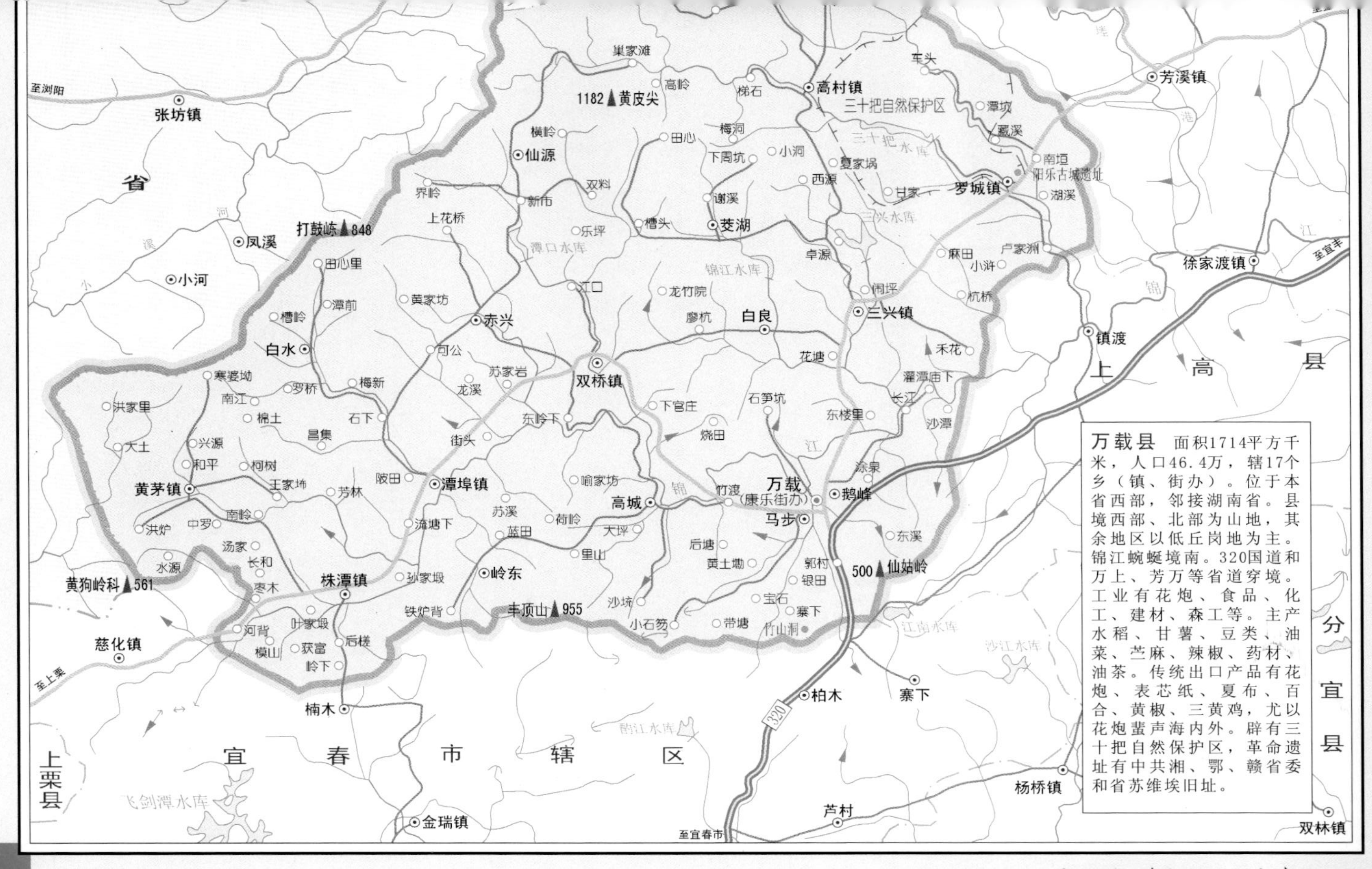
万载县　面积1714平方千米，人口46.4万，辖17个乡（镇、街办）。位于本省西部，邻接湖南省。县境西部、北部为山地，其余地区以低丘岗地为主。锦江蜿蜒境南。320国道和万上、芳万等省道穿境。工业有花炮、食品、化工、建材、森工等。主产水稻、甘薯、豆类、油菜、苎麻、辣椒、药材、油茶。传统出口产品有花炮、表芯纸、夏布、百合、黄椒、三黄鸡，尤以花炮蜚声海内外。辟有三十把自然保护区，革命遗址有中共湘、鄂、赣省委和省苏维埃旧址。
万载
(康乐街办)
双桥镇
高村镇
罗城镇
三兴镇
白良
株潭镇
黄茅镇
潭埠镇
鹅峰
马步
高城
岭东
赤兴
白水
仙源
茭湖
1182▲黄皮尖
打鼓嵊▲848
丰顶山▲955
500▲仙姑岭
黄狗岭科▲561
三十把自然保护区
阳乐古城遗址
三兴水库
三十把水库
锦江水库
潭口水库
江南水库
沙江水库
酉江水库
飞剑潭水库
上高县
分宜县
宜春市辖区
上栗县
省
张坊镇
凤溪
小河
慈化镇
楠木
金瑞镇
柏木
寨下
芦村
杨桥镇
双林镇
镇渡
徐家渡镇
芳溪镇
至浏阳
至上栗
至宜春市
至宜丰
320
巢家滩
高岭
梯石
车头
潭坡
藏溪
南垣
湖溪
甘家
夏家埚
梅洞
小洞
田心
下周坑
西源
谢溪
槽头
横岭
双料
新市
界岭
乐坪
上花桥
卓源
麻田
卢家洲
小浒
杭桥
闸坪
龙竹院
廖杭
江口
田心里
潭前
黄家坊
槽岭
可公
苏家岩
龙溪
梅新
罗桥
寒婆坳
南江
洪家里
棉土
石下
昌集
大土
兴源
和平
柯树
王家坊
陂田
芳林
南岭
洪炉
中罗
汤家
长和
水源
枣木
河背
叶家塅
获富
后楼
模山
岭下
孙家塅
铁炉背
流塘下
苏溪
蓝田
荷岭
大坪
里山
喻家坊
东岭下
街头
下官庄
烧田
石笋坑
花塘
禾花
灌潭庙下
长江
沙潭
东楼里
涂泉
东溪
竹渡
后塘
黄土塘
郭村
银田
宝石
寨下
沙坑
小石笏
带塘
竹山洞

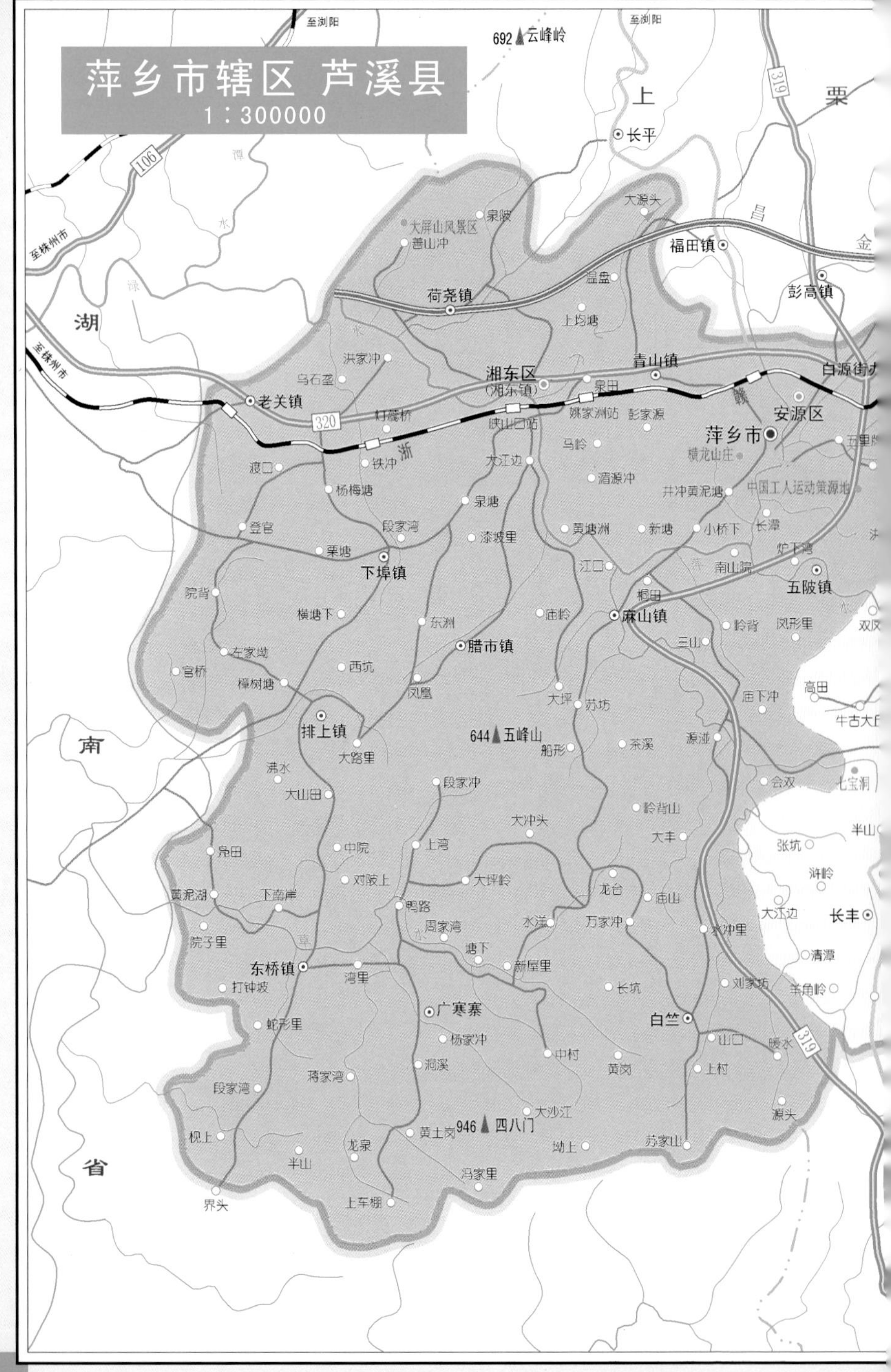
萍乡市辖区 芦溪县
1：300000
至浏阳
692 云峰岭
至浏阳
上
栗
长平
大源头
泉陂
大屏山风景区
善山冲
福田镇
彭高镇
荷尧镇
湿盘
上均塘
湖
洪家冲
乌石垄
湘东区
(湘东镇)
青山镇
泉田
白源街
老关镇
打篷桥
峡山口站
姚家洲站
彭家源
安源区
萍乡市
横龙山庄
五里
马岭
渡口
铁冲
大江边
杨梅塘
泉塘
湄源冲
井冲黄泥塘
中国工人运动策源地
登官
段家湾
黄塘洲
新塘
小桥下
长潭
栗塘
漆坡里
下埠镇
江口
南山院
炉下湾
五陂镇
院背
桐田
横塘下
庙岭
麻山镇
东洲
岭背
凤形里
双凤
左家坳
腊市镇
三山
官桥
西坑
樟树塘
凤凰
高田
大坪
苏坊
庙下冲
牛古大
排上镇
644 五峰山
南
大路里
船形
茶溪
源溪
沸水
会双
七宝洞
大山田
段家冲
岭背山
大冲头
大丰
半山
凫田
中院
上湾
张坑
浒岭
黄泥湖
对陂上
大坪岭
龙台
庙山
下南岸
鸭路
大江边
长丰
周家湾
水洋
万家冲
水冲里
院子里
塘下
清潭
东桥镇
湾里
新屋里
打钟坡
长坑
刘家坊
羊角岭
广寒寨
白竺
蛇形里
杨家冲
山口
中村
暖水
洞溪
黄岗
上村
段家湾
蒋家湾
大沙江
源头
946 四八门
枧上
黄土岗
苏家山
龙泉
坳上
半山
省
冯家里
界头
上车棚
至株洲市
至株洲市
106
320
319
319

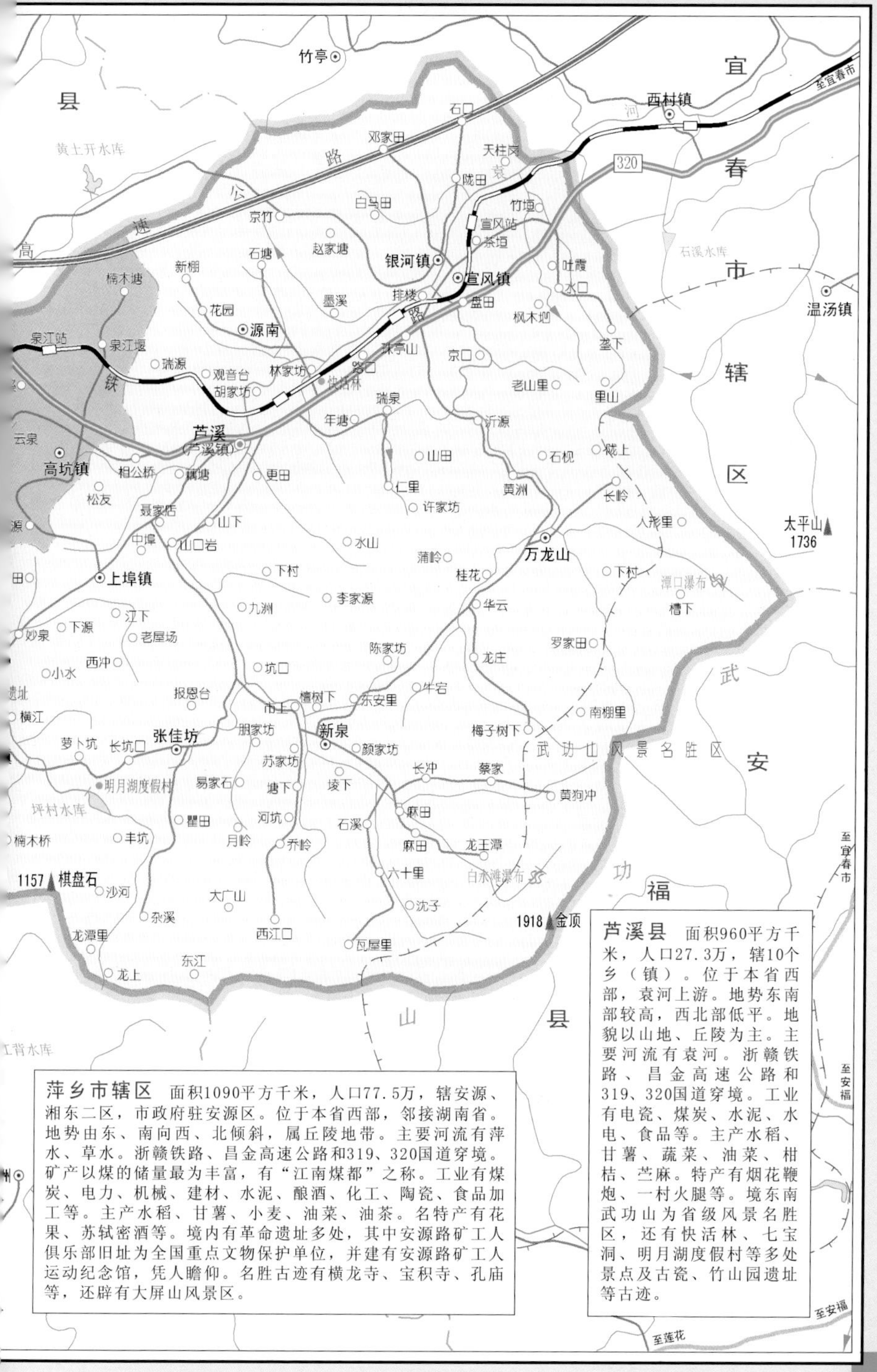

萍乡市辖区 面积1090平方千米，人口77.5万，辖安源、湘东二区，市政府驻安源区。位于本省西部，邻接湖南省。地势由东、南向西、北倾斜，属丘陵地带。主要河流有萍水、草水。浙赣铁路、昌金高速公路和319、320国道穿境。矿产以煤的储量最为丰富，有“江南煤都”之称。工业有煤炭、电力、机械、建材、水泥、酿酒、化工、陶瓷、食品加工等。主产水稻、甘薯、小麦、油菜、油茶。名特产有花果、苏轼密酒等。境内有革命遗址多处，其中安源路矿工人俱乐部旧址为全国重点文物保护单位，并建有安源路矿工人运动纪念馆，凭人瞻仰。名胜古迹有横龙寺、宝积寺、孔庙等，还辟有大屏山风景区。

芦溪县 面积960平方千米，人口27.3万，辖10个乡（镇）。位于本省西部，袁河上游。地势东南部较高，西北部低平。地貌以山地、丘陵为主。主要河流有袁河。浙赣铁路、昌金高速公路和319、320国道穿境。工业有电瓷、煤炭、水泥、水电、食品等。主产水稻、甘薯、蔬菜、油菜、柑桔、苎麻。特产有烟花鞭炮、一村火腿等。境东南武功山为省级风景名胜区，还有快活林、七宝洞、明月湖度假村等多处景点及古瓷、竹山园遗址等古迹。

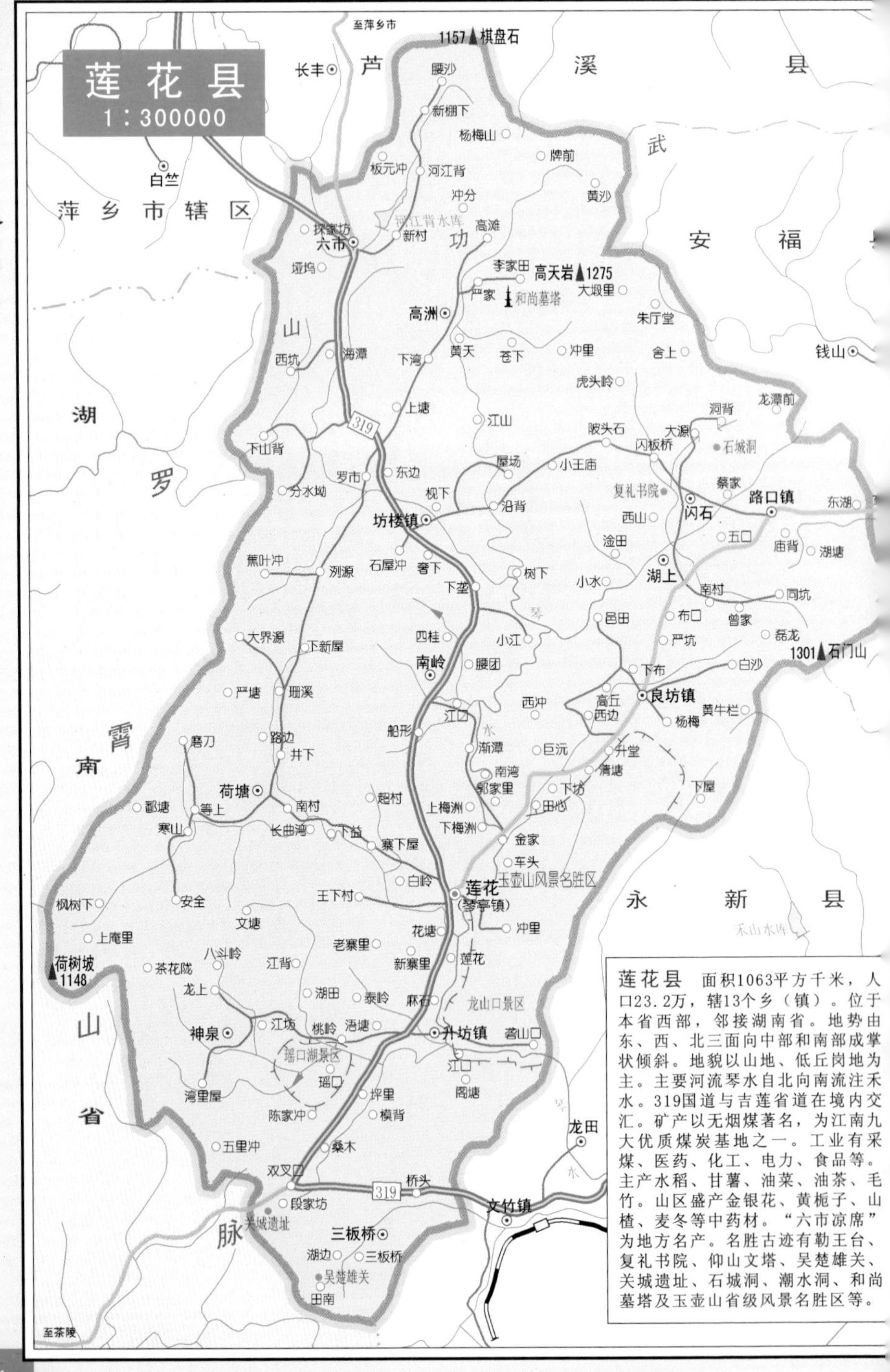

莲花县 面积1063平方千米，人口23.2万，辖13个乡（镇）。位于本省西部，邻接湖南省。地势由东、西、北三面向中部和南部成掌状倾斜。地貌以山地、低丘岗地为主。主要河流琴水自北向南流注禾水。319国道与吉莲省道在境内交汇。矿产以无烟煤著名，为江南九大优质煤炭基地之一。工业有采煤、医药、化工、电力、食品等。主产水稻、甘薯、油菜、油茶、毛竹。山区盛产金银花、黄栀子、山楂、麦冬等中药材。“六市凉席”为地方名产。名胜古迹有勒王台、复礼书院、仰山文塔、吴楚雄关、关城遗址、石城洞、潮水洞、和尚墓塔及玉壶山省级风景名胜区等。

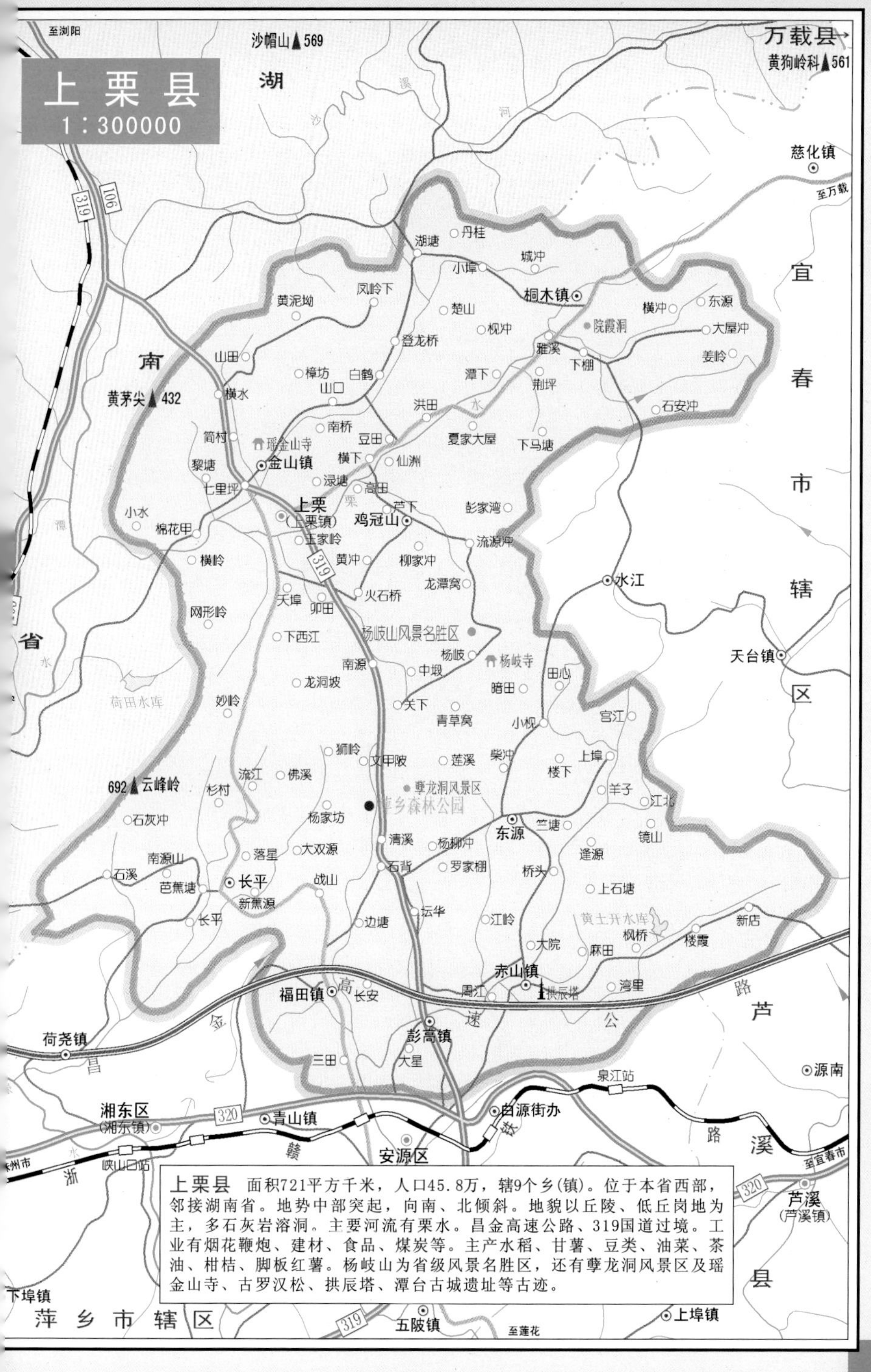

上栗县 面积721平方千米，人口45.8万，辖9个乡(镇)。位于本省西部，邻接湖南省。地势中部突起，向南、北倾斜。地貌以丘陵、低丘岗地为主，多石灰岩溶洞。主要河流有栗水。昌金高速公路、319国道过境。工业有烟花鞭炮、建材、食品、煤炭等。主产水稻、甘薯、豆类、油菜、茶油、柑桔、脚板红薯。杨岐山为省级风景名胜区，还有孽龙洞风景区及瑶金山寺、古罗汉松、拱辰塔、潭台古城遗址等古迹。

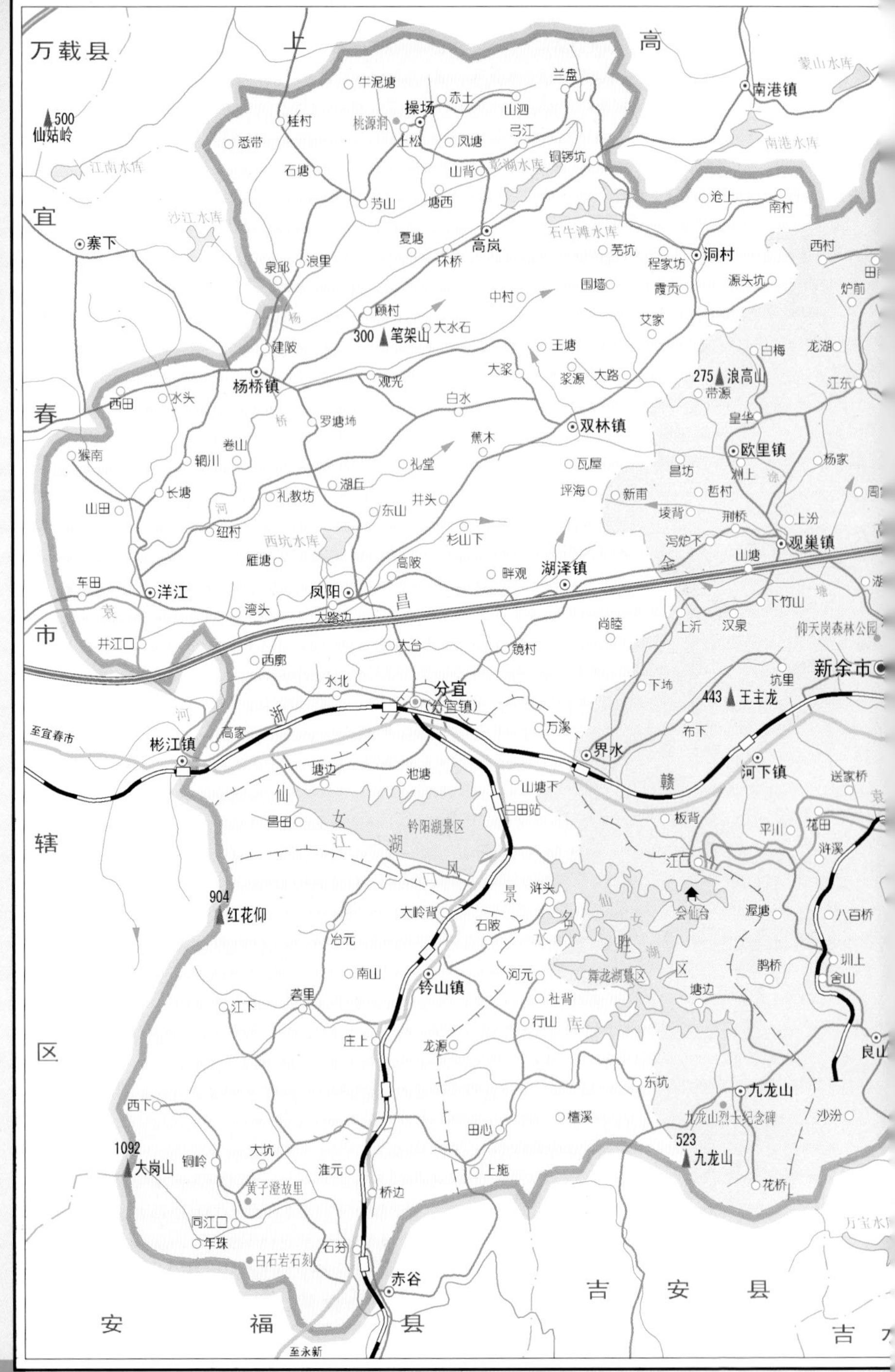

万载县
上
高
蒙山水库
南港镇
南港水库
500
仙姑岭
江南水库
牛泥塘
兰盘
桂村
操场
赤土
山泗
桃源洞
上松
凤塘
弓江
悉带
石塘
彰湖水库
铜锣坑
山背
芳山
塘西
宜
沙江水库
石牛滩水库
沧上
南村
寨下
夏塘
高岚
芜坑
洞村
西村
泉邱
浪里
怀桥
程家坊
围墙
霞贡
源头坑
中村
炉前
顾村
杨
艾家
300
笔架山
大水石
王塘
白梅
龙湖
建陂
大浆
浆源
大路
275
浪高山
杨桥镇
观光
带源
江东
西田
水头
春
白水
皇华
桥
罗塘坊
双林镇
欧里镇
卷山
蕉木
瓦屋
杨家
猴南
铜川
礼堂
昌坊
洲上
湖丘
坪海
新甫
哲村
长塘
礼教坊
井头
山田
东山
荆桥
上汾
河
纽村
西坑水库
杉山下
泻炉下
观巢镇
垓背
金
山塘
雁塘
高陂
畔观
湖泽镇
车田
洋江
凤阳
昌
下竹山
袁
湾头
大路边
上沂
汉泉
尚睦
仰天岗森林公园
市
井江口
大台
镜村
西廓
新余市
下坊
坑里
水北
443
王主龙
分宜
(分宜镇)
浙
河
万溪
布下
至宜春市
高家
彬江镇
界水
河下镇
塘边
池塘
山塘下
赣
送家桥
仙
白田站
女
昌田
铃阳湖景区
江
湖
板背
平川
花田
辖
浒溪
江口
口
风
904
红花仰
景
浒头
仙
会仙台
名
女
渥塘
八百栎
大岭背
石陂
冶元
水
胜
湖
圳上
舍山
南山
河元
区
鹊桥
舞龙湖景区
铃山镇
社背
塘边
江下
苕里
行山
库
庄上
区
龙源
良山
东坑
九龙山
西下
檀溪
沙汾
九龙山烈士纪念碑
田心
1092
大岗山
铜岭
大坑
523
九龙山
淮元
上施
黄子澄故里
桥边
花桥
万宝水
同江口
年珠
石分
白石岩石刻
赤谷
吉
安
县
安
福
县
吉
至永新

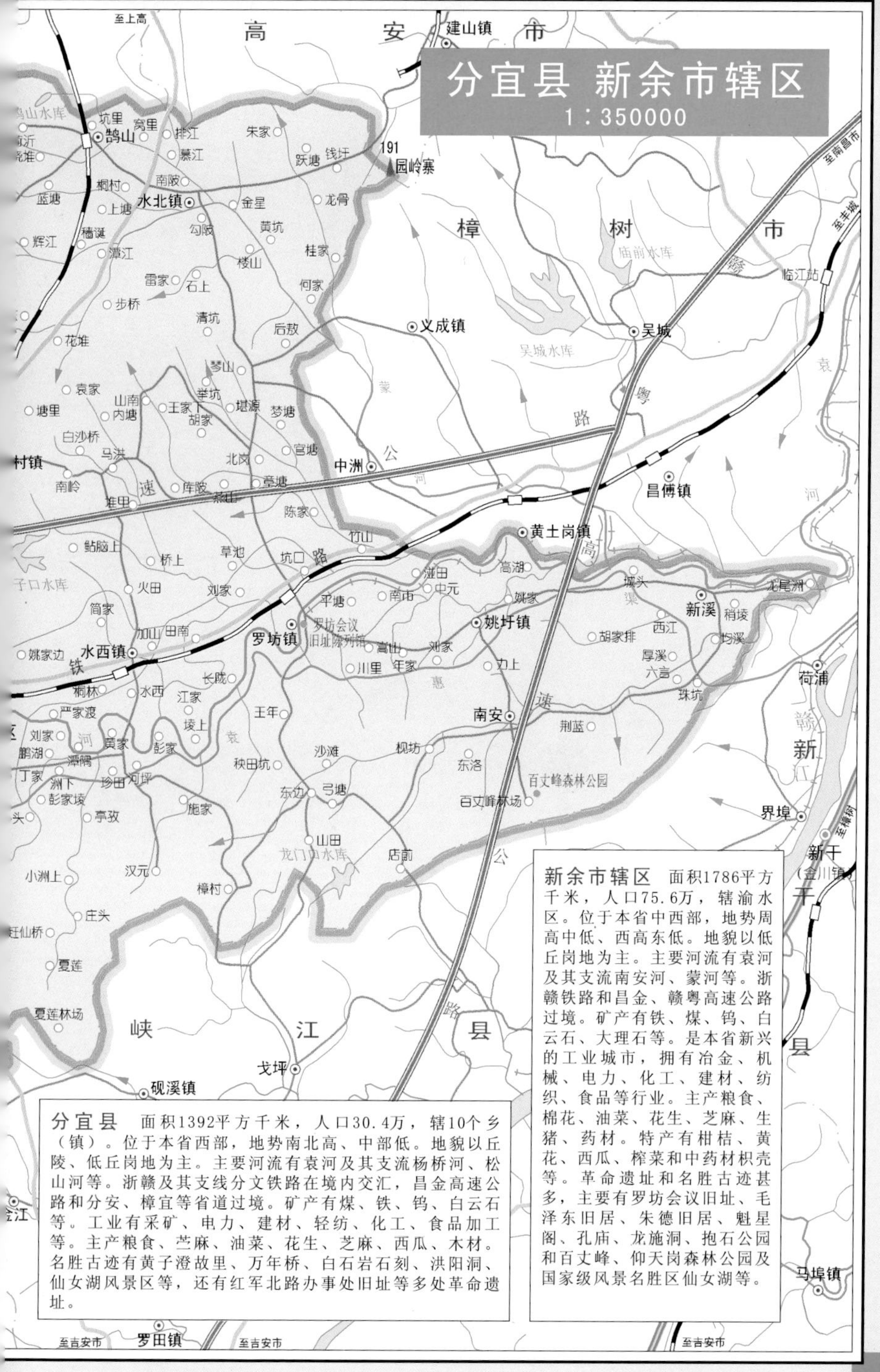

分宜县 新余市辖区

1：350000

新余市辖区 面积1786平方千米，人口75.6万，辖渝水区。位于本省中西部，地势周高中低、西高东低。地貌以低丘岗地为主。主要河流有袁河及其支流南安河、蒙河等。浙赣铁路和昌金、赣粤高速公路过境。矿产有铁、煤、钨、白云石、大理石等。是本省新兴的工业城市，拥有冶金、机械、电力、化工、建材、纺织、食品等行业。主产粮食、棉花、油菜、花生、芝麻、生猪、药材。特产有柑桔、黄花、西瓜、榨菜和中药材枳壳等。革命遗址和名胜古迹甚多，主要有罗坊会议旧址、毛泽东旧居、朱德旧居、魁星阁、孔庙、龙施洞、抱石公园和百丈峰、仰天岗森林公园及国家级风景名胜区仙女湖等。

分宜县 面积1392平方千米，人口30.4万，辖10个乡（镇）。位于本省西部，地势南北高、中部低。地貌以丘陵、低丘岗地为主。主要河流有袁河及其支流杨桥河、松山河等。浙赣及其支线分文铁路在境内交汇，昌金高速公路和分安、樟宜等省道过境。矿产有煤、铁、钨、白云石等。工业有采矿、电力、建材、轻纺、化工、食品加工等。主产粮食、苎麻、油菜、花生、芝麻、西瓜、木材。名胜古迹有黄子澄故里、万年桥、白石岩石刻、洪阳洞、仙女湖风景区等，还有红军北路办事处旧址等多处革命遗址。

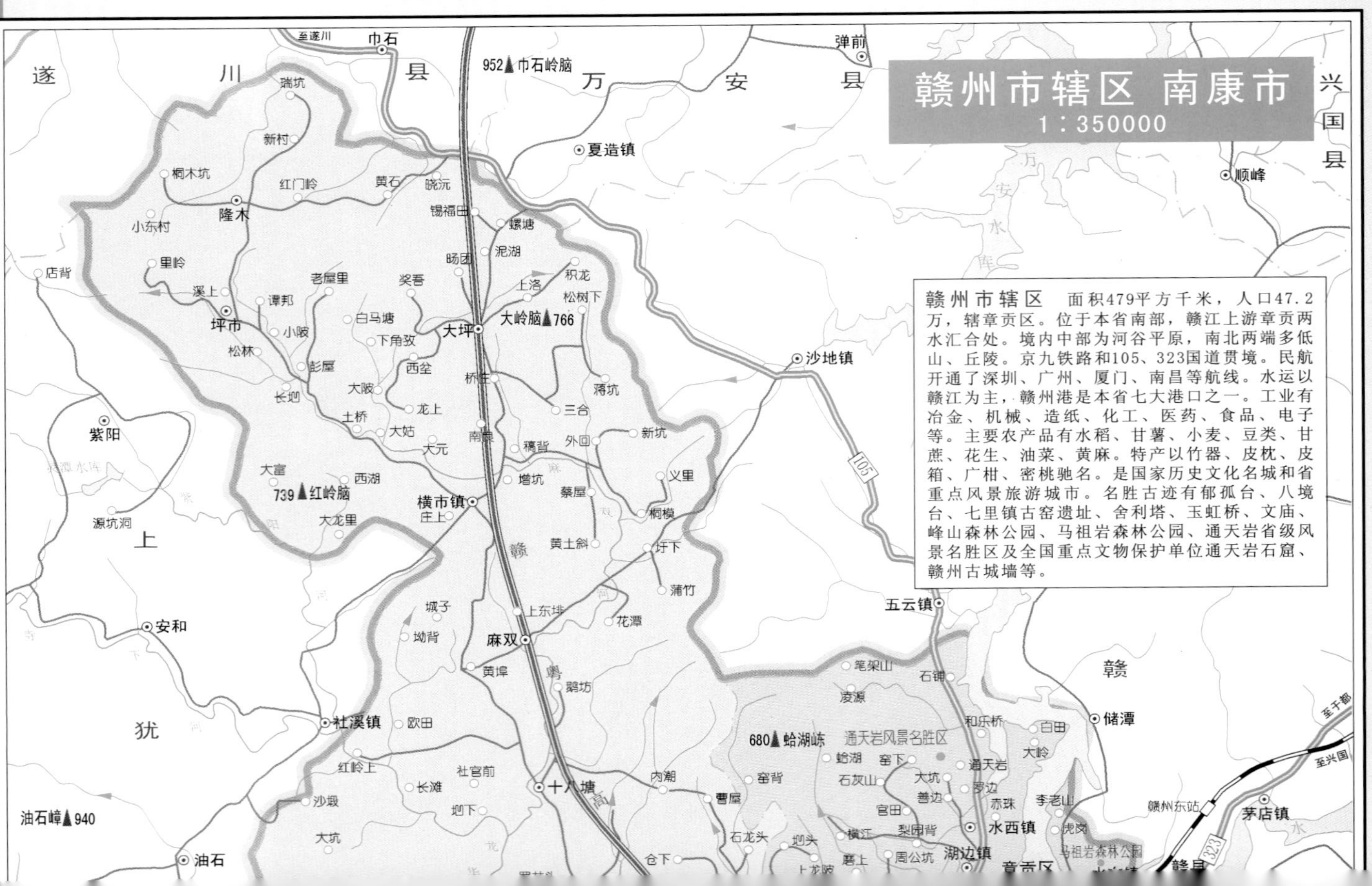

赣州市辖区 南康市

1:350000

赣州市辖区 面积479平方千米，人口47.2万，辖章贡区。位于本省南部，赣江上游章贡两水汇合处。境内中部为河谷平原，南北两端多低山、丘陵。京九铁路和105、323国道贯境。民航开通了深圳、广州、厦门、南昌等航线。水运以赣江为主，赣州港是本省七大港口之一。工业有冶金、机械、造纸、化工、医药、食品、电子等。主要农产品有水稻、甘薯、小麦、豆类、甘蔗、花生、油菜、黄麻。特产以竹器、皮枕、皮箱、广柑、密桃驰名。是国家历史文化名城和省重点风景旅游城市。名胜古迹有郁孤台、八境台、七里镇古窑遗址、舍利塔、玉虹桥、文庙、峰山森林公园、马祖岩森林公园、通天岩省级风景名胜区及全国重点文物保护单位通天岩石窟、赣州古城墙等。

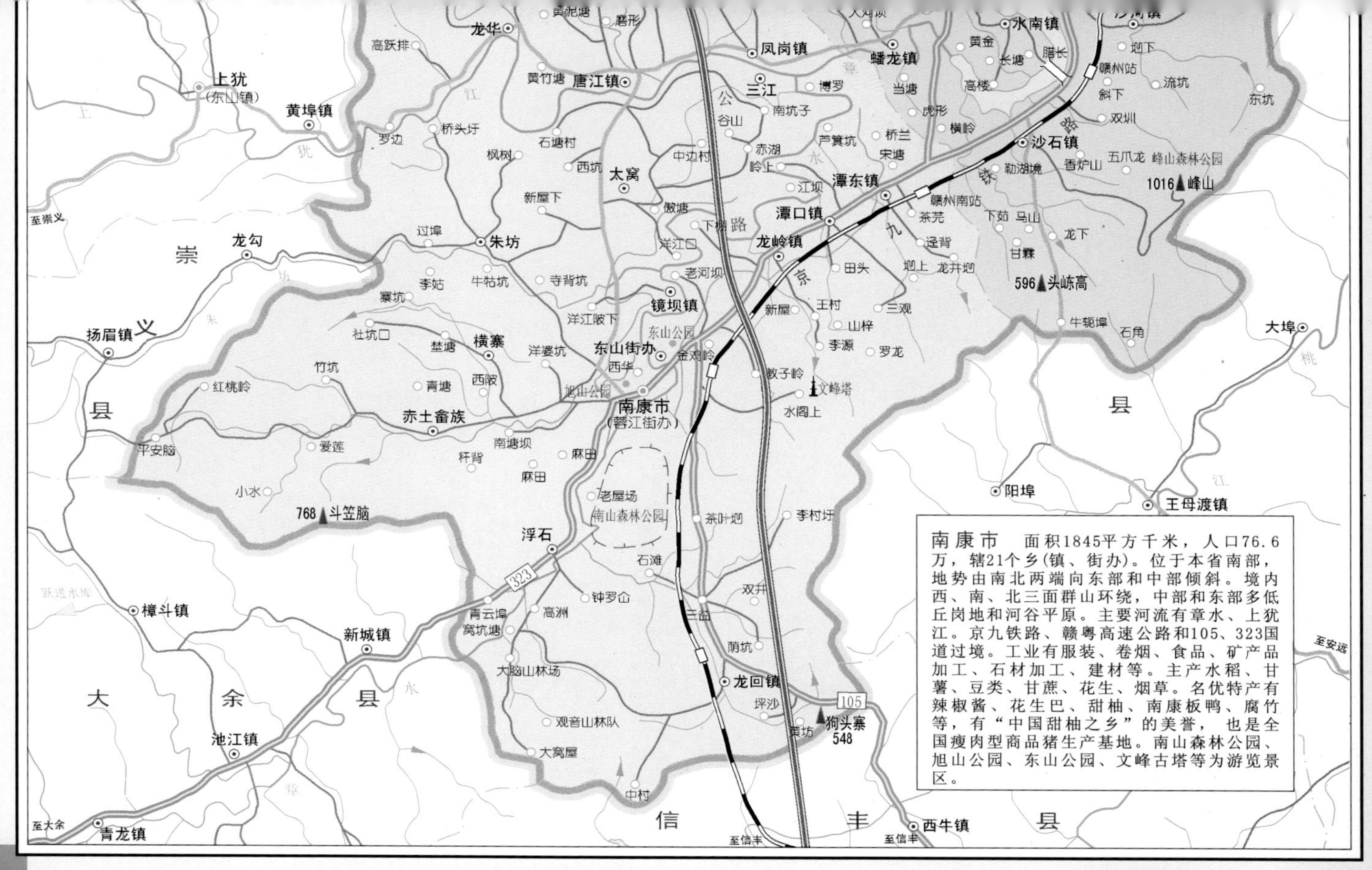

南康市 面积1845平方千米，人口76.6万，辖21个乡(镇、街办)。位于本省南部，地势由南北两端向东部和中部倾斜。境内西、南、北三面群山环绕，中部和东部多低丘岗地和河谷平原。主要河流有章水、上犹江。京九铁路、赣粤高速公路和105、323国道过境。工业有服装、卷烟、食品、矿产品加工、石材加工、建材等。主产水稻、甘薯、豆类、甘蔗、花生、烟草。名优特产有辣椒酱、花生巴、甜柚、南康板鸭、腐竹等，有“中国甜柚之乡”的美誉，也是全国瘦肉型商品猪生产基地。南山森林公园、旭山公园、东山公园、文峰古塔等为游览景区。

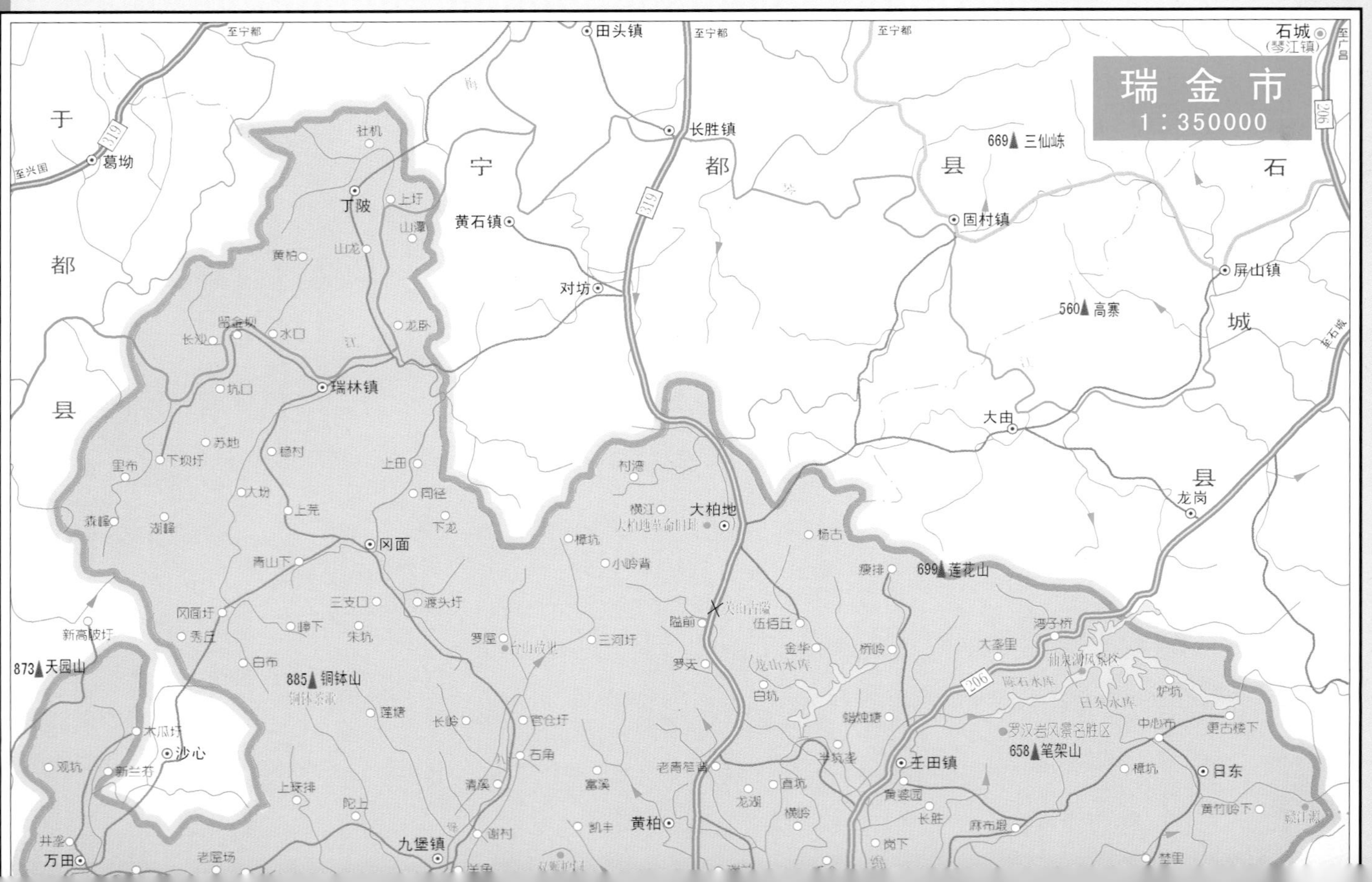
瑞金市
1:350000
石城
(琴江镇)
至广昌
206
至宁都
田头镇
长胜镇
至宁都
669▲三仙崃
县
石
宁
都
于
319
葛坳
至兴国
丁陂
上圩
山潭
黄石镇
固村镇
屏山镇
560▲高寨
城
都
黄柏
山龙
对坊
社机
罗金坝
水口
长坑
龙卧
瑞林镇
坑口
县
苏地
樟村
上田
大由
县
龙岗
里布
下坝圩
同径
大坊
上芫
下龙
森峰
湖峰
冈面
村潭
横江
大柏地
杨古
樟坑
小岭背
瘦排
699▲莲花山
青山下
三支口
渡头圩
冈面圩
秀丘
新高陂圩
塘下
朱坑
罗屋
三河圩
隘前
伍佰丘
金华
桥岭
湾子桥
大峯里
873▲天园山
白布
885▲铜钵山
罗夭
龙山水库
白坑
206
日东水库
炉坑
木瓜圩
沙心
莲塘
长岭
官仓圩
锡坡塘
罗汉岩风景名胜区
中心市
更古楼下
观坑
新兰苻
石角
壬田镇
658▲笔架山
樟坑
日东
上珠排
清溪
老青垅背
富溪
龙湖
直坑
黄婆园
陀上
谢村
凯丰
黄柏
横岭
长胜
麻布坝
黄竹岭下
井塘
万田
老屋场
九堡镇
岗下
楚里

瑞金市 面积2448平方千米，人口58.6万，辖17个乡（镇）。位于本省东南部，东临福建省。境内多低山、丘陵，中部为河谷盆地，绵水纵贯市区，梅江穿越西北部。是206、319、323国道的交汇地，赣龙铁路（在建）贯境。工业有建材、电力、医药、食品、化工、矿产、竹木制品等，主产水稻、甘薯、大豆、甘蔗、烟草、瓜果、花生。土特产有香菇、木耳、淮山等。名胜古迹有罗汉岩、毛架凌霄、陵塔辉映、关山古隘、云石山、赣江源、仙泉湖、双狮护洞、铜钵茶歌、台山故里等。旅游资源丰富，革命遗址甚多，属全国重点保护文物达十余处，有“红色故都”之称。

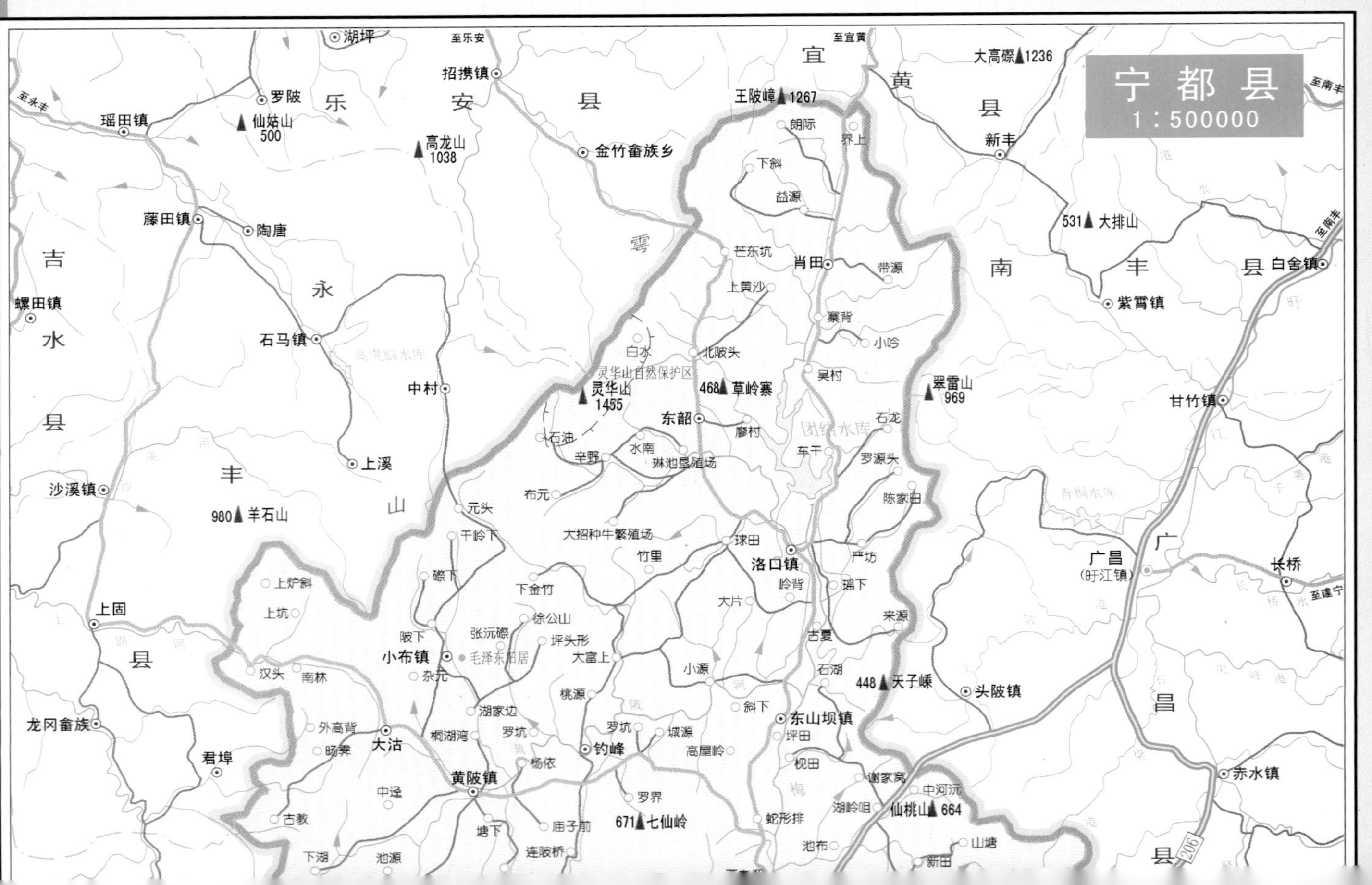

宁都县
1：500000
湖坪
至乐安
至宜黄
大高嵊1236
至南丰
招携镇
宜
黄
县
至永丰
罗陂
乐
安
县
王陂嶂1267
瑶田镇
仙姑山 500
高龙山 1038
朗际
界上
新丰
金竹畲族乡
下斜
益源
531 大排山
藤田镇
陶唐
雩
芒东坑
肖田
带源
吉
南
丰
县
白舍镇
永
上黄沙
紫霄镇
螺田镇
寨背
水
石马镇
白水
北陂头
小吟
中村
灵华山自然保护区
吴村
翠雷山 969
灵华山 1455
468 草岭寨
甘竹镇
县
东韶
石龙
石油
廖村
团结水库
江
水南
车干
辛野
琳池垦殖场
罗源头
丰
上溪
沙溪镇
布元
陈家田
青铜水库
980 羊石山
山
元头
大招种牛繁殖场
干岭下
球田
洛口镇
严坊
竹里
广
广昌
(旴江镇)
长桥
上炉斜
礤下
下金竹
岭背
瑶下
至建宁
上固
大片
上坑
徐公山
来源
张沅礤
陂下
坪头形
古夏
县
小布镇
毛泽东旧居
大富上
小源
汉头
南林
杂元
石湖
448 天子嵊
头陂镇
桃源
湖家边
斜下
昌
龙冈畲族
外高背
罗坑
城源
东山坝镇
大沽
桐湖湾
罗坑
钓峰
坪田
晹霁
高屋岭
君埠
杨依
枧田
黄陂镇
谢家窝
赤水镇
中迳
罗界
中河沅
古教
湖岭咀
仙桃山 664
671 七仙岭
蛇形排
庙子前
塘下
下湖
池源
连陂桥
池布
山塘
新田
县
206

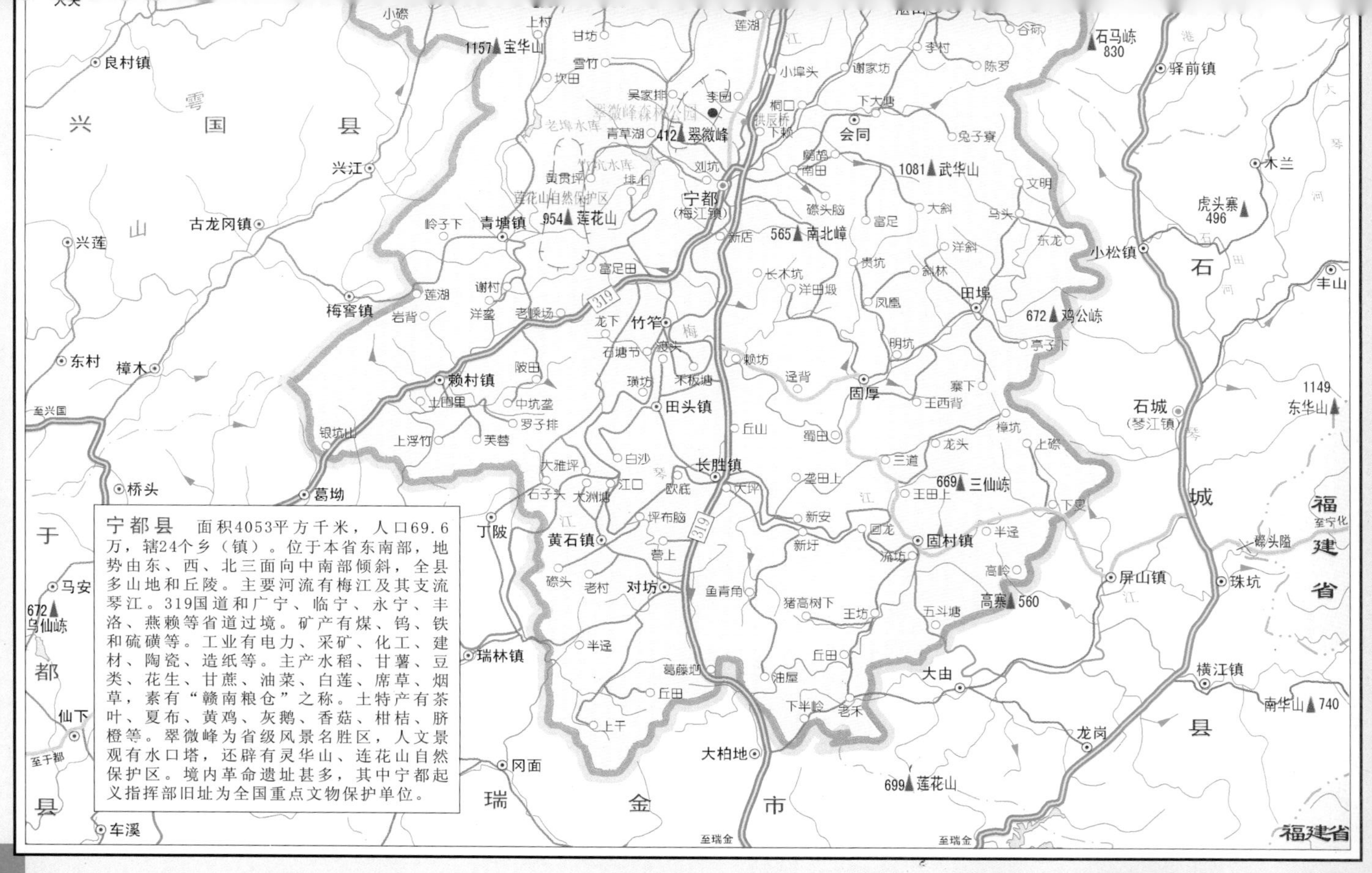

宁都县　面积4053平方千米，人口69.6万，辖24个乡（镇）。位于本省东南部，地势由东、西、北三面向中南部倾斜，全县多山地和丘陵。主要河流有梅江及其支流琴江。319国道和广宁、临宁、永宁、丰洛、燕赖等省道过境。矿产有煤、钨、铁和硫磺等。工业有电力、采矿、化工、建材、陶瓷、造纸等。主产水稻、甘薯、豆类、花生、甘蔗、油菜、白莲、席草、烟草，素有“赣南粮仓”之称。土特产有茶叶、夏布、黄鸡、灰鹅、香菇、柑桔、脐橙等。翠微峰为省级风景名胜区，人文景观有水口塔，还辟有灵华山、连花山自然保护区。境内革命遗址甚多，其中宁都起义指挥部旧址为全国重点文物保护单位。

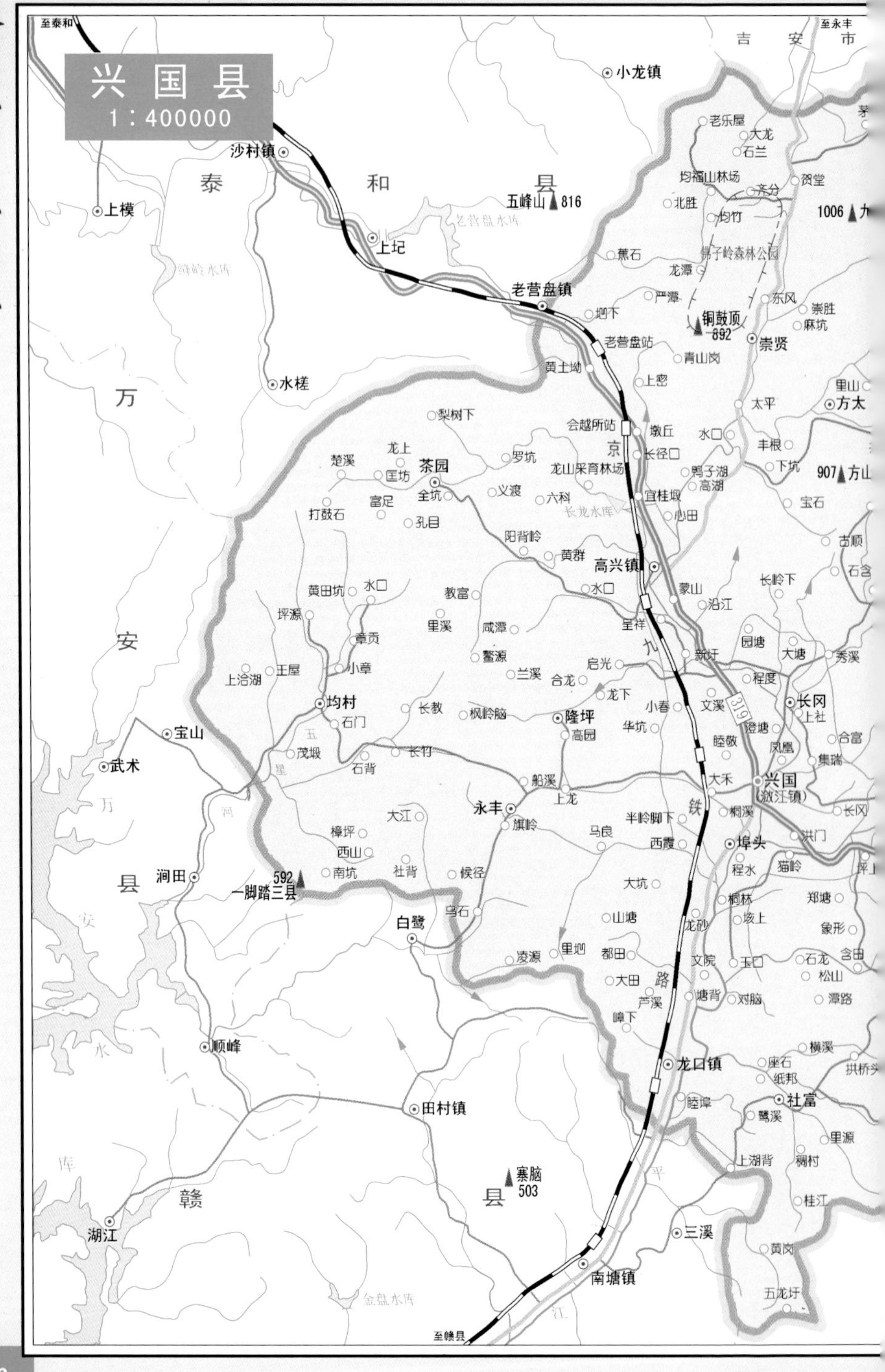
兴国县
1：400000
至泰和
至永丰
吉安市
小龙镇
沙村镇
上模
泰和县
五峰山 816
上圮
老营盘水库
老营盘镇
水槎
万安县
宝山
武术
涧田
顺峰
湖江
赣县
田村镇
寨脑 503
白鹭
三溪
南塘镇
至赣县
金盘水库
老乐屋
大龙
石兰
均福山林场
贺堂
齐分
北胜
均竹
1006
蕉石
佛子岭森林公园
龙潭
严潭
东风
崇胜
铜鼓顶 892
麻坑
崇贤
垧下
老营盘站
黄土坳
青山岗
上密
里山
太平
方太
梨树下
会越所站
墩丘
水口
丰根
下坑
907 方山
龙上
楚溪
茶园
国坊
罗坑
龙山采育林场
长径口
鸭子湖
高湖
全坑
义渡
六科
宜桂墩
富足
打鼓石
孔目
长龙水库
心田
宝石
阳背岭
黄群
古顺
高兴镇
水口
黄田坑
教富
蒙山
沿江
长岭下
坪源
里溪
咸潭
星祥
园塘
章贡
鳌源
新圩
大塘
秀溪
上洽湖
王屋
小章
兰溪
启光
合龙
程度
均村
长教
枫岭脑
隆坪
龙下
小春
文溪
长冈
上社
石门
高园
华坑
澄塘
合富
茂墩
石背
长竹
睦敬
凤凰
集瑞
船溪
大禾
兴国
(潋江镇)
永丰
上龙
半岭脚下
桐溪
长冈
大江
旗岭
马良
西霞
埠头
洪门
樟坪
西山
程水
猫岭
592
一脚踏三县
南坑
社背
候径
大坑
桐林
郑塘
乌石
山塘
龙砂
垓上
象形
凌源
里坳
都田
文院
玉口
石龙
含田
大田
松山
芦溪
塘背
对脑
潭路
嶂下
横溪
龙口镇
座石
纸邦
拱桥头
睦埠
社富
鹭溪
里源
上湖背
稠村
桂江
黄岗
五龙圩
京九铁路
319
平江

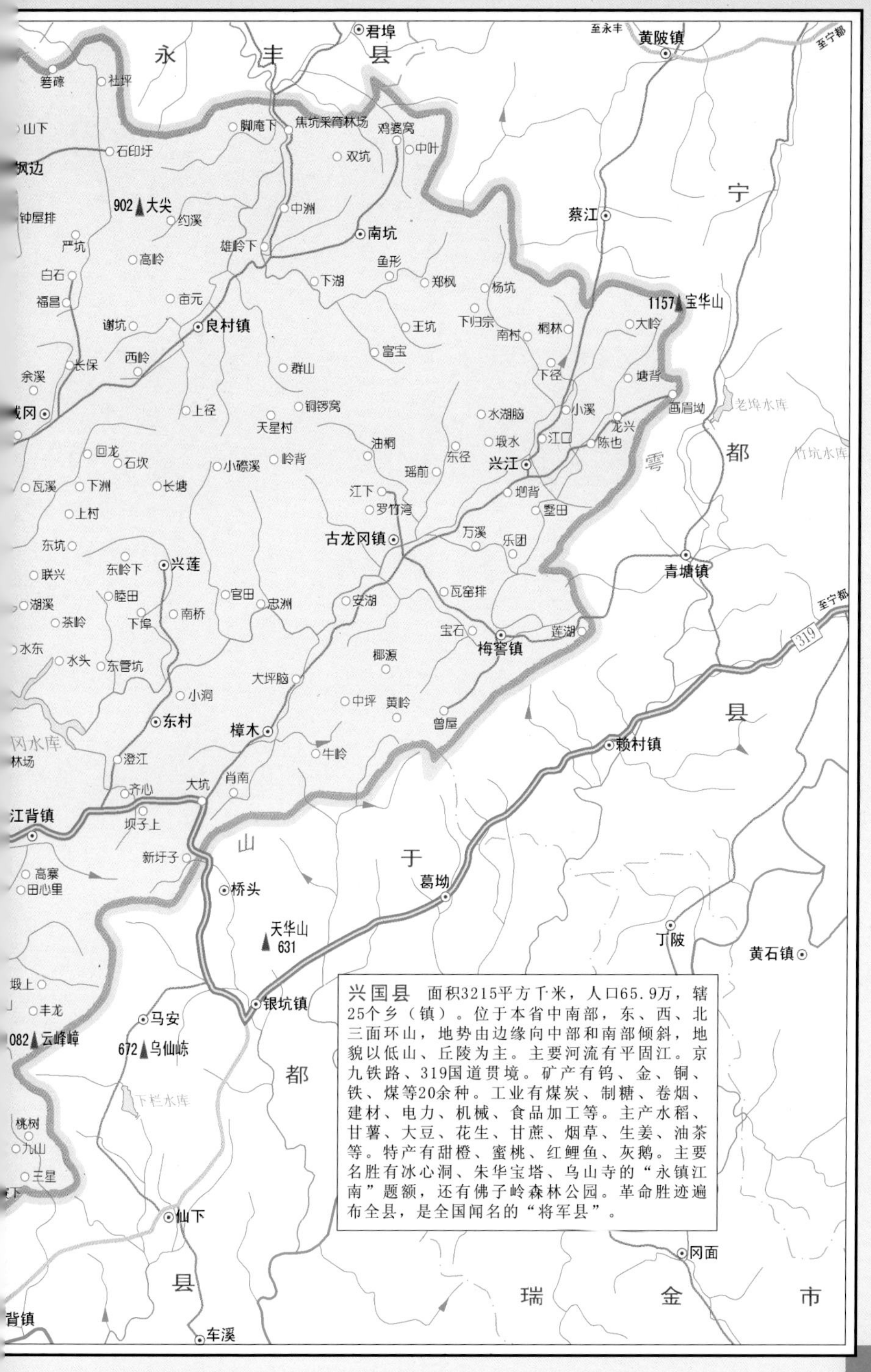

兴国县　面积3215平方千米，人口65.9万，辖25个乡（镇）。位于本省中南部，东、西、北三面环山，地势由边缘向中部和南部倾斜，地貌以低山、丘陵为主。主要河流有平固江。京九铁路、319国道贯境。矿产有钨、金、铜、铁、煤等20余种。工业有煤炭、制糖、卷烟、建材、电力、机械、食品加工等。主产水稻、甘薯、大豆、花生、甘蔗、烟草、生姜、油茶等。特产有甜橙、蜜桃、红鲤鱼、灰鹅。主要名胜有冰心洞、朱华宝塔、乌山寺的“永镇江南”题额，还有佛子岭森林公园。革命胜迹遍布全县，是全国闻名的“将军县”。

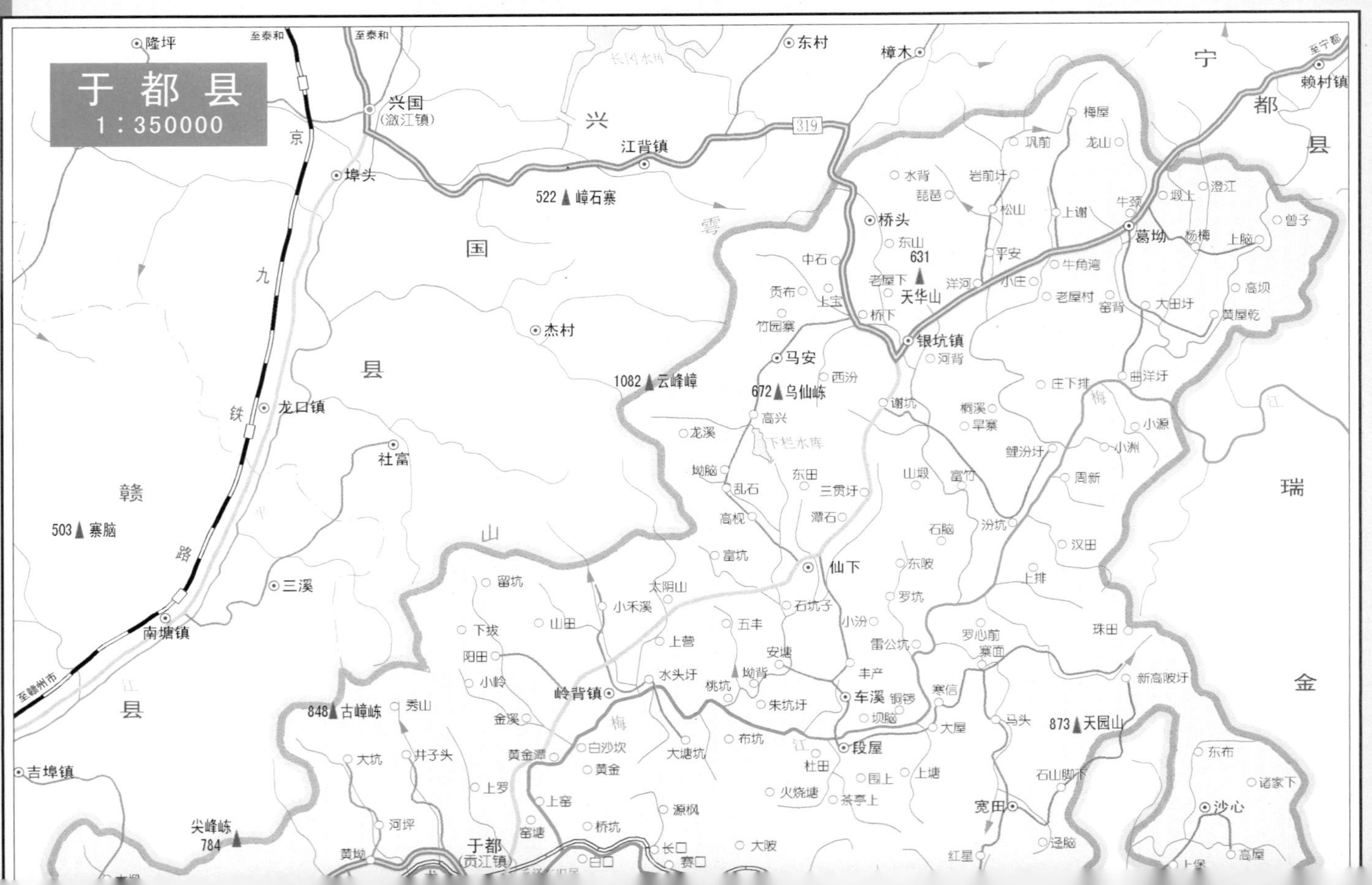

于都县
1:350000
隆坪
兴国
(潋江镇)
埠头
江背镇
522 嶂石寨
兴
国
县
东村
樟木
319
宁
都
县
赖村镇
桥头
631
天华山
银坑镇
葛坳
马安
672 乌仙嵊
1082 云峰嶂
杰村
龙口镇
社富
京九铁路
赣
503 寨脑
三溪
南塘镇
山
仙下
岭背镇
车溪
段屋
848 古嶂峡
尖峰嵊
784
于都
(贡江镇)
宽田
沙心
873 天园山
瑞
金
吉埠镇

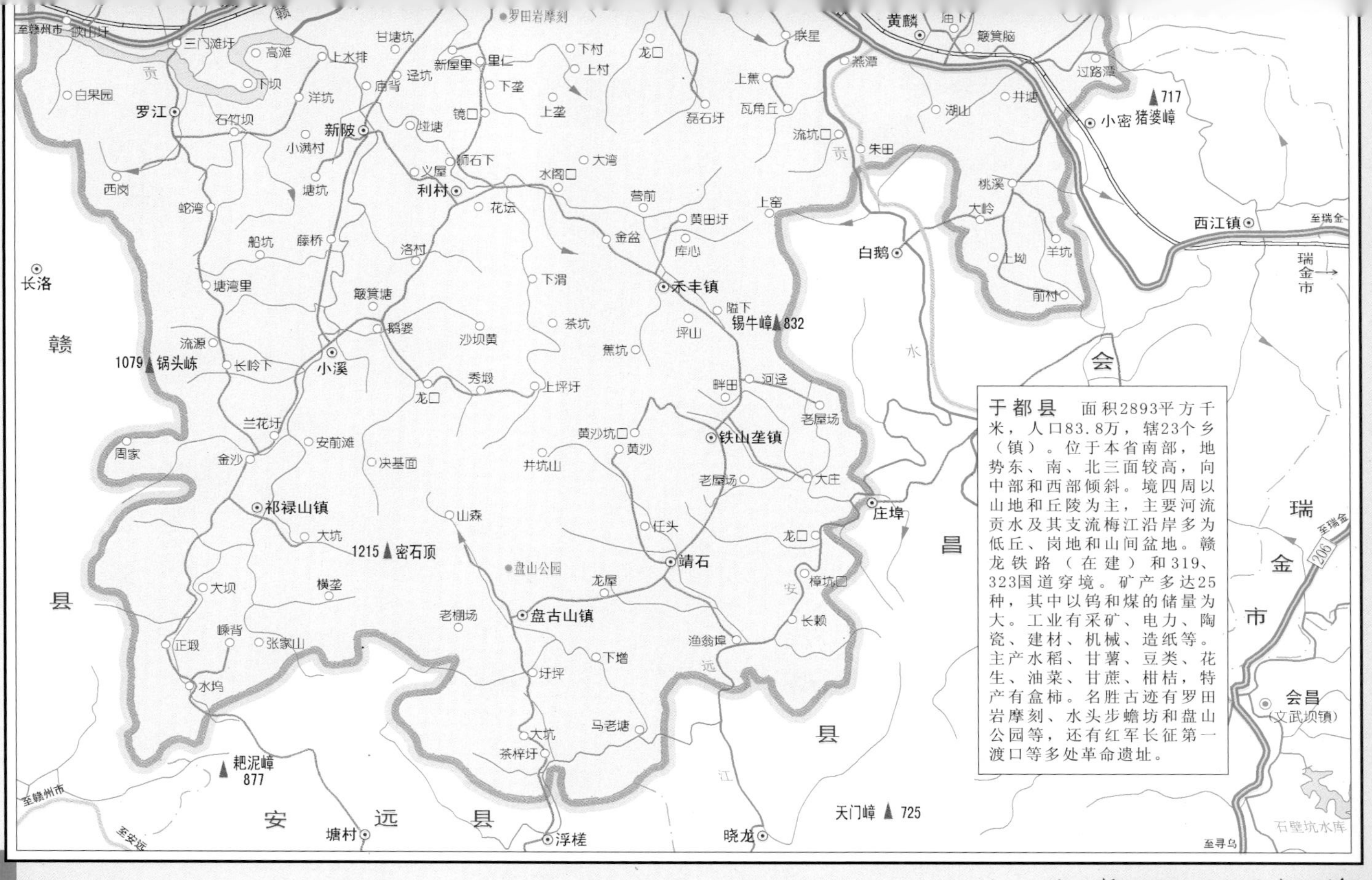

于都县 面积2893平方千米，人口83.8万，辖23个乡（镇）。位于本省南部，地势东、南、北三面较高，向中部和西部倾斜。境四周以山地和丘陵为主，主要河流贡水及其支流梅江沿岸多为低丘、岗地和山间盆地。赣龙铁路（在建）和319、323国道穿境。矿产多达25种，其中以钨和煤的储量为大。工业有采矿、电力、陶瓷、建材、机械、造纸等。主产水稻、甘薯、豆类、花生、油菜、甘蔗、柑桔，特产有盒柿。名胜古迹有罗田岩摩刻、水头步蟾坊和盘山公园等，还有红军长征第一渡口等多处革命遗址。

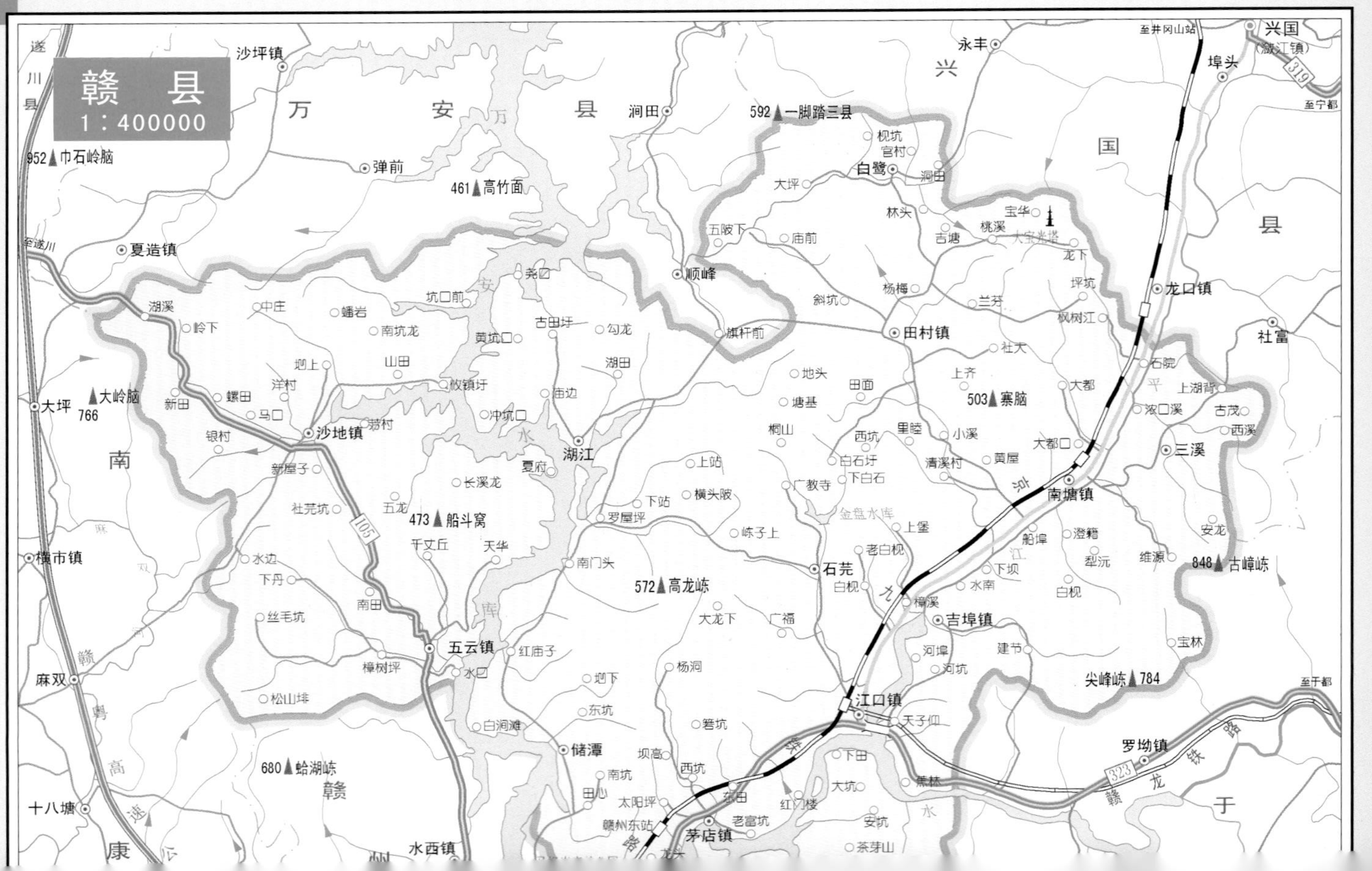

赣 县
1：400000
兴国县
兴国
(潋江镇)
埠头
永丰
至宁都
万安县
沙坪镇
润田
592▲一脚踏三县
952▲巾石岭脑
弹前
461▲高竹面
夏造镇
顺峰
白鹭
大坪
林头
宝华
桃溪
吉塘
龙口镇
社富
田村镇
503▲寨脑
三溪
南塘镇
848▲古嶂崃
石芫
吉埠镇
江口镇
尖峰崃▲784
罗坳镇
至于都
于都县
湖江
沙地镇
五云镇
473▲船斗窝
572▲高龙崃
储潭
茅店镇
赣州东站
大坪
766▲大岭脑
横市镇
麻双
十八塘
水西镇
680▲蛤湖崃
南康
金盘水库
万安水库
平江
赣江
赣龙铁路
京九铁路
赣粤高速
105
319
323

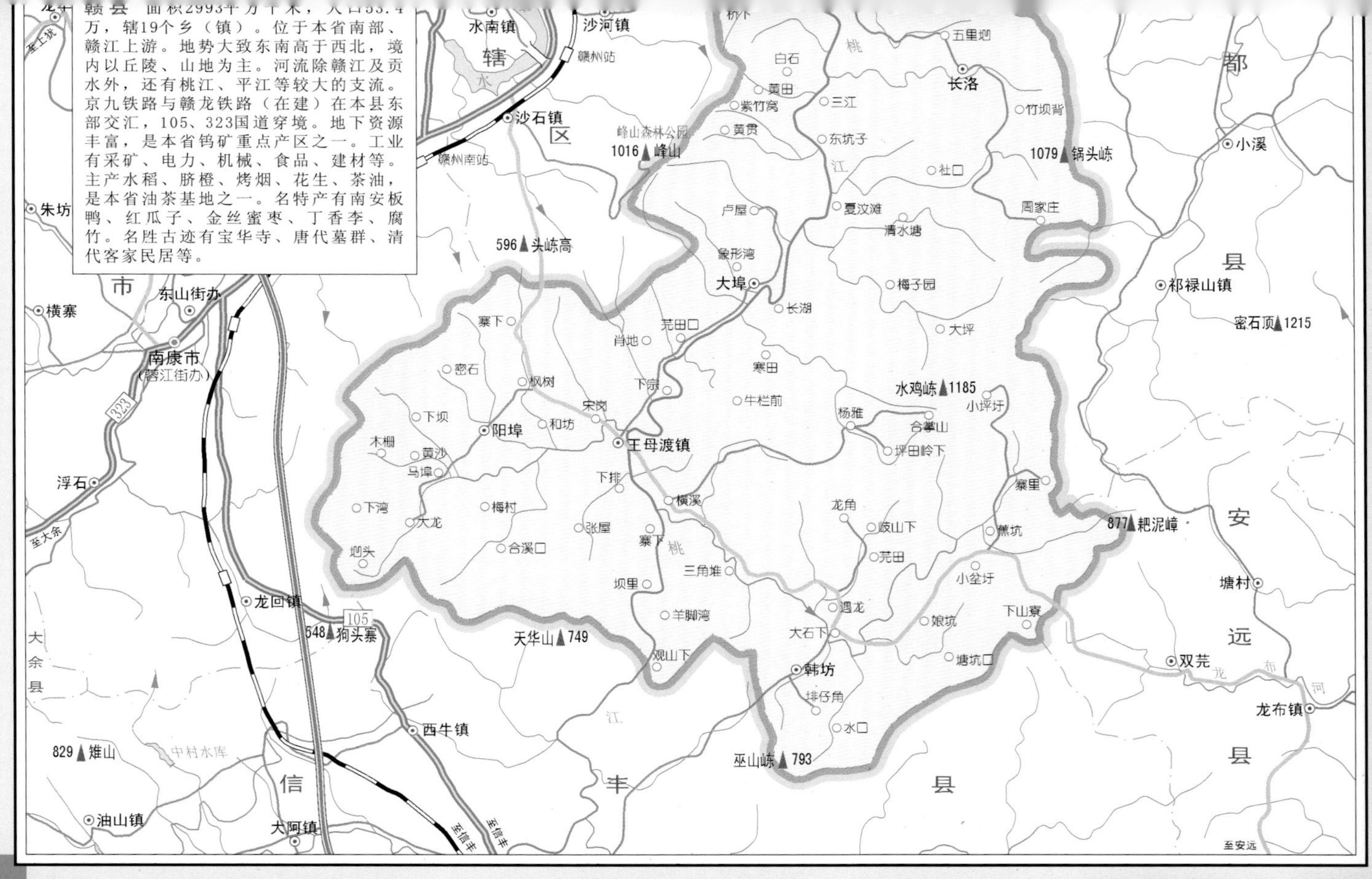

赣县　面积2993平方千米，人口53.4万，辖19个乡（镇）。位于本省南部、赣江上游。地势大致东南高于西北，境内以丘陵、山地为主。河流除赣江及贡水外，还有桃江、平江等较大的支流。京九铁路与赣龙铁路（在建）在本县东部交汇，105、323国道穿境。地下资源丰富，是本省钨矿重点产区之一。工业有采矿、电力、机械、食品、建材等。主产水稻、脐橙、烤烟、花生、茶油，是本省油茶基地之一。名特产有南安板鸭、红瓜子、金丝蜜枣、丁香李、腐竹。名胜古迹有宝华寺、唐代墓群、清代客家民居等。

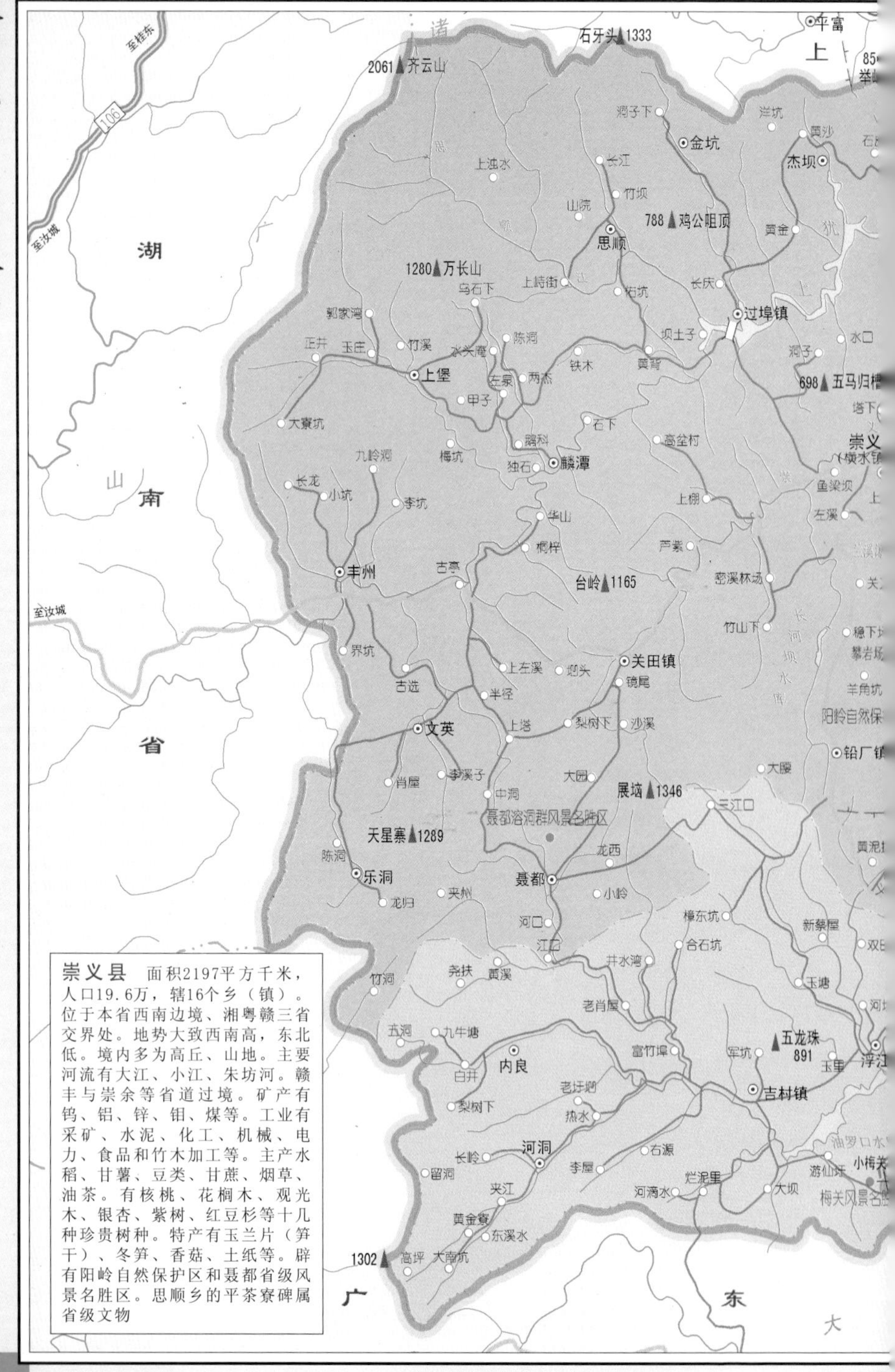

崇义县 面积2197平方千米，人口19.6万，辖16个乡（镇）。位于本省西南边境、湘粤赣三省交界处。地势大致西南高，东北低。境内多为高丘、山地。主要河流有大江、小江、朱坊河。赣丰与崇余等省道过境。矿产有钨、铝、锌、钼、煤等。工业有采矿、水泥、化工、机械、电力、食品和竹木加工等。主产水稻、甘薯、豆类、甘蔗、烟草、油茶。有核桃、花桐木、观光木、银杏、紫树、红豆杉等十几种珍贵树种。特产有玉兰片（笋干）、冬笋、香菇、土纸等。辟有阳岭自然保护区和聂都省级风景名胜区。思顺乡的平茶寮碑属省级文物

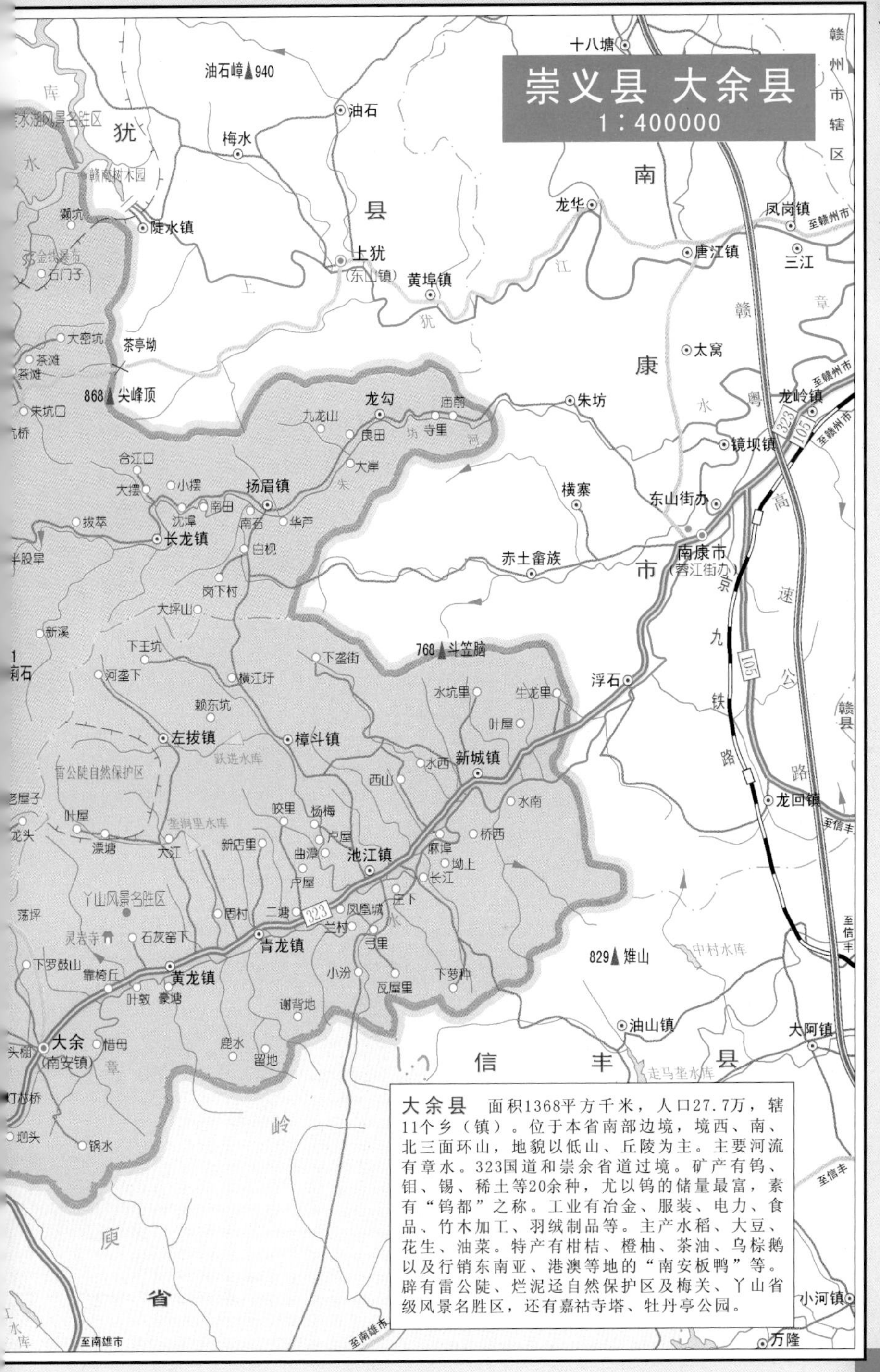

大余县 面积1368平方千米，人口27.7万，辖11个乡（镇）。位于本省南部边境，境西、南、北三面环山，地貌以低山、丘陵为主。主要河流有章水。323国道和崇余省道过境。矿产有钨、钼、锡、稀土等20余种，尤以钨的储量最富，素有“钨都”之称。工业有冶金、服装、电力、食品、竹木加工、羽绒制品等。主产水稻、大豆、花生、油菜。特产有柑桔、橙柚、茶油、乌棕鹅以及行销东南亚、港澳等地的“南安板鸭”等。辟有雷公陡、烂泥迳自然保护区及梅关、丫山省级风景名胜区，还有嘉祐寺塔、牡丹亭公园。

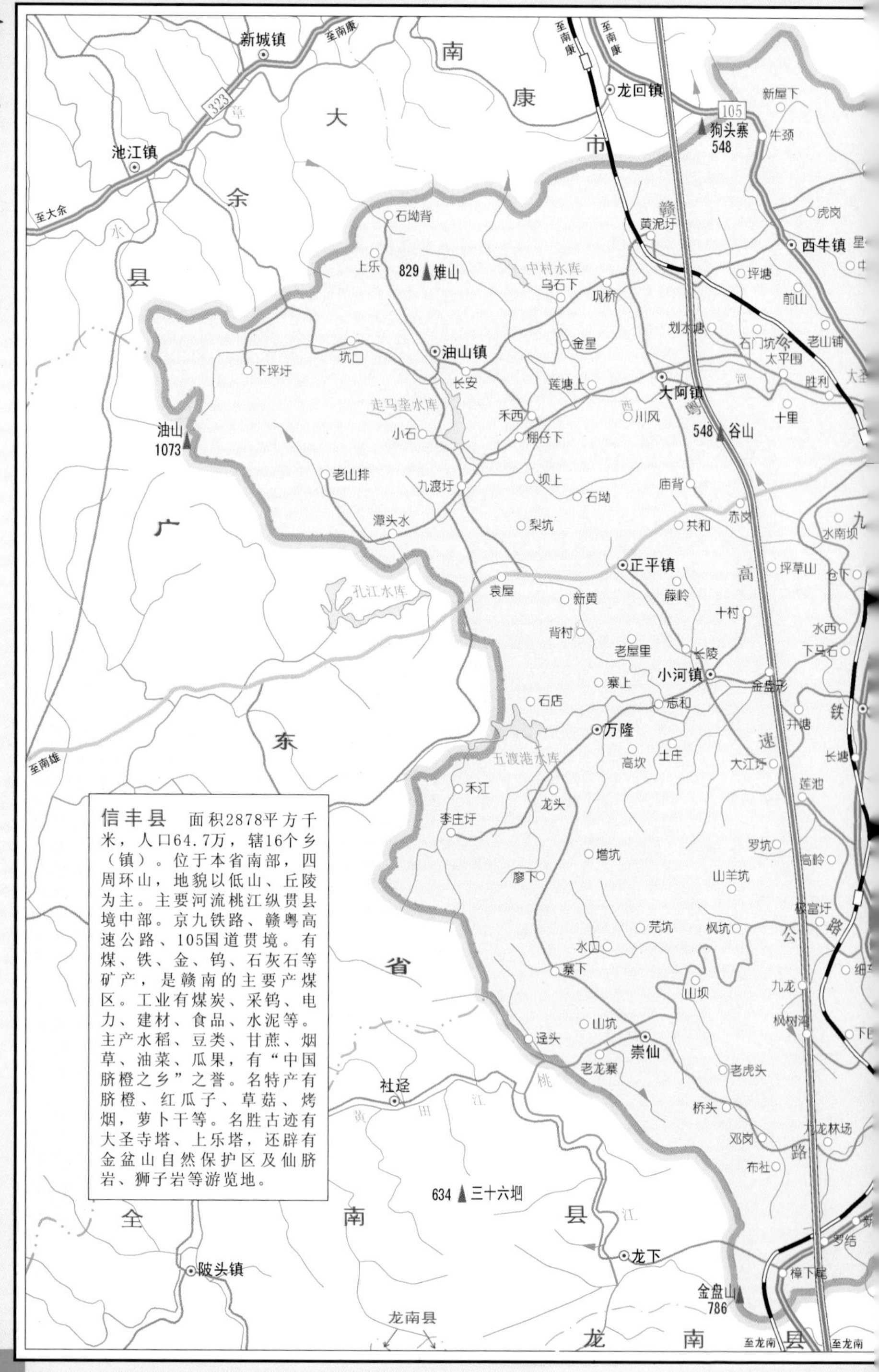

信丰县 面积2878平方千米，人口64.7万，辖16个乡（镇）。位于本省南部，四周环山，地貌以低山、丘陵为主。主要河流桃江纵贯县境中部。京九铁路、赣粤高速公路、105国道贯境。有煤、铁、金、钨、石灰石等矿产，是赣南的主要产煤区。工业有煤炭、采钨、电力、建材、食品、水泥等。主产水稻、豆类、甘蔗、烟草、油菜、瓜果，有“中国脐橙之乡”之誉。名特产有脐橙、红瓜子、草菇、烤烟，萝卜干等。名胜古迹有大圣寺塔、上乐塔，还辟有金盆山自然保护区及仙脐岩、狮子岩等游览地。

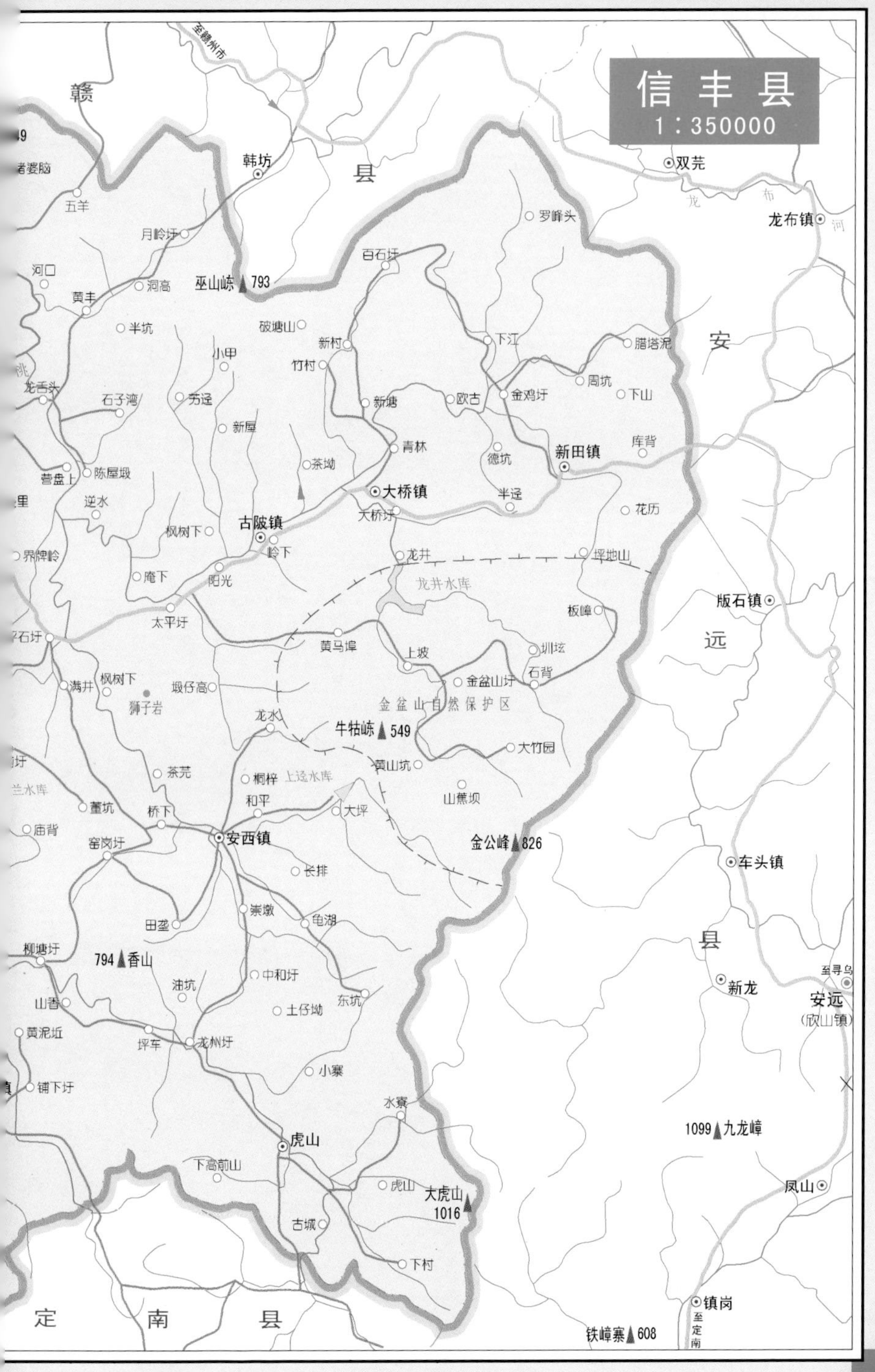
信丰县
1:350000
赣
县
韩坊
五羊
月岭圩
河口
黄丰
洞高
巫山嵊 793
半坑
破塘山
百石圩
罗嵊头
双芫
龙布镇
安
新村
竹村
下江
腊塔泥
周坑
下山
小甲
龙舌头
石子湾
芳迳
新屋
新塘
欧古
金鸡圩
青林
德坑
新田镇
库背
营盘上
陈屋墩
茶坳
大桥镇
半迳
逆水
大桥圩
花历
枫树下
古陂镇
岭下
龙井
坪地山
界牌岭
庵下
阳光
龙井水库
版石镇
太平圩
板嶂
远
黄马埠
圳垓
上坡
石背
满井
枫树下
墩仔高
金盆山圩
狮子岩
金盆山自然保护区
龙水
牛牯嵊 549
大竹园
茶芫
桐梓
上迳水库
黄山坑
董坑
和平
大坪
山蕉坝
庙背
桥下
窑岗圩
安西镇
金公峰 826
车头镇
长排
崇墩
田垄
龟湖
县
柳塘圩
794 香山
中和圩
新龙
沺坑
至寻乌
安远
(欣山镇)
山香
东坑
土仔坳
黄泥近
坪车
龙州圩
小寨
铺下圩
水寨
1099 九龙嶂
虎山
下高前山
虎山
大虎山
1016
凤山
古城
下村
镇岗
定
南
县
铁嶂寨 608
至定南

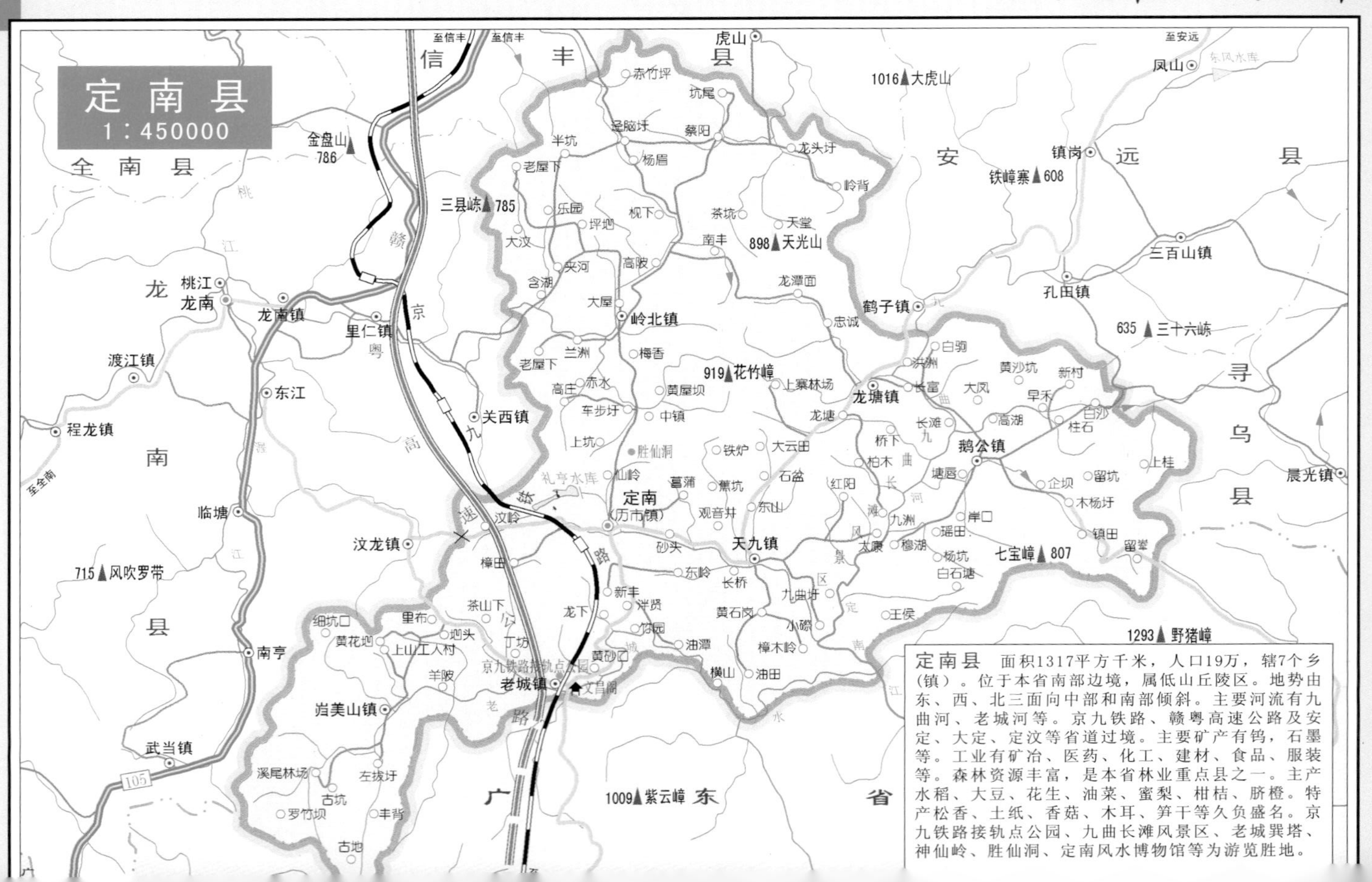

定南县 面积1317平方千米，人口19万，辖7个乡(镇)。位于本省南部边境，属低山丘陵区。地势由东、西、北三面向中部和南部倾斜。主要河流有九曲河、老城河等。京九铁路、赣粤高速公路及安定、大定、定汶等省道过境。主要矿产有钨，石墨等。工业有矿冶、医药、化工、建材、食品、服装等。森林资源丰富，是本省林业重点县之一。主产水稻、大豆、花生、油菜、蜜梨、柑桔、脐橙。特产松香、土纸、香菇、木耳、笋干等久负盛名。京九铁路接轨点公园、九曲长滩风景区、老城巽塔、神仙岭、胜仙洞、定南风水博物馆等为游览胜地。

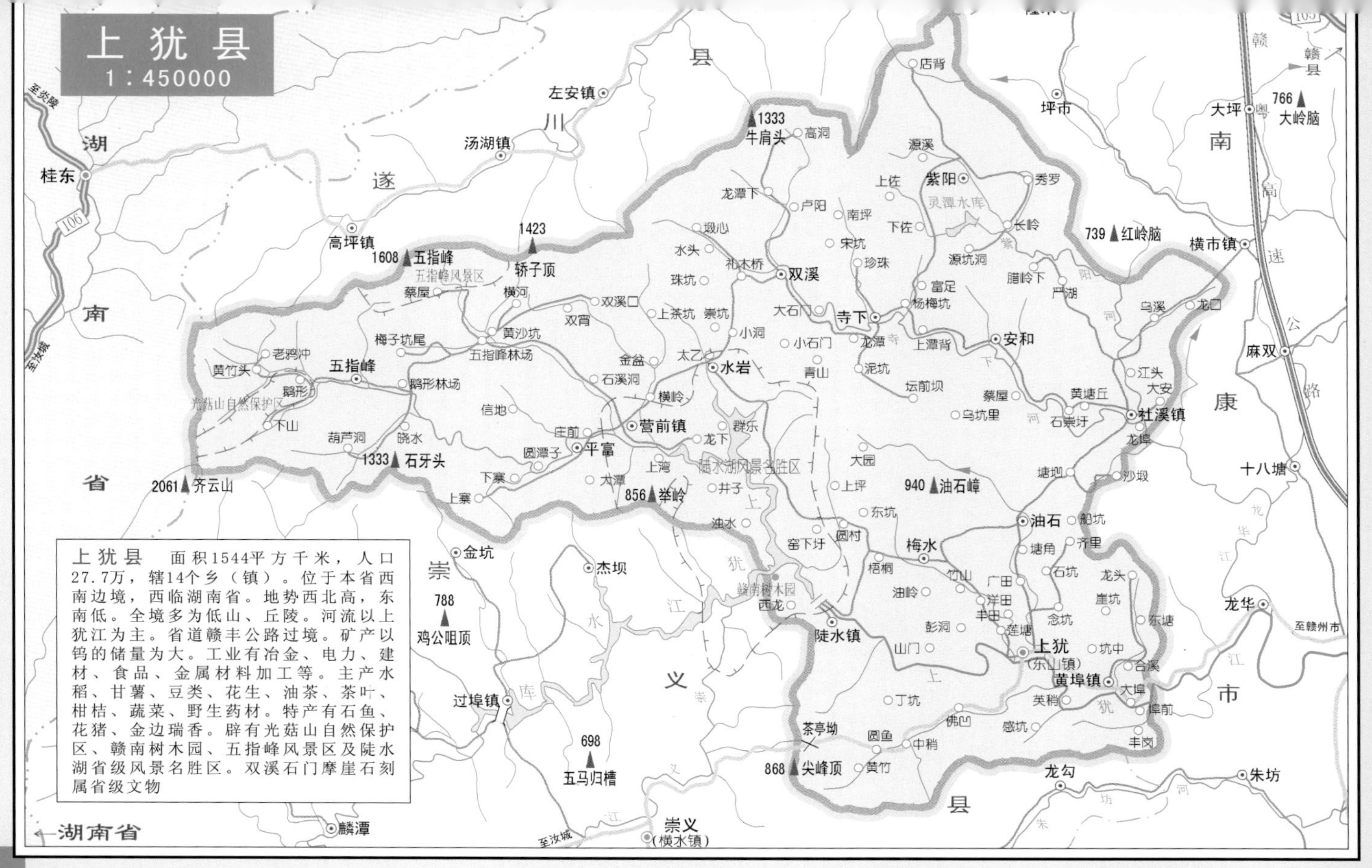

上犹县 面积1544平方千米，人口27.7万，辖14个乡（镇）。位于本省西南边境，西临湖南省。地势西北高，东南低。全境多为低山、丘陵。河流以上犹江为主。省道赣丰公路过境。矿产以钨的储量为大。工业有冶金、电力、建材、食品、金属材料加工等。主产水稻、甘薯、豆类、花生、油茶、茶叶、柑桔、蔬菜、野生药材。特产有石鱼、花猪、金边瑞香。辟有光菇山自然保护区、赣南树木园、五指峰风景区及陡水湖省级风景名胜区。双溪石门摩崖石刻属省级文物

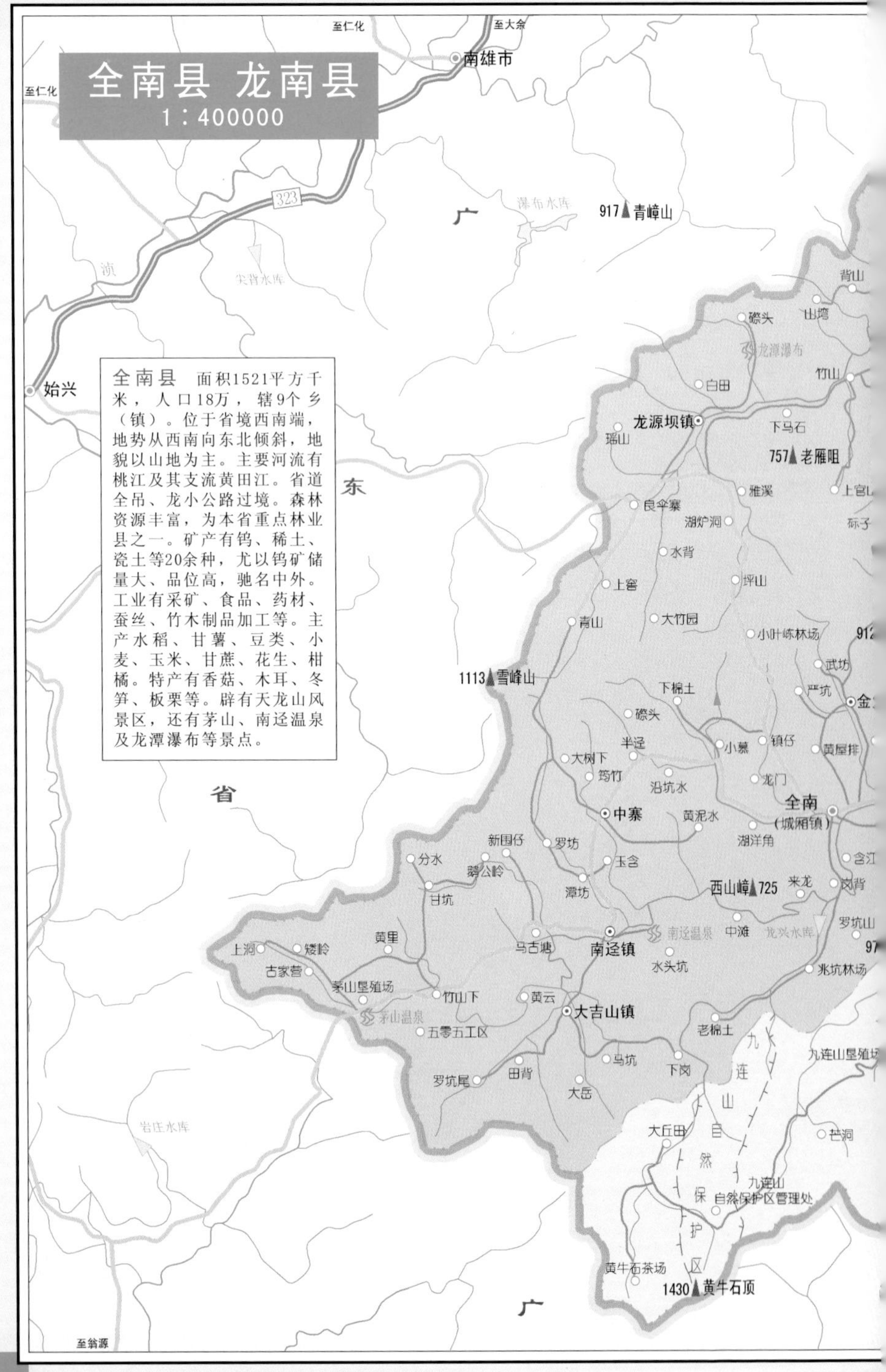

全南县 面积1521平方千米，人口18万，辖9个乡（镇）。位于省境西南端，地势从西南向东北倾斜，地貌以山地为主。主要河流有桃江及其支流黄田江。省道全吊、龙小公路过境。森林资源丰富，为本省重点林业县之一。矿产有钨、稀土、瓷土等20余种，尤以钨矿储量大、品位高，驰名中外。工业有采矿、食品、药材、蚕丝、竹木制品加工等。主产水稻、甘薯、豆类、小麦、玉米、甘蔗、花生、柑橘。特产有香菇、木耳、冬笋、板栗等。辟有天龙山风景区，还有茅山、南迳温泉及龙潭瀑布等景点。

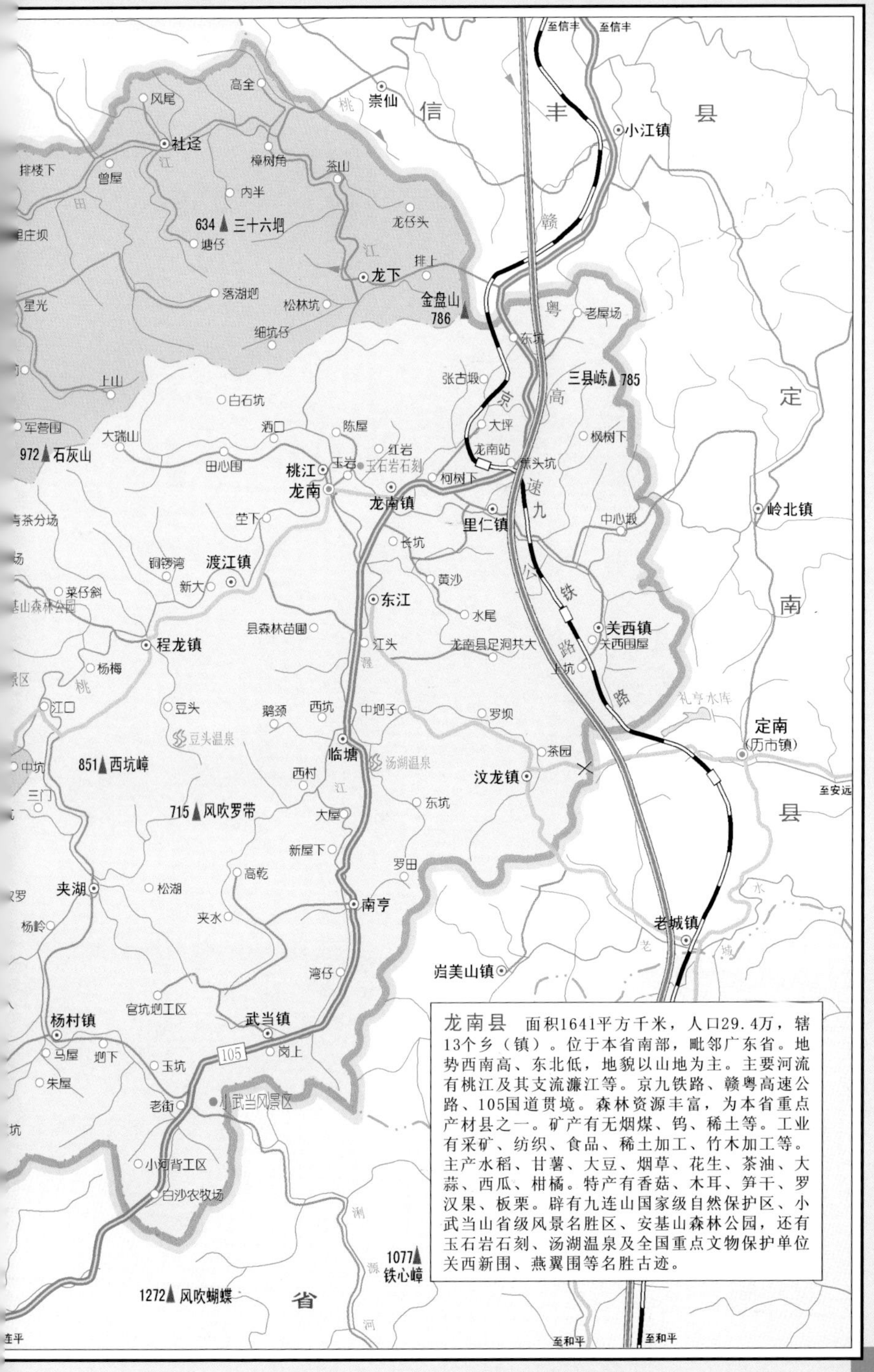

龙南县 面积1641平方千米，人口29.4万，辖13个乡（镇）。位于本省南部，毗邻广东省。地势西南高、东北低，地貌以山地为主。主要河流有桃江及其支流濂江等。京九铁路、赣粤高速公路、105国道贯境。森林资源丰富，为本省重点产材县之一。矿产有无烟煤、钨、稀土等。工业有采矿、纺织、食品、稀土加工、竹木加工等。主产水稻、甘薯、大豆、烟草、花生、茶油、大蒜、西瓜、柑橘。特产有香菇、木耳、笋干、罗汉果、板栗。辟有九连山国家级自然保护区、小武当山省级风景名胜区、安基山森林公园，还有玉石岩石刻、汤湖温泉及全国重点文物保护单位关西新围、燕翼围等名胜古迹。

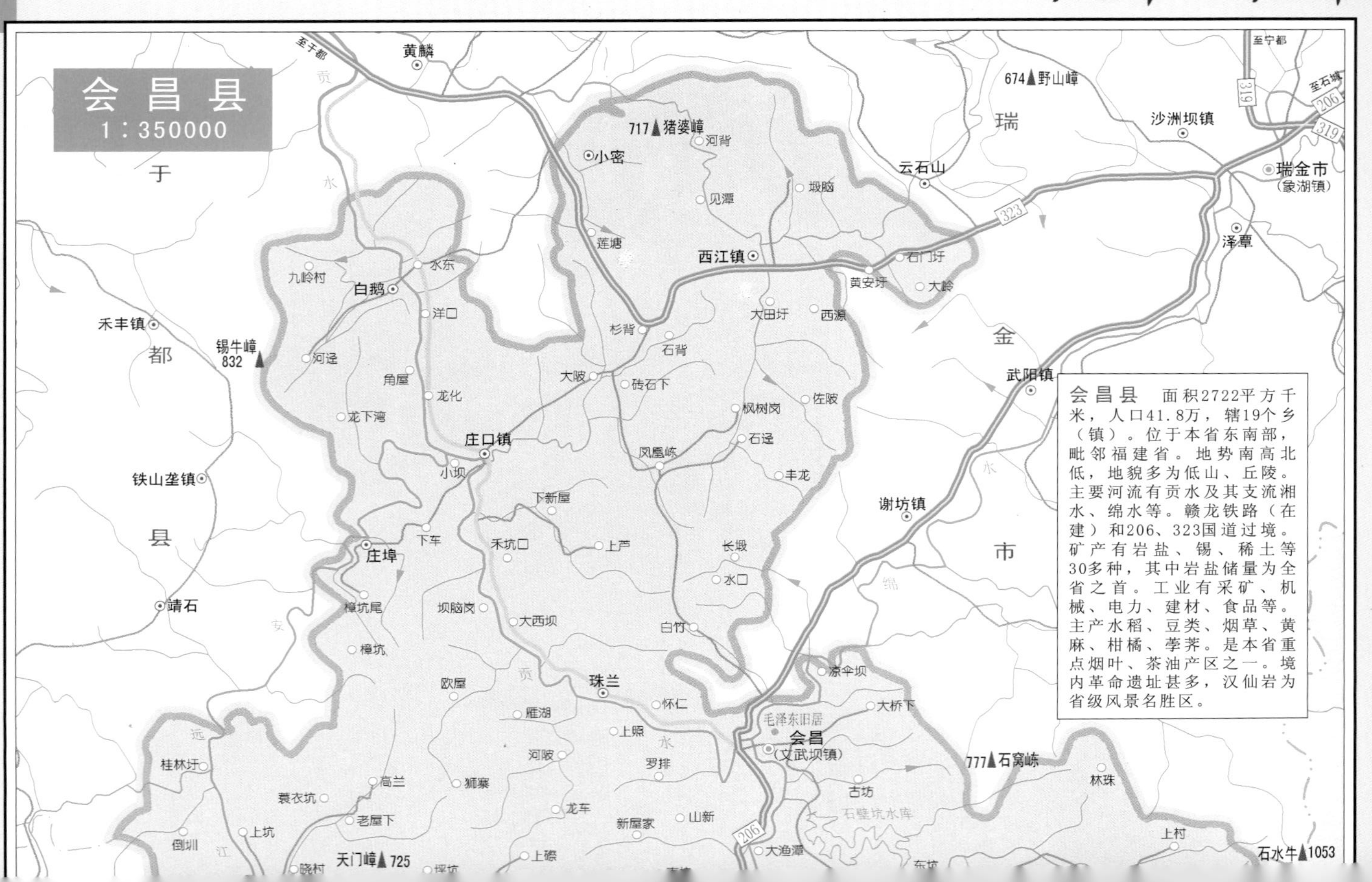

会昌县 面积2722平方千米，人口41.8万，辖19个乡（镇）。位于本省东南部，毗邻福建省。地势南高北低，地貌多为低山、丘陵。主要河流有贡水及其支流湘水、绵水等。赣龙铁路（在建）和206、323国道过境。矿产有岩盐、锡、稀土等30多种，其中岩盐储量为全省之首。工业有采矿、机械、电力、建材、食品等。主产水稻、豆类、烟草、黄麻、柑橘、荸荠。是本省重点烟叶、茶油产区之一。境内革命遗址甚多，汉仙岩为省级风景名胜区。

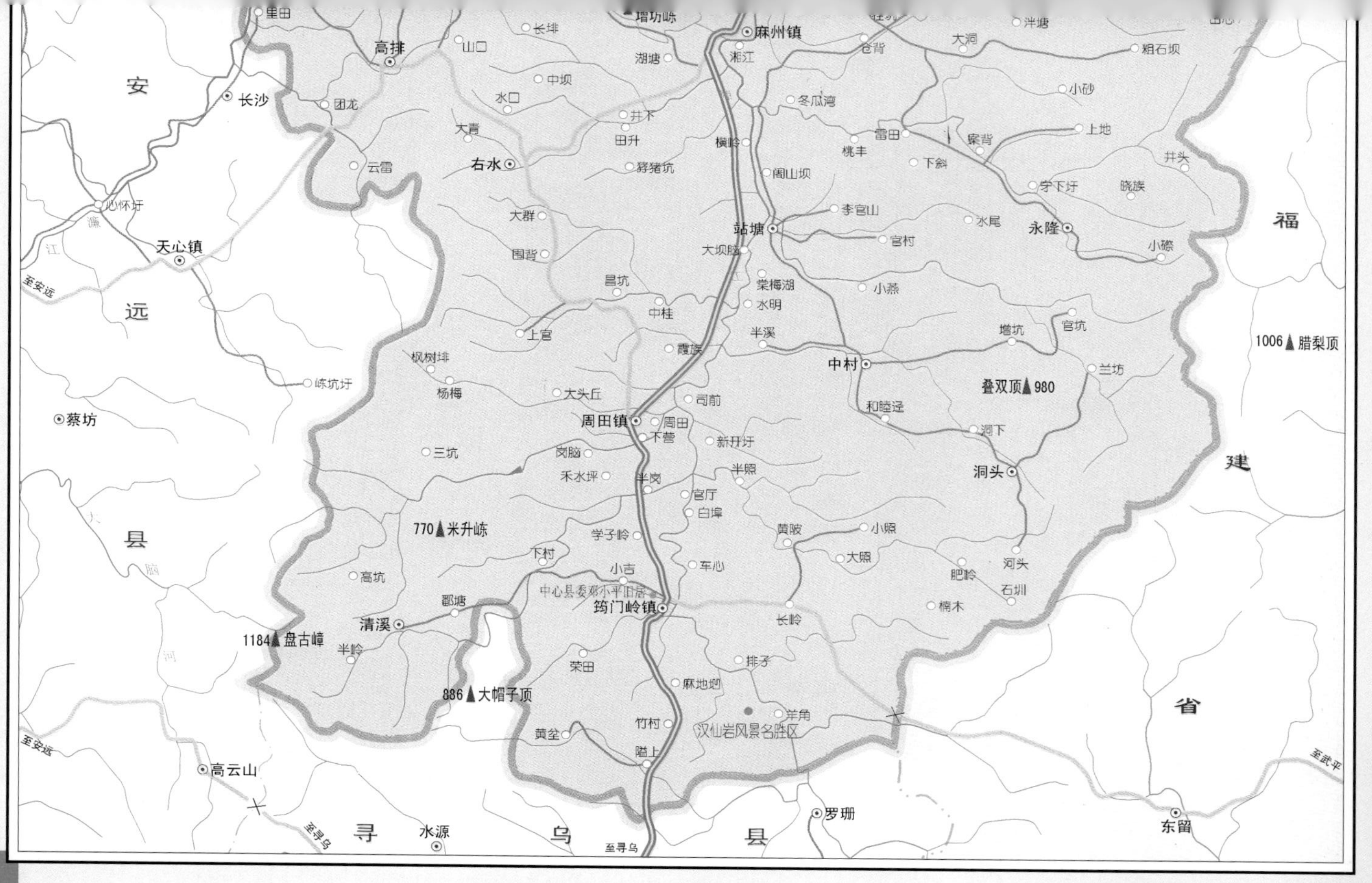

福建省
1006▲腊梨顶
安远县
寻乌县
麻州镇
高排
长沙
天心镇
右水
站塘
永隆
中村
叠双顶▲980
周田镇
洞头
770▲米升岭
筠门岭镇
清溪
1184▲盘古嶂
886▲大帽子顶
汉仙岩风景名胜区
中心县委邓小平旧居
高云山
水源
罗珊
东留
蔡坊
至安远
至寻乌
至武平

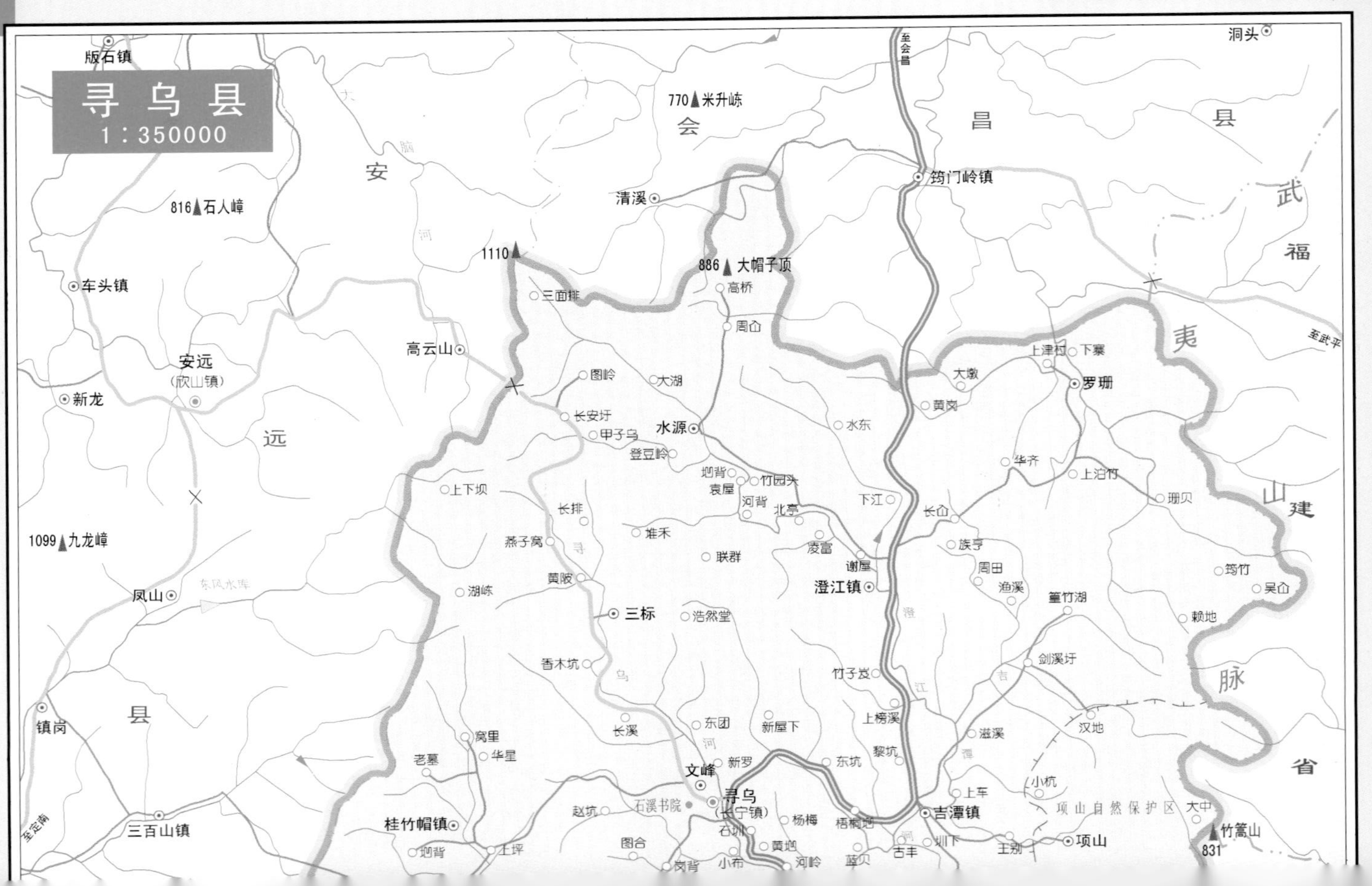
寻乌县
1:350000
福建省
武夷山脉
武平县
会昌县
安远县
至武平
至会昌
洞头
筠门岭镇
罗珊
下寨
上津村
上泊竹
珊贝
吴仓
筠竹
赖地
大中
831 竹篙山
项山
项山自然保护区
汉地
剑溪圩
篁竹湖
小杭
滋溪
上车
吉潭镇
圳下
古丰
王劲
长岭
华齐
大墩
黄岗
水东
下江
长位
族亭
周田
油溪
谢屋
澄江镇
凌富
上崂溪
竹子岌
黎坑
东坑
梧桐岗
杨梅
蓝贝
河岭
黄坳
新屋下
北亭
竹园头
河背
联群
浩然堂
寻乌
(长宁镇)
新罗
东团
文峰
石排
小布
石溪书院
岗背
图合
三标
长溪
赵坑
香木坑
黄陂
燕子窝
长排
准禾
登豆岭
水源
袁屋
坳背
甲子乌
长安圩
图岭
大湖
周屯
高桥
886 大帽子顶
770 米升峡
清溪
三面排
1110
高云山
上下坝
湖峡
窝里
华星
上坪
老墓
桂竹帽镇
坳背
816 石人嶂
安远
(欣山镇)
版石镇
车头镇
新龙
1099 九龙嶂
凤山
东风水库
三百山镇
镇岗
至定南

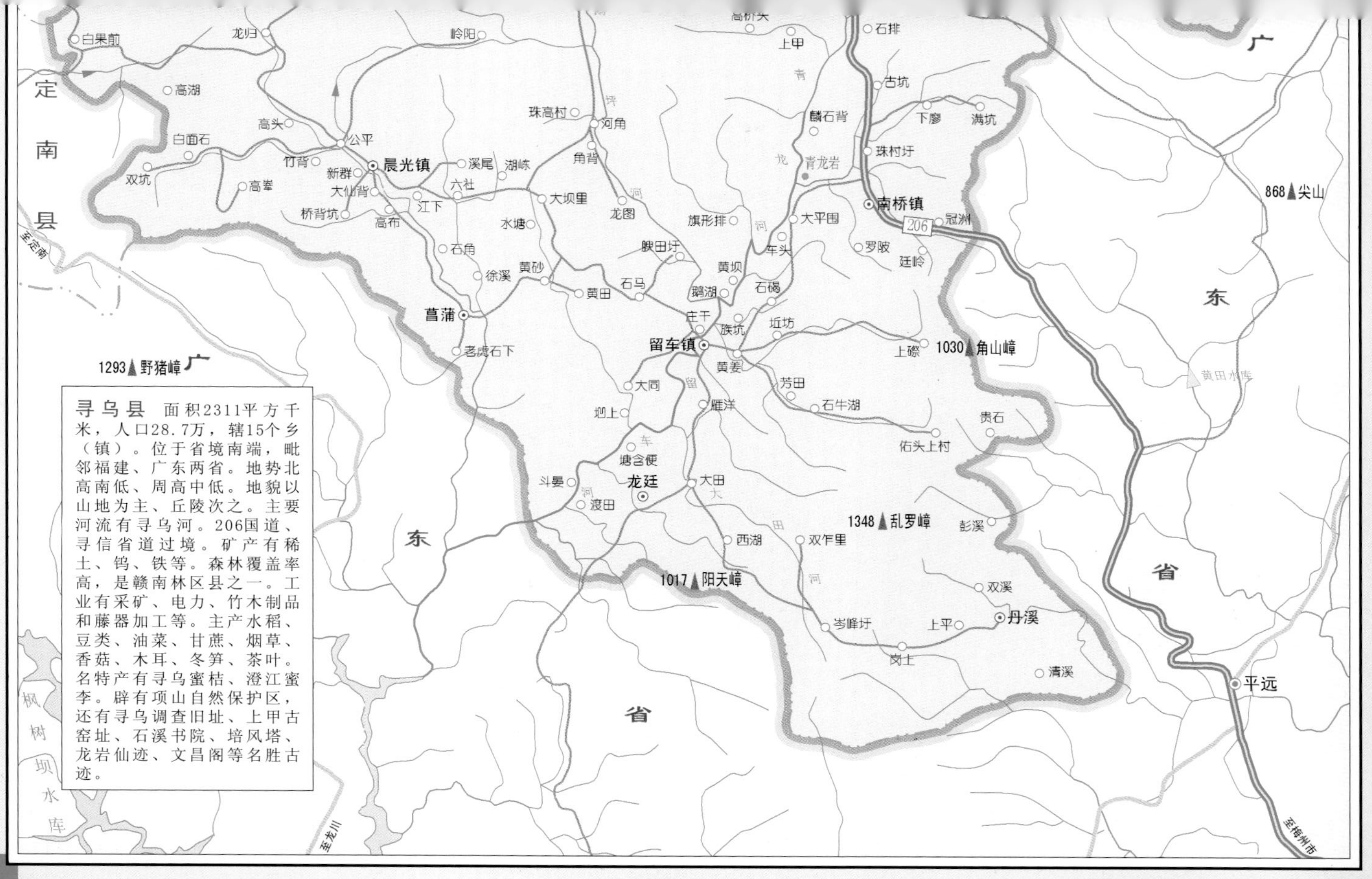

寻乌县 面积2311平方千米，人口28.7万，辖15个乡（镇）。位于省境南端，毗邻福建、广东两省。地势北高南低、周高中低。地貌以山地为主、丘陵次之。主要河流有寻乌河。206国道、寻信省道过境。矿产有稀土、钨、铁等。森林覆盖率高，是赣南林区县之一。工业有采矿、电力、竹木制品和藤器加工等。主产水稻、豆类、油菜、甘蔗、烟草、香菇、木耳、冬笋、茶叶。名特产有寻乌蜜桔、澄江蜜李。辟有项山自然保护区，还有寻乌调查旧址、上甲古窑址、石溪书院、培风塔、龙岩仙迹、文昌阁等名胜古迹。

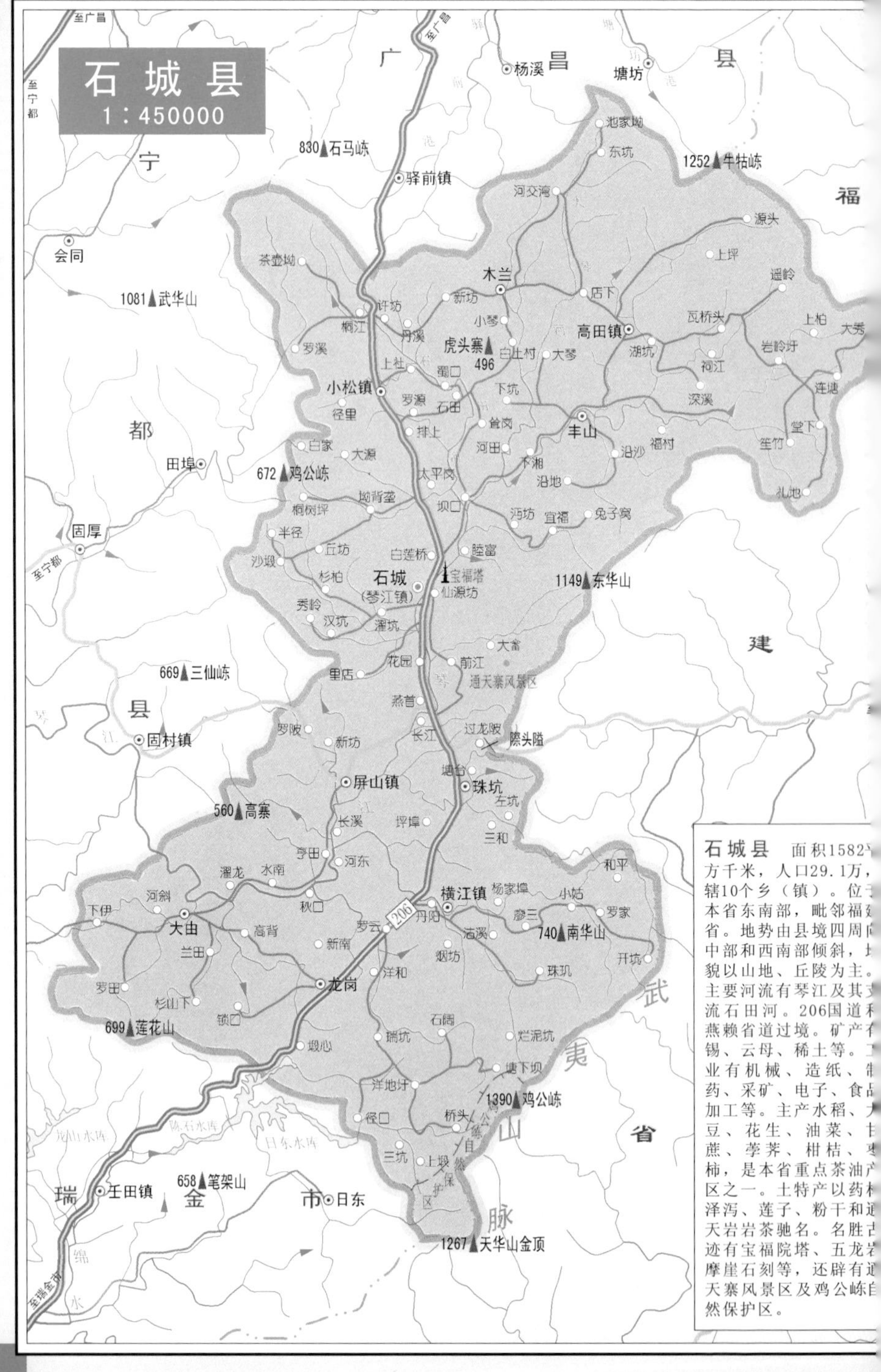
石城县
1：450000
石城县 面积1582
方千米，人口29.1万，
辖10个乡（镇）。位
本省东南部，毗邻福
省。地势由县境四周
中部和西南部倾斜，
貌以山地、丘陵为主。
主要河流有琴江及其
流石田河。206国道
燕赖省道过境。矿产
锡、云母、稀土等。
业有机械、造纸、
药、采矿、电子、食
加工等。主产水稻、
豆、花生、油菜、
蔗、荸荠、柑桔、
柿，是本省重点茶油
区之一。土特产以药
泽泻、莲子、粉干和
天岩岩茶驰名。名胜
迹有宝福院塔、五龙
摩崖石刻等，还辟有
天寨风景区及鸡公崃
然保护区。
广昌县
宁都县
瑞金市
福建省
武夷山脉
石城
(琴江镇)
木兰
高田镇
丰山
小松镇
屏山镇
珠坑
横江镇
大由
龙岗
驿前镇
杨溪
塘坊
会同
田埠
固厚
固村镇
壬田镇
日东
830石马崃
1252牛牯崃
1081武华山
496
虎头寨
672鸡公崃
1149东华山
669三仙崃
560高寨
740南华山
699莲花山
1390鸡公崃
658笔架山
1267天华山金顶
宝福塔
通天寨风景区
鸡公崃自然保护区
206
至广昌
至宁都
至瑞金市
龙山水库
陈石水库
日东水库

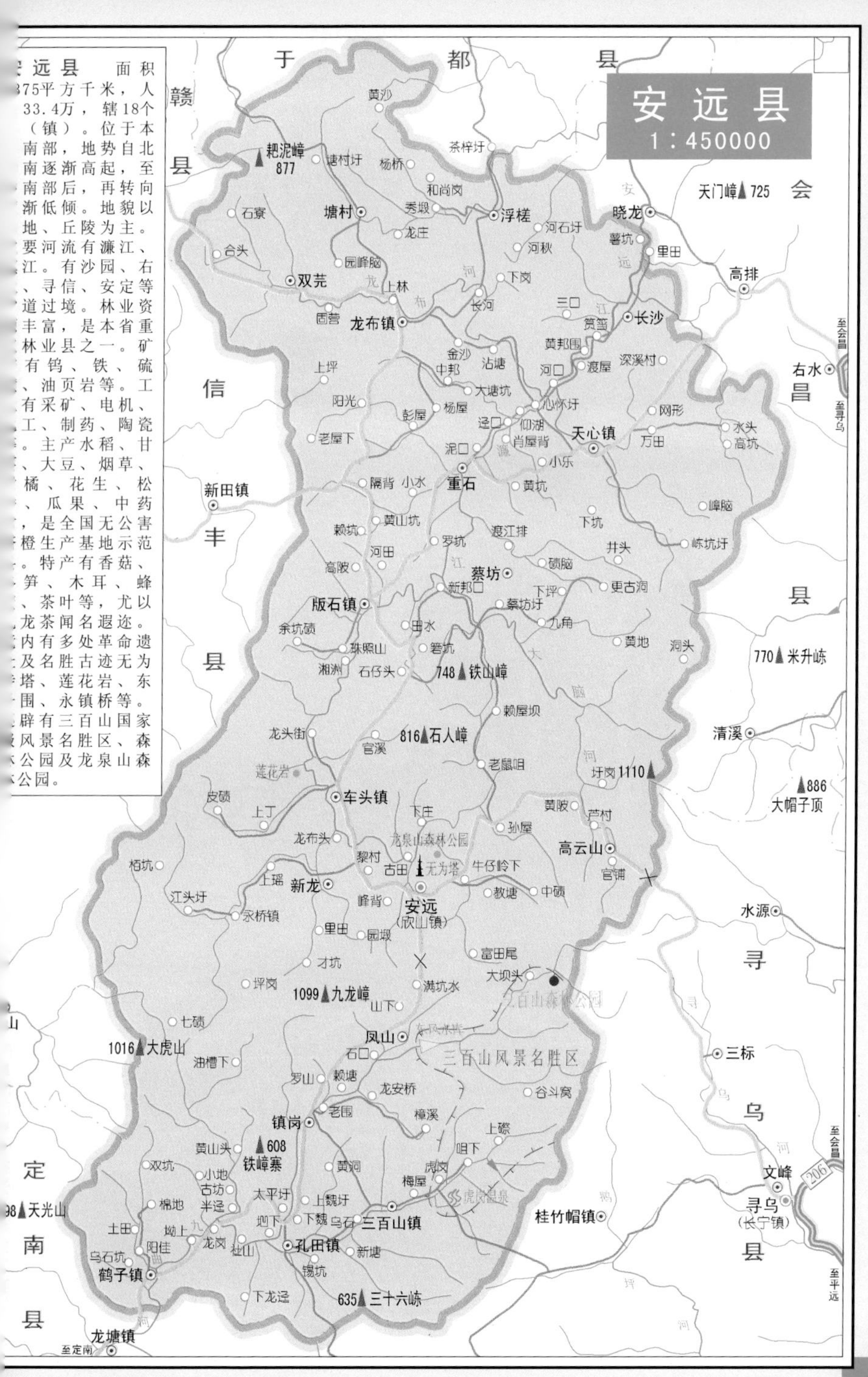
安远县
1：450000
远县　面积
375平方千米，人
33.4万，辖18个
（镇）。位于本
南部，地势自北
南逐渐高起，至
南部后，再转向
渐低倾。地貌以
地、丘陵为主。
要河流有濂江、
江。有沙园、右
、寻信、安定等
道过境。林业资
丰富，是本省重
林业县之一。矿
有钨、铁、硫
、油页岩等。工
有采矿、电机、
工、制药、陶瓷
。主产水稻、甘
、大豆、烟草、
橘、花生、松
、瓜果、中药
，是全国无公害
橙生产基地示范
。特产有香菇、
笋、木耳、蜂
、茶叶等，尤以
龙茶闻名遐迩。
内有多处革命遗
及名胜古迹无为
塔、莲花岩、东
围、永镇桥等。
辟有三百山国家
风景名胜区、森
公园及龙泉山森
公园。
于　都　县
赣
县
会
昌
县
信
丰
县
寻
乌
县
定
南
县
黄沙
茶梓圩
耙泥嶂
877
塘村圩
杨桥
和尚岗
天门嶂 725
石寮
塘村
秀垠
浮槎
晓龙
薯坑
龙庄
河石圩
河秋
里田
合头
园峰脑
双芫
上林
下岗
高排
长河
三口
固营
龙布镇
赏笪
长沙
金沙
黄邦围
中邦
沾塘
河口
渡屋
深溪村
上坪
右水
阳光
大塘坑
心怀圩
杨屋
彭屋
仰湖
网形
迳口
老屋下
肖屋背
天心镇
水头
万田
高坑
泥口
小乐
隔背
小水
重石
黄坑
新田镇
嶂脑
赖坑
黄山坑
下坑
罗坑
渡江排
井头
崃坑圩
河田
高陂
碛脑
蔡坊
新邦口
下坪
更古洞
版石镇
蔡坊圩
九角
余坑碛
田水
黄地
洞头
珠照山
碧坑
湘洲
石仔头
748 铁山嶂
770 米升崃
赖屋坝
龙头街
816 石人嶂
清溪
官溪
老鼠咀
莲花岩
圩岗
1110
886
大帽子顶
皮碛
车头镇
上丁
下庄
黄陂
芦村
龙布头
龙泉山森林公园
孙屋
高云山
黎村
栢坑
古田
无为塔
牛仔岭下
官铺
上瑶
新龙
江头圩
教塘
中碛
水源
峰背
永桥镇
安远
（欣山镇）
里田
园垠
富田尾
才坑
大坝头
坪岗
满坑水
1099 九龙嶂
三百山森林公园
山下
七碛
凤山
东风水库
1016 大虎山
石口
三百山风景名胜区
三标
油槽下
罗山
赖塘
龙安桥
谷斗窝
老围
镇岗
樟溪
上磜
黄山头
608
铁嶂寨
咀下
双坑
小地
黄洞
虎岗
古坊
太平圩
梅屋
文峰
棉地
半迳
上魏圩
虎岗温泉
桂竹帽镇
寻乌
（长宁镇）
天光山
坳上
迴下
下魏
乌石
三百山镇
土田
龙岗
阳佳
乌石坑
社山
孔田镇
新塘
鹤子镇
锡坑
下龙迳
635 三十六崃
龙塘镇
至定南
至会昌
至寻乌
至平远
206

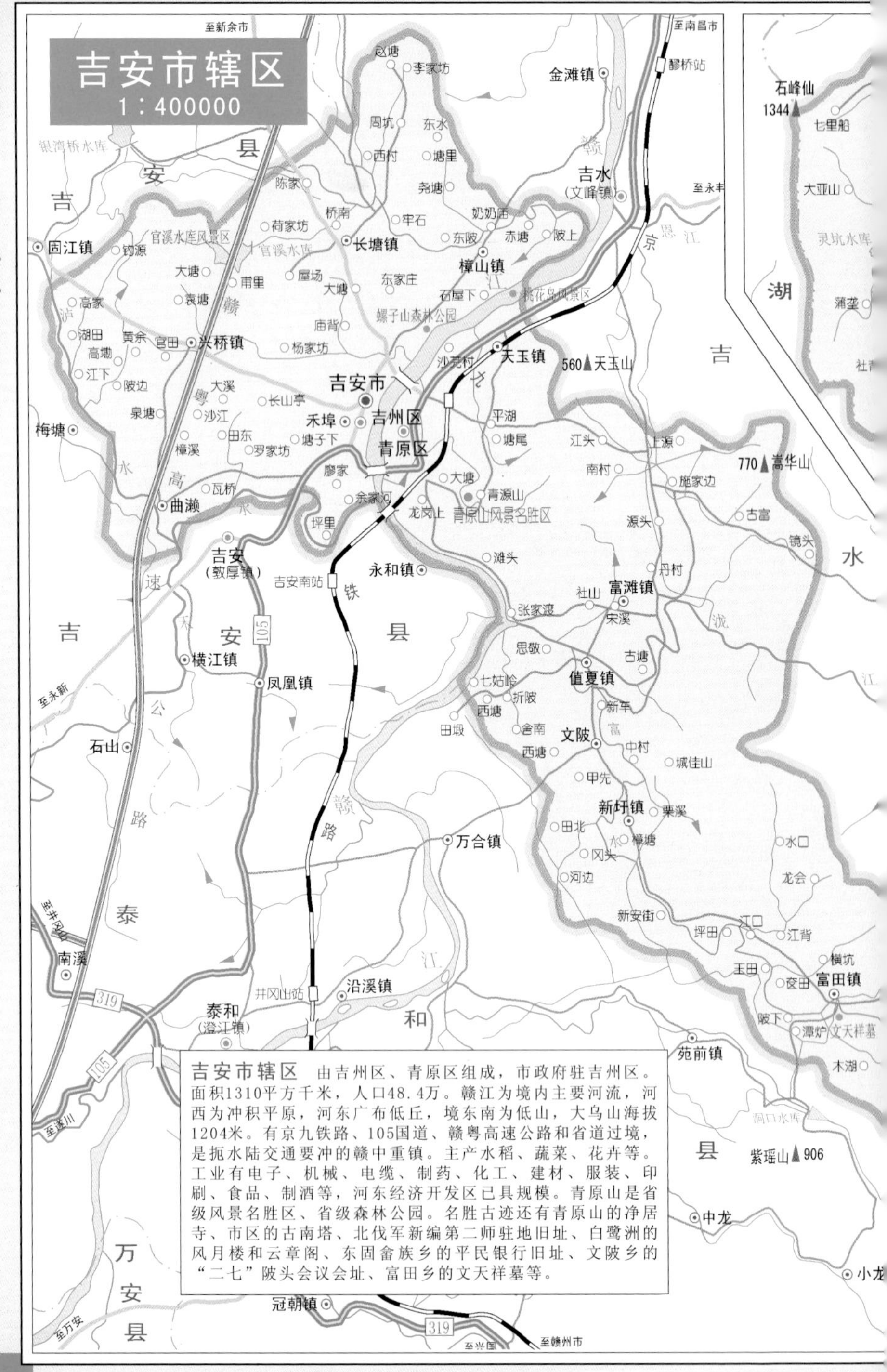

吉安市辖区 由吉州区、青原区组成，市政府驻吉州区。面积1310平方千米，人口48.4万。赣江为境内主要河流，河西为冲积平原，河东广布低丘，境东南为低山，大乌山海拔1204米。有京九铁路、105国道、赣粤高速公路和省道过境，是扼水陆交通要冲的赣中重镇。主产水稻、蔬菜、花卉等。工业有电子、机械、电缆、制药、化工、建材、服装、印刷、食品、制酒等，河东经济开发区已具规模。青原山是省级风景名胜区、省级森林公园。名胜古迹还有青原山的净居寺、市区的古南塔、北伐军新编第二师驻地旧址、白鹭洲的风月楼和云章阁、东固畲族乡的平民银行旧址、文陂乡的“二七”陂头会议会址、富田乡的文天祥墓等。

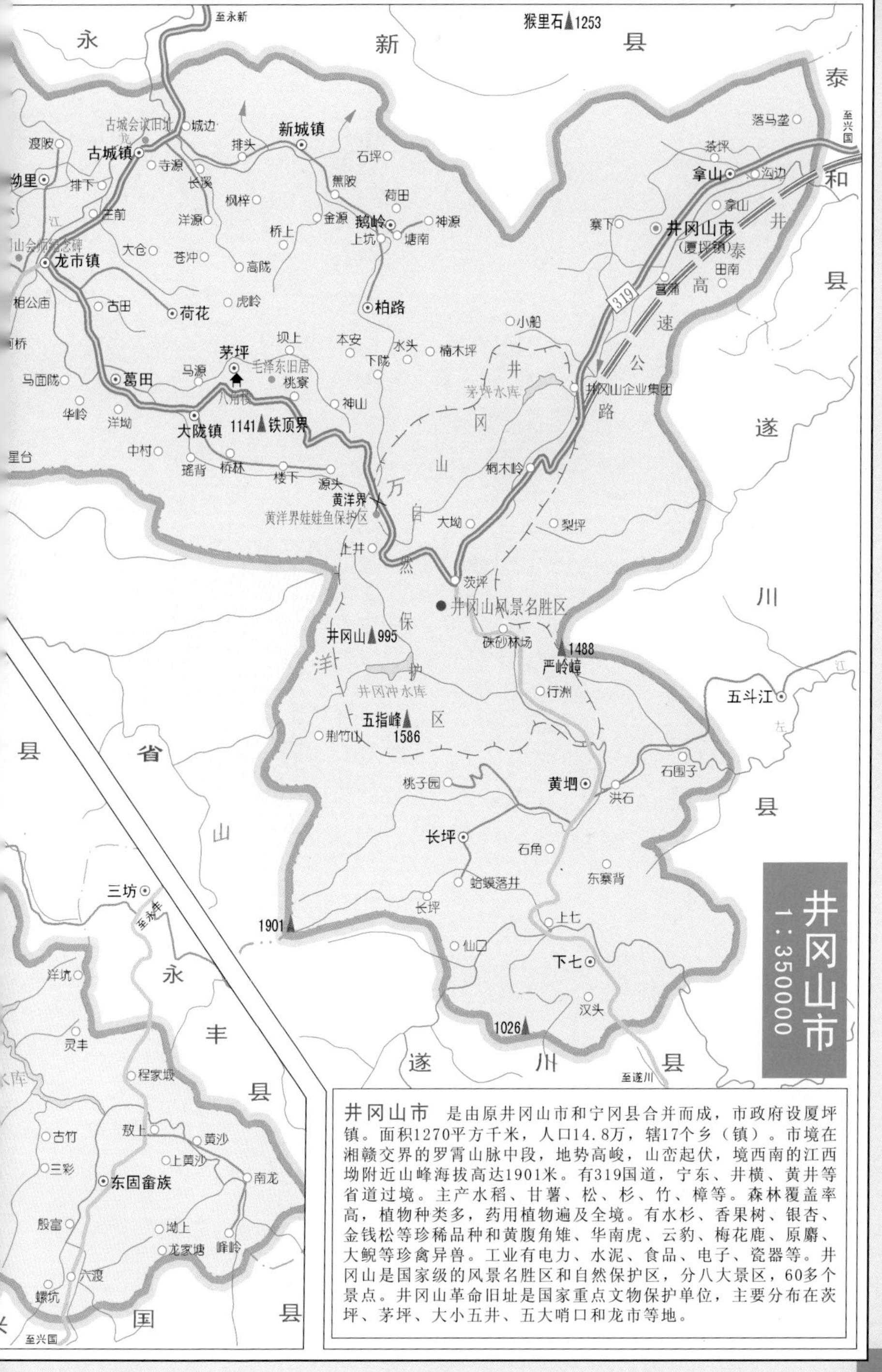

井冈山市 是由原井冈山市和宁冈县合并而成，市政府设厦坪镇。面积1270平方千米，人口14.8万，辖17个乡（镇）。市境在湘赣交界的罗霄山脉中段，地势高峻，山峦起伏，境西南的江西坳附近山峰海拔高达1901米。有319国道，宁东、井横、黄井等省道过境。主产水稻、甘薯、松、杉、竹、樟等。森林覆盖率高，植物种类多，药用植物遍及全境。有水杉、香果树、银杏、金钱松等珍稀品种和黄腹角雉、华南虎、云豹、梅花鹿、原麝、大鲵等珍禽异兽。工业有电力、水泥、食品、电子、瓷器等。井冈山是国家级的风景名胜区和自然保护区，分八大景区，60多个景点。井冈山革命旧址是国家重点文物保护单位，主要分布在茨坪、茅坪、大小五井、五大哨口和龙市等地。

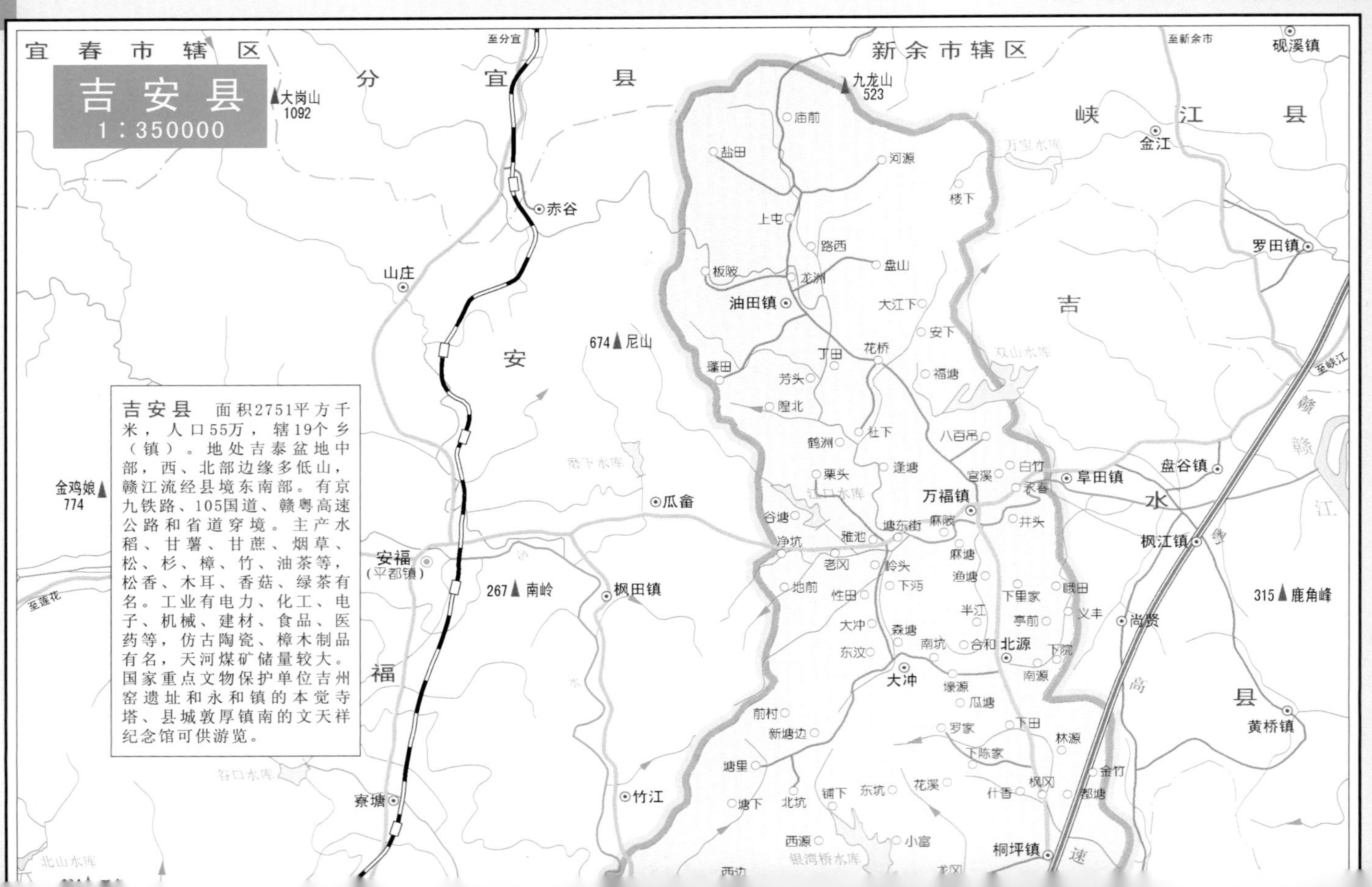

吉安县 面积2751平方千米，人口55万，辖19个乡（镇）。地处吉泰盆地中部，西、北部边缘多低山，赣江流经县境东南部。有京九铁路、105国道、赣粤高速公路和省道穿境。主产水稻、甘薯、甘蔗、烟草、松、杉、樟、竹、油茶等，松香、木耳、香菇、绿茶有名。工业有电力、化工、电子、机械、建材、食品、医药等，仿古陶瓷、樟木制品有名，天河煤矿储量较大。国家重点文物保护单位吉州窑遗址和永和镇的本觉寺塔、县城敦厚镇南的文天祥纪念馆可供游览。

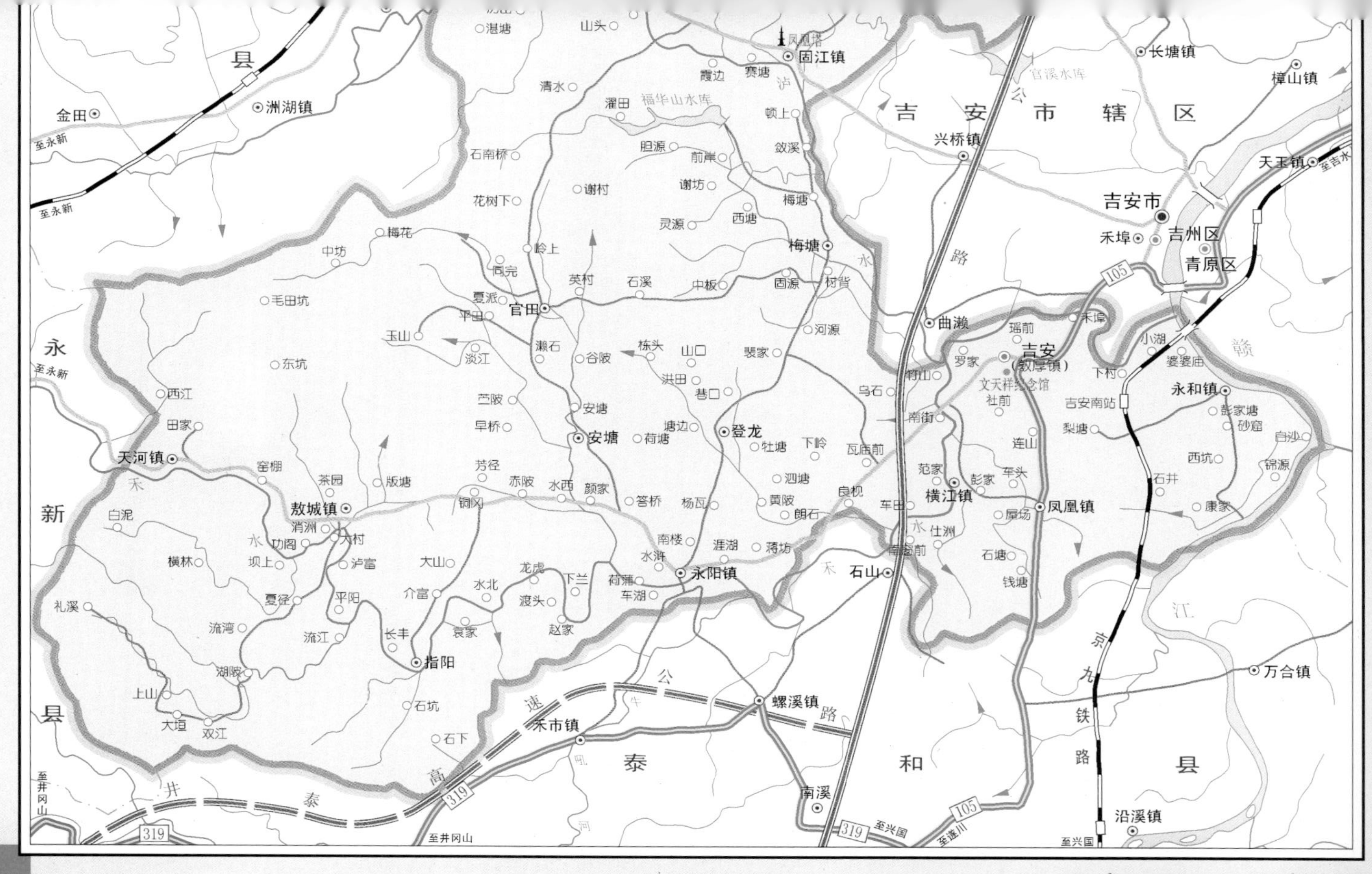
吉安市辖区
吉安市
吉州区
青原区
禾埠
长塘镇
樟山镇
天玉镇
至吉水
兴桥镇
官溪水库
固江镇
凤凰塔
曲濑
吉安
(敦厚镇)
文天祥纪念馆
禾埠
瑶前
罗家
竹山
南街
社前
吉安南站
下村
小湖
婆婆庙
永和镇
彭家塘
砂窟
自沙
锦源
西坑
梨塘
连山
车头
彭家
范家
横江镇
凤凰镇
屋场
石井
康家
车田
仕洲
石塘
钱塘
石山
良枧
瓦屋前
乌石
河源
裴家
登龙
牡塘
下岭
泗塘
黄陂
朗石
杨瓦
涯湖
蒋坊
南楼
永阳镇
水浒
荷蒲
车湖
下兰
龙虎
渡头
赵家
水北
袁家
介富
大山
指阳
长丰
石坑
石下
禾市镇
螺溪镇
南溪
泰
和
县
万合镇
沿溪镇
京九铁路
赣江
梅塘
村背
固源
中板
石溪
英村
岭上
官田
夏派
同完
平田
瀬石
谷陂
栋头
山口
洪田
巷口
塘边
荷塘
安塘
安塘
芭陂
早桥
芳径
赤陂
水西
颜家
答桥
铜冈
版塘
茶园
窑棚
敖城镇
消洲
大村
功阁
坝上
泸富
平阳
夏径
流江
流湾
湖陂
上山
大垣
双江
礼溪
横林
白泥
天河镇
田家
西江
东坑
玉山
淡江
毛田坑
中坊
梅花
花树下
谢村
石南桥
灌田
福华山水库
胆源
前岸
谢坊
灵源
西塘
梅塘
敛溪
顿上
赛塘
霞边
清水
山头
湛塘
洲湖镇
金田
至永新
永
新
县
井冈山
至井冈山
至兴国
至遂川
105
319
高速公路

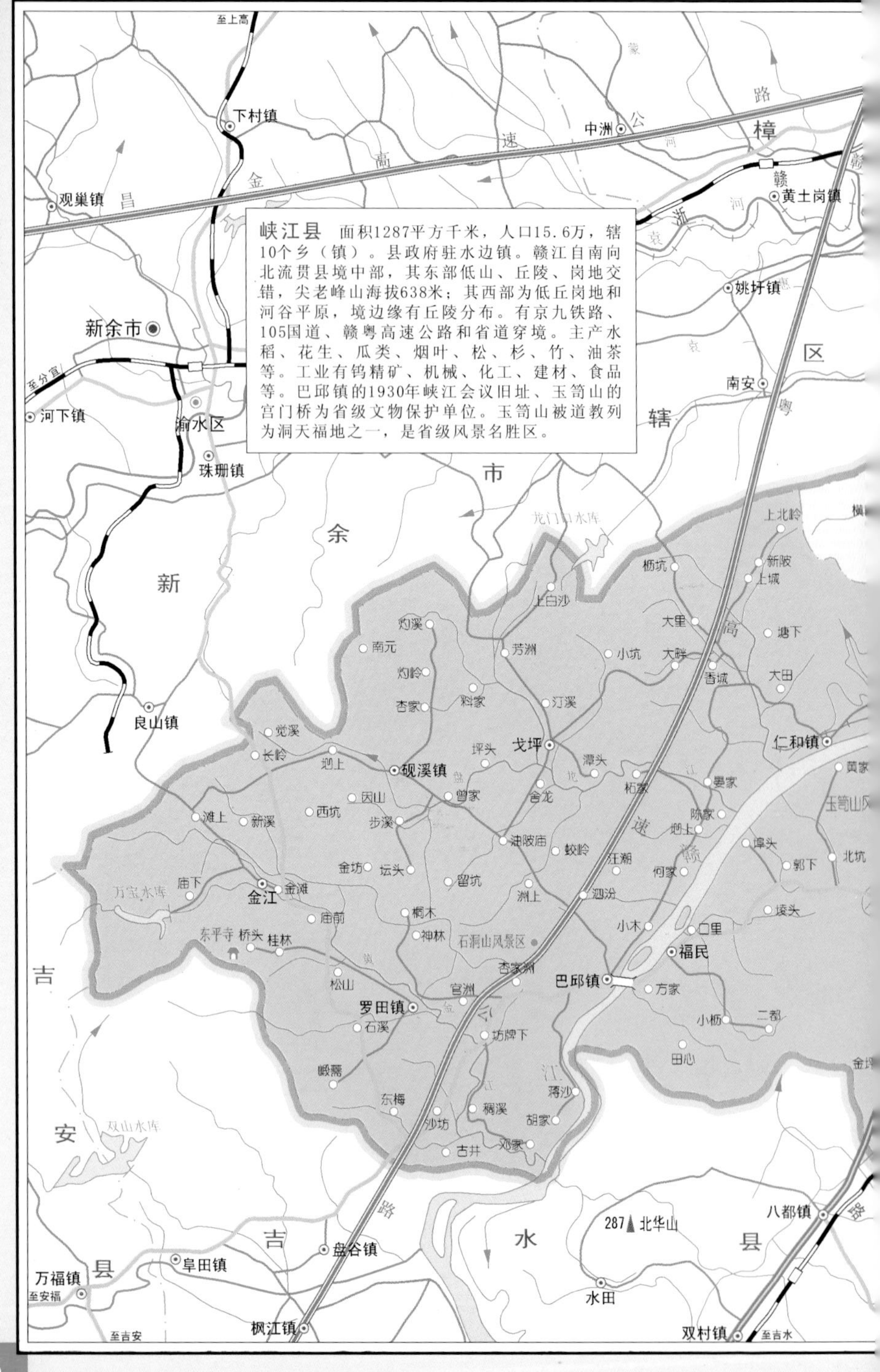
峡江县 面积1287平方千米，人口15.6万，辖10个乡（镇）。县政府驻水边镇。赣江自南向北流贯县境中部，其东部低山、丘陵、岗地交错，尖老峰山海拔638米；其西部为低丘岗地和河谷平原，境边缘有丘陵分布。有京九铁路、105国道、赣粤高速公路和省道穿境。主产水稻、花生、瓜类、烟叶、松、杉、竹、油茶等。工业有钨精矿、机械、化工、建材、食品等。巴邱镇的1930年峡江会议旧址、玉笥山的宫门桥为省级文物保护单位。玉笥山被道教列为洞天福地之一，是省级风景名胜区。
至上高
下村镇
中洲
黄土岗镇
观巢镇
姚圩镇
新余市
至分宜
河下镇
渝水区
珠珊镇
南安
新余市辖区
樟
昌金高速公路
沪昆
良山镇
龙门口水库
上北岭
新陂
上城
栎坑
上白沙
灼溪
南元
芳洲
小坑
大里
塘下
大畔
香城
大田
灼岭
料家
杏家
汀溪
觉溪
长岭
坳上
砚溪镇
坪头
戈坪
潭头
仁和镇
黄家
栢家
晏家
曾家
舍龙
因山
西坑
滩上
新溪
步溪
陈家
坳上
玉笥山风
油陂庙
蛟岭
汪潮
埠头
北坑
金坊
坛头
留坑
何家
郭下
庙下
万宝水库
金江
金滩
洲上
泗汾
桐木
庙前
小木
陂头
口里
东平寺
桥头
桂林
神林
石洞山风景区
福民
杏家洲
吉
松山
巴邱镇
方家
官洲
罗田镇
石溪
坊牌下
小枥
二都
田心
嘏薷
东梅
蒋沙
稠溪
胡家
沙坊
邓家
古井
安
双山水库
287 北华山
八都镇
吉
水
县
盘谷镇
阜田镇
县
万福镇
至安福
水田
至吉安
枫江镇
双村镇
至吉水

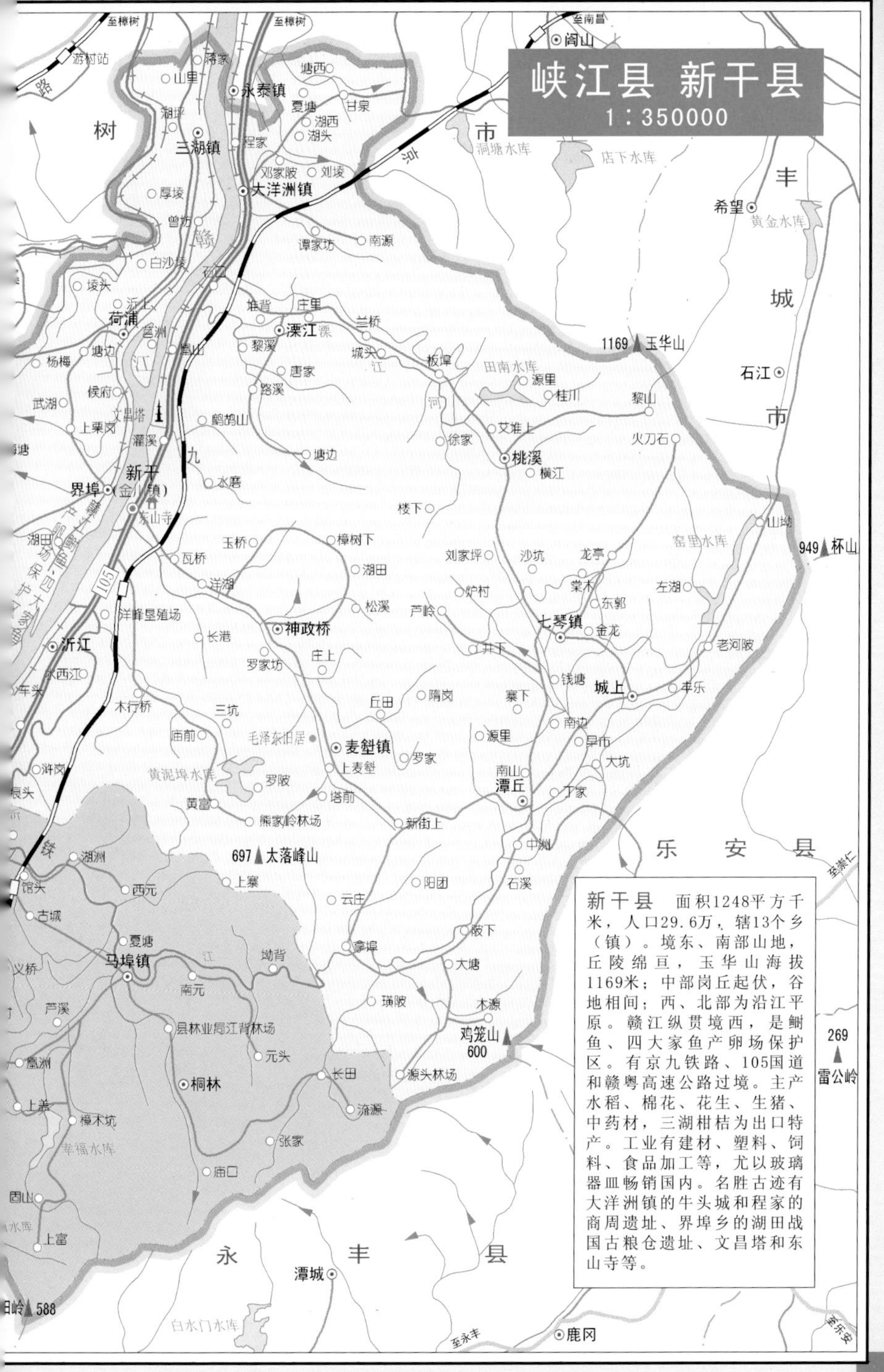

峡江县 新干县
1：350000
新干县 面积1248平方千米，人口29.6万，辖13个乡（镇）。境东、南部山地，丘陵绵亘，玉华山海拔1169米；中部岗丘起伏，谷地相间；西、北部为沿江平原。赣江纵贯境西，是鲥鱼、四大家鱼产卵场保护区。有京九铁路、105国道和赣粤高速公路过境。主产水稻、棉花、花生、生猪、中药材，三湖柑桔为出口特产。工业有建材、塑料、饲料、食品加工等，尤以玻璃器皿畅销国内。名胜古迹有大洋洲镇的牛头城和程家的商周遗址、界埠乡的湖田战国古粮仓遗址、文昌塔和东山寺等。
至樟树
至南昌
阁山
游村站
蒋家
塘西
山里
永泰镇
夏塘
甘泉
湖坪
湖西
湖头
三湖镇
程家
洞塘水库
店下水库
邓家陂
刘陂
丰
大洋洲镇
厚陂
希望
黄金水库
曾坊
谭家坊
南源
白沙陂
石口
陂头
沂上
堆背
庄里
城
荷浦
营洲
溧江
兰桥
杨梅
塘边
黎溪
城头
凰山
唐家
板埠
1169 玉华山
田南水库
源里
石江
候府
路溪
桂川
武湖
文昌塔
黎山
市
上栗冈
鹧鸪山
艾堆上
徐家
火刀石
灌溪
塘边
桃溪
新干
横江
界埠
（金川镇）
水磨
东山寺
楼下
山坳
湖田
窑里水库
949 杯山
玉桥
樟树下
刘家坪
沙坑
龙亭
瓦桥
湖田
棠木
炉村
洋湖
左湖
东郭
松溪
芦岭
洋峰垦殖场
七琴镇
沂江
神政桥
金龙
长港
老河陂
庄上
井下
罗家坊
水西江
钱塘
城上
丰乐
车头
木行桥
隋岗
寨下
三坑
丘田
南边
庙前
毛泽东旧居
源里
麦斜镇
早市
罗家
大坑
上麦斜
南山
黄泥埠水库
罗陂
潭丘
丁家
塔前
黄富
熊家岭林场
新街上
中洲
乐 安 县
697 太落峰山
湖洲
至崇仁
上寨
石溪
馆头
西元
阳团
云庄
古城
陂下
夏塘
拿埠
马埠镇
坳背
大塘
义桥
南元
芦溪
璜陂
木源
县林业局江背林场
鸡笼山
600
269
雷公岭
元头
凰洲
长田
源头林场
桐林
上善
流源
樟木坑
幸福水库
张家
庙口
上富
永 丰 县
潭城
588
白水门水库
至永丰
鹿冈
至乐安

永丰县
1：400000
新干县
峡江县
崇仁县
乐安县
吉
京九铁路
105
至新干
至吉水
至崇仁
至丰城
八都镇
桐林
乌江镇
丁江镇
湖溪
乐安
（鳌溪镇）
增田镇
牛田镇
南村
万崇镇
湖坪
罗陂
招携镇
金竹畲族乡
600 鸡笼山
269 雷公岭
588 阳岭
394 神华山
542 西岭
500 仙姑山
1038 高龙山
幸福水库
太山水库
白水门水库
东元水库
永丰
（恩江镇）
潭城
沿陂镇
鹿冈
坑田镇
佐龙
七都
八江
古县镇
瑶田镇
上滩
秋田
城头
模源
南昌排
罗珠
农源
东排
浇源
水边
富山
村前
白珠
禾岭
枧田
吉江
高坑
炉下
水东圩
檀挡
江背村
贯前
涂家
巷口
寨下
洋坳
毛家
古陂
下袍
前村
坤塘
洄陂
强源
龙洲
枣树下
舍陂
江口
岭背
禹山
洲头
稜溪
睦江
捞塘
尺江
鸭田
青山
塘下
瓮路口
枧头
下标丰
罗家
报恩寺塔
白鹇洲
西塘
上坪
山目
仓下
白水
南塘
瑶上
麻田
松江
牛山
丰陂
洋洲
野溪
路田
庙下
车头
野源
香山
泽泉
五石
大浣
阆田
富裕
岭上
流源排
舍下
黄家
大山
蹄洲
曾家
王家源
杉木坑
罗铺垦殖场
营前
店背
枫树蔸
鳌头
客田
中源
高家
魏家
罗公市
江浍
长垄
石井
桥坑
山阳头
水东
茶口
龙洲
龙陂
珠溪
店下
继田
海源
罗坑
新源
增塘
叶坊
营下
塘边
王家边
岭下
都溪坝
水心
梁坊
五团
湖西
下梨
三湾
院下
岭南
恩
江

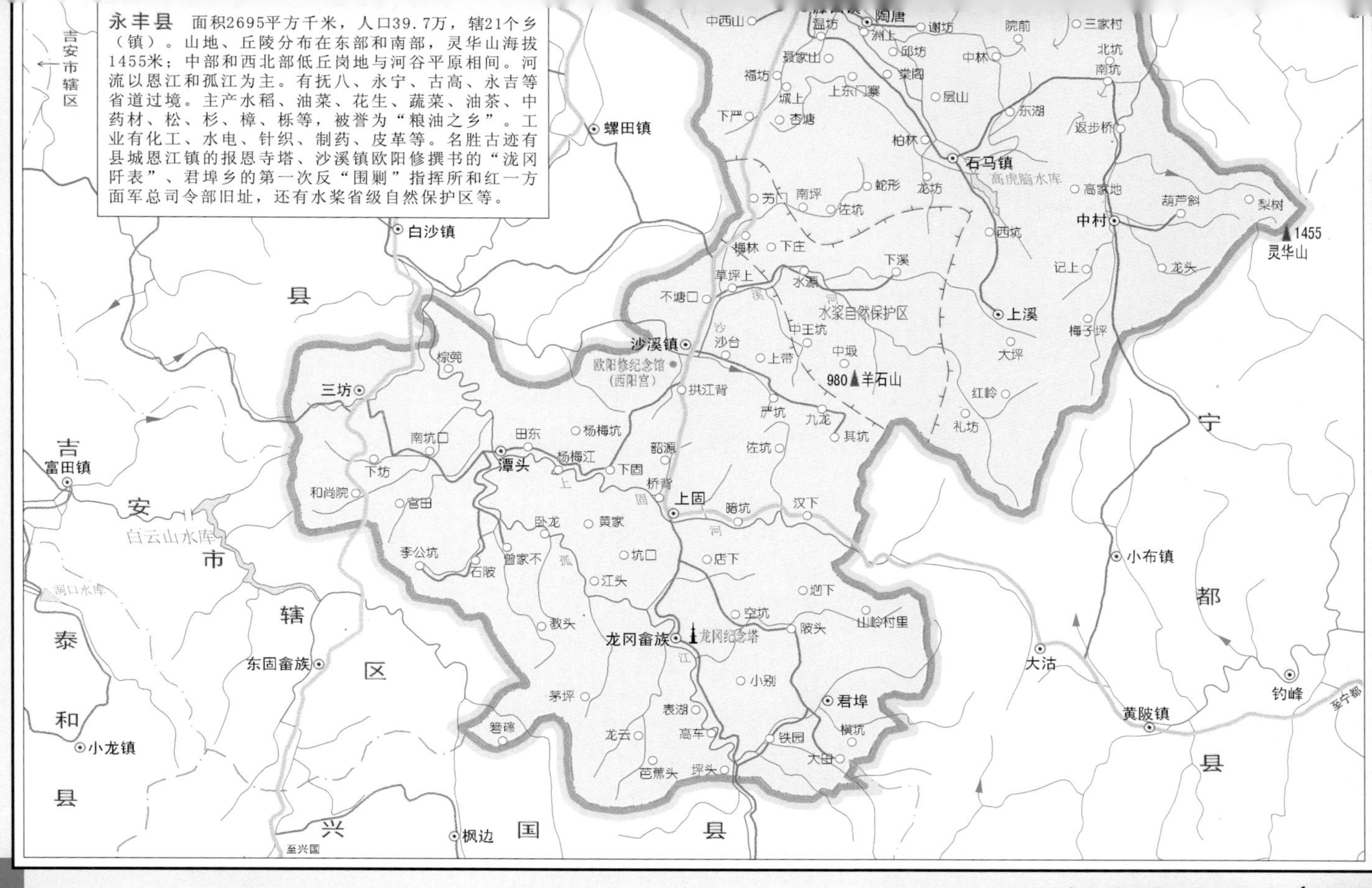

永丰县 面积2695平方千米，人口39.7万，辖21个乡（镇）。山地、丘陵分布在东部和南部，灵华山海拔1455米；中部和西北部低丘岗地与河谷平原相间。河流以恩江和孤江为主。有抚八、永宁、古高、永吉等省道过境。主产水稻、油菜、花生、蔬菜、油茶、中药材、松、杉、樟、栎等，被誉为“粮油之乡”。工业有化工、水电、针织、制药、皮革等。名胜古迹有县城恩江镇的报恩寺塔、沙溪镇欧阳修撰书的“泷冈阡表”、君埠乡的第一次反“围剿”指挥所和红一方面军总司令部旧址，还有水浆省级自然保护区等。

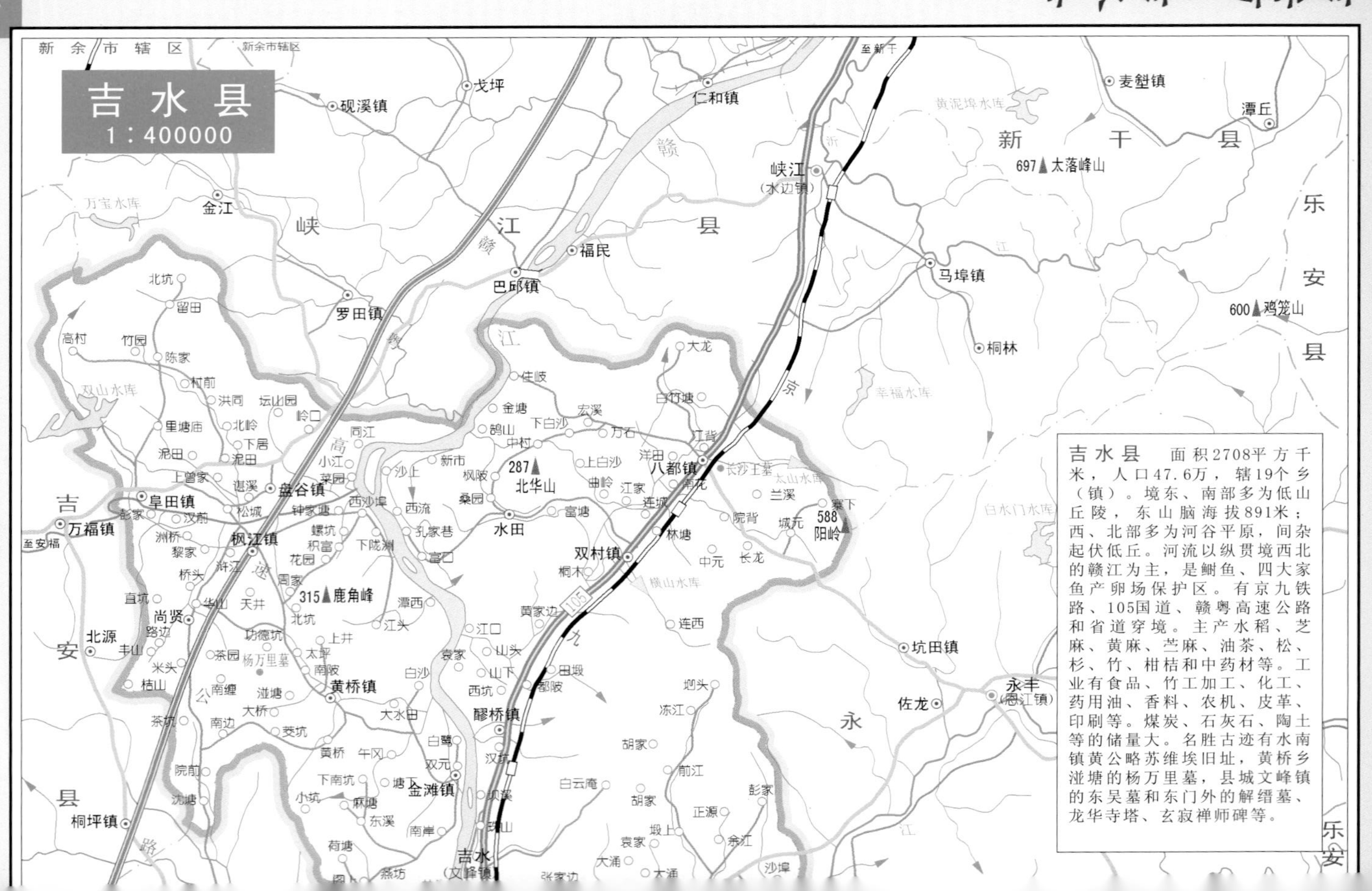

吉水县　面积2708平方千米，人口47.6万，辖19个乡（镇）。境东、南部多为低山丘陵，东山脑海拔891米；西、北部多为河谷平原，间杂起伏低丘。河流以纵贯境西北的赣江为主，是鲥鱼、四大家鱼产卵场保护区。有京九铁路、105国道、赣粤高速公路和省道穿境。主产水稻、芝麻、黄麻、苎麻、油茶、松、杉、竹、柑桔和中药材等。工业有食品、竹工加工、化工、药用油、香料、农机、皮革、印刷等。煤炭、石灰石、陶土等的储量大。名胜古迹有水南镇黄公略苏维埃旧址，黄桥乡湴塘的杨万里墓，县城文峰镇的东吴墓和东门外的解缙墓、龙华寺塔、玄寂禅师碑等。

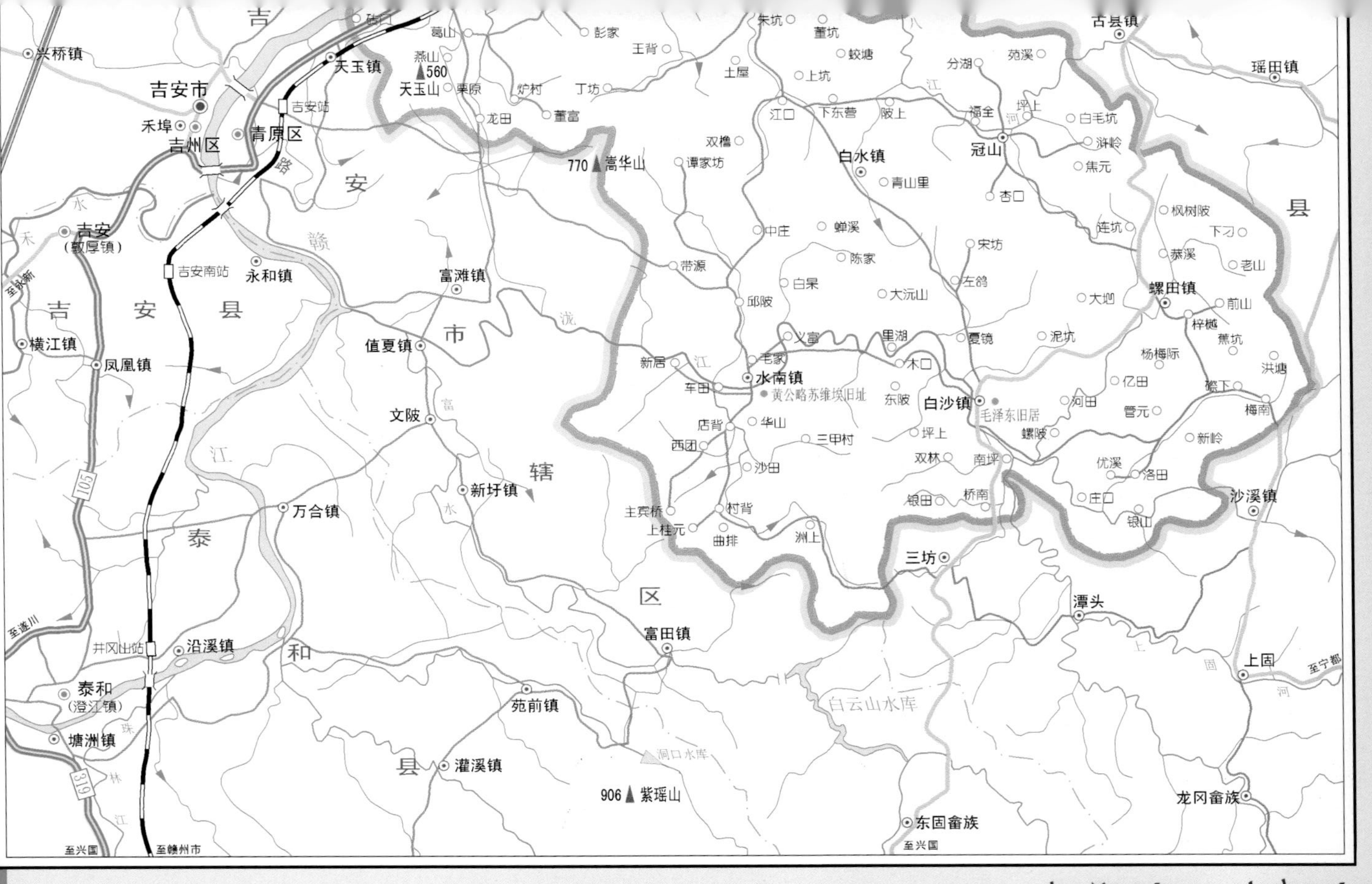

瑶田镇
古县镇
县
白毛坑
洪岭
焦元
冠山
杏口
福全
分湖
苑溪
坪上
白水镇
青山里
陂上
蛟塘
下东营
董坑
上坑
江口
朱坑
土屋
双樵
谭家坊
王背
彭家
丁坊
董富
炉村
龙田
栗原
葛山
燕山
560
天玉山
天王镇
770
高华山
枫树陂
下刁
老山
莱溪
螺田镇
前山
梓槭
蕉坑
洪塘
梅南
檐下
新岭
杨梅际
亿田
管元
大坝
泥坑
河田
螺陂
宋坊
左鹊
夏镜
大沅山
里湖
木口
白沙镇
毛泽东旧居
东陂
坪上
双林
南坪
桥南
银田
三坊
蝉溪
陈家
白果
义富
水南镇
黄公略苏维埃旧址
三甲村
中庄
邱陂
毛家
华山
沙田
洲上
村背
曲排
带源
车田
店背
西团
上佳元
主宾桥
新居
优溪
洛田
银山
庄口
沙溪镇
上固
龙冈畲族
至宁都
潭头
东固畲族
至兴国
白云山水库
富田镇
区
洞口水库
906
紫瑶山
苑前镇
灌溪镇
峡
新圩镇
富滩镇
市
值夏镜
文陂
安
万合镇
县
和
永和镇
泰
沿溪镇
吉安站
青原区
吉安市
吉州区
禾埠
吉安南站
吉安（敦厚镇）
凤凰镇
横江镇
吉
安
泰和（澄江镇）
塘洲镇
井冈山站
兴桥镇
105
319
至赣州市
至兴国
至遂川
至永新
赣
江

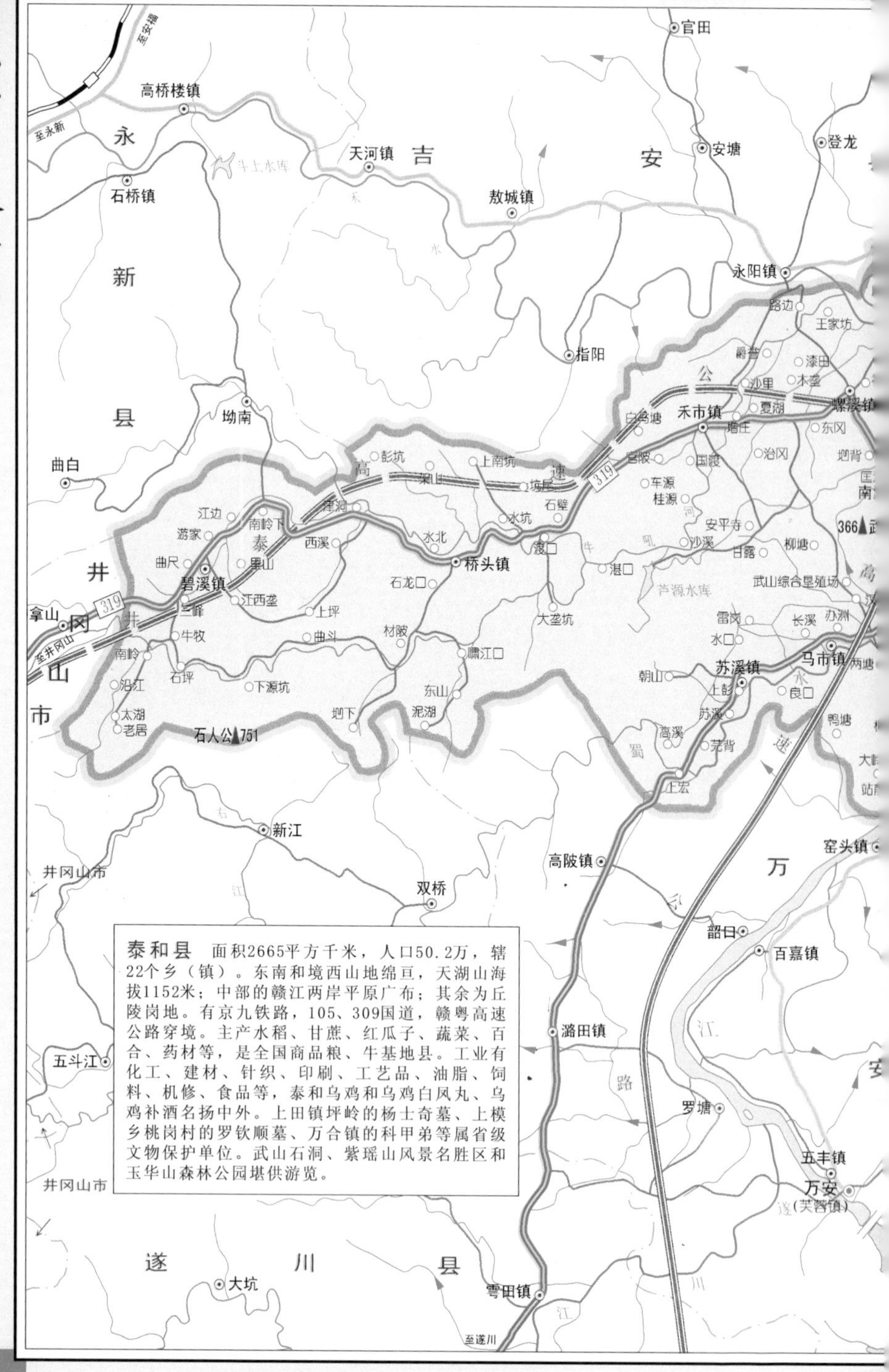

泰和县 面积2665平方千米，人口50.2万，辖22个乡（镇）。东南和境西山地绵亘，天湖山海拔1152米；中部的赣江两岸平原广布；其余为丘陵岗地。有京九铁路，105、309国道，赣粤高速公路穿境。主产水稻、甘蔗、红瓜子、蔬菜、百合、药材等，是全国商品粮、牛基地县。工业有化工、建材、针织、印刷、工艺品、油脂、饲料、机修、食品等，泰和乌鸡和乌鸡白凤丸、乌鸡补酒名扬中外。上田镇坪岭的杨士奇墓、上模乡桃岗村的罗钦顺墓、万合镇的科甲弟等属省级文物保护单位。武山石洞、紫瑶山风景名胜区和玉华山森林公园堪供游览。

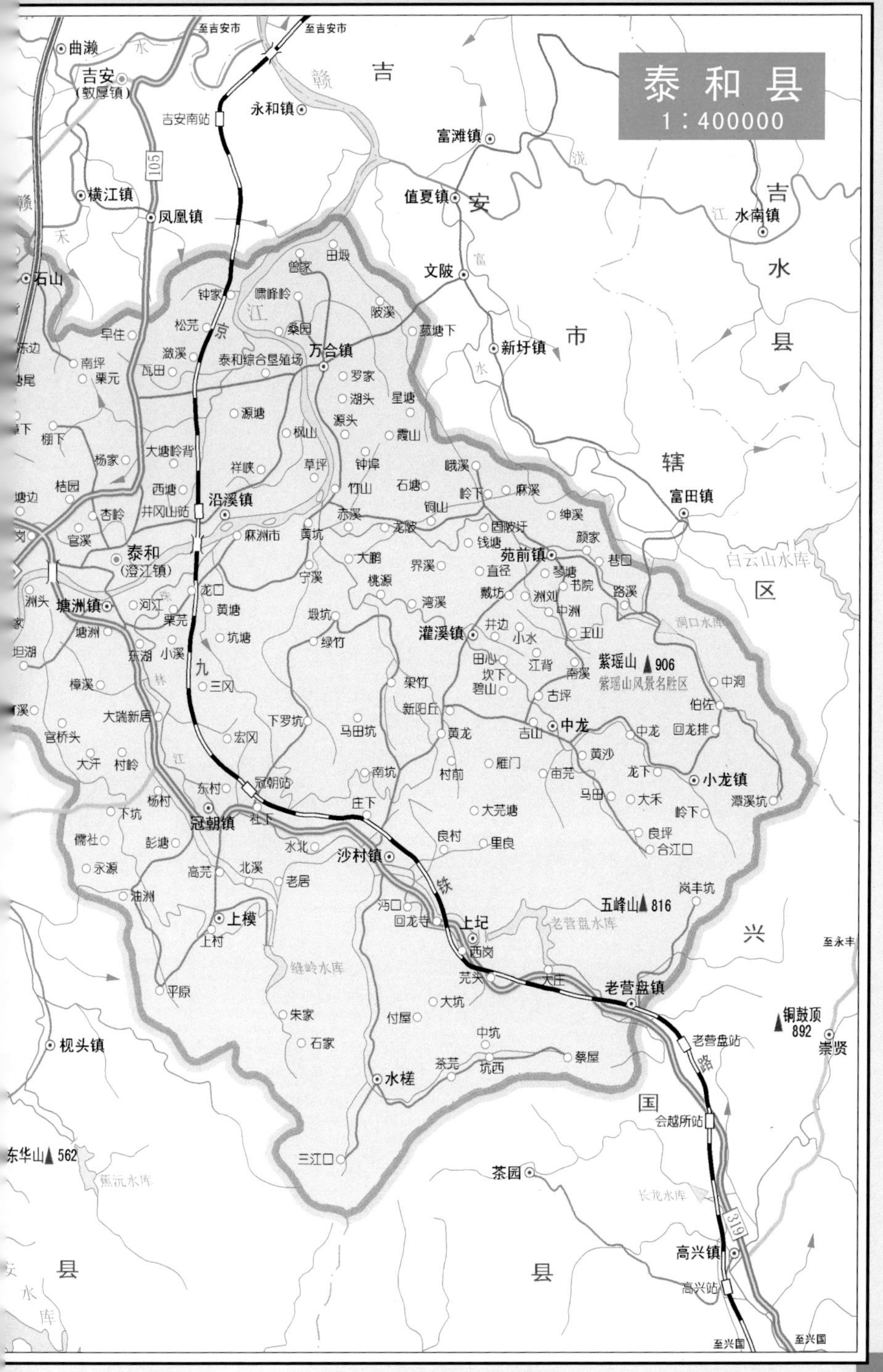
泰和县
1:400000
至吉安市
至吉安市
曲濑
吉安
(敦厚镇)
吉安南站
永和镇
富滩镇
值夏镇
横江镇
凤凰镇
文陂
水南镇
新圩镇
万合镇
沿溪镇
泰和
(澄江镇)
塘洲镇
苑前镇
富田镇
灌溪镇
紫瑶山 906
紫瑶山风景名胜区
中龙
小龙镇
冠朝镇
冠朝站
沙村镇
上模
上圯
五峰山 816
老营盘水库
老营盘镇
老营盘站
铜鼓顶 892
崇贤
枧头镇
水槎
会越所站
东华山 562
茶园
长龙水库
高兴镇
高兴站
至兴国
至兴国
至永丰
白云山水库
泰和综合垦殖场
105
319
京九铁路
国

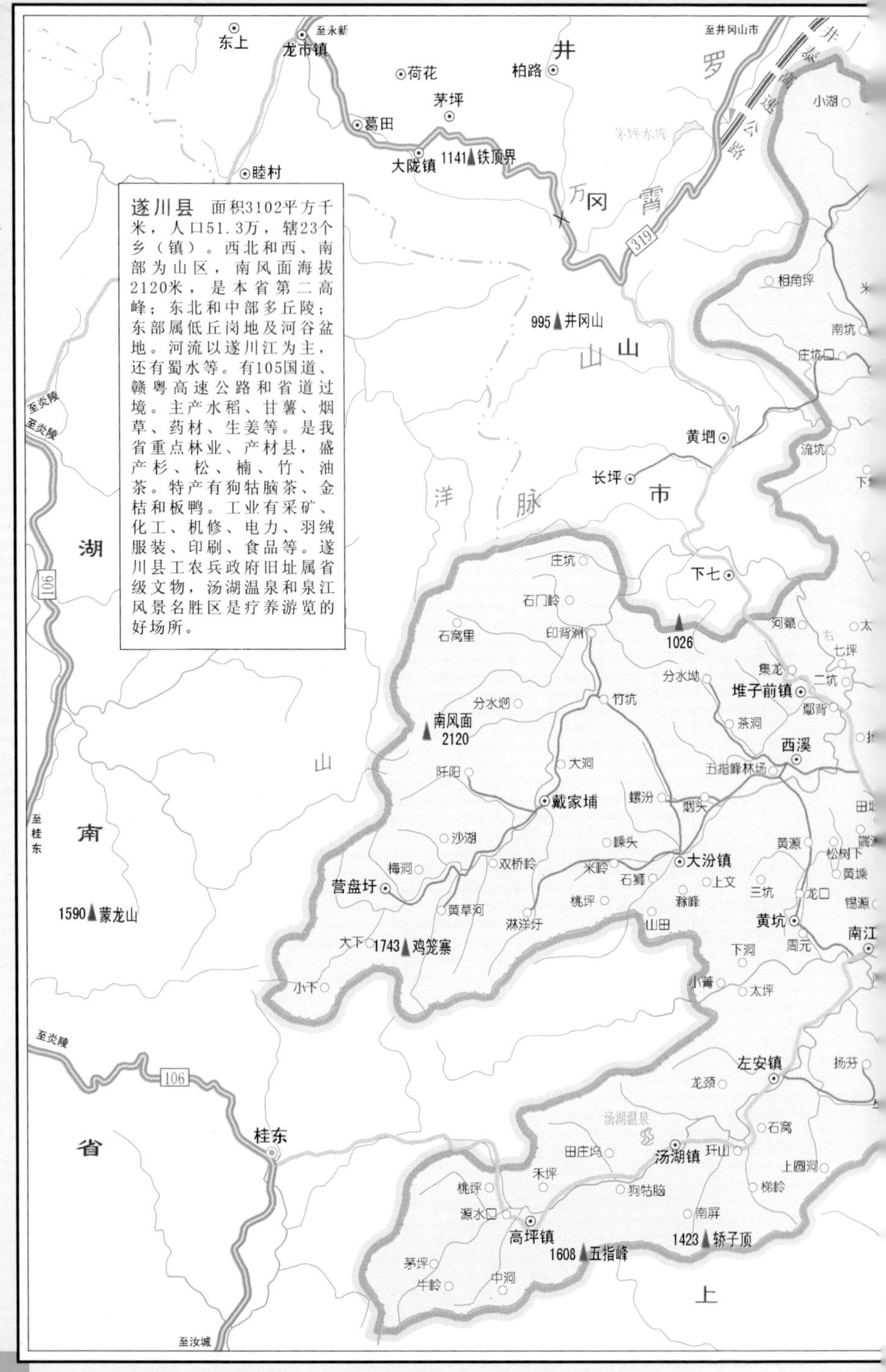
遂川县 面积3102平方千米，人口51.3万，辖23个乡（镇）。西北和西、南部为山区，南风面海拔2120米，是本省第二高峰；东北和中部多丘陵；东部属低丘岗地及河谷盆地。河流以遂川江为主，还有蜀水等。有105国道、赣粤高速公路和省道过境。主产水稻、甘薯、烟草、药材、生姜等。是我省重点林业、产材县，盛产杉、松、楠、竹、油茶。特产有狗牯脑茶、金桔和板鸭。工业有采矿、化工、机修、电力、羽绒服装、印刷、食品等。遂川县工农兵政府旧址属省级文物，汤湖温泉和泉江风景名胜区是疗养游览的好场所。
东上
龙市镇
至永新
荷花
柏路
井
罗
至井冈山市
小湖
茅坪
葛田
茅坪水库
大陇镇
1141 铁顶界
睦村
万
冈
霄
319
相角坪
995 井冈山
山
山
南坑
庄坑口
至炎陵
至炎陵
黄坳
流坑
长坪
洋
脉
市
湖
106
庄坑
下七
石门岭
石窝里
印背洲
1026
河顺
七坪
集龙
分水坳
堆子前镇
二坑
分水坳
竹坑
鄢背
南风面
2120
茶洞
西溪
山
大洞
五指峰林场
阡阳
戴家埔
螺汾
烟头
至桂东
南
沙湖
嵊头
黄源
松树下
梅洞
双桥岭
米岭
大汾镇
黄垅
营盘圩
石狮
上文
三坑
龙口
锡源
1590 蒙龙山
黄草河
桃坪
淋洋圩
稼峰
黄坑
山田
南江
大下
1743 鸡笼寨
下洞
周元
小下
小青
太坪
至炎陵
106
左安镇
扬芬
龙颈
汤湖温泉
石窝
省
桂东
田庄坞
汤湖镇
圩山
上圆洞
禾坪
桃坪
狗牯脑
梯岭
源水口
南屏
高坪镇
1423 轿子顶
1608 五指峰
茅坪
牛岭
中洞
上
至汝城

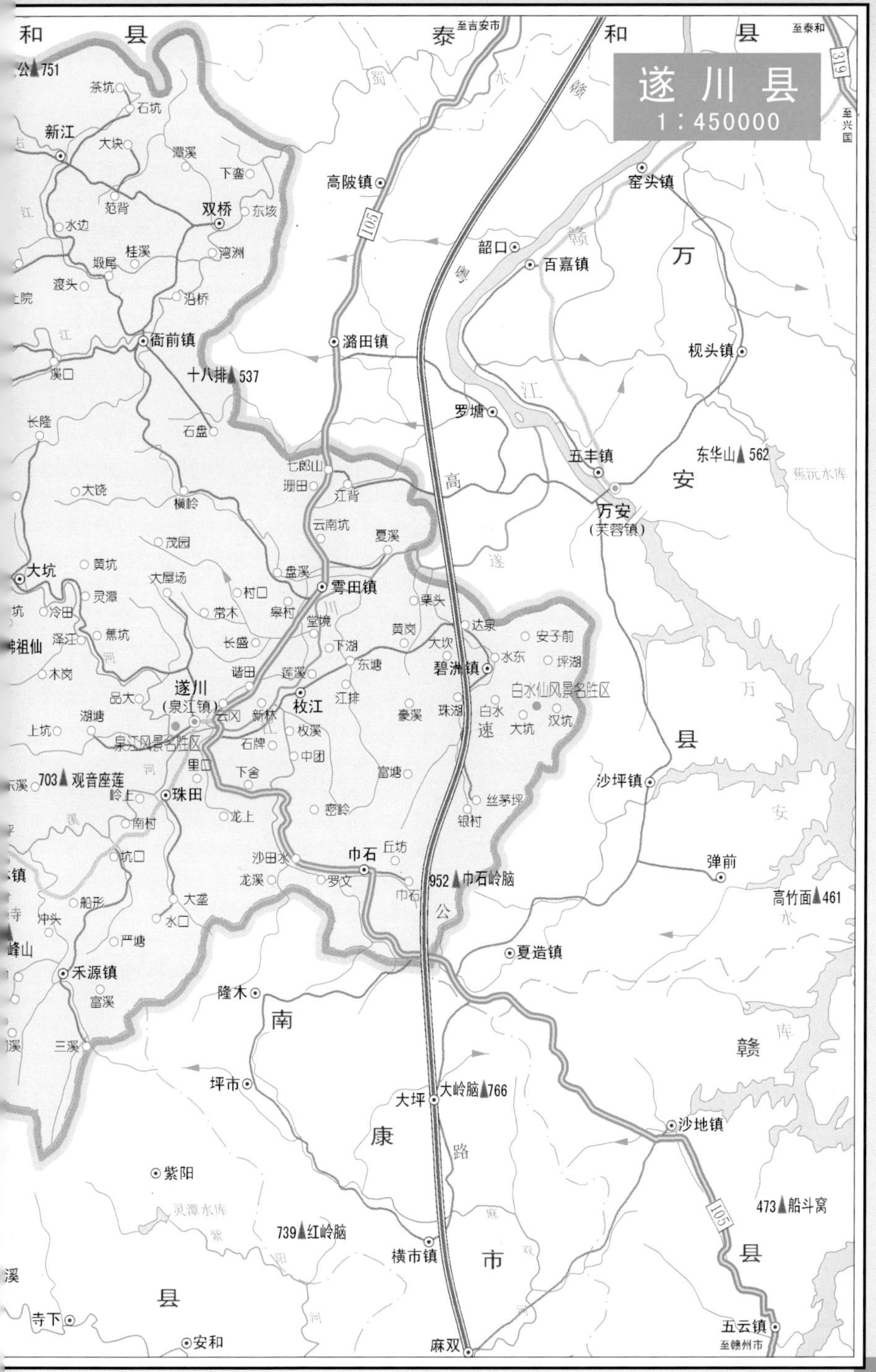

遂川县
1：450000
泰和县
和县
万安县
万
县
南康市
县
至吉安市
至泰和
至兴国
至赣州市
319
105
高陂镇
窑头镇
韶口
百嘉镇
潞田镇
枧头镇
罗塘
五丰镇
万安
（芙蓉镇）
东华山 562
蕉沅水库
双桥
新江
衙前镇
十八排 537
雩田镇
遂川
（泉江镇）
泉江风景名胜区
枚江
碧洲镇
白水仙风景名胜区
珠田
巾石
952 巾石岭脑
沙坪镇
弹前
高竹面 461
夏造镇
禾源镇
大坑
隆木
坪市
大坪
大岭脑 766
沙地镇
紫阳
灵潭水库
739 红岭脑
横市镇
473 船斗窝
五云镇
麻双
寺下
安和
703 观音座莲
公 751
茶坑
石坑
大块
潭溪
下垄
东垓
范背
水边
桂溪
湾洲
缎尾
渡头
沿桥
溪口
长隆
石盘
七郎山
珊田
江背
大饶
横岭
云南坑
夏溪
茂园
黄坑
大屋场
盘溪
灵潭
村口
栗头
冷田
常木
皋村
堂境
黄岗
达泉
安子前
泽江
蕉坑
长盛
下湖
大坎
水东
坪湖
木岗
诸田
莲溪
东塘
品大
江排
豪溪
珠湖
白水
大坑
汉坑
湖塘
云冈
新林
枚溪
上坑
石牌
中团
里口
下舍
富塘
岭上
丝茅坪
龙上
密岭
银村
南村
坑口
沙田水
丘坊
龙溪
罗文
巾石
船形
大垄
冲头
水口
严塘
富溪
三溪
蜀水
赣江
粤高速公路
遂川江
万安水库
赣县
麻双河
紫阳河

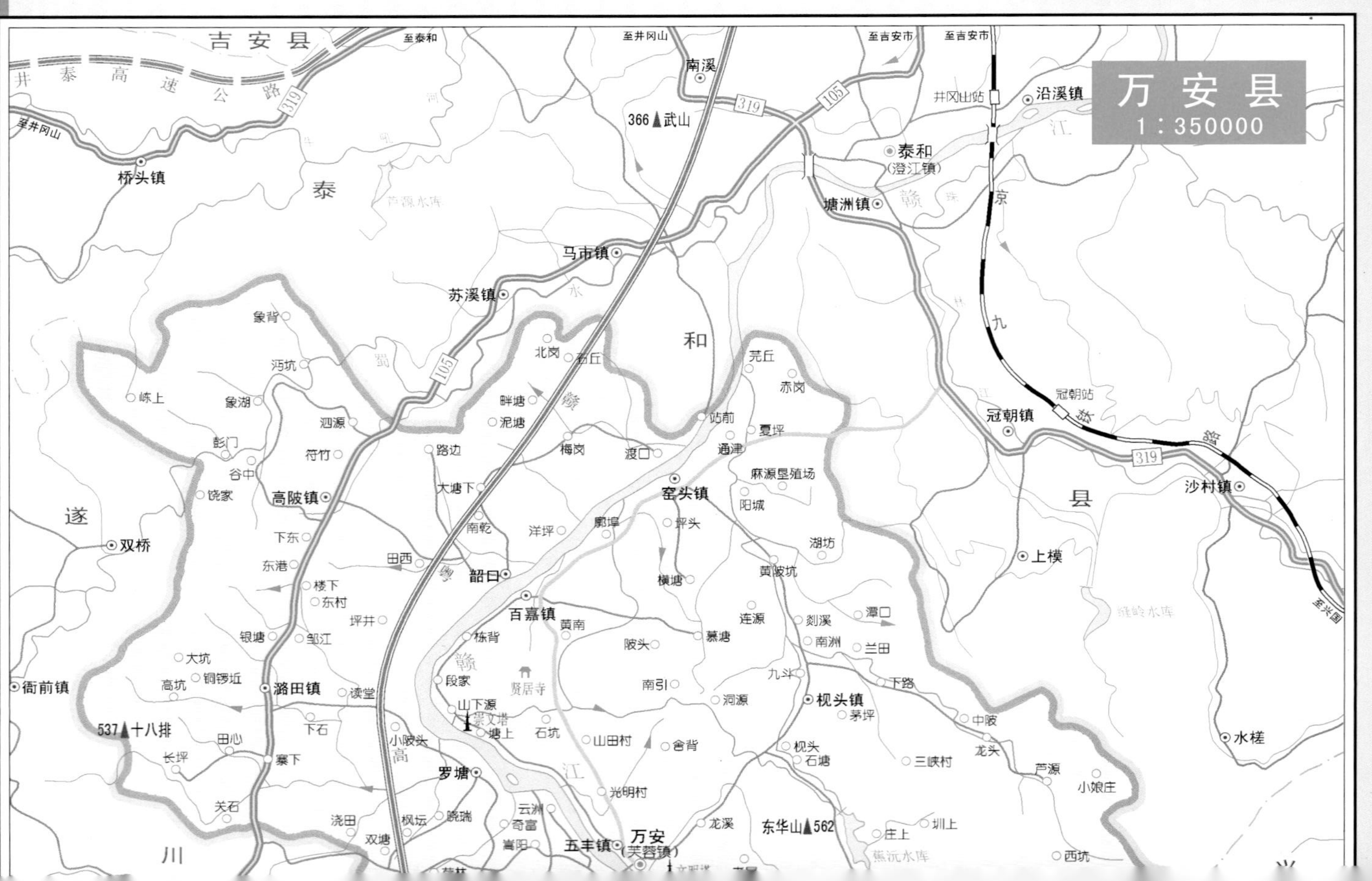
万安县
1:350000
吉安县
井泰高速公路
319
至泰和
至井冈山
南溪
至吉安市
105
366▲武山
井冈山站
沿溪镇
泰和
(澄江镇)
桥头镇
泰
芦源水库
塘洲镇
赣
江
京
九
马市镇
苏溪镇
和
象背
沔坑
北冈
石丘
芫丘
赤冈
峡上
象湖
泗源
畔塘
泥塘
站前
夏坪
冠朝站
冠朝镇
彭门
符竹
路边
梅冈
渡口
通津
麻源垦殖场
谷中
饶家
高陂镇
大塘下
窑头镇
阳城
沙村镇
遂
双桥
下东
南乾
洋坪
廊埠
坪头
湖坊
县
田西
东港
韶口
横塘
黄陂坑
上模
楼下
东村
坪井
百嘉镇
黄南
连源
刻溪
潭口
银塘
邹江
栋背
陂头
慕塘
南洲
兰田
缝岭水库
大坑
铜锣坵
高坑
段家
贤居寺
南引
九斗
下路
衙前镇
潞田镇
读堂
洞源
枧头镇
茅坪
山下源
景文塔
塘上
石坑
中陂
537▲十八排
下石
山田村
舍背
水槎
田心
寨下
小陂头
高
枧头
石塘
三峡村
龙头
长坪
罗塘
芦源
小娘庄
光明村
关石
云洲
奇富
浇田
枫坛
晓瑞
龙溪
东华山▲562
圳上
庄上
双塘
嵩阳
五丰镇
万安
(芙蓉镇)
蕉沅水库
西坑
川

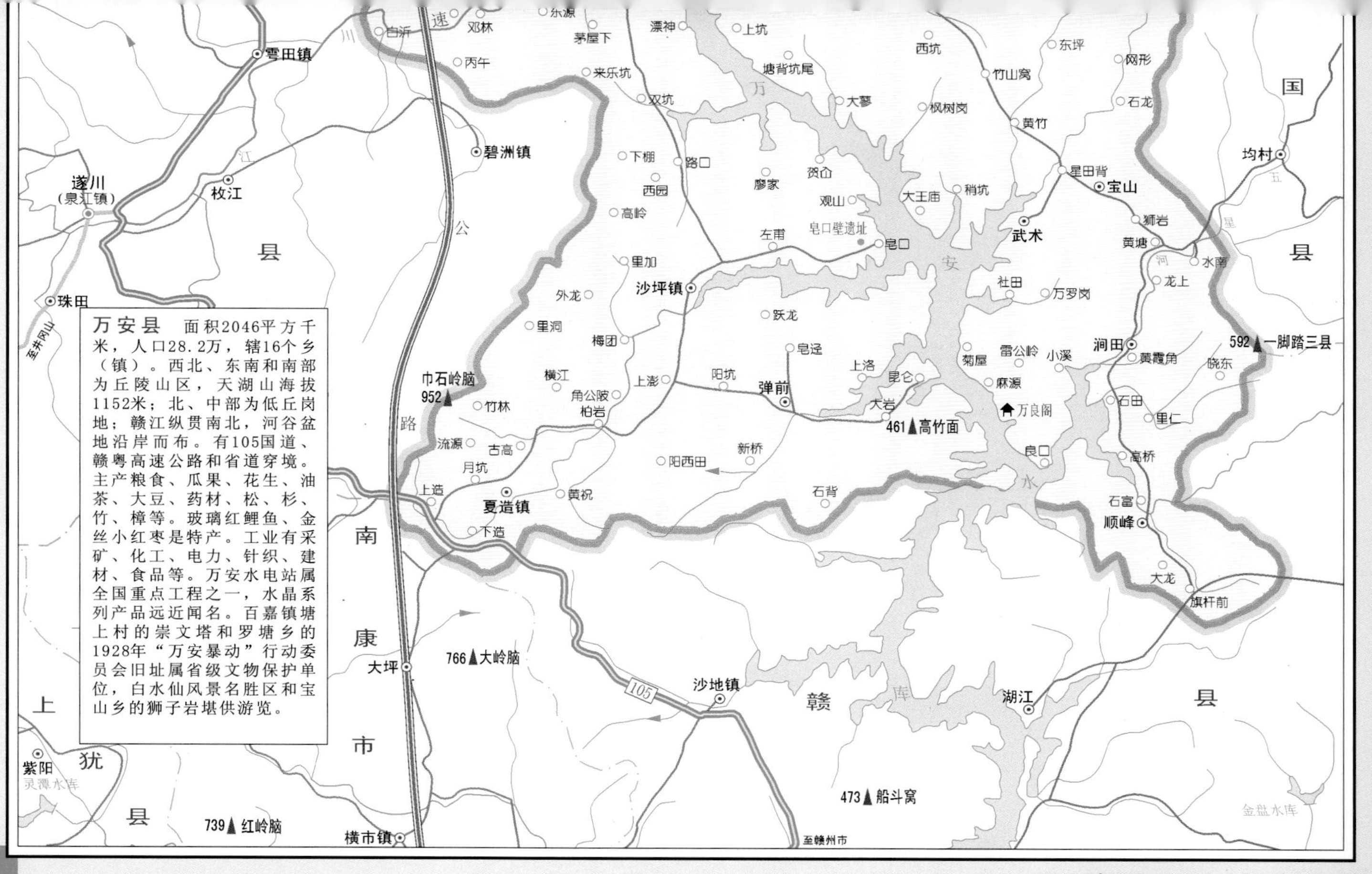

万安县　面积2046平方千米，人口28.2万，辖16个乡（镇）。西北、东南和南部为丘陵山区，天湖山海拔1152米；北、中部为低丘岗地；赣江纵贯南北，河谷盆地沿岸而布。有105国道、赣粤高速公路和省道穿境。主产粮食、瓜果、花生、油茶、大豆、药材、松、杉、竹、樟等。玻璃红鲤鱼、金丝小红枣是特产。工业有采矿、化工、电力、针织、建材、食品等。万安水电站属全国重点工程之一，水晶系列产品远近闻名。百嘉镇塘上村的崇文塔和罗塘乡的1928年“万安暴动”行动委员会旧址属省级文物保护单位，白水仙风景名胜区和宝山乡的狮子岩堪供游览。

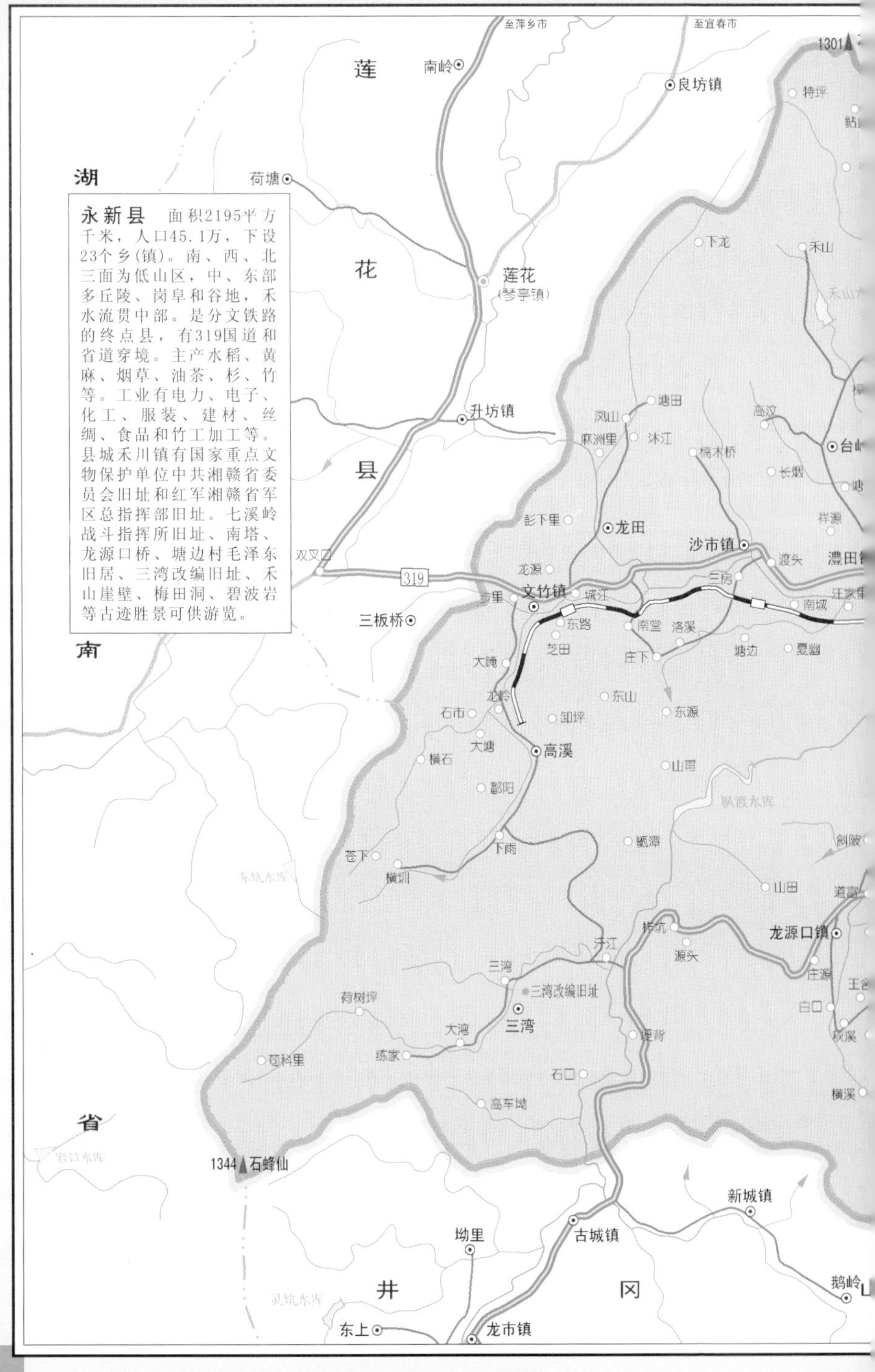

永新县 面积2195平方千米，人口45.1万，下设23个乡(镇)。南、西、北三面为低山区，中、东部多丘陵、岗阜和谷地，禾水流贯中部。是分文铁路的终点县，有319国道和省道穿境。主产水稻、黄麻、烟草、油茶、杉、竹等。工业有电力、电子、化工、服装、建材、丝绸、食品和竹工加工等。县城禾川镇有国家重点文物保护单位中共湘赣省委员会旧址和红军湘赣省军区总指挥部旧址。七溪岭战斗指挥所旧址、南塔、龙源口桥、塘边村毛泽东旧居、三湾改编旧址、禾山崖壁、梅田洞、碧波岩等古迹胜景可供游览。

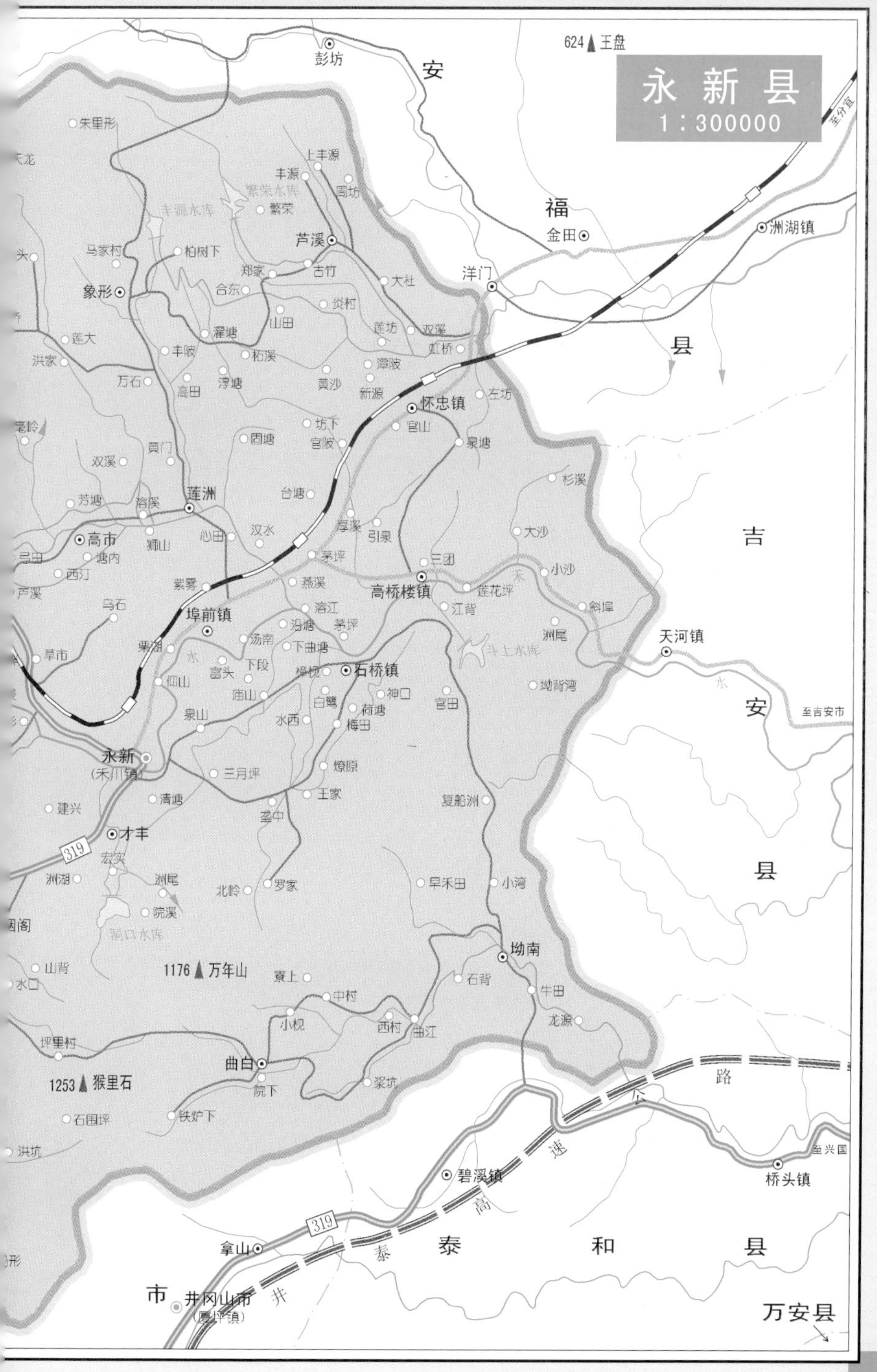
永新县
1:300000
安福县
吉安县
泰和县
万安县
井冈山市
永新
(禾川镇)
莲洲
高市
象形
芦溪
怀忠镇
高桥楼镇
埠前镇
石桥镇
才丰
坳南
曲白
碧溪镇
桥头镇
天河镇
洲湖镇
金田
洋门
彭坊
拿山
624 王盘
1176 万年山
1253 猴里石
繁荣水库
丰源水库
斗上水库
洞口水库
至吉安市
至兴国
至分宜
319
泰井高速公路

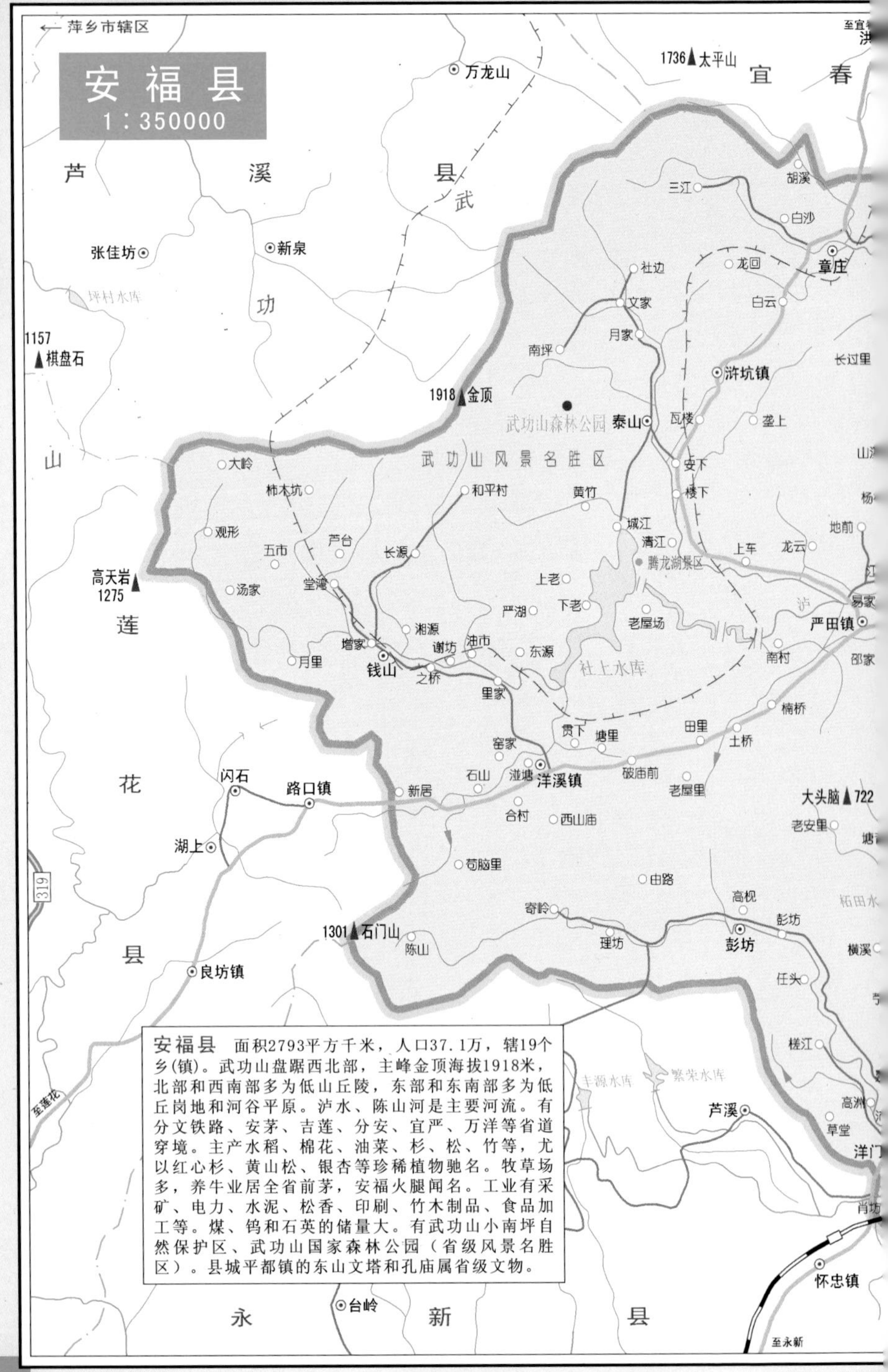
安福县
1：350000
安福县 面积2793平方千米，人口37.1万，辖19个乡(镇)。武功山盘踞西北部，主峰金顶海拔1918米，北部和西南部多为低山丘陵，东部和东南部多为低丘岗地和河谷平原。泸水、陈山河是主要河流。有分文铁路、安茅、吉莲、分安、宜严、万洋等省道穿境。主产水稻、棉花、油菜、杉、松、竹等，尤以红心杉、黄山松、银杏等珍稀植物驰名。牧草场多，养牛业居全省前茅，安福火腿闻名。工业有采矿、电力、水泥、松香、印刷、竹木制品、食品加工等。煤、钨和石英的储量大。有武功山小南坪自然保护区、武功山国家森林公园（省级风景名胜区）。县城平都镇的东山文塔和孔庙属省级文物。
← 萍乡市辖区
万龙山
1736 太平山
宜春
芦溪县
武功山
张佳坊
新泉
坪村水库
1157 棋盘石
1918 金顶
武功山森林公园
武功山风景名胜区
泰山
三江
胡溪
白沙
社边
龙回
章庄
文家
白云
月家
南坪
浒坑镇
长过里
瓦楼
垄上
大岭
安下
柿木坑
和平村
黄竹
楼下
观形
城江
地前
清江
芦台
长源
五市
腾龙湖景区
上车
龙云
高天岩 1275
上老
汤家
堂湾
下老
易家
严湖
莲花县
老屋场
严田镇
湘源
增家
油市
谢坊
东源
南村
邵家
月里
钱山
之桥
社上水库
里家
楠桥
贯下
田里
塘里
窑家
土桥
闪石
石山
滥塘
洋溪镇
破庙前
路口镇
新居
老屋里
大头脑 722
合村
西山庙
老安里
湖上
319
苞脑里
由路
高枧
寄岭
彭坊
1301 石门山
陈山
理坊
彭坊
横溪
良坊镇
任头
槎江
丰源水库
繁荣水库
高洲
至莲花
芦溪
草堂
洋门
肖坊
怀忠镇
台岭
永新县
至永新

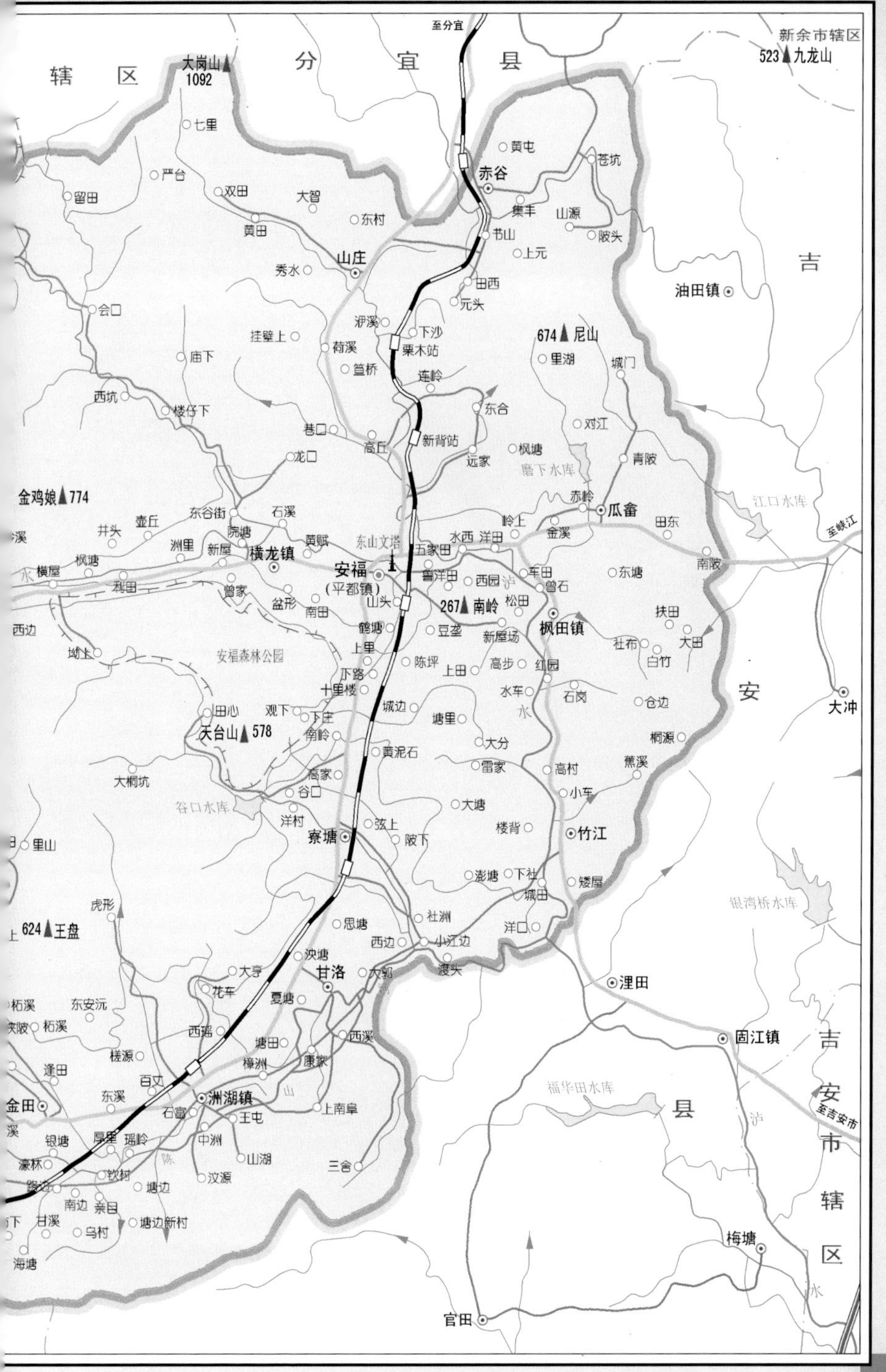

至分宜
新余市辖区
523 九龙山
辖区
大岗山 1092
分宜县
七里
黄屯
苍坑
赤谷
严台
留田
双田
大智
集丰
山源
东村
黄田
书山
陂头
上元
山庄
秀水
田西
吉
油田镇
元头
会口
泸溪
下沙
674 尼山
挂壁上
栗木站
荷溪
庙下
里湖
城门
笪桥
连岭
西坑
楼仔下
东合
对江
巷口
新背站
高丘
枫塘
龙口
远家
青陂
磨下水库
金鸡娘 774
赤岭
瓜畲
江口水库
东谷街
石溪
岭上
田东
井头
壶丘
院塘
金溪
至峡江
洲里
新屋
黄赋
东山文塔
水西
洋田
横龙镇
五家田
南陂
枫塘
横屋
安福
车田
东塘
曾洋田
西园
曾石
(平都镇)
曾家
盆形
山头
267 南岭
松田
扶田
南田
鹤塘
豆垄
新屋场
枫田镇
西边
大田
拗上
上里
社布
安福森林公园
陈坪
白竹
高步
红园
下路
上田
十里楼
水车
石岗
仓边
安
大冲
田心
观下
下庄
城边
塘里
天台山 578
南岭
桐源
黄泥石
大分
高村
蕉溪
大桐坑
高家
雷家
谷口
小车
谷口水库
大塘
洋村
弦上
楼背
竹江
寮塘
陂下
里山
彭塘
下社
矮屋
城田
银湾桥水库
虎形
社洲
思塘
洋口
624 王盘
西边
小江边
泱塘
渡头
大亨
甘洛
大郭
浬田
花车
夏塘
柘溪
东安沅
柘溪
西瑶
西溪
固江镇
塘田
樟洲
吉
楼源
逢田
康家
百丈
安
东溪
福华田水库
洲湖镇
县
金田
石富
王屯
上南阜
至吉安市
厚里
瑶岭
中洲
市
银塘
山湖
三舍
软村
汶源
塘边
辖
南边
亲目
甘溪
塘边新村
梅塘
乌村
区
海塘
官田

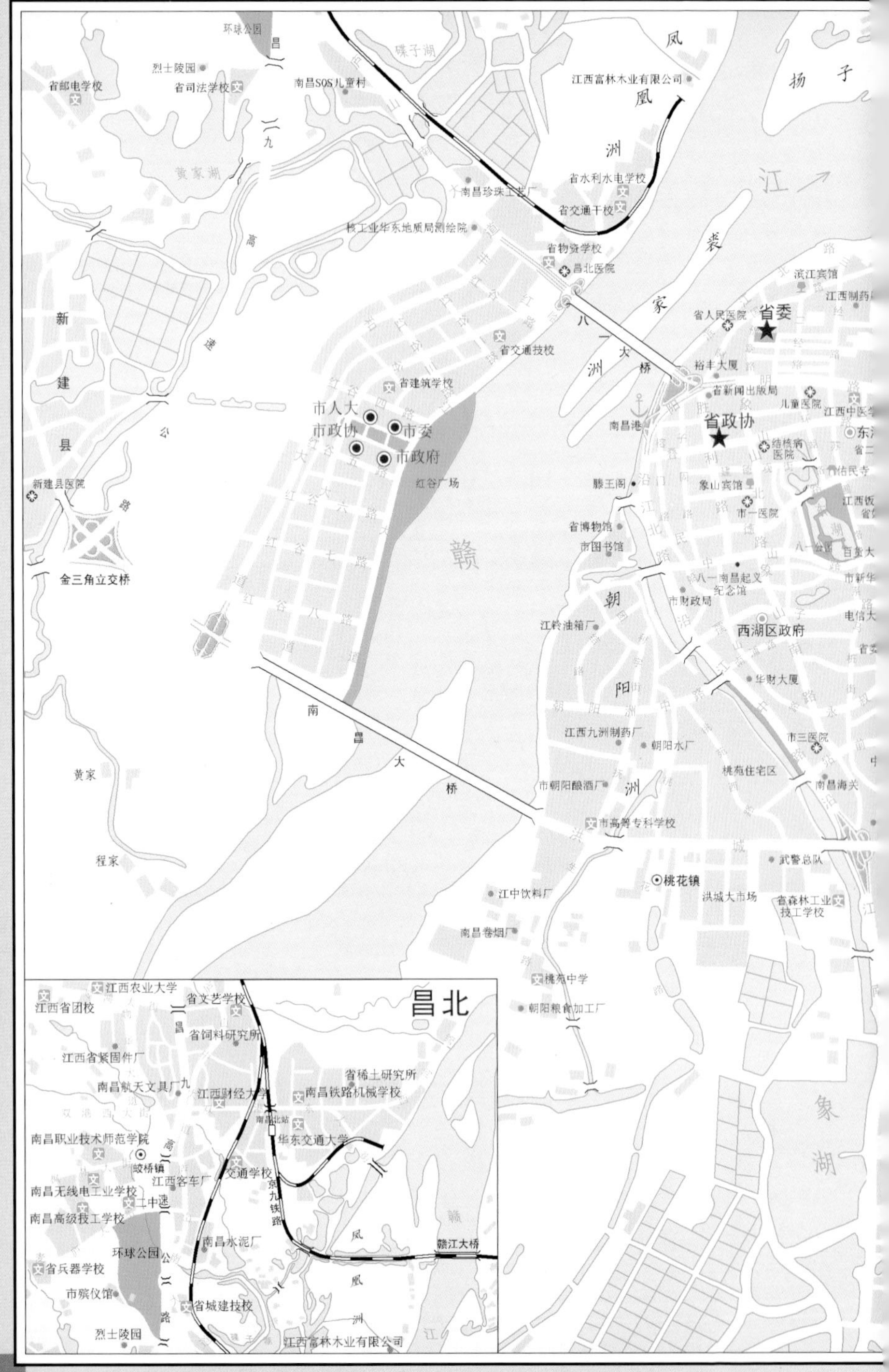
环球公园
烈士陵园
省邮电学校
省司法学校
南昌SOS儿童村
碟子湖
江西富林木业有限公司
凤凰洲
扬子
江
黄家湖
省水利水电学校
南昌珍珠工艺厂
省交通干校
核工业华东地质局测绘院
省物资学校
昌北医院
裘家洲
八一大桥
滨江宾馆
省人民医院
省委
裕丰大厦
省新闻出版局
儿童医院
省政协
南昌港
结核病医院
滕王阁
象山宾馆
市一医院
省博物馆
市图书馆
八一公园
八一南昌起义纪念馆
市财政局
西湖区政府
江铃油箱厂
华财大厦
朝阳洲
江西九洲制药厂
朝阳水厂
市三医院
桃苑住宅区
南昌海关
市朝阳酿酒厂
市高等专科学校
武警总队
桃花镇
洪城大市场
省森林工业技工学校
江中饮料厂
南昌卷烟厂
桃苑中学
朝阳粮食加工厂
象湖
新建县
新建县医院
金三角立交桥
黄家
程家
南昌大桥
赣
市人大
市政协
市委
市政府
红谷广场
省建筑学校
省交通技校
昌北
江西农业大学
江西省团校
省文艺学校
省饲料研究所
江西省紧固件厂
南昌航天文具厂
江西财经大学
省稀土研究所
南昌铁路机械学校
南昌北站
华东交通大学
南昌职业技术师范学院
蛟桥镇
江西客车厂
交通学校
南昌无线电工业学校
二中
南昌高级技工学校
京九铁路
南昌水泥厂
赣江大桥
省兵器学校
市殡仪馆
省城建技校
江西富林木业有限公司

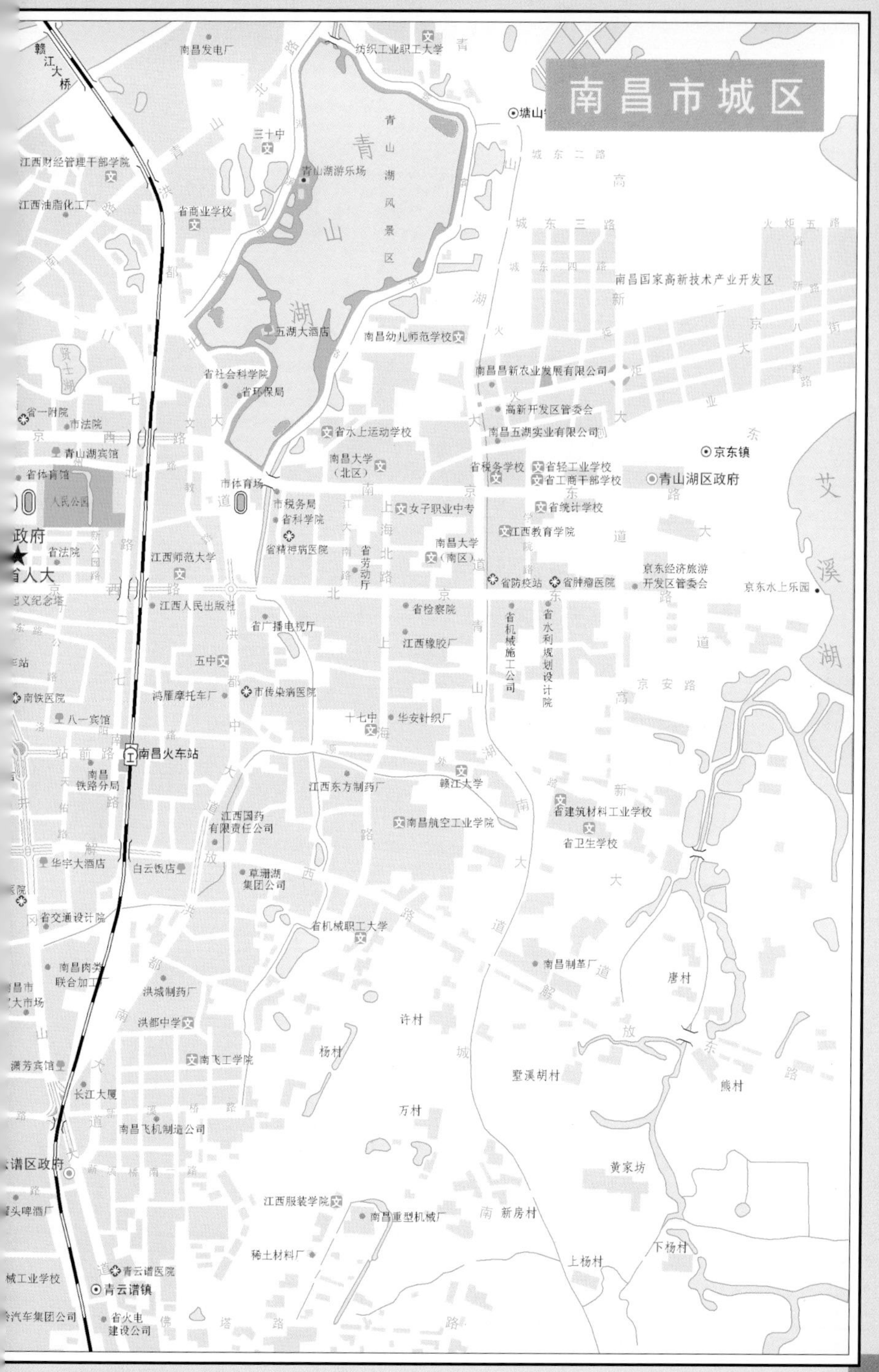
南昌市城区
南昌发电厂
纺织工业职工大学
塘山镇
三十中
青山湖风景区
青山湖游乐场
江西财经管理干部学院
江西油脂化工厂
省商业学校
城东二路
城东三路
城东四路
火炬五路
南昌国家高新技术产业开发区
五湖大酒店
南昌幼儿师范学校
南昌昌新农业发展有限公司
高新开发区管委会
南昌五湖实业有限公司
省社会科学院
省环保局
省一附院
市法院
青山湖宾馆
省体育馆
人民公园
省水上运动学校
南昌大学（北区）
省税务学校
省轻工业学校
省工商干部学校
京东镇
青山湖区政府
市体育场
市税务局
省科学院
省精神病医院
女子职业中专
省统计学校
江西教育学院
南昌大学（南区）
省劳动厅
省防疫站
省肿瘤医院
京东经济旅游开发区管委会
京东水上乐园
政府
省法院
省人大
江西师范大学
江西人民出版社
省广播电视厅
省检察院
江西橡胶厂
省机械施工公司
省水利规划设计院
五中
鸿雁摩托车厂
市传染病医院
南铁医院
八一宾馆
十七中
华安针织厂
京安路
南昌火车站
南昌铁路分局
江西东方制药厂
赣江大学
省建筑材料工业学校
江西国药有限责任公司
南昌航空工业学院
省卫生学校
华宇大酒店
白云饭店
草珊瑚集团公司
省交通设计院
省机械职工大学
南昌肉类联合加工厂
南昌制革厂
唐村
洪城制药厂
洪都中学
许村
杨村
南飞工学院
墅溪胡村
熊村
长江大厦
万村
南昌飞机制造公司
黄家坊
江西服装学院
南昌重型机械厂
新房村
稀土材料厂
上杨村
下杨村
青云谱医院
青云谱镇
省火电建设公司
艾溪湖
青山湖
贤士湖
赣江大桥

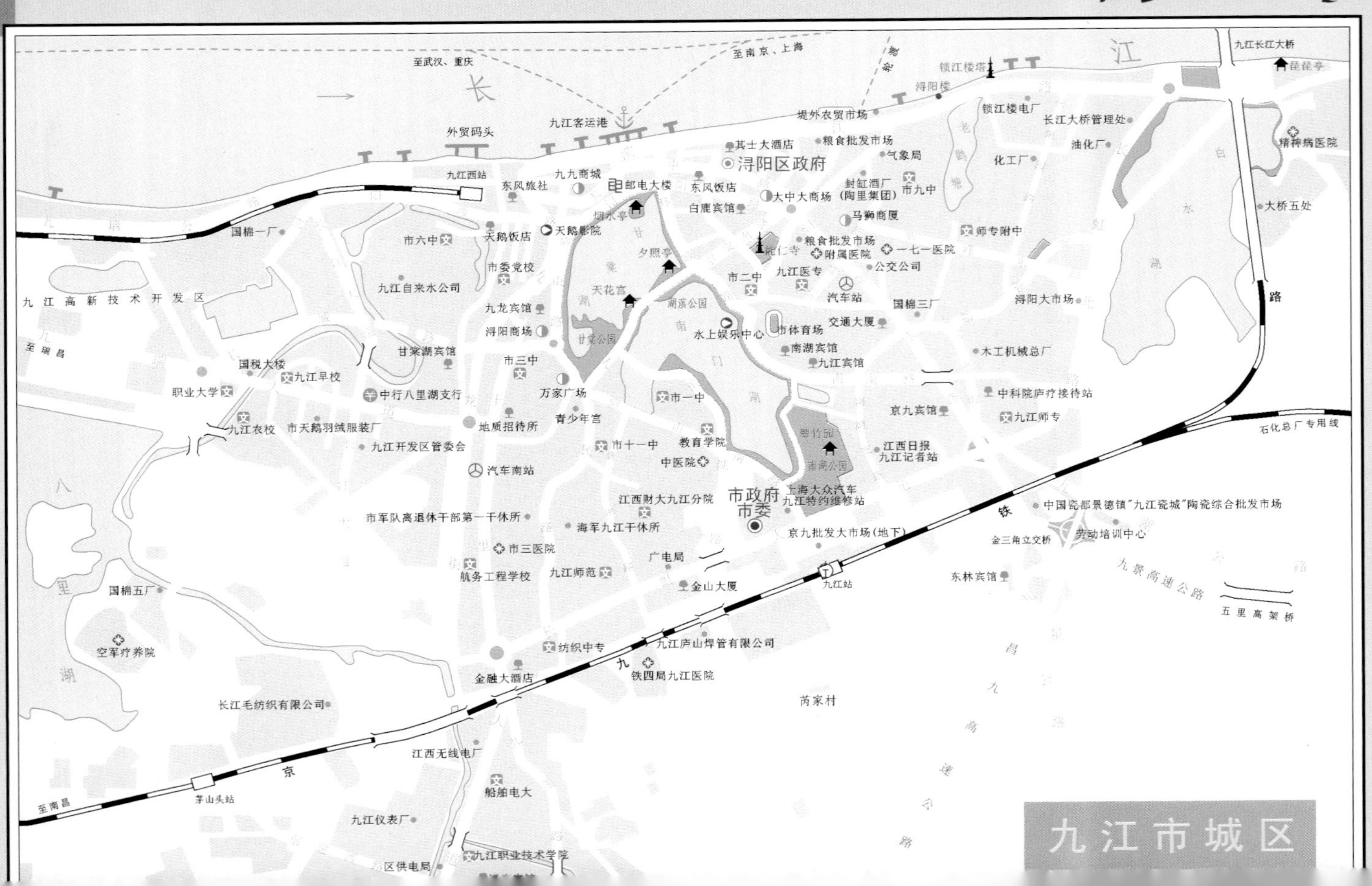
九江市城区
长
江
至武汉、重庆
至南京、上海
九江客运港
外贸码头
九江西站
堤外农贸市场
锁江楼塔
浔阳楼
九江长江大桥
琵琶亭
精神病医院
大桥五处
长江大桥管理处
锁江楼电厂
油化厂
化工厂
其士大酒店
粮食批发市场
气象局
浔阳区政府
九九商城
东风旅社
邮电大楼
东风饭店
大中大商场
封缸酒厂
(陶里集团)
市九中
白鹿宾馆
马獅商厦
师专附中
天鹅饭店
天鹅影院
烟水亭
夕照亭
能仁寺
粮食批发市场
附属医院
一七一医院
公交公司
市六中
市委党校
天花宫
市二中
九江医专
汽车站
浔阳大市场
九江自来水公司
湖滨公园
国棉三厂
九龙宾馆
浔阳商场
甘棠公园
水上娱乐中心
市体育场
交通大厦
南湖宾馆
九江宾馆
木工机械总厂
甘棠湖宾馆
市三中
国税大楼
九江早校
职业大学
中行八里湖支行
万家广场
市一中
京九宾馆
中科院庐疗接待站
九江师专
九江衣校
市天鹅羽绒服装厂
地质招待所
青少年宫
九江开发区管委会
市十一中
教育学院
中医院
烟水亭
南湖公园
江西日报
九江记者站
石化总厂专用线
汽车南站
上海大众汽车
九江特约维修站
市政府
市委
江西财大九江分院
市军队离退休干部第一干休所
海军九江干休所
京九批发大市场(地下)
中国瓷都景德镇"九江瓷城"陶瓷综合批发市场
金三角立交桥
劳动培训中心
铁
路
市三医院
航务工程学校
九江师范
广电局
金山大厦
九江站
东林宾馆
九景高速公路
五里高架桥
国棉五厂
空军疗养院
纺织中专
九江庐山焊管有限公司
铁四局九江医院
金融大酒店
芮家村
长江毛纺织有限公司
江西无线电厂
船舶电大
京
九
茅山头站
至南昌
九江仪表厂
九江职业技术学院
区供电局
九江高新技术开发区
至瑞昌
国棉一厂
八
里
湖

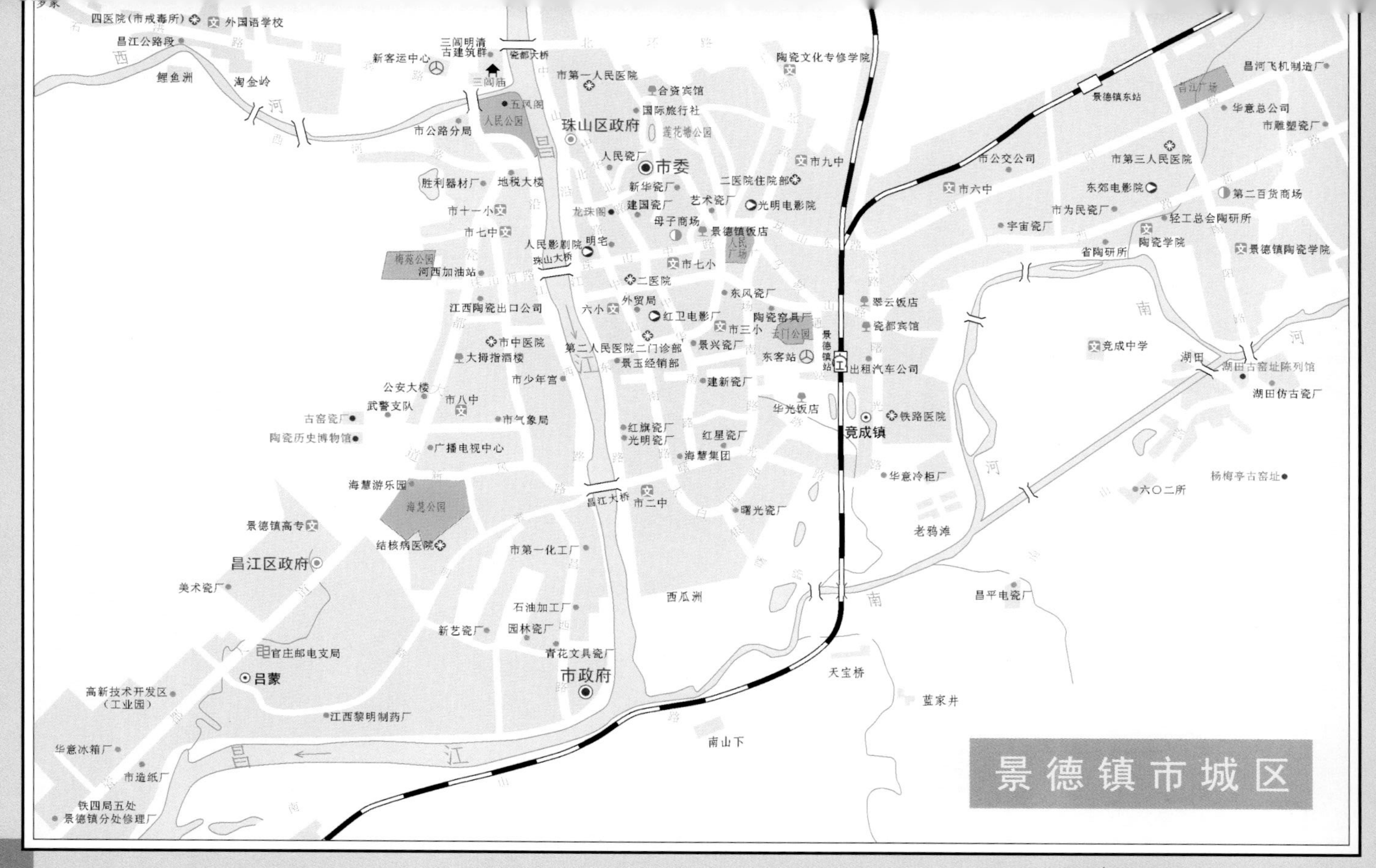
景德镇市城区
四医院(市戒毒所)
外国语学校
昌江公路段
鲤鱼洲
淘金岭
新客运中心
三闾明清古建筑群
三闾庙
瓷都大桥
五风阁
人民公园
市公路分局
市第一人民医院
合资宾馆
国际旅行社
珠山区政府
莲花塘公园
人民瓷厂
市委
胜利器材厂
地税大楼
新华瓷厂
二医院住院部
市十一小
龙珠阁
建国瓷厂
艺术瓷厂
光明电影院
市七中
母子商场
景德镇饭店
人民广场
人民影剧院
明宅
珠山大桥
梅苑公园
河西加油站
市七小
二医院
东风瓷厂
外贸局
江西陶瓷出口公司
六小
红卫电影厂
陶瓷窑具厂
市三小
五门公园
第二人民医院二门诊部
景兴瓷厂
东客站
景德镇站
市中医院
大拇指酒楼
景玉经销部
市少年宫
建新瓷厂
公安大楼
市八中
武警支队
古窑瓷厂
市气象局
陶瓷历史博物馆
红旗瓷厂
光明瓷厂
红星瓷厂
广播电视中心
海慧集团
海慧游乐园
海慧公园
昌江大桥
市二中
曙光瓷厂
景德镇高专
结核病医院
市第一化工厂
昌江区政府
美术瓷厂
西瓜洲
石油加工厂
新艺瓷厂
园林瓷厂
官庄邮电支局
青花文具瓷厂
吕蒙
市政府
高新技术开发区(工业园)
江西黎明制药厂
华意冰箱厂
市造纸厂
铁四局五处景德镇分处修理厂
陶瓷文化专修学院
市九中
昌河飞机制造厂
景德镇东站
昌江广场
华意总公司
市雕塑瓷厂
市公交公司
市第三人民医院
市六中
东郊电影院
第二百货商场
市为民瓷厂
宇宙瓷厂
轻工总会陶研所
陶瓷学院
省陶研所
景德镇陶瓷学院
翠云饭店
瓷都宾馆
竞成中学
湖田
湖田古窑址陈列馆
湖田仿古瓷厂
出租汽车公司
华光饭店
铁路医院
竞成镇
华意冷柜厂
六〇二所
杨梅亭古窑址
老鸦滩
昌平电瓷厂
天宝桥
蓝家井
南山下
西河
南河
昌江

鹰潭市城区
市政府
市财政局
市供电局
市公安局
皇塘
滩上徐家
虎家岭
白家
至余江
市食品总厂
空军鹰潭汽车修理厂
核工业鹰潭机械厂汽修分厂
鹰潭交通稽查征费分局
核工业鹰潭机械厂
滩上刘家
前汪
华昌有限公司
市陶瓷二厂
信
江
夏埠
鹰潭大桥
184医院
市水表厂
市家用电器厂
市气象局
工程机械修制厂
鹰潭铁路医院
市汽车修配厂
市生化制品厂
江西合成洗涤剂厂
南空鹰潭通讯设备厂
至上海
龙头山风景区
人民公园
市水泵厂
金穗大酒店
市自来水公司
中国银行鹰潭支行
市建设局
铁一中
市人民医院
市仪器仪表元件厂
市新型建材厂
刘家
市三中
新华书店
市体委
鹰潭宾馆
市社会保险局
月湖区政府招待所
市电影院
市邮电局
铁路蓝天旅行社
月湖饭店
中医院
东站
宋家
东方宾馆
月湖区政府
铁二中
交通办
工行鹰潭分行
鹰潭盐业分公司
汽车站
财苑宾馆
市五小
金谷园饭店
鹰潭二中
演塘桂家
至南昌
龙虎山大酒店
市麻纺厂
鹰潭站
市特种电光源厂
鹰潭工程段
铁路大修段
白露镇
中国铁道鹰潭战备材料总厂
鹰潭保温隔热材料厂
320国道
市染织厂
鹰潭教育学院
市陶瓷一厂
市石油公司
杨碧
碑东
核工业鹰潭电子陶瓷厂

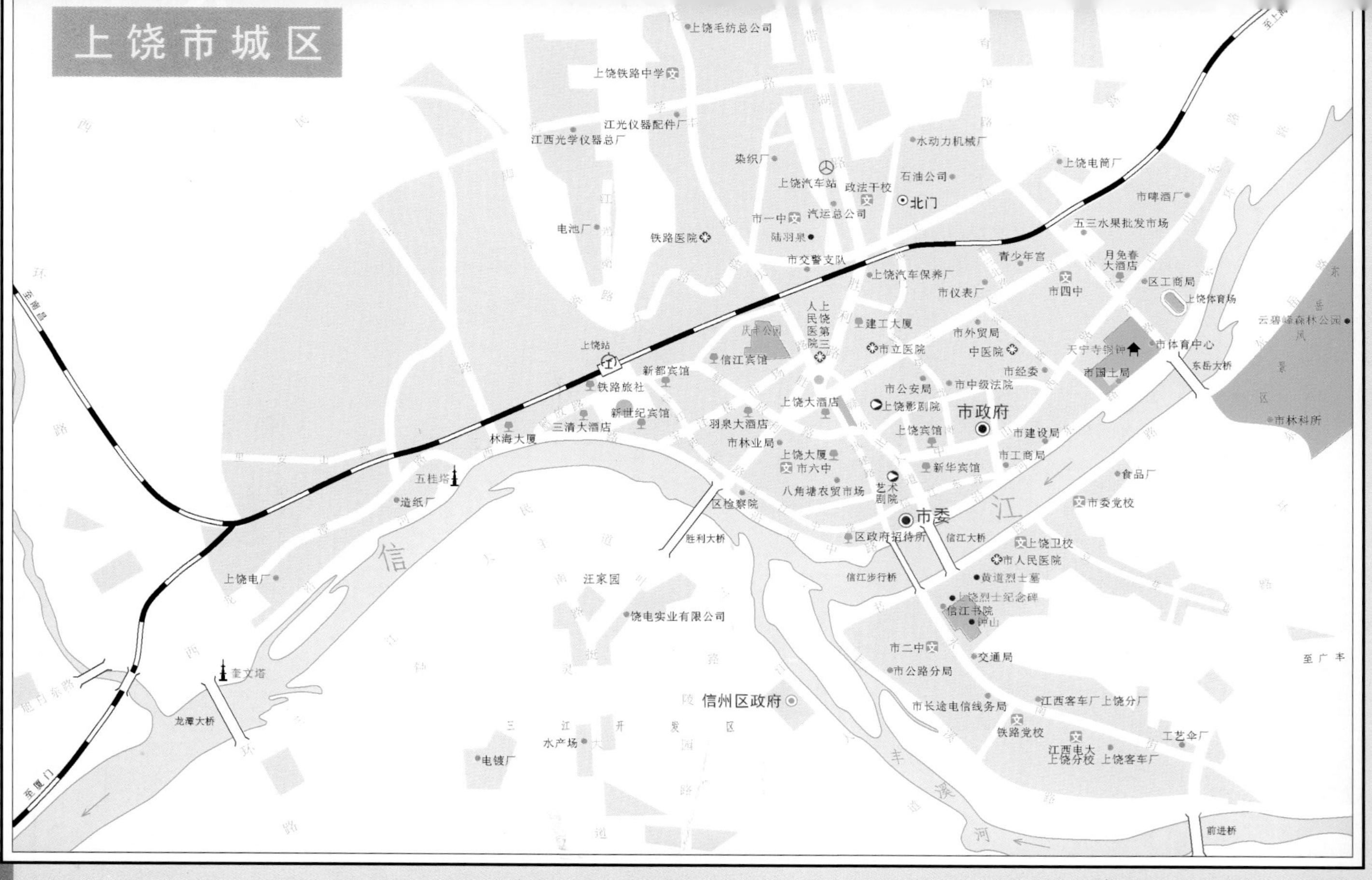
上饶市城区
上饶毛纺总公司
上饶铁路中学
江光仪器配件厂
江西光学仪器总厂
水动力机械厂
染织厂
上饶汽车站
政法干校
石油公司
北门
上饶电简厂
市啤酒厂
五三水果批发市场
市一中
汽运总公司
电池厂
陆羽泉
铁路医院
市交警支队
青少年宫
月兔春大酒店
区工商局
上饶汽车保养厂
市仪表厂
市四中
上饶体育场
云碧峰森林公园
人上民饶医第院三
建工大厦
市外贸局
庆丰公园
市立医院
中医院
天宁寺铜钟
市体育中心
上饶站
信江宾馆
市经委
市国土局
东岳大桥
新都宾馆
市公安局
市中级法院
铁路旅社
上饶大酒店
上饶影剧院
市政府
市林科所
新世纪宾馆
羽泉大酒店
上饶宾馆
市建设局
三清大酒店
林海大厦
市林业局
上饶大厦
市工商局
市六中
新华宾馆
食品厂
五桂塔
八角塘农贸市场
艺术剧院
造纸厂
区检察院
市委
市委党校
区政府招待所
信江大桥
上饶卫校
胜利大桥
市人民医院
信江步行桥
黄道烈士墓
上饶电厂
汪家园
上饶烈士纪念碑
信江书院
饶电实业有限公司
市二中
交通局
奎文塔
市公路分局
至广丰
信州区政府
市长途电信线务局
江西客车厂上饶分厂
龙潭大桥
三江开发区
铁路党校
工艺伞厂
水产场
江西电大上饶分校
上饶客车厂
电镀厂
前进桥
至南昌
至厦门
信
江
丰溪河

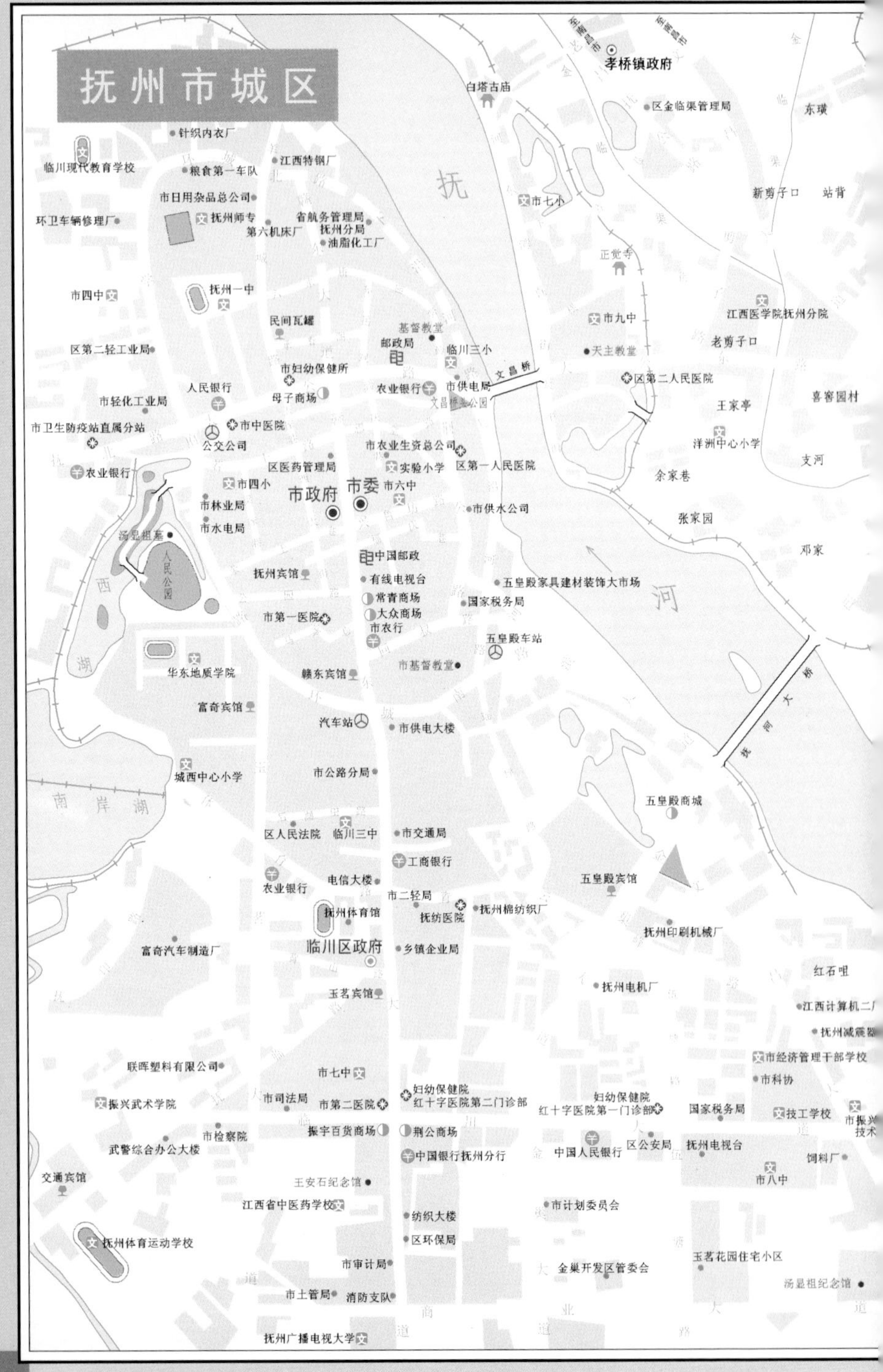
抚州市城区
孝桥镇政府
白塔古庙
区金临渠管理局
东璜
针织内衣厂
临川现代教育学校
江西特钢厂
粮食第一车队
抚
市日用杂品总公司
市七小
新剪子口
站背
环卫车辆修理厂
抚州师专
省航务管理局
抚州分局
第六机床厂
油脂化工厂
正觉寺
市四中
抚州一中
江西医学院抚州分院
民间瓦罐
市九中
基督教堂
邮政局
天主教堂
老剪子口
区第二轻工业局
临川三小
市妇幼保健所
文昌桥
区第二人民医院
人民银行
农业银行
市供电局
母子商场
文昌桥头公园
王家亭
喜客园村
市轻化工业局
市卫生防疫站直属分站
市中医院
公交公司
洋洲中心小学
市农业生资总公司
支河
农业银行
区医药管理局
实验小学
区第一人民医院
余家巷
市四小
市政府
市委
市六中
市林业局
市供水公司
市水电局
张家园
汤显祖墓
人民公园
中国邮政
邓家
西
有线电视台
抚州宾馆
五皇殿家具建材装饰大市场
常青商场
河
国家税务局
市第一医院
大众商场
市农行
五皇殿车站
湖
华东地质学院
市基督教堂
赣东宾馆
抚河大桥
富奇宾馆
汽车站
市供电大楼
城西中心小学
市公路分局
南岸湖
五皇殿商城
区人民法院
临川三中
市交通局
工商银行
农业银行
电信大楼
五皇殿宾馆
市二轻局
抚州体育馆
抚纺医院
抚州棉纺织厂
抚州印刷机械厂
富奇汽车制造厂
临川区政府
乡镇企业局
红石咀
玉茗宾馆
抚州电机厂
江西计算机二厂
抚州减震器
市经济管理干部学校
联晖塑料有限公司
市七中
市科协
妇幼保健院
红十字医院第二门诊部
妇幼保健院
红十字医院第一门诊部
市司法局
市第二医院
国家税务局
技工学校
振兴武术学院
市振兴技术
振宇百货商场
荆公商场
市检察院
区公安局
抚州电视台
武警综合办公大楼
中国人民银行
中国银行抚州分行
饲料厂
交通宾馆
王安石纪念馆
市八中
江西省中医药学校
市计划委员会
纺织大楼
抚州体育运动学校
区环保局
玉茗花园住宅小区
市审计局
金巢开发区管委会
汤显祖纪念馆
市土管局
消防支队
抚州广播电视大学
商业大道

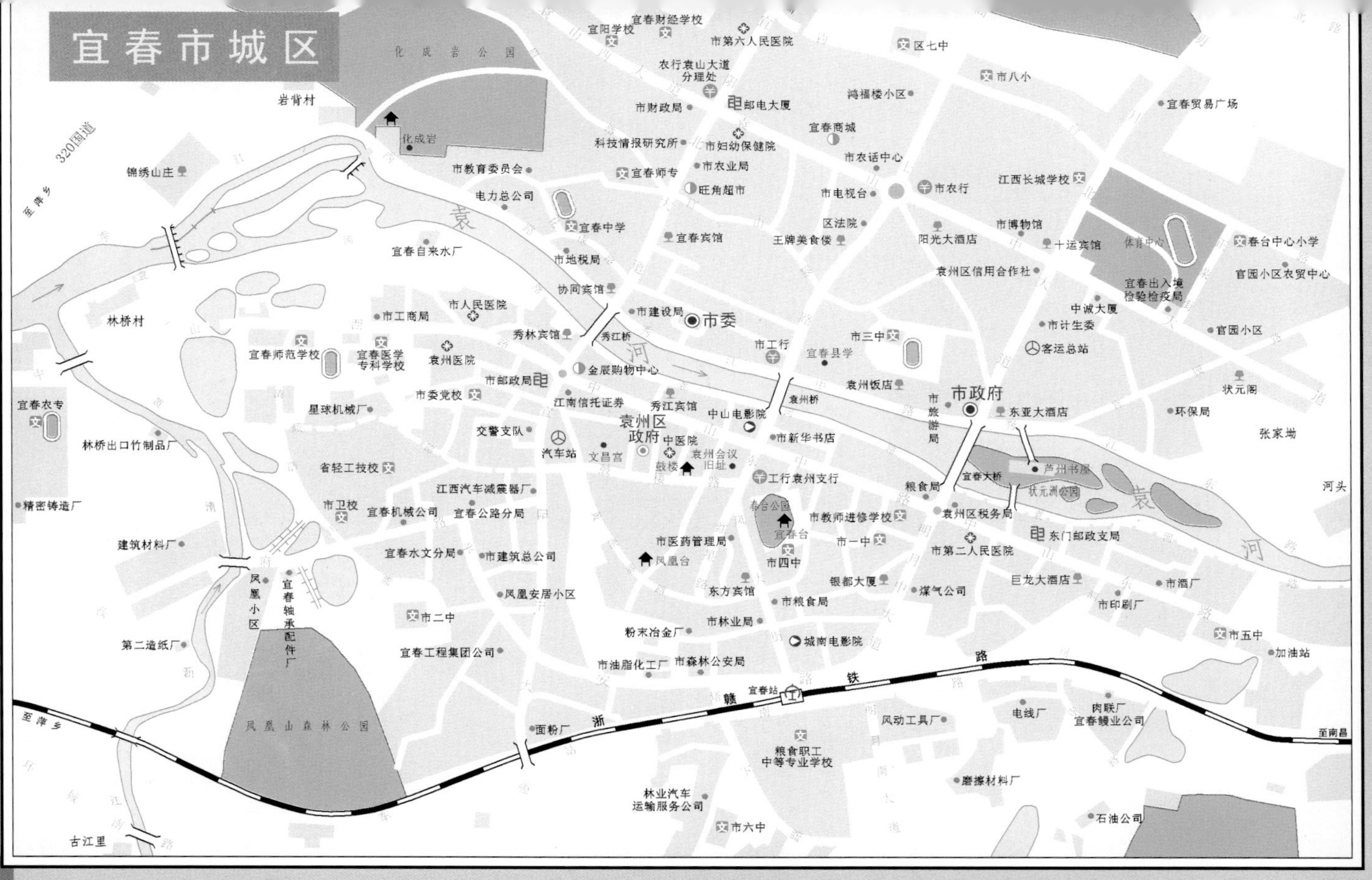
宜春市城区
化成岩公园
化成岩
岩背村
320国道
至萍乡
锦绣山庄
林桥村
宜春农专
林桥出口竹制品厂
精密铸造厂
建筑材料厂
第二造纸厂
古江里
凤凰小区
宜春轴承配件厂
凤凰山森林公园
宜春财经学校
宜阳学校
市第六人民医院
区七中
农行袁山大道分理处
邮电大厦
市财政局
鸿福楼小区
市八小
宜春贸易广场
宜春商城
科技情报研究所
市妇幼保健院
市农话中心
市教育委员会
市农业局
宜春师专
旺角超市
市电视台
市农行
江西长城学校
电力总公司
宜春中学
区法院
市博物馆
宜春宾馆
王牌美食佬
阳光大酒店
十运宾馆
体育中心
春台中心小学
宜春自来水厂
市地税局
袁州区信用合作社
官园小区农贸中心
宜春出入境检验检疫局
协同宾馆
中诚大厦
市人民医院
市建设局
市委
市计生委
官园小区
市工商局
秀林宾馆
秀江桥
市工行
宜春县学
市三中
客运总站
宜春师范学校
宜春医学专科学校
袁州医院
金展购物中心
袁河
状元阁
市邮政局
袁州饭店
市委党校
江南信托证券
秀江宾馆
中山电影院
袁州桥
市旅游局
市政府
东亚大酒店
环保局
星球机械厂
袁州区政府
中医院
市新华书店
张家坳
交警支队
汽车站
文昌宫
袁州会议旧址
鼓楼
工行袁州支行
宜春大桥
芦州书屋
状元洲公园
河头
省轻工技校
粮食局
江西汽车减震器厂
春台公园
宜春台
市教师进修学校
袁州区税务局
东门邮政支局
市卫校
宜春机械公司
宜春公路分局
市医药管理局
凤凰台
市四中
市一中
市第二人民医院
宜春水文分局
市建筑总公司
银都大厦
巨龙大酒店
市酒厂
凤凰安居小区
东方宾馆
市粮食局
煤气公司
市印刷厂
市二中
市林业局
粉末冶金厂
城南电影院
市五中
加油站
宜春工程集团公司
市油脂化工厂
市森林公安局
宜春站
浙赣铁路
面粉厂
风动工具厂
电线厂
肉联厂
宜春鳗业公司
至南昌
粮食职工中等专业学校
磨擦材料厂
林业汽车运输服务公司
市六中
石油公司

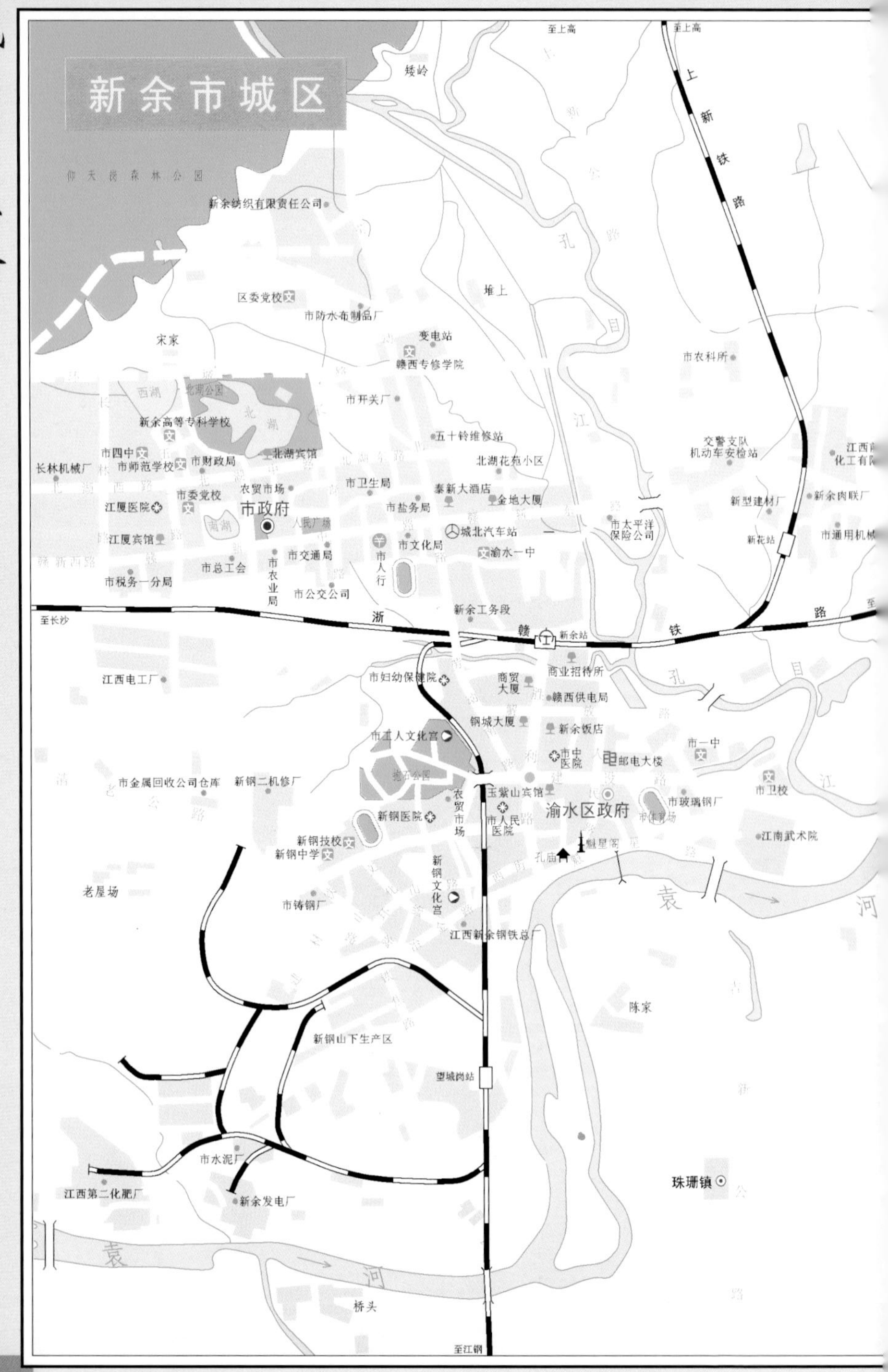
新余市城区
至上高
矮岭
上新铁路
仰天岗森林公园
新余纺织有限责任公司
孔目江
堆上
区委党校
市防水布制品厂
宋家
变电站
赣西专修学院
市农科所
西湖
北湖公园
北湖
市开关厂
新余高等专科学校
五十铃维修站
交警支队
机动车安检站
江西省化工有限
市四中
北湖宾馆
北湖花苑小区
长林机械厂
市师范学校
市财政局
市卫生局
农贸市场
泰新大酒店
市委党校
金地大厦
新余肉联厂
新型建材厂
江厦医院
市政府
市盐务局
南湖
人民广场
城北汽车站
市太平洋保险公司
江厦宾馆
市人行
市文化局
渝水一中
新花站
市通用机械
赣新西路
市交通局
市总工会
市农业局
市税务一分局
市公交公司
新余工务段
至长沙
浙赣铁路
新余站
商业招待所
市妇幼保健院
商贸大厦
江西电工厂
赣西供电局
钢城大厦
新余饭店
市工人文化宫
市一中
市中医院
邮电大楼
市金属回收公司仓库
新钢二机修厂
抱石公园
玉紫山宾馆
市卫校
农贸市场
市人民医院
渝水区政府
市玻璃钢厂
新钢医院
市体育场
江南武术院
新钢技校
魁星阁
新钢中学
孔庙
袁河
老屋场
新钢文化宫
市铸钢厂
江西新余钢铁总厂
陈家
新钢山下生产区
望城岗站
市水泥厂
江西第二化肥厂
珠珊镇
新余发电厂
桥头
至江钢

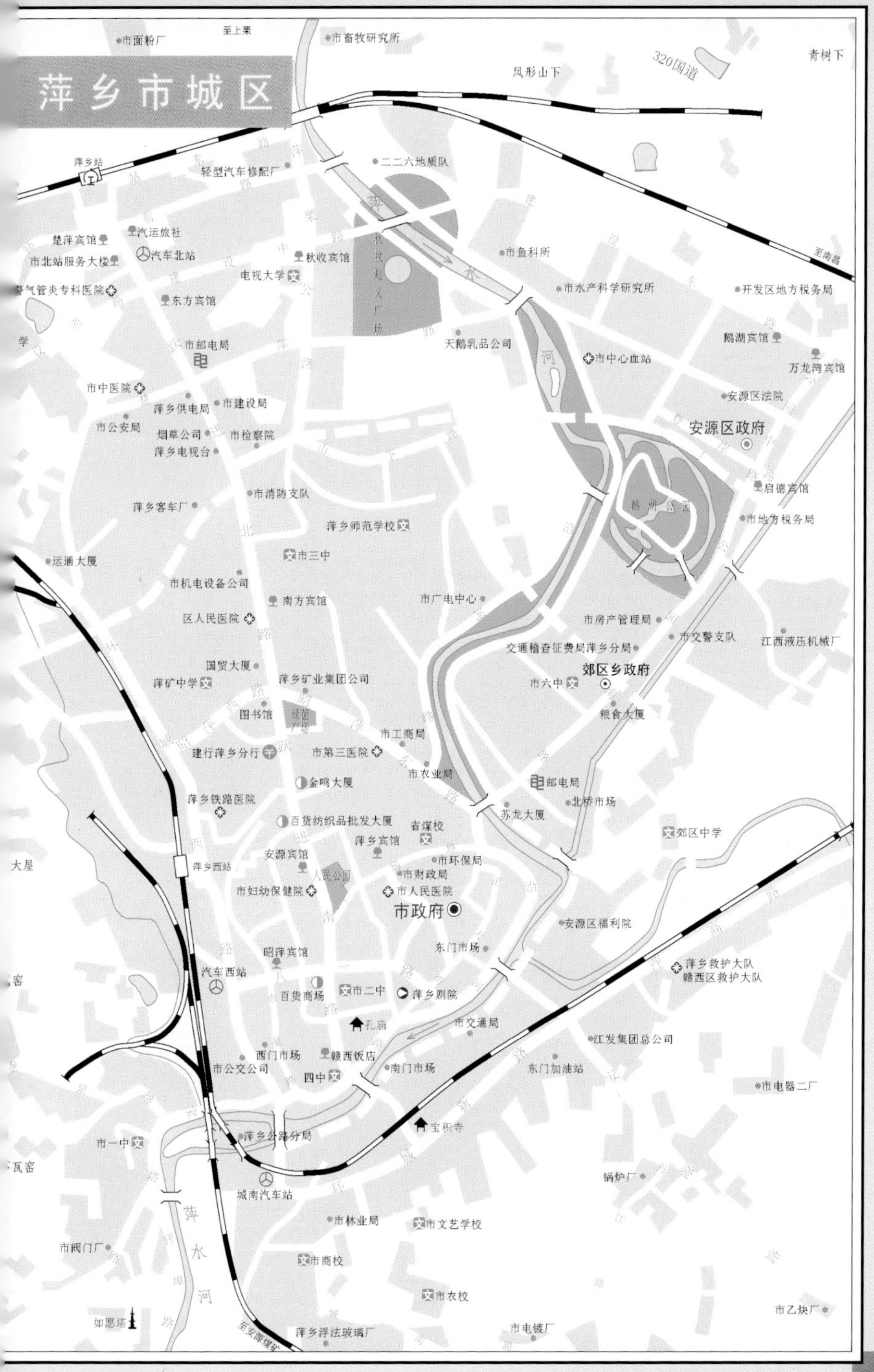
萍乡市城区
市面粉厂
至上栗
市畜牧研究所
320国道
青树下
凤形山下
萍乡站
轻型汽车修配厂
二二六地质队
秋收起义广场
楚萍宾馆
汽运旅社
市北站服务大楼
汽车北站
秋收宾馆
电视大学
市鱼科所
至南昌
气管炎专科医院
东方宾馆
市水产科学研究所
开发区地方税务局
天鹅乳品公司
市邮电局
市中心血站
鹅湖宾馆
万龙湾宾馆
市中医院
萍乡供电局
市建设局
安源区法院
市公安局
烟草公司
市检察院
安源区政府
萍乡电视台
启德宾馆
市消防支队
鹅湖公园
萍乡客车厂
市地方税务局
萍乡师范学校
市三中
运通大厦
市机电设备公司
市广电中心
南方宾馆
区人民医院
市房产管理局
市交警支队
江西液压机械厂
交通稽查征费局萍乡分局
国贸大厦
郊区乡政府
萍矿中学
萍乡矿业集团公司
市六中
图书馆
粮食大厦
市工商局
建行萍乡分行
市第三医院
市农业局
金鸣大厦
邮电局
萍乡铁路医院
北桥市场
苏龙大厦
百货纺织品批发大厦
省煤校
郊区中学
萍乡宾馆
大屋
安源宾馆
市环保局
萍乡西站
人民公园
市财政局
市妇幼保健院
市人民医院
市政府
安源区福利院
东门市场
昭萍宾馆
萍乡救护大队
赣西区救护大队
汽车西站
百货商场
市二中
萍乡剧院
孔庙
市交通局
江发集团总公司
西门市场
赣西饭店
市公交公司
南门市场
东门加油站
四中
市电器二厂
宝积寺
萍乡公路分局
市一中
瓦窑
城南汽车站
锅炉厂
市林业局
市文艺学校
市阀门厂
萍水河
市商校
市农校
市乙炔厂
如愿塔
萍乡浮法玻璃厂
市电镀厂
至安源煤矿

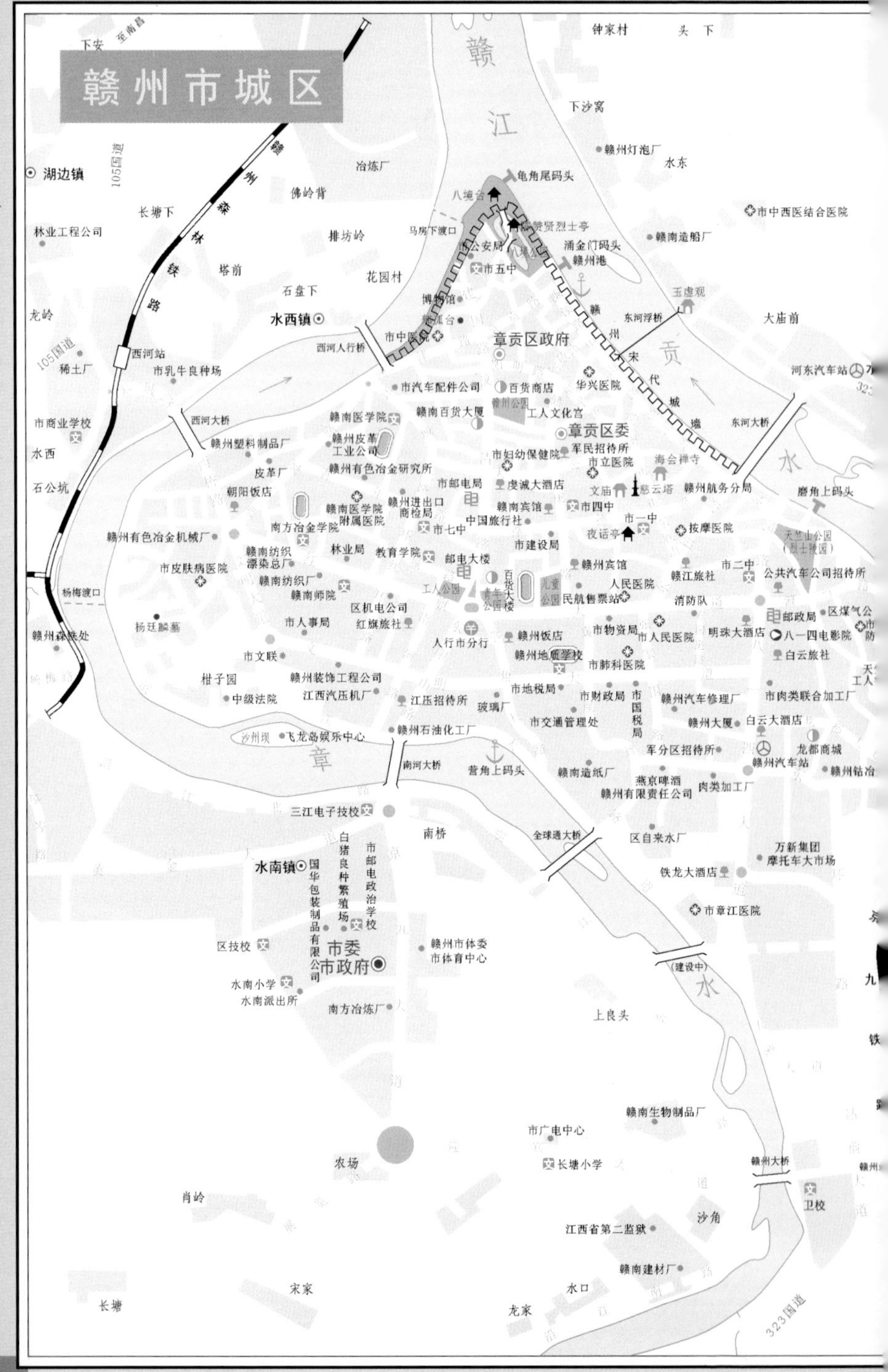
赣州市城区
下安
至南昌
钟家村
头下
赣
江
下沙窝
105国道
湖边镇
赣州灯泡厂
水东
冶炼厂
龟角尾码头
佛岭背
八境台
长塘下
市中西医结合医院
林业工程公司
排坊岭
马房下渡口
赣南造船厂
涌金门码头
市公安局
赣州港
塔前
市五中
花园村
石盘下
玉虚观
博物馆
东河浮桥
大庙前
龙岭
水西镇
赣
州
贡
市中医院
章贡区政府
西河人行桥
宋
105国道
西河站
代
河东汽车站
稀土厂
市乳牛良种场
华兴医院
城
市汽车配件公司
百货商店
323
西河大桥
赣南医学院
赣南百货大厦
工人文化宫
墙
东河大桥
市商业学校
章贡区委
水西
赣州塑料制品厂
赣州皮革工业公司
市妇幼保健院
军民招待所
水
市立医院
海会禅寺
赣州有色冶金研究所
皮革厂
石公坑
市邮电局
虔诚大酒店
文庙
慈云塔
赣州航务分局
磨角上码头
朝阳饭店
赣南医学院附属医院
赣州进出口商检局
赣南宾馆
市四中
中国旅行社
市一中
赣州有色冶金机械厂
南方冶金学院
市七中
夜话亭
按摩医院
天竺山公园（烈士陵园）
赣南纺织漂染总厂
林业局
教育学院
邮电大楼
市建设局
市皮肤病医院
赣州宾馆
市二中
公共汽车公司招待所
赣南纺织厂
赣江旅社
杨梅渡口
工人公园
百货大楼
人民医院
赣南师院
儿童公园
民航售票站
消防队
区机电公司
区煤气公司
杨廷麟墓
市人事局
红旗旅社
市物资局
邮政局
赣州森铁处
赣州饭店
市人民医院
明珠大酒店
八一四电影院
人行市分行
市文联
赣州地质学校
白云旅社
市肺科医院
柑子园
赣州装饰工程公司
江西汽压机厂
市地税局
市财政局
市国税局
赣州汽车修理厂
市肉类联合加工厂
中级法院
江压招待所
玻璃厂
市交通管理处
赣州大厦
白云大酒店
赣州石油化工厂
沙州坝
飞龙岛娱乐中心
龙都商城
军分区招待所
章
赣州汽车站
南河大桥
营角上码头
赣南造纸厂
赣州钻冶
燕京啤酒赣州有限责任公司
肉类加工厂
三江电子技校
南桥
全球通大桥
区自来水厂
白猪良种繁殖场
市邮电政治学校
万新集团摩托车大市场
水南镇
国华包装制品有限公司
铁龙大酒店
市章江医院
区技校
赣州市体委市体育中心
市委市政府
（建设中）
水南小学
水南派出所
南方冶炼厂
水
上良头
赣南生物制品厂
市广电中心
农场
长塘小学
赣州大桥
肖岭
卫校
沙角
江西省第二监狱
赣南建材厂
宋家
水口
长塘
龙家
323国道

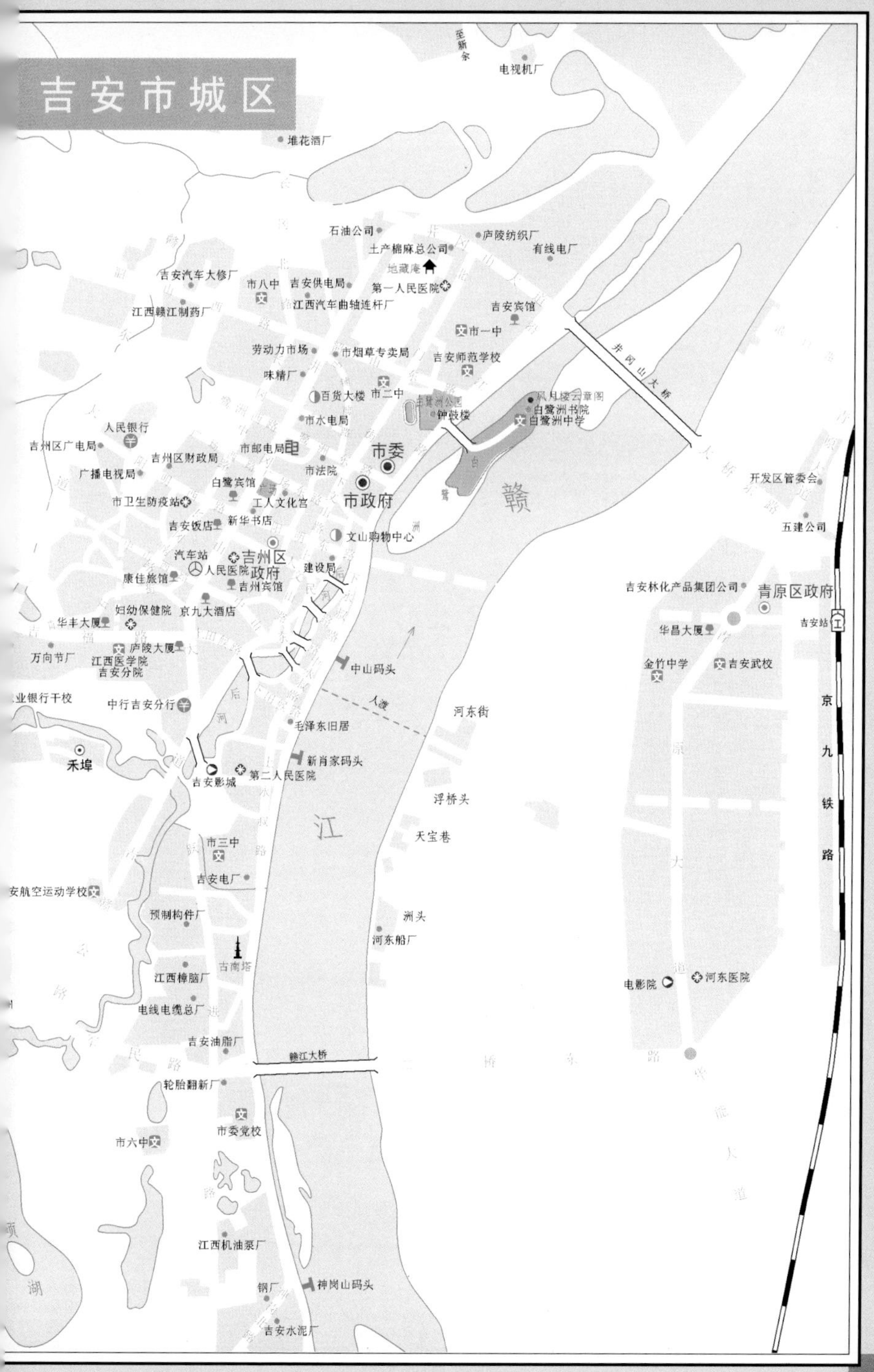

吉安市城区
电视机厂
堆花酒厂
石油公司
土产棉麻总公司
庐陵纺织厂
有线电厂
地藏庵
吉安汽车大修厂
市八中
吉安供电局
第一人民医院
江西汽车曲轴连杆厂
江西赣江制药厂
吉安宾馆
市一中
劳动力市场
市烟草专卖局
吉安师范学校
味精厂
百货大楼
市二中
钟鼓楼
白鹭洲书院
白鹭洲中学
井冈山大桥
人民银行
吉州区广电局
市水电局
市邮电局
吉州区财政局
广播电视局
市委
市法院
市政府
白鹭宾馆
市卫生防疫站
工人文化宫
开发区管委会
吉安饭店
新华书店
五建公司
文山购物中心
汽车站
吉州区政府
人民医院
建设局
康佳旅馆
吉州宾馆
吉安林化产品集团公司
青原区政府
妇幼保健院
京九大酒店
华丰大厦
吉安站
华昌大厦
庐陵大厦
万向节厂
江西医学院吉安分院
中山码头
金竹中学
吉安武校
中行吉安分行
人渡
河东街
毛泽东旧居
禾埠
新肖家码头
吉安影城
第二人民医院
浮桥头
江
天宝巷
市三中
吉安电厂
安航空运动学校
预制构件厂
洲头
河东船厂
古南塔
江西樟脑厂
电影院
河东医院
电线电缆总厂
吉安油脂厂
赣江大桥
轮胎翻新厂
市委党校
市六中
江西机油泵厂
钢厂
神岗山码头
吉安水泥厂
京九铁路
赣

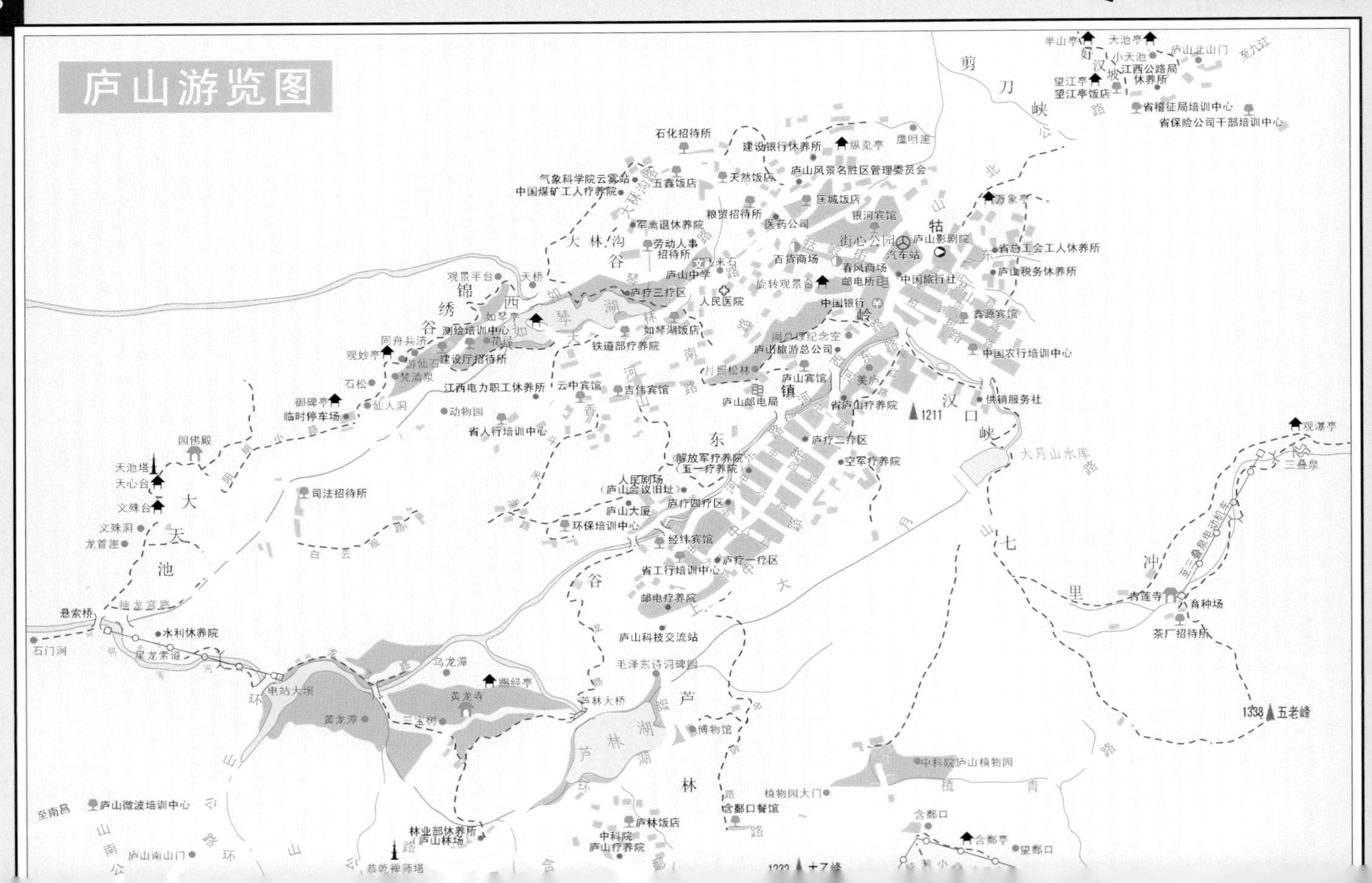

庐山游览图
牯岭
街心公园
汽车站
庐山影剧院
中国旅行社
中国银行
邮电所
春风商场
百货商场
旋转观景台
庐山风景名胜区管理委员会
匡城饭店
银河宾馆
医药公司
粮贸招待所
天然饭店
五鑫饭店
建设银行休养所
纵览亭
石化招待所
气象科学院云雾站
中国煤矿工人疗养院
军离退休养院
劳动人事招待所
飞来石
庐山中学
人民医院
庐疗三疗区
如琴湖饭店
铁道部疗养院
周总理纪念室
庐山旅游总公司
月照松林
庐山宾馆
庐山邮电局
美庐
省庐山疗养院
庐疗二疗区
空军疗养院
解放军疗养院（五一疗养院）
人民剧场（庐山会议旧址）
庐疗四疗区
庐山大厦
环保培训中心
经纬宾馆
庐疗一疗区
省工行培训中心
邮电疗养院
庐山科技交流站
毛泽东诗词碑园
芦林大桥
芦林湖
博物馆
植物园大门
含鄱口餐馆
中科院庐山植物园
含鄱口
含鄱亭
望鄱口
庐林饭店
中科院庐山疗养院
林业部休养所（庐山林场）
慈航禅师塔
十7峰
庐山南山门
庐山微波培训中心
至南昌
黄龙潭
三宝树
黄龙寺
赐经亭
乌龙潭
电站大坝
星龙索道
水利休养院
石门涧
悬索桥
抽龙宫路
龙首崖
文殊洞
文殊台
天心台
天池塔
大天池
园佛殿
司法招待所
临时停车场
御碑亭
仙人洞
石松
观妙亭
梵音泉
游仙石
同舟共济
建设厅招待所
测绘培训中心
花径
如琴亭
如琴湖
锦绣谷
西谷
观景平台
天桥
大林沟
江西电力职工休养所
动物园
省人行培训中心
云中宾馆
吉伟宾馆
香山路
河南路
河西路
河东路
庐山邮电局
汉口峡
1211
供销服务社
中国农行培训中心
鑫源宾馆
庐山税务休养所
省总工会工人休养所
万象亭
庐山北山门
至九江
天池亭
半山亭
小天池
江西公路局休养所
望江亭
望江亭饭店
省稽征局培训中心
省保险公司干部培训中心
剪刀峡
大月山水库
七里冲
观瀑亭
三叠泉
至三叠泉电动机车
青莲寺
育种场
茶厂招待所
1338
五老峰

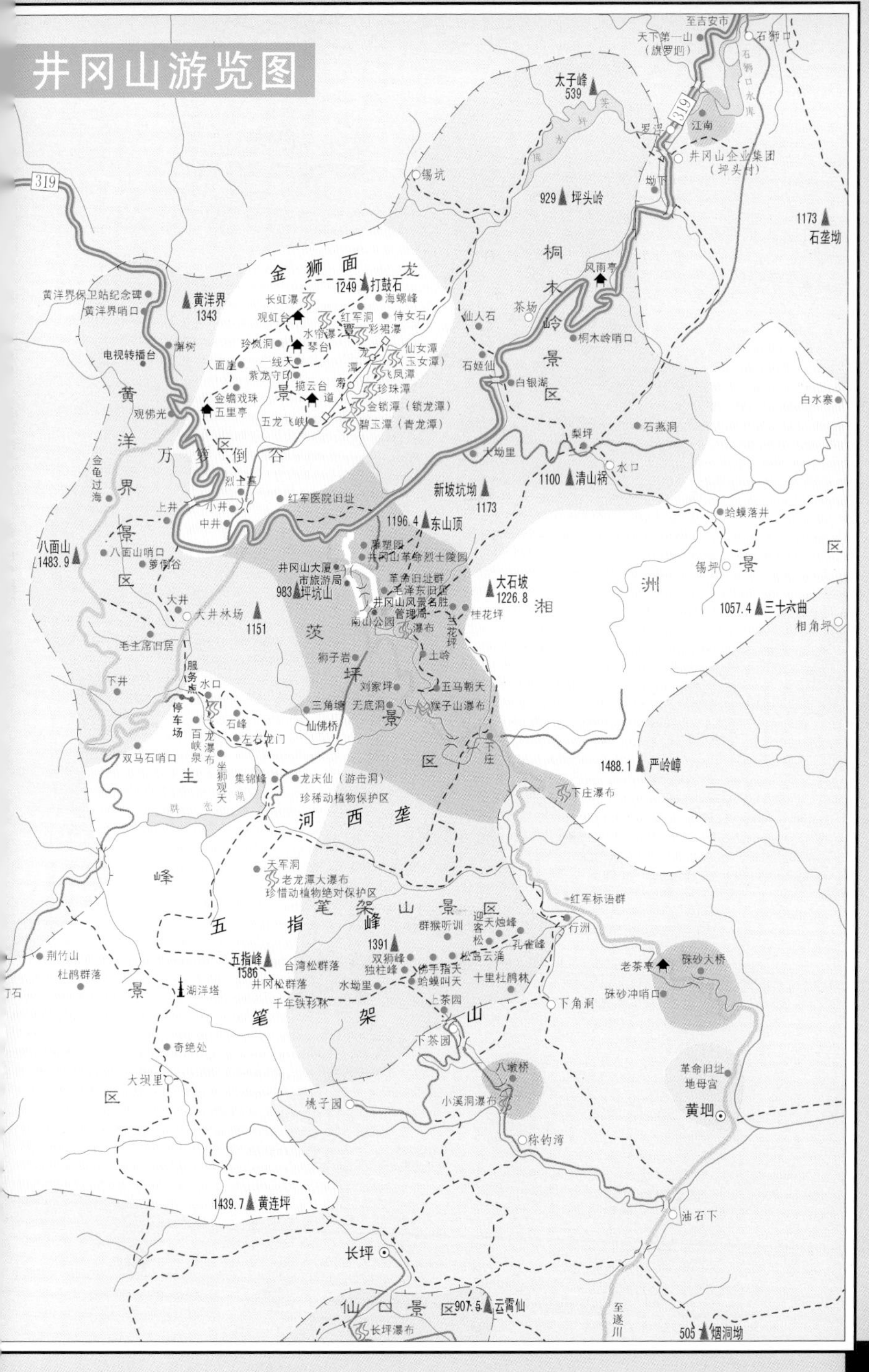
井冈山游览图
至吉安市
天下第一山（旗罗坳）
石狮口
太子峰 539
江南
罗浮
井冈山企业集团（坪头村）
锡坑
929 坪头岭
1173 石垄坳
金狮面
龙
1249 打鼓石
桐
木
岭
景
区
风雨亭
茶场
仙人石
桐木岭哨口
石姬仙
白银湖
白水寨
黄洋界保卫站纪念碑
黄洋界哨口
黄洋界 1343
长虹瀑
海螺峰
观虹台
红军洞
侍女石
水帘瀑
彩虹瀑
珍珠洞
琴台
仙女潭（玉女潭）
电视转播台
一线天
飞凤潭
人面崖
紫龙守印
珍珠潭
揽云台
金锁潭（锁龙潭）
金蟾戏珠
五里亭
碧玉潭（青龙潭）
观佛光
五龙飞峡
梨坪
石燕洞
大坳里
水口
1100 清山祸
新坡坑坳 1173
金龟过海
烈士墓
红军医院旧址
上井
小井
中井
1196.4 东山顶
雕塑园
井冈山革命烈士陵园
蛤蟆落井
八面山 1483.9
八面山哨口
箩筒谷
井冈山大厦
市旅游局
983 坪坑山
革命旧址群
毛泽东旧居
井冈山风景名胜管理局
大石坡 1226.8
锡坪
大井
大井林场
1151
南山公园
桂花坪
1057.4 三十六曲
相角坪
毛主席旧居
狮子岩
土岭
服务点
下井
水口
刘家坪
五马朝天
三角塘
无底洞
猴子山瀑布
停车场
石峰
百峡泉
龙潭瀑布
仙佛桥
左右龙门
双马石哨口
下庄
集锦峰
坐狮观天
龙庆仙（游击洞）
珍稀动植物保护区
1488.1 严岭嶂
下庄瀑布
河西垄
天军洞
老龙潭大瀑布
珍惜动植物绝对保护区
红军标语群
笔架山景区
群猴听训
迎客松
天烛峰
行洲
孔雀峰
1391
双狮峰
松岛云涌
五指峰 1586
台湾松群落
独柱峰
佛手指天
老茶亭
砵砂大桥
荆竹山
杜鹃群落
湖洋塔
井冈松群落
水坳里
蛤蟆叫天
十里杜鹃林
砵砂冲哨口
千年铁杉林
上茶园
下角洞
笔
架
山
下茶园
奇绝处
大坝里
八墩桥
革命旧址地母宫
桃子园
小溪洞瀑布
黄坳
称钓湾
1439.7 黄连坪
油石下
长坪
仙口景区
907.5 云霄仙
长坪瀑布
至遂川
505 烟洞坳

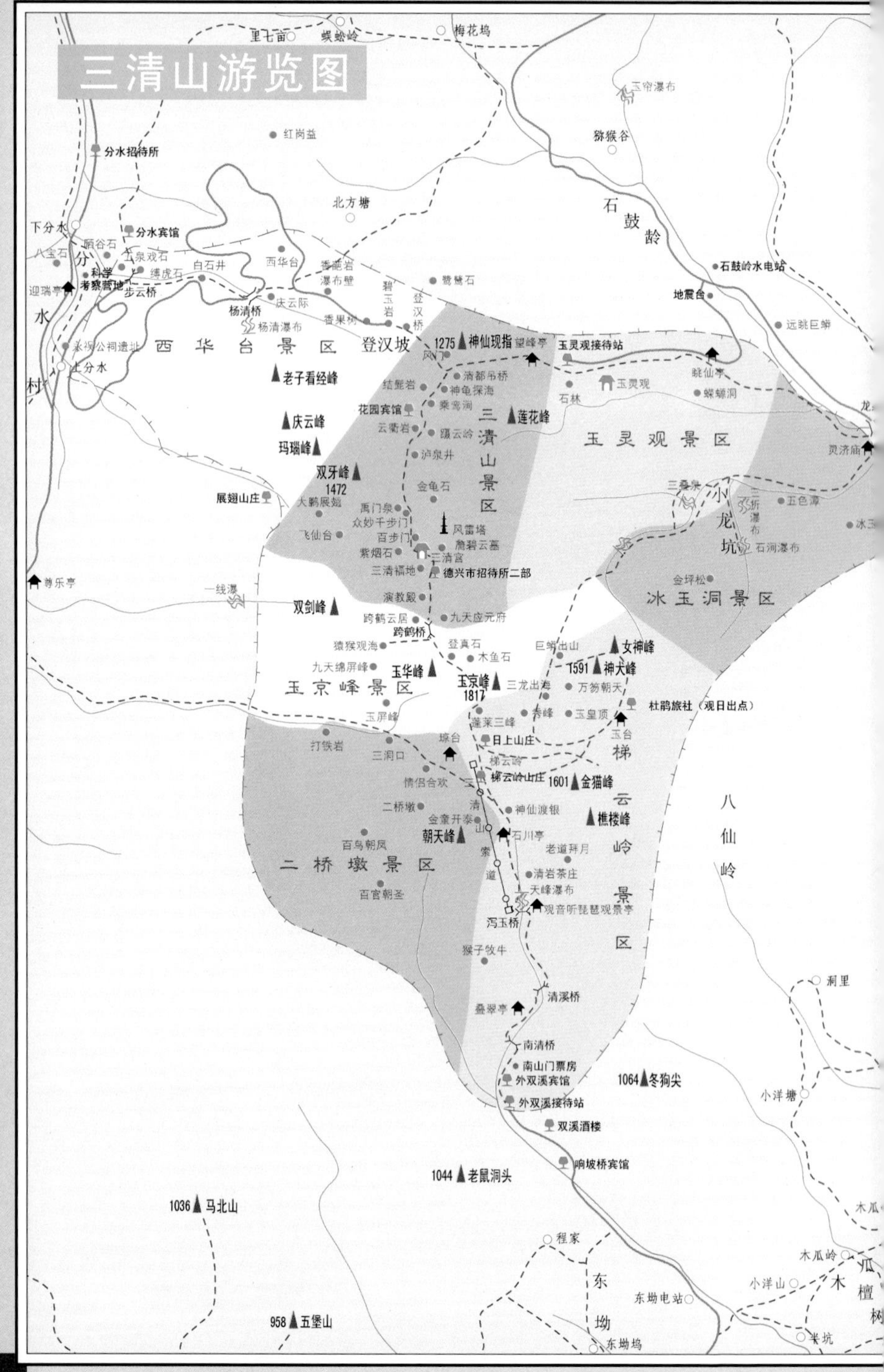
三清山游览图
里七亩
蜈蚣岭
梅花坞
玉帘瀑布
猕猴谷
分水招待所
北方塘
石鼓岭
下分水
分水宾馆
八宝石
玉泉戏石
白石井
西华台
香炉岩瀑布壁
科学考察营地
缚虎石
鹭鸶石
石鼓岭水电站
迎瑞亭
步云桥
庆云际
碧玉岩
登汉桥
地震台
杨清桥
杨清瀑布
香果树
远眺巨蟒
分水村
西华台景区
登汉坡
1275 神仙现指
望峰亭
玉灵观接待站
上分水
风门
清都吊桥
眺仙亭
老子看经峰
神龟探海
玉灵观
石林
花园宾馆
乘鸾洞
三清山景区
莲花峰
庆云峰
云衢岩
蹑云岭
玉灵观景区
玛瑙峰
灵济庙
双牙峰
1472
金龟石
三叠泉
小龙坑
五色潭
展翅山庄
大鹏展翅
禹门泉
众妙千步门
风雷塔
飞仙台
百步门
石洞瀑布
紫烟石
三清宫
三清福地
德兴市招待所二部
善乐亭
金坪松
一线瀑
演教殿
冰玉洞景区
双剑峰
跨鹤云居
九天应元府
跨鹤桥
猿猴观海
登真石
巨蟒出山
女神峰
木鱼石
九天绵屏峰
玉华峰
玉京峰
1817
三龙出海
万笏朝天
玉京峰景区
杜鹃旅社（观日出点）
玉屏峰
蓬莱三峰
秀峰
玉皇顶
玉台
打铁岩
三洞口
琼台
日上山庄
梯云岭
情侣合欢
梯云岭山庄
1601 金猫峰
八仙岭
二桥墩
神仙渡银
樵楼峰
金童开泰
朝天峰
石川亭
三清山索道
百鸟朝凤
老道拜月
梯云岭景区
二桥墩景区
清岩茶庄
天峰瀑布
百官朝圣
观音听琵琶观景亭
泻玉桥
猴子牧牛
洞里
清溪桥
叠翠亭
南清桥
南山门票房
外双溪宾馆
1064 冬狗尖
小洋塘
外双溪接待站
双溪酒楼
响坡桥宾馆
1044 老鼠洞头
1036 马北山
程家
木瓜岭
小洋山
东坳
东坳电站
958 五堡山
东坳坞
半坑

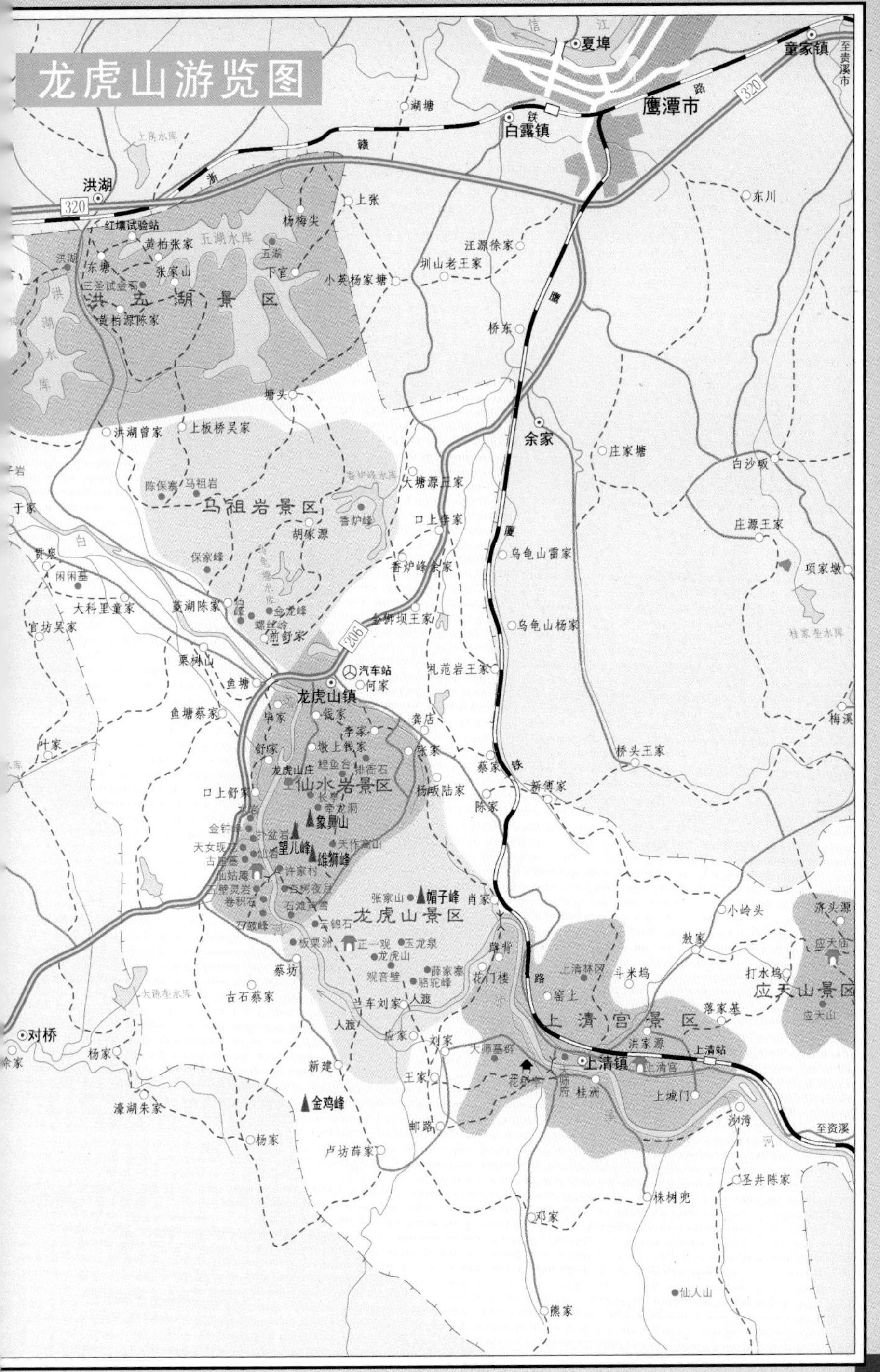
龙虎山游览图
信江
夏埠
童家镇
至贵溪市
320
鹰潭市
白露镇
湖塘
铁
路
浙
赣
洪湖
320
上房水库
红壤试验站
杨梅尖
上张
东川
黄柏张家
五湖水库
五湖
下官
汪源徐家
圳山老王家
小英杨家塘
洪湖
东塘
三圣试金石
张家山
洪五湖景区
黄柏源陈家
洪
湖
水
库
鹰
桥东
塘头
余家
洪湖曾家
上板桥吴家
庄家塘
白沙畈
香炉峰水库
大塘源王家
陈保家
马祖岩
马祖岩景区
香炉峰
口上徐家
于家
胡家源
庄源王家
厦
白
乌龟山雷家
贯泉
保家峰
香炉峰余家
项家墩
闲闲墓
大科里童家
葛湖陈家
金龙峰
金狮坝王家
乌龟山杨家
官坊吴家
螺丝岭
前舒家
206
桂家垄水库
栗林山
汽车站
何家
扎范岩王家
鱼塘
龙虎山镇
梅溪
鱼塘蔡家
毕家
钱家
龚店
李家
叶家
舒家
墩上钱家
张家
鲤鱼台
排衙石
蔡家
铁
桥头王家
龙虎山庄
仙水岩景区
新傅家
口上舒家
长亭
杨岐陆家
陈家
金钟峰
象鼻山
天女现花
望儿峰
天作南山
古崖墓
雄狮峰
仙姑庵
许家村
云壁灵岩
古树夜月
张家山
帽子峰
肖家
卷积石
石滩百官
龙虎山景区
济头源
小岭头
召鼓峰
云锦石
敖家
板栗洲
正一观
玉龙泉
路背
应天庙
龙虎山
上清林区
斗米坞
打水坞
蔡坊
观音壁
薛家寨
骆驼峰
花门楼
路
窑上
应天山景区
大源垄水库
古石蔡家
兰车刘家
人渡
落家基
应天山
人渡
上清宫景区
对桥
应家
洪家源
刘家
大师墓群
上清站
杨家
余家
新建
上清镇
上清宫
王家
天师府
桂洲
金鸡峰
上城门
濠湖朱家
溪
邮路
沙湾
至资溪
河
杨家
卢坊薛家
圣井陈家
株树兜
邓家
仙人山
熊家

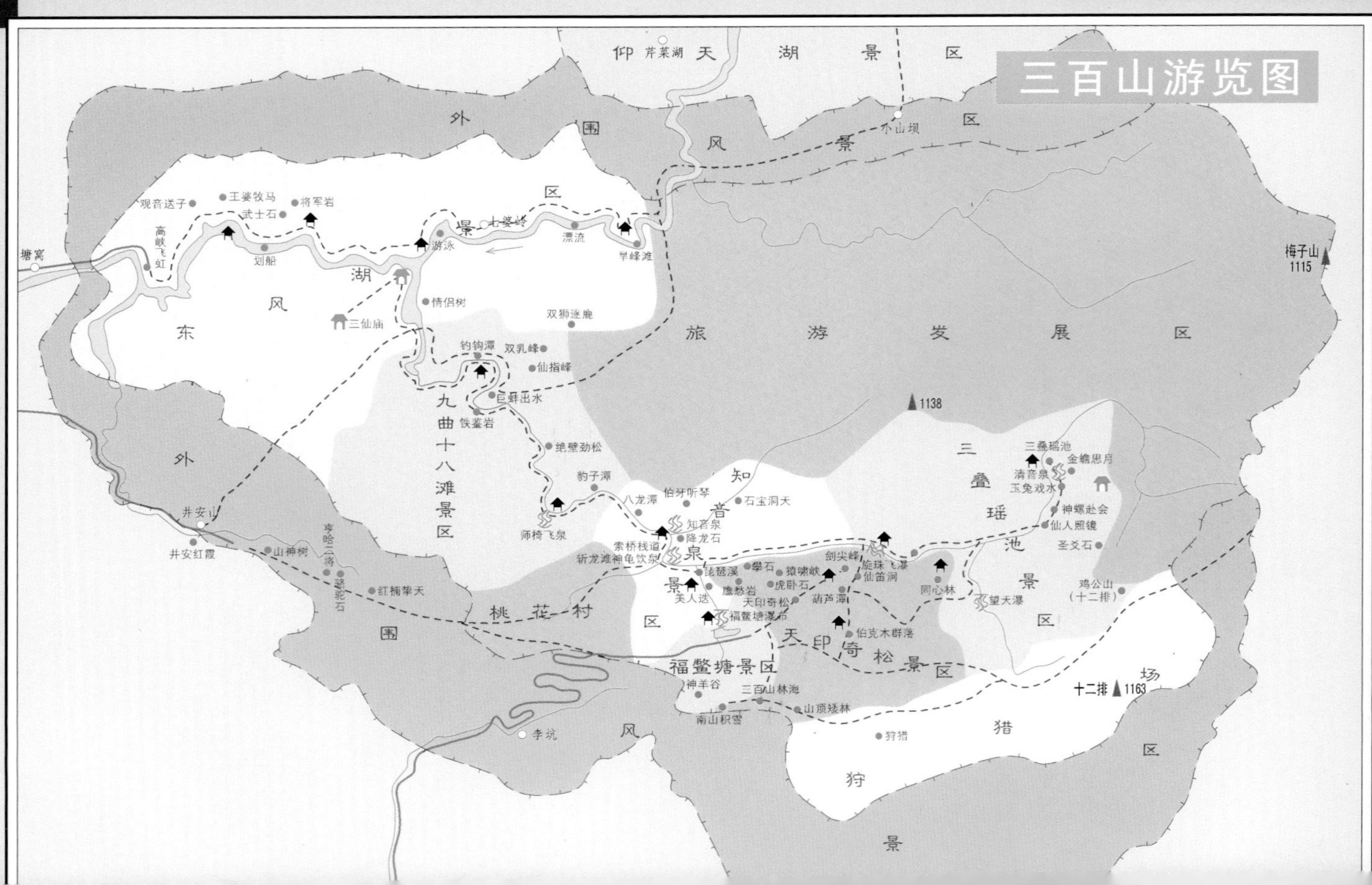
三百山游览图
仰天湖景区
芹莱湖
外围风景区
小山坝
东风湖景区
观音送子
王婆牧马
将军岩
武士石
高峡飞虹
划船
七娑岭
游泳
漂流
旱峰滩
塘窝
三仙庙
情侣树
双狮逐鹿
旅游发展区
梅子山
1115
1138
钓钩潭
双乳峰
仙指峰
巨蚌出水
铁鉴岩
九曲十八滩景区
绝壁劲松
豹子潭
师椅飞泉
八龙潭
伯牙听琴
石宝洞天
知音泉景区
知音泉
降龙石
索桥栈道
斩龙滩
神龟饮泉
琵琶溪
美人送
福鳌塘瀑布
福鳌塘景区
神羊谷
南山积雪
三百山林海
山顶矮林
天印奇松景区
天印奇松
鹰愁岩
虎卧石
猿啸峡
葫芦潭
伯克木群落
剑尖峰
旋珠飞瀑
仙笛洞
同心林
三叠瑶池景区
三叠瑶池
金蟾思月
清音泉
玉兔戏水
神螺赴会
仙人照镜
圣爻石
望天瀑
鸡公山
（十二排）
十二排
1163
狩猎场景区
狩猎
外围风景区
井安山
井安红霞
山神树
亨哈二将
骆驼石
红楠擎天
桃花村
李坑

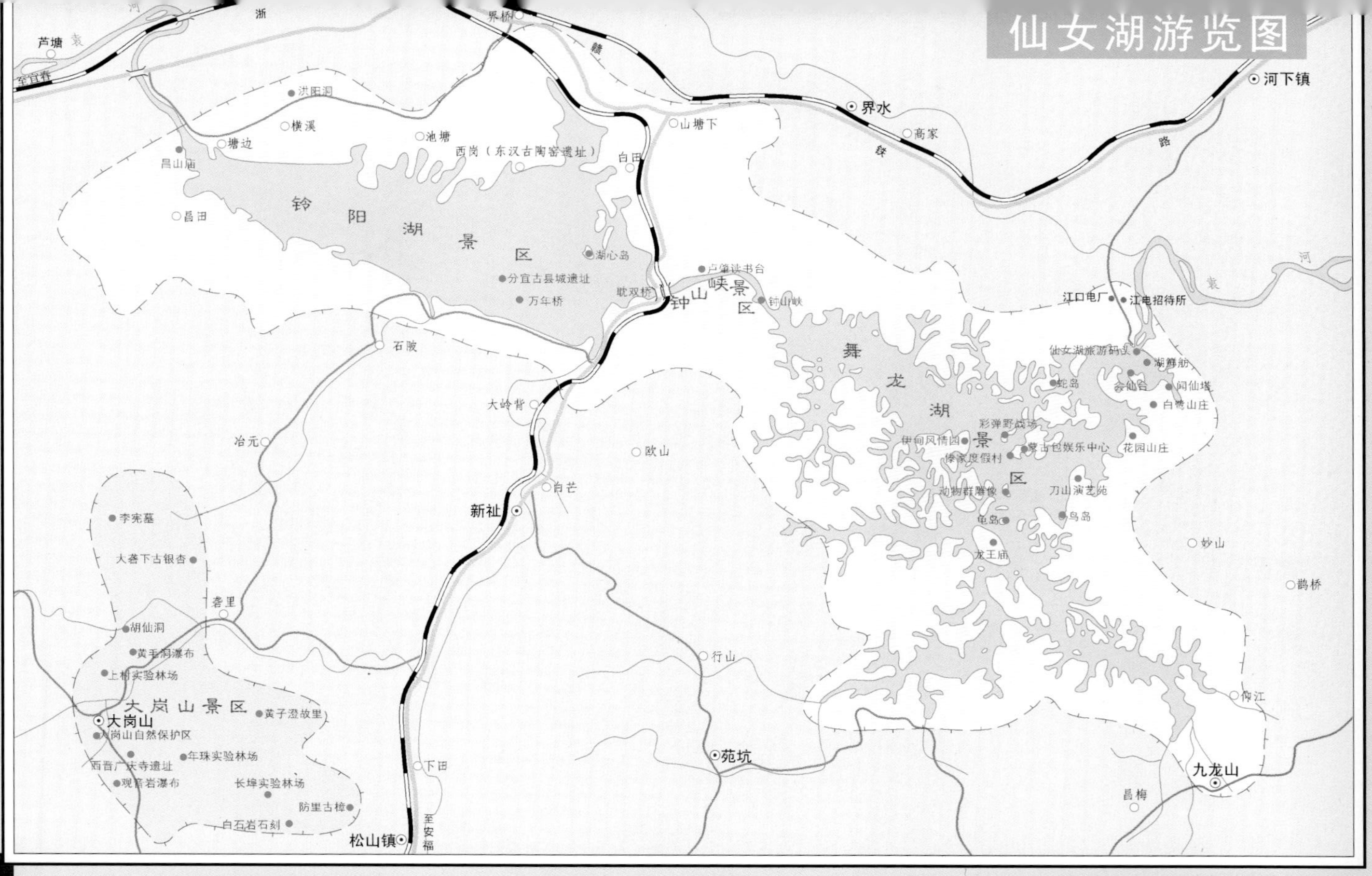

仙女湖游览图
河下镇
界水
高家
铁
路
赣
浙
界桥
芦塘
袁
至宜春
洪阳洞
横溪
塘边
池塘
西岗（东汉古陶窑遗址）
昌山庙
昌田
白田
山塘下
钤阳湖景区
湖心岛
分宜古县城遗址
万年桥
耽双桥
卢肇读书台
钟山峡景区
钟山峡
石陂
大岭背
冶元
欧山
白芒
新祉
江口电厂
江电招待所
河
舞龙湖景区
仙女湖旅游码头
湖舞舫
会仙台
闻仙塔
白鹭山庄
蛇岛
彩弹野战场
伊甸风情园
紫山包娱乐中心
花园山庄
傣家度假村
动物群雕像
刀山演艺苑
龟岛
鸟岛
龙王庙
妙山
鹊桥
仰江
九龙山
昌梅
行山
苑坑
下田
至安福
松山镇
李宪墓
大砻下古银杏
砻里
胡仙洞
黄毛洞瀑布
上村实验林场
大岗山景区
大岗山
黄子澄故里
大岗山自然保护区
西晋广庆寺遗址
年珠实验林场
观音岩瀑布
长埠实验林场
防里古樟
白石岩石刻

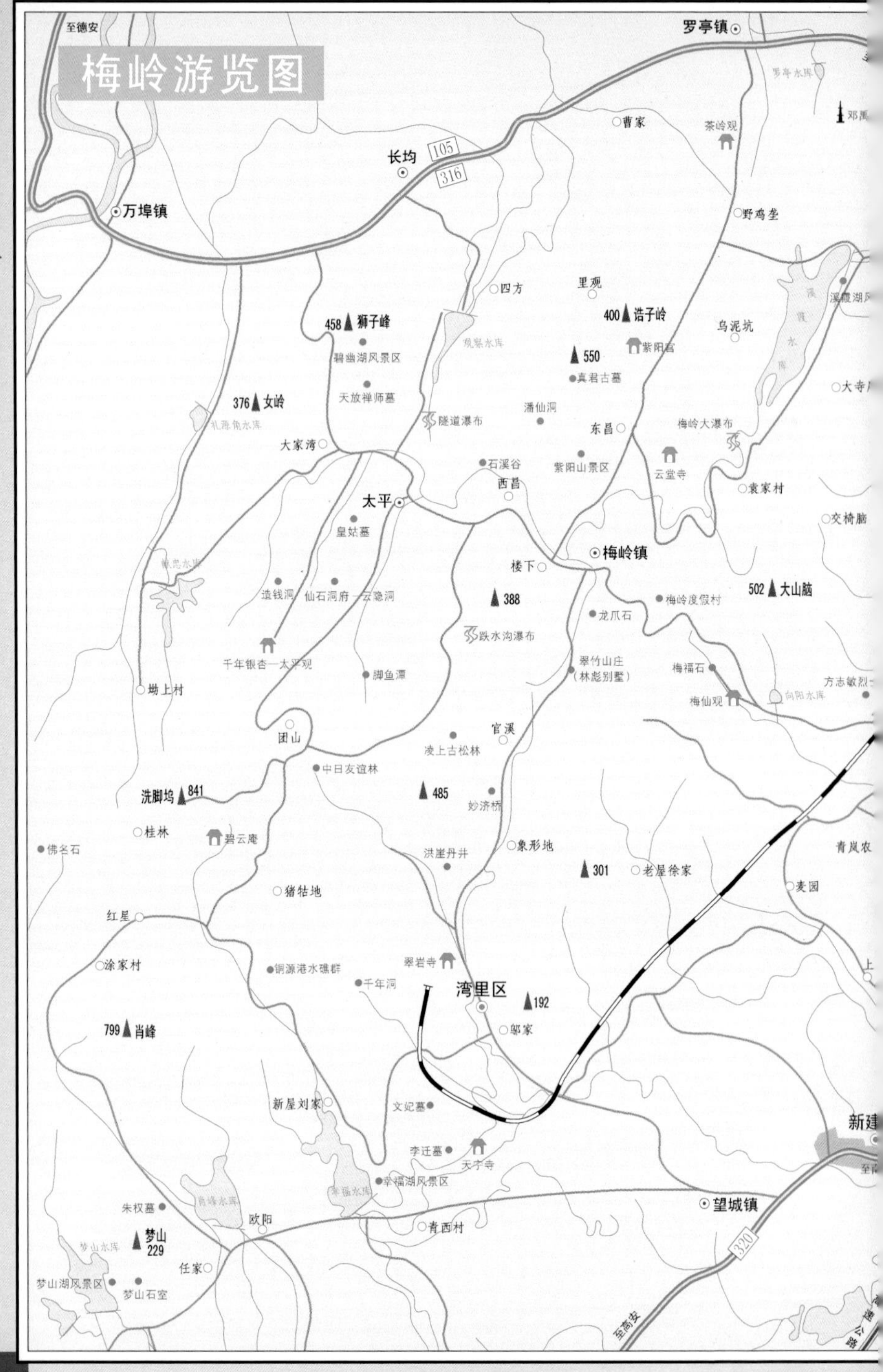
梅岭游览图
至德安
罗亭镇
罗亭水库
邓
曹家
茶岭观
长均
105
316
万埠镇
野鸡垄
四方
里观
溪霞湖
458 狮子峰
400 诰子岭
乌泥坑
观察水库
紫阳宫
碧幽湖风景区
550
真君古墓
大寺
376 女岭
天放禅师墓
孔源角水库
隧道瀑布
潘仙洞
梅岭大瀑布
东昌
大家湾
石溪谷
紫阳山景区
云堂寺
西昌
袁家村
太平
皇姑墓
交椅脑
梅岭镇
敖忠水库
楼下
造钱洞
仙石洞府—云隐洞
388
502 大山脑
梅岭度假村
龙爪石
跌水沟瀑布
千年银杏—太平观
翠竹山庄
(林彪别墅)
梅福石
脚鱼潭
方志敏烈
坳上村
梅仙观
向阳水库
团山
官溪
凌上古松林
中日友谊林
洗脚坞 841
485
妙济桥
桂林
碧云庵
佛名石
象形地
青岚农
洪崖丹井
301
老屋徐家
猪牯地
麦园
红星
涂家村
翠岩寺
铜源港水礁群
千年洞
湾里区
192
邬家
799 肖峰
新屋刘家
文妃墓
新建
李迁墓
天宁寺
幸福湖风景区
肖峰水库
幸福水库
望城镇
朱权墓
欧阳
青西村
梦山水库
梦山
229
320
任家
梦山湖风景区
梦山石室
至高安

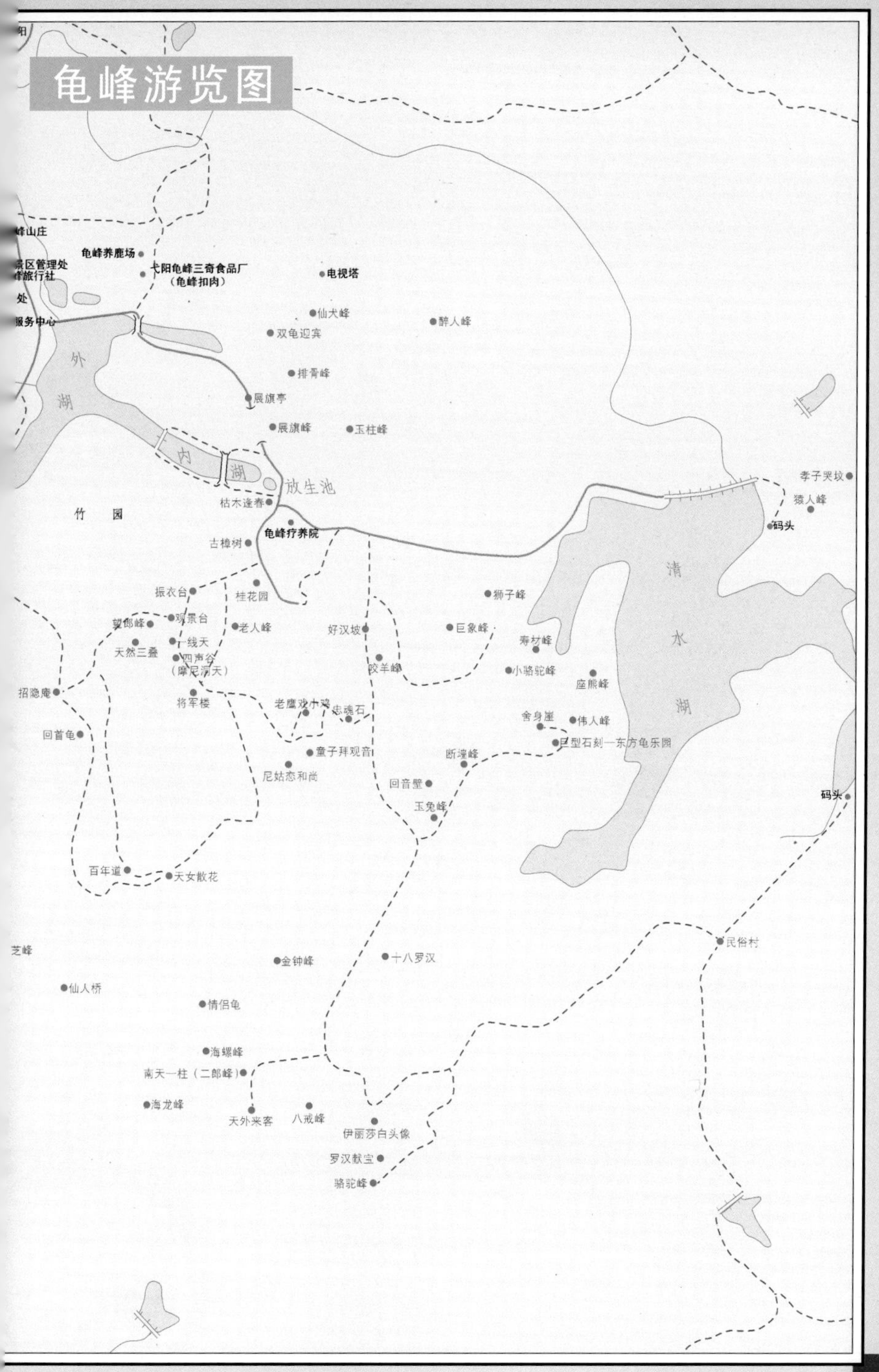
龟峰游览图
龟峰养鹿场
弋阳龟峰三奇食品厂
（龟峰扣肉）
电视塔
仙犬峰
醉人峰
双龟迎宾
排骨峰
展旗亭
展旗峰
玉柱峰
外湖
内湖
放生池
枯木逢春
竹园
龟峰疗养院
古樟树
振衣台
桂花园
狮子峰
望郎峰
观景台
老人峰
好汉坡
巨象峰
寿材峰
清水湖
一线天
天然三叠
四声谷
（摩尼洞天）
狡羊峰
小骆驼峰
座熊峰
招隐庵
将军楼
老鹰戏小鸡
忠魂石
舍身崖
伟人峰
回首龟
巨型石刻—东方龟乐园
童子拜观音
断壕峰
尼姑恋和尚
回音壁
玉兔峰
百年道
天女散花
孝子哭坟
猿人峰
码头
码头
民俗村
金钟峰
十八罗汉
仙人桥
情侣龟
海螺峰
南天一柱（二郎峰）
海龙峰
天外来客
八戒峰
伊丽莎白头像
罗汉献宝
骆驼峰

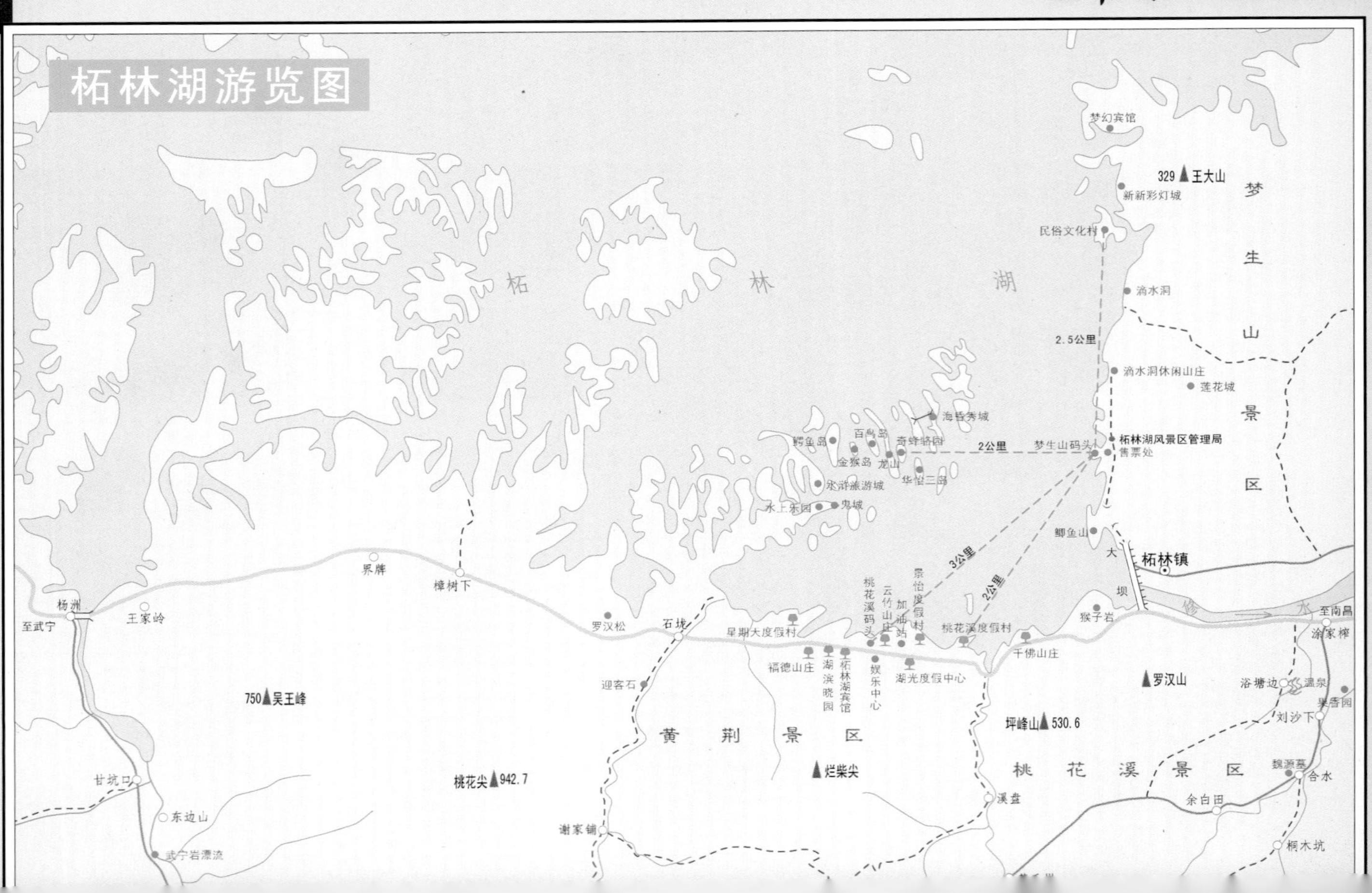

柘林湖游览图
梦幻宾馆
329 王大山
新新彩灯城
梦生山景区
民俗文化村
滴水洞
2.5公里
滴水洞休闲山庄
莲花城
海昏秀城
鳄鱼岛
百鸟岛
奇峰怪园
2公里
梦生山码头
柘林湖风景区管理局
售票处
金猴岛
龙山
华怡三岛
欢乐漂游城
水上乐园
鬼城
鲫鱼山
3公里
2公里
大坝
柘林镇
修水
至南昌
涂家埠
界牌
樟树下
杨洲
至武宁
王家岭
罗汉松
石垅
星期大度假村
桃花溪码头
云竹山庄
加油站
景怡度假村
桃花溪度假村
猴子岩
千佛山庄
福德山庄
湖滨晓园
柘林湖宾馆
娱乐中心
湖光度假中心
罗汉山
浴塘边
温泉
果香园
刘沙下
迎客石
750 吴王峰
黄荆景区
烂柴尖
坪峰山 530.6
桃花溪景区
魏源墓
合水
余白田
溪盘
甘坑口
桃花尖 942.7
东边山
谢家铺
武宁岩漂流
柘木坑

流坑游览图

乌江
古樟群
至乐安
玉皇阁
大宗祠遗址
文馆
流坑小学
售票亭
董蓄昌大妇合葬墓
流坑村委会
龙湖
风雨廊
状元楼
明斋绳武两先生祠
秘阁校书祠
双桂先生祠
董禄华宅
麒麟厅
慎余堂木雕
翥山亦山两先生祠
理学明家
道修堂
皇仁门
四牌楼遗址
振翔公祠祭祖
董国珍宅
高明广大坊
大宾第
存仁堂
敬吉堂
汲古山房
益宇公祠
翰林楼
华鹿蜂猴照壁
齐寿门残架
树德堂
应宿第
藏怨堂
资深居
花萼联辉
镇江楼
屯田公祠
庆凤南云
上口巷

江西省公路里程表

106国道 —48— 瑞昌 —34— 九江 —29— 湖口 —120— 景德镇 —85— 婺源 —81— 205国道
0 48 82 111 231 316 397

南丰 —53— 黎川 —36— 光泽
0 53 89

官港 —67— 侯家岗 —71— 鄱阳 —43— 乐平 —51— 德兴 —133— 上饶 —27— 铅山 —34— 弋阳
0 67 138 181 232 365 392 426

汝城 —104— 崇义 —86— 赣州
0 104 190

105国道 —9— 安义 —36— 靖安 —79— 上富 —54— 宜丰 —23— 上高 —56— 新余
0 9 45 124 178 201 257

分宜 —53— 安福 —70— 永新 —77— 吉安
0 53 123 200

茶陵 —63— 莲花 —126— 宜春 —29— 分宜 —32— 新余 —78— 樟树
0 63 189 218 250 328

105国道 —135— 安远 —83— 定南 —58— 和平
0 135 218 276

105国道 —19— 永丰 —50— 乐安 —26— 谷岗
0 19 69 95

浏阳 —102— 铜鼓 —93— 上富 —43— 奉新 —25— 安义
0 102 195 238 263

崇仁 —49— 宜黄 —64— 肖田 —65— 宁都
0 49 113 178

抚州 —44— 崇仁 —111— 永丰 —62— 白沙 —65— 319国道
0 44 155 217 282

320国道

	萍乡	宜春	万载	上高	高安	新建	南昌	南昌	进贤	东乡	余江	鹰潭	横峰	上饶	玉山	常山
醴陵	37	100	138	198	249	310	320	335	377	409	440	468	542	582	633	672
萍乡		63	101	161	212	273	283	298	340	372	403	431	505	545	596	635
宜春			38	98	149	210	220	235	277	309	340	368	442	482	533	572
万载				60	111	172	182	197	239	271	302	330	404	444	495	534
上高					51	112	122	137	179	211	242	270	344	384	435	474
高安						61	71	86	128	160	191	219	293	333	384	423
新建							10	25	67	99	130	158	232	272	323	362
南昌								15	57	89	120	148	222	262	313	352
南昌									42	74	105	133	207	247	298	337
进贤										32	63	91	165	205	256	295
东乡											31	59	133	173	224	263
余江												28	102	142	193	232
鹰潭													74	114	165	204
横峰														40	91	130
上饶															51	90
玉山																39

206国道

	平远	寻乌	会昌	瑞金	石城	广昌	南丰	南城	金溪	鹰潭	乐平	景德镇
寻乌	61											
会昌	172	111										
瑞金	217	156	45									
石城	276	215	104	59								
广昌	357	296	185	140	81							
南丰	414	353	242	197	138	57						
南城	459	398	287	242	183	102	45					
金溪	505	444	333	288	229	148	91	46				
鹰潭	558	497	386	341	282	201	144	99	53			
乐平	666	605	494	449	399	309	252	207	161	108		
景德镇	710	649	538	493	434	353	296	251	205	152	44	
官港	852	791	680	635	576	495	438	393	347	294	186	142

316国道

	资溪	金溪	抚州	320国道岔口
光泽	50	116	164	238
资溪		66	114	188
金溪			48	122
抚州				74

105国道

	黄梅	九江	德安	南昌	南昌	丰城	樟树	新干	吉水	吉安	吉安	泰和	遂川	赣州	南康	信丰	龙南
九江	58																
德安	101	43															
南昌	212	154	111														
南昌	227	169	126	15													
丰城	272	214	171	60	45												
樟树	300	242	199	88	73	28											
新干	340	282	239	128	113	68	40										
吉水	409	351	308	197	182	137	109	69									
吉安	432	374	331	220	205	160	132	92	23								
吉安	442	384	341	230	215	170	142	102	33	10							
泰和	465	407	364	253	238	193	165	125	56	33	23						
遂川	544	486	443	332	317	272	244	204	135	112	102	79					
赣州	633	575	532	421	406	361	333	293	224	201	191	168	89				
南康	667	609	566	455	440	395	367	327	258	235	225	202	123	34			
信丰	711	653	610	499	484	439	411	371	302	279	269	246	167	78	44		
龙南	781	723	680	569	554	509	481	441	372	349	339	316	237	148	114	70	
连平	880	822	779	668	653	608	580	540	471	448	438	415	336	247	213	169	99

319国道

	瑞金	宁都	兴国	泰和	井冈山	宁冈	永新	莲花	萍乡	上栗	浏阳
长汀	48	157	282	426	535	581	639	699	799	838	908
瑞金		109	234	378	487	533	591	651	751	790	860
宁都			125	269	378	424	482	542	642	681	751
兴国				144	253	299	357	417	517	556	626
泰和					109	155	213	273	373	412	482
井冈山						46	104	164	264	303	373
宁冈							58	118	218	257	327
永新								60	160	199	269
莲花									100	139	209
萍乡										39	109
上栗											70